TESS GERRITSEN

Docteur en médecine, Tess Gerritsen a longtemps exercé dans ce domaine avant de commencer à écrire lors d'un congé de maternité. À partir de 1987 elle publie des livres romantiques à suspense avant de mettre à profit son expérience et de se lancer dans les thrillers médicaux qui vont marquer ses débuts sur la liste des best-sellers du *New York Times*, notamment avec *Chimère* (Presses de la Cité, 2000) – en cours d'adaptation pour le grand écran –, *Le chirurgien* (Presses de la Cité, 2004), *L'apprenti* (Presses de la Cité, 2005), *Mauvais sang* (Presses de la Cité, 2006), ou encore *Lien fatal* (Presses de la Cité, 2008).
Tess Gerritsen vit actuellement dans le Maine avec sa famille.

MAUVAIS SANG

DU MÊME AUTEUR
CHEZ POCKET

LE CHIRURGIEN
L'APPRENTI
MAUVAIS SANG

TESS GERRITSEN

MAUVAIS SANG

Traduit de l'anglais (États-Unis)
par Dominique Haas

PRESSES DE LA CITÉ

Titre original :
BLOODSTREAM

Le papier de cet ouvrage est composé de fibres naturelles, renouvelables, recyclables et fabriquées à partir de bois provenant de forêts plantées et cultivées durablement pour la fabrication du papier.

ISBN 978-2-266-17122-9

À Tim et Elyse

PROLOGUE

Tranquility, Maine, 1946

Si elle ne bougeait pas, si elle ne faisait pas de bruit, il ne la trouverait pas. Il croyait peut-être connaître toutes ses cachettes, mais il n'avait jamais découvert sa niche secrète, ce petit renfoncement dans le mur de la cave, derrière les étagères à bocaux de sa mère. Quand elle était enfant et qu'ils jouaient à cache-cache, elle se glissait facilement dans ce recoin. Elle s'y roulait en boule et elle l'écoutait en gloussant arpenter les pièces à grands pas, frustré de ne pas la trouver. Le jeu durait parfois si longtemps qu'il lui arrivait de s'endormir et de se réveiller des heures plus tard, quand sa mère finissait par s'inquiéter, et l'appelait.

C'est là qu'elle s'était réfugiée, dans sa cache secrète de la cave, mais elle n'était plus une petite fille. Elle avait quatorze ans, c'est tout juste si elle tenait encore dans la niche, et, s'ils jouaient à cache-cache, ce n'était plus pour rire.

Elle l'entendait aller et venir dans les pièces du haut. Il la cherchait comme un fou, en jurant et en cassant tout.

Je vous en prie, je vous en prie… Aidez-moi, je vous en prie. Faites qu'il s'en aille…

Il rugit son nom :

— IRIS !

Le plancher de la cuisine craqua sous ses pas, puis il approcha de la porte de la cave. Le cœur battant à se rompre, elle serra les poings si fort que ses ongles lui entrèrent dans les paumes.

Je ne suis pas là. Je m'enfuis, loin, très loin, je file à tire-d'aile dans le ciel nocturne…

La porte de la cave s'ouvrit à la volée et alla heurter violemment le mur. Il se découpa sur un rectangle de lumière dorée, dans le cadre de la porte, en haut de l'escalier.

Il tendit le bras et tira sur une chaînette. Une ampoule nue s'alluma, baignant la cave d'une lueur sépulcrale. Recroquevillée derrière les bocaux de tomates et de cornichons, Iris l'entendit descendre l'escalier en pente raide, chaque craquement de marche le rapprochant d'elle. Elle se tassa encore plus profondément dans sa niche et ferma les yeux, comme si ça pouvait la rendre invisible. Elle aurait voulu s'incruster dans les pierres qui s'effritaient et le mortier pourri. Entre deux battements de son propre cœur, elle l'entendit arriver en bas des marches.

Pourvu qu'il ne me voie pas. Pourvu qu'il ne me voie pas…

Il longea les étagères de conserves et se dirigea vers l'autre bout de la cave. Il dut flanquer un coup de pied dans un carton parce qu'il y eut un choc sourd, et un bruit de bocaux de verre s'écrasant sur le sol de pierre. Puis il fit demi-tour et elle entendit sa respiration rauque, entrecoupée de grognements animaux. Elle-même haletait, les mains tellement crispées qu'elle pensa que ses os allaient se briser. Le bruit de pas se rapprocha et s'arrêta.

Elle rouvrit les yeux et, entre les conserves, elle vit qu'il était planté juste devant elle. Elle s'était laissée glisser à terre, de sorte qu'elle avait les yeux au niveau de sa ceinture. Elle s'aplatit autant qu'elle put, essayant de se trouver aussi bas que possible en dessous de son champ de vision. Il prit un bocal sur l'étagère, qu'il fracassa contre le sol. Iris sentit une odeur de cornichons au vinaigre lui piquer le nez. Il tendit la main vers un deuxième bocal, puis le remit en place comme si une idée subite lui avait traversé l'esprit. Il tourna les talons, remonta l'escalier de la cave et tira la chaîne en sortant.

La laissant à nouveau dans le noir.

Elle se rendit compte qu'elle avait les joues ruisselantes. Elle avait pleuré, et peut-être la sueur se mêlait-elle à ses larmes. Quoi qu'il en soit, elle ne pouvait pas se permettre de laisser échapper le moindre gémissement.

En haut, le bruit des pas sur le parquet se déplaça vers l'avant de la maison, puis ce fut le silence.

Était-il parti ? Avait-il fini par s'en aller ?

Elle resta là, pétrifiée, n'osant pas bouger. Les minutes passèrent. Elle compta lentement dans sa tête. Dix. Vingt. Elle commençait à avoir des crampes, si pénibles qu'elle devait se mordre la lèvre pour s'empêcher de crier.

Une heure.

Deux heures.

Toujours aucun bruit en haut.

Elle sortit lentement de sa cachette. Elle se redressa et attendit que le sang se remette à circuler dans ses muscles, que ses membres retrouvent leur sensibilité. Elle resta encore un moment debout dans le noir, tous les sens en éveil.

Elle n'entendait plus rien.

Il n'y avait pas de fenêtre dans la cave, et elle n'avait pas idée de l'heure qu'il pouvait être. Le jour était peut-être déjà levé. Elle alla vers l'escalier en écrasant des bouts de verre sous ses pieds. Elle monta les marches, lentement, s'arrêtant sur chacune pour écouter à nouveau. Quand elle arriva enfin en haut, elle avait les mains tellement moites qu'elle dut les essuyer sur son corsage pour tourner la poignée de la porte.

Il y avait de la lumière dans la cuisine, et tout avait l'air étonnamment normal. Pour un peu, elle aurait cru que cette nuit d'horreur n'était qu'un mauvais rêve. Une pendule murale égrenait bruyamment les secondes. Cinq heures du matin. Il faisait encore nuit noire, dehors.

Elle se faufila dans le couloir, sur la pointe des pieds, jetant en passant devant le salon un coup d'œil aux meubles renversés, fracassés, aux éclaboussures de sang sur le papier peint. Elle n'avait pas rêvé. Elle avait de nouveau les mains moites.

Il n'y avait personne dans l'entrée, et la porte qui donnait sur le porche était grande ouverte.

Il fallait qu'elle sorte de là, qu'elle coure chez les plus proches voisins, qu'elle aille trouver la police.

Elle traversa furtivement l'entrée, chaque pas la rapprochant du salut. La terreur exacerbait tous ses sens, leur donnant une telle acuité qu'elle enregistrait chaque écharde de bois par terre, sur le tapis à fleurs, chaque tic-tac de la pendule dans la cuisine, derrière elle. Elle était presque arrivée à la porte.

Elle poussa la porte moustiquaire, vit le perron et l'escalier où sa mère était tombée, la tête la première. Elle ne put s'empêcher de regarder le corps. Ses longs cheveux noirs cascadaient sur les marches. Elle fut prise d'une nausée.

Elle franchit la porte d'entrée à toute vitesse.

Il était là, devant elle, une hache à la main.

Avec un sanglot, elle fit demi-tour et remonta les marches en courant, patinant sur le sang de sa mère. Elle l'entendit qui montait derrière elle, pesamment. Elle avait toujours été plus rapide que lui, et la terreur lui donnait des ailes. Elle vola vers le haut de l'escalier comme un chat effrayé.

Sur le palier du premier étage, elle entrevit le corps de son père, gisant dans l'embrasure de la porte de sa chambre. Ce n'était pas le moment de réfléchir, pas le temps d'encaisser le choc, de digérer l'horreur. Elle se précipita vers l'étage supérieur, vers sa chambre dans la tourelle.

Elle claqua la porte derrière elle et tourna le verrou, juste à temps.

Il poussa un rugissement de rage et commença à flanquer des coups de poing sur le panneau de la porte.

Elle fila vers la fenêtre. Bloquée. Elle se bagarra contre le bois gonflé et réussit à l'ouvrir. Un coup d'œil au-dehors lui confirma qu'elle était trop haut : si elle sautait, elle se tuait. Mais il n'y avait pas d'autre moyen de sortir de la pièce.

Elle tira sur un rideau, l'arracha de la tringle. *Une corde. Il faut que je fasse une corde !* Elle l'attacha par un bout au tuyau du radiateur, décrocha un autre rideau, le jeta par terre et le noua au premier.

Un coup plus violent que les autres projeta une écharde de bois sur elle. Elle jeta un bref regard par-dessus son épaule et vit, à sa grande horreur, la lame de la hache traverser le bois. Et déjà il la dégageait pour un second coup.

Il allait réussir à entrer !

Elle arracha un troisième rideau et, les mains tremblantes, le noua au précédent.

La hache retomba. La fente dans le panneau s'élargit et d'autres échardes volèrent dans la pièce, lui retombant dessus.

Elle arracha le quatrième rideau, mais, comme elle faisait frénétiquement, fébrilement le dernier nœud, elle sut que sa corde ne serait jamais assez longue. Il était trop tard, de toute façon.

Elle se retourna d'un bloc vers la porte, au moment précis où la hache passait au travers.

1

De nos jours

— Quelqu'un va finir par se faire descendre, dit le Dr Claire Elliot en regardant par la fenêtre de sa cuisine.

Un brouillard aussi épais que de la fumée montait ce matin-là du lac, tantôt masquant, tantôt laissant reparaître les arbres. Un autre coup de fusil retentit, plus près, cette fois. Depuis les premières lueurs de l'aube, elle entendait tirer, et ça durerait probablement jusqu'au crépuscule, parce qu'on était le 1er novembre. Le jour de l'ouverture de la chasse. Un homme armé d'un fusil se promenait plus ou moins à l'aveuglette dans ces bois noyés de brouillard et tirait sur les chevreuils fantomatiques qu'il croyait voir danser un peu partout.

— Je pense que tu ne devrais pas attendre le bus dehors, décida Claire. Je vais t'emmener à l'école en voiture.

Noah ne répondit pas. Il pêcha une cuillerée de Chocapic et l'enfourna. À quatorze ans, son fils mangeait encore comme un gamin de deux ans : il était affalé sur la table du petit déjeuner, il y avait du lait renversé autour de son bol, et des miettes de toast partout aux pieds de sa chaise. Il mangeait en évitant de poser les yeux sur elle, comme s'il craignait de croiser le regard pétrifiant d'une Gorgone. Quelle différence cela ferait-il, même s'il me regardait ? se demanda-t-elle amèrement. Mon fils chéri est déjà changé en pierre.

— Noah, je vais t'emmener à l'école, répéta-t-elle.

— Non, non, ça va. Je prendrai le bus.

Il se leva et ramassa son sac à dos et son skateboard.

— Ces chasseurs ne peuvent pas voir sur quoi ils tirent. Au moins, en sortant, mets ton bonnet orange, qu'ils ne te prennent pas pour un chevreuil.

— J'ai l'air tellement crétin, avec…

— Tu l'enlèveras dans le bus, mais mets-le tout de suite.

Elle prit un bonnet tricoté en laine orange fluo, sur l'étagère à gants, et le lui tendit.

Il regarda le bonnet et la regarda, elle, enfin. Il avait grandi d'une bonne dizaine de centimètres en un an. Ils étaient maintenant de la même taille, et leurs yeux étaient au même niveau. Aucun d'eux ne pouvait prétendre avoir l'avantage sur l'autre. Elle se demanda si Noah était aussi conscient qu'elle de leur nouvelle égalité physique. Dans le temps, quand elle le serrait contre elle, l'enfant qu'il était lui rendait son étreinte. Maintenant, l'enfant n'existait plus. Sa douceur s'était resculptée en muscles, son visage s'était allongé et avait pris quelque chose d'angulaire. Une sorte d'aspérité.

— S'il te plaît, fit-elle, lui tendant toujours le bonnet.

Il poussa un soupir et finit par enfoncer le bonnet sur ses cheveux noirs. Elle ravala son sourire : il avait vraiment l'air d'un crétin.

Il était déjà dans le couloir quand elle le rappela :

— Pas de bisou avant de partir ?

Avec un regard exaspéré, il se retourna, lui planta l'ébauche d'un infime baiser sur la joue et repartit vers la porte.

Plus de grandes embrassades, se dit-elle tristement en le regardant par la fenêtre se traîner vers la route. Plus que des grognements, des haussements d'épaules et des silences pesants.

Il s'arrêta sous l'érable, au bout de l'allée, arracha son bonnet et resta debout là, les mains dans les poches, la tête rentrée dans les épaules, parce qu'il ne faisait vraiment pas chaud. Pas de veste, juste un mince sweat-shirt gris alors qu'il faisait deux degrés, ce matin-là. Carrément froid. Elle résista à la tentation de courir l'enrouler dans un manteau.

Elle attendit l'arrivée du bus de l'école. Attendit de voir son fils monter dedans sans un regard en arrière, avancer dans l'allée centrale et s'asseoir à côté d'une gamine. Qui est cette fille ? se demanda-t-elle. Je ne connais plus le nom des amis de mon fils. Je suis reléguée dans un si petit coin de son univers. Elle savait que ça devait arriver, ce retrait, ce combat de l'enfant pour conquérir son indépendance, mais elle n'était pas préparée à ça. La transformation s'était faite brutalement, comme si un gentil petit garçon était sorti de la maison un jour et qu'un étranger était rentré à sa place.

Tu es tout ce qui me reste de Peter. Je ne suis pas prête à te perdre aussi.

Le bus redémarra dans un grand bruit de moteur.

Claire retourna s'asseoir à la table de la cuisine. Son café était tiède. La maison était vide, silencieuse, une maison encore en deuil. Elle soupira et déplia la *Gazette de Tranquility*, la feuille de chou hebdomadaire. « La chasse au cerf apparaît prometteuse », annonçait la une. La curée était ouverte. Trente jours pour trucider votre cerf.

Dehors, un autre coup de feu retentit dans les bois.

Elle tourna la page et arriva aux faits divers. Il n'était pas question des incidents de la veille au soir : la nuit de Halloween, sept ados turbulents s'étaient fait arrêter pour avoir poussé la plaisanterie trop loin en tirant les sonnettes pour réclamer des friandises aux bonnes gens. Mais là, en bas de la colonne des chiens écrasés et des déclarations de vol de bois de chauffage, son nom figurait dans la rubrique Amendes : « Claire Elliot, quarante ans, a été verbalisée pour avoir conduit un véhicule dont la vignette du contrôle technique était périmée. » La Subaru ! Il fallait absolument qu'elle l'apporte au garage, et elle avait intérêt à faire pareil avec le pick-up si elle ne voulait pas figurer une seconde fois dans cette rubrique infamante. Agacée, elle tourna brusquement la page. Elle regardait les prévisions météo – froid et venteux, entre zéro et moins cinq – quand le téléphone sonna.

Elle se leva et alla répondre.

— Dr Elliot ? C'est Rachel Sorkin. J'habite sur Toddy Point Road. Je vous appelle pour une urgence. Elwyn s'est tiré dessus.

— Pardon ?

— Vous savez, cet imbécile d'Elwyn Clyde. Il a traversé ma propriété sans autorisation, en pourchassant un pauvre cerf. Il l'a tué – une belle bête, d'ailleurs –, dans le jardin, juste devant chez moi. Ces crétins de bonshommes, avec leurs conneries de fusils, alors !

— Et Elwyn ?

— Cet abruti a trébuché et s'est tiré une balle dans le pied. Bien fait pour lui !

— Il faudrait tout de suite l'emmener à l'hôpital.

— Eh bien, c'est ça, le problème. Il ne veut pas aller à l'hôpital et il refuse que j'appelle une ambulance. Il veut que je le ramène chez lui, avec sa bestiole. Et moi, je ne veux pas. Alors, qu'est-ce que vous voulez que j'en fasse ?

— Il saigne beaucoup ?

Elle entendit Rachel appeler :

— Hé, Elwyn ? Elwyn ! Vous saignez ? Il dit que ça va, répondit-elle après un moment. Il veut juste que je le ramène chez lui. Mais je ne veux pas, et il n'est pas question que je trimballe cette bête crevée dans ma bagnole.

— Bon, je devrais pouvoir passer vous voir aujourd'hui, soupira Claire. Vous habitez sur Toddy Point Road ?

— Un kilomètre et demi après les Rochers. Mon nom est sur la boîte aux lettres.

Le brouillard commençait à se lever quand Claire engagea le pick-up dans Toddy Point Road. Entre les troncs des sapins, elle entrevoyait le lac Locust, d'où montaient des volutes de vapeur. Le soleil perçait enfin, niellant d'or l'eau clapotante. De l'autre côté du lac, on devinait, derrière les écharpes de brouillard, la rive nord avec ses maisons d'été, pour la plupart fermées jusqu'à l'année prochaine, leurs riches propriétaires étant repartis pour Boston ou New York. La rive sud, où Claire roulait à présent, était bordée de maisons plus modestes, parfois de simples cabanes de deux pièces nichées entre les arbres.

Elle passa devant les Rochers, un entassement de blocs de granit érodés où les jeunes du coin se réunissaient pour nager, l'été, et elle repéra une boîte aux lettres au nom de Sorkin.

Elle prit une route de terre battue, pleine de nids-de-poule, et arriva à la maison. C'était une bicoque bizarroïde, faite de pièces ajoutées les unes aux autres un peu n'importe comment, formant des anfractuosités et des excroissances aux endroits les plus inattendus. Une sorte de donjon vitré s'élevait au-dessus de l'ensemble, comme la pointe d'un cristal de quartz crevant le toit. Une femme excentrique se devait d'avoir une maison excentrique, et Rachel Sorkin était l'un des drôles d'oiseaux de Tranquility, une femme aux cheveux aile de corbeau, qui descendait en ville une fois par semaine, drapée dans une cape à capuchon violette. C'était bien le genre de maison où pouvait vivre une femme qui portait des capes violettes.

Le cerf abattu gisait près de l'escalier du porche, sur une pelouse soigneusement tondue.

Claire descendit de son pick-up. Deux chiens surgirent aussitôt des bois et lui barrèrent le chemin en aboyant et en grognant. Elle comprit qu'ils gardaient leur proie.

Rachel sortit de la maison et gueula après les chiens :

— Fichez le camp d'ici, sales clébards ! Rentrez chez vous !

Elle prit un balai, sous le porche, et descendit les marches comme une tornade, ses longs cheveux noirs flottant sur son dos.

Les chiens battirent en retraite.

— Ah ! Et trouillards, avec ça ! fit Rachel en fonçant vers eux, brandissant son balai telle une lance.

Ils retournèrent dans les bois.

— Hé là ! Fichez la paix à mes chiens ! brailla Elwyn Clyde.

Sous le porche s'était traîné en clopinant un superbe exemple d'impasse évolutionniste : un gros balourd de cinquante ans enroulé dans une ceinture de flanelle comme dans une barde, et promis au célibat à vie.

— Y font rien d'mal. Juste y surveillent mon cerf.

— Elwyn, j'ai des nouvelles pour vous. Vous avez tué cette pauvre bête sur ma propriété, alors elle est à moi.

— Qu'est-ce qu'une foutue végétarienne de votre espèce pourrait bien faire d'un cerf, hmm ?

— Comment va votre pied, Elwyn ? intervint Claire.

Il regarda Claire et cilla, l'air étonné de la voir.

— J'ai trébuché, dit-il. Y a pas de quoi en faire un plat.

— Une blessure par balle est toujours sérieuse. Je peux y jeter un coup d'œil ?

— J'ai pas d'quoi vous payer… commença-t-il, puis il haussa un sourcil en broussaille comme si une idée rusée venait de lui passer par la tête. À moins que vous vouliez du gibier.

— On réglera ça une autre fois. Je veux juste m'assurer que vous n'allez pas vous vider de votre sang. Alors, je peux le voir, ce pied ?

— Si vous y tenez, fit le bonhomme en rentrant dans la maison à cloche-pied.

— Vous allez vous régaler, nota Rachel.

Il faisait bien chaud dans la cuisine. Rachel jeta une bûche dans le poêle, et un petit nuage de fumée s'échappa alors qu'elle remettait le couvercle de fonte en place.

— Allez, montrez-moi votre pied, insista Claire.

Elwyn clopina jusqu'à une chaise, laissant des traînées de sang par terre. Il avait gardé sa chaussette, et il y avait un trou déchiqueté au bout du gros orteil, comme si un rat avait rongé la laine.

— Je ne sens presque rien, dit-il. Ça vaut vraiment pas la peine d'en faire un fromage, je vous assure.

Claire s'agenouilla et roula doucement la chaussette. Elle était collée à la peau non par le sang, mais par la crasse et la sueur séchée.

— Seigneur ! fit Rachel en se plaquant les mains sur le nez. Vous ne changez jamais de chaussettes, Elwyn ?

La balle avait traversé la chair, entre le pouce et l'orteil voisin. Claire trouva l'orifice de sortie sous le pied. La blessure ne saignait presque plus. En essayant de ne pas hoqueter à cause de l'odeur, elle vérifia les mouvements des orteils, un à un, et conclut de l'examen qu'aucun nerf n'avait été touché.

— Elwyn, il va falloir nettoyer la plaie et changer le pansement tous les jours, dit-elle. Et il faudra faire votre rappel de tétanos.

— Oh, on me l'a déjà fait.

— Quand ça ?

— L'an dernier. Le vieux toubib, Pomeroy. Quand je m'étais tiré dessus.

— Vous le refaites tous les ans ?

— Cette fois-là, je m'étais tiré dans l'autre pied. C'était pas grand-chose.

Le Dr Pomeroy était mort en janvier. Claire avait hérité de sa clientèle et de ses dossiers médicaux quand elle avait racheté son cabinet, huit mois plus tôt. Elle pourrait regarder le dossier d'Elwyn et vérifier la date de son dernier rappel de vaccin antitétanique.

— Je vois d'ici que c'est moi qui vais être obligée de lui nettoyer le pied, fit Rachel.

Claire prit un petit flacon de Bétadine dans sa trousse et le lui tendit.

— Vous mettrez ça dans un seau d'eau chaude. Laissez mariner un moment.

— Oh, je peux le faire tout seul, fit Elwyn en se levant.

— Dans ce cas, autant vous amputer tout de suite ! lança Rachel. Asseyez-vous, Elwyn.

— Pff, fit le bonhomme en se rasseyant.

Claire laissa quelques paquets de gaze et de bandes sur la table.

— Elwyn, je voudrais que vous veniez à mon cabinet la semaine prochaine, pour que je puisse regarder la blessure.

— Mais j'ai trop à faire…

— Si vous ne venez pas, c'est moi qui vous traquerai comme du gibier !

Il rentra la tête dans les épaules, tout surpris.

— Ouais, m'dame, dit-il d'un ton penaud.

En réprimant un sourire, Claire ramassa sa trousse et sortit de la maison.

Les deux chiens étaient revenus dans le jardin et se disputaient un os plein de terre. Quand Claire descendit l'escalier, ils se retournèrent pour la regarder.

Le noir s'approcha d'elle en trottinant et montra les dents.

— Du balai ! fit Claire.

Mais le chien ne se laissa pas impressionner.

Il s'avança vers elle en grondant de plus belle. Le chien jaune, sautant sur l'occasion, prit l'os dans sa gueule et s'éloigna avec son butin. Il avait traversé la moitié du jardin lorsque le chien noir remarqua le forfait et repartit au combat. Ils firent le tour de la cour en se bagarrant, dans une sordide mêlée jaune et noir, accompagnée de force jappements et grognements. L'os resta là, oublié, à côté du pick-up de Claire.

Elle ouvrait la portière et se remettait au volant quand une image s'inscrivit dans son cerveau. Elle baissa les yeux vers l'os abandonné par terre.

Vingt-cinq centimètres de long environ ; d'un brun rougeâtre, taché de terre. L'un des bouts, cassé, formait des échardes acérées. L'autre bout était intact, mais les caractéristiques de l'os étaient bien reconnaissables.

C'était un fémur. Un fémur indéniablement humain.

Lincoln Kelly, le chef de la police de Tranquility, finit par rattraper Doreen, sa femme, à une quinzaine de kilomètres de la ville.

Elle roulait en zigzag, à quatre-vingts à l'heure, au volant d'une Chevrolet volée. Le bout du pot d'échappement décroché traînait sur la route, jetant des gerbes d'étincelles.

— Ben, mon vieux, dit Floyd Spear, assis à côté de Lincoln dans la voiture de patrouille. Elle tient une sacrée muflée, aujourd'hui.

— J'ai passé la matinée sur la route, fit Lincoln. J'ai pas eu le temps de vérifier où elle en était.

Il brancha la sirène en espérant que ça inciterait Doreen à ralentir. Elle accéléra.

— Alors, qu'est-ce qu'on fait ? demanda Floyd. Tu veux que j'appelle des renforts ?

Les renforts, c'était Hank Dorr, le seul autre membre de l'équipe en patrouille ce matin-là.

— Non, fit Lincoln. On va essayer de la convaincre de s'arrêter.

— À quatre-vingt-dix à l'heure ?

— Prends le gueulophone.

Floyd prit le micro, et sa voix retentit par le haut-parleur.

— Hé, Doreen, arrêtez-vous ! Allez, trésor ! Vous allez finir par provoquer un accident !

La Chevrolet se mit à tanguer et à virer de plus belle.

— Si on attendait qu'elle tombe en panne sèche ? suggéra Floyd.

— Continue à lui parler.

Floyd reprit le micro.

— Doreen, Lincoln est là. Allez, trésor, arrêtez-vous ! Il veut vous faire des excuses.

— Hein ? Je veux faire quoi ?

— Arrêtez-vous, Doreen, il va vous le dire lui-même.

— Bordel, mais qu'est-ce que tu racontes ? s'exclama Lincoln.

— Les femmes attendent toujours que les hommes leur fassent des excuses.

— Mais j'ai rien fait !

Devant, les feux stop de la Chevrolet s'allumèrent tout à coup.

— Tu vois ? fit Floyd alors que la Chevrolet s'arrêtait en douceur sur le côté de la route.

Lincoln s'arrêta derrière elle et descendit de voiture.

Doreen était avachie sur le volant, les cheveux roux coiffés en pétard, les mains tremblantes. Lincoln ouvrit la portière, se pencha sur les cuisses de sa femme et prit les clés sur le contact.

— Doreen, dit-il avec lassitude, il faut que tu nous accompagnes au poste.

— Quand est-ce que tu rentres à la maison, Lincoln ? demanda-t-elle.

— On reparlera de ça plus tard. Allez, viens, mon chou, monte dans la voiture.

Il la prit par le coude, mais elle se secoua, lui faisant lâcher prise, et lui flanqua une claque sur la main pour faire bonne mesure.

— Je voulais juste savoir quand tu rentrais à la maison, répéta-t-elle.

— On en a parlé je ne sais combien de fois.

— On est encore mariés. Tu es toujours mon mari.

— Et ça ne sert à rien d'en reparler.

Il lui saisit à nouveau le coude. Il avait réussi à la faire sortir de la Chevrolet quand elle prit du recul et lui balança un coup dans la mâchoire. Il recula de quelques pas en titubant, la tête sonnant comme une cloche.

— Hé ! fit Floyd en arrêtant le bras de Doreen. Ça va, maintenant, vous n'allez pas vous bagarrer !

— Lâche-moi, toi ! grinça Doreen.

Elle s'arracha à la poigne de Floyd et flanqua un autre coup de poing à son mari.

Cette fois, Lincoln esquiva, ce qui ne fit qu'accroître la rage de sa femme. Elle lui envoya une autre droite avant que Lincoln et Floyd ne réussissent à lui attraper les deux bras.

— Je déteste être obligé de faire ça, fit Lincoln. Mais tu n'es vraiment pas raisonnable.

Les menottes se refermèrent avec un claquement sur ses poignets. Elle lui cracha dessus. Il s'essuya la figure avec sa manche, puis la conduisit patiemment vers le siège arrière de la voiture de patrouille.

— La vache ! fit Floyd. Tu sais qu'on va être obligés de la boucler.

— Je sais, oui, soupira Lincoln avant de se remettre au volant.

— Tu peux pas divorcer d'avec moi, Lincoln Kerry ! fit Doreen. Tu as promis de m'aimer et de me chérir !

— C'était avant que tu te mettes à picoler, répliqua Lincoln.

Et il amorça un demi-tour.

Ils retournèrent vers la ville à une allure de croisière, Doreen jurant comme un charretier tout le long du chemin. C'était l'effet de l'alcool. Ça paraissait faire sauter le bouchon de la bouteille qui renfermait ses vieux démons.

Lincoln avait quitté le foyer conjugal depuis deux ans, après dix ans de vie commune. Il estimait avoir tout tenté pour sauver leur mariage. Il n'était pas du genre à plaquer une femme, mais il avait fini par renoncer, désespéré. Il avait quarante-cinq ans, et l'impression que sa vie filait à toute vitesse, sans joie et sans héritier. Il aurait voulu pouvoir faire quelque chose pour Doreen, il aurait voulu retrouver un peu de l'affection qu'il éprouvait pour elle, au début de leur mariage, quand c'était une femme intelligente et sobre, et pas une furie écumante de rage comme aujourd'hui. Il cherchait parfois, dans son cœur, s'il n'y subsistait pas une trace d'amour, une petite étincelle parmi les cendres, mais il n'y avait plus rien. Les cendres étaient froides. Et il en avait marre.

Il avait essayé de l'épauler, mais Doreen n'avait pas assez de jugeote pour commencer par s'aider elle-même. Tous les deux ou trois mois, quand la pression avait assez monté, elle passait la journée à boire, elle « empruntait » une voiture et elle partait pour une de ses virées à fond la caisse. Les gens de la ville savaient qu'il valait mieux éviter de se trouver sur les routes quand Doreen Kelly était au volant.

Au poste de police de Tranquility, Lincoln laissa le soin à Floyd de la mettre derrière les barreaux. À travers les deux portes fermées menant aux trois cellules qui tenaient lieu de prison, il entendait Doreen réclamer un avocat en gueulant. Il se dit qu'il pouvait au moins faire ça pour elle. Sauf que personne à Tranquility ne voulait plus entendre parler d'elle. Elle avait usé toutes les bonnes volontés d'ici à Bangor. Ce n'était pourtant pas tout près. Il s'assit à son bureau, parcourut la liste des avocats, à la recherche d'un nom. Quelqu'un qu'il n'avait pas appelé depuis un certain temps. Et à qui ça serait égal de se faire traîner dans la boue par sa cliente.

C'en était trop, si tôt dans la journée. Il repoussa le fichier et se passa la main dans les cheveux. Doreen gueulait toujours, dans la pièce du fond. L'incident aurait les honneurs de la *Gazette*, ce journal de merde, puis les journaux de Bangor et de Portland s'en empareraient. Tout le monde dans ce putain d'État du Maine trouverait ça tellement drôle et croustillant. Pensez donc : « Le chef de la police de Tranquility arrête sa propre femme. Pour la énième fois. »

Il tendit la main vers le téléphone. Il composait le numéro de Tom Wiley, avocat au barreau, quand on frappa à la porte. Il leva les yeux. C'était Claire Elliot. Alors il raccrocha.

— Salut, Claire, dit-il. Alors, ça y est, vous avez la vignette du contrôle technique ?

— Il faut que je m'en occupe. Mais je ne suis pas là pour un problème de voiture. Je veux vous montrer quelque chose.

Elle posa un vieil os crasseux sur son bureau.

— Qu'est-ce que c'est que ça ?

— Eh bien, Lincoln, figurez-vous que c'est un fémur.

— Quoi ?

— Un os de la cuisse. Je pense qu'il est humain.

Il regarda l'os encroûté de terre. Un bout était complètement fendu, et on voyait des traces de morsure et de dents d'animaux sur la partie longitudinale.

— Où avez-vous trouvé ça ?

— Chez Rachel Sorkin.

— Et comment c'est arrivé là ?

— Les chiens d'Elwyn Clyde l'ont traîné dans le jardin, devant chez elle. Elle ne sait pas d'où ça vient. J'étais là-bas ce matin. Elwyn s'est tiré une balle dans le pied.

— Encore ?

Il leva les yeux au ciel et ils rirent tous les deux. S'il y avait un idiot dans chaque village, alors celui de Tranquility était Elwyn.

— Il va bien, dit-elle. Mais je croyais qu'il fallait toujours signaler les blessures par balle.

— Considérez que c'est fait. J'ai déjà un dossier pour Elwyn et ses blessures par balle. Bon, si vous me parliez un peu de cet os, fit-il en indiquant d'un geste la chaise devant son bureau. Vous êtes sûre que c'est un os humain ?

Elle s'assit en face de lui. Ils se regardaient sans gêne, mais il percevait entre eux une barrière de réserve, une barrière presque physique. Elle était déjà présente lors de leur première rencontre, peu après son installation en ville, quand elle s'était occupée d'un prisonnier qui souffrait de douleurs abdominales. Elle l'avait toujours intrigué. Où était son mari ? Pourquoi élevait-elle son fils toute seule ? Il ne s'était pas senti assez à l'aise pour lui poser des questions personnelles, et elle n'avait pas paru encourager ces intrusions. Agréable, bien que profondément discrète, elle semblait répugner à se laisser approcher de trop près. Dommage, parce que c'était une jolie femme, pas très grande, mais solide, avec des yeux noirs, lumineux, et une masse de cheveux bruns, bouclés, où apparaissaient quelques fils d'argent.

Elle se pencha en avant, les mains posées sur son bureau.

— Franchement, je ne vois pas de quel animal cet os pourrait provenir, dit-elle. Et je ne suis pas une experte, mais, à en juger par la taille, on dirait un os d'enfant.

— Il n'y avait pas d'autres os dans les parages ?

— Nous avons cherché, Rachel et moi, dans le jardin devant chez elle, et nous n'avons rien trouvé. Les chiens ont pu le ramasser ailleurs, n'importe où dans les bois. Il va falloir fouiller toute la région.

— Il pourrait venir d'un vieux cimetière indien.

— Peut-être. Mais il faut quand même l'envoyer au bureau du coroner de l'État, non ? Qu'est-ce que c'est que ce raffut ? s'enquit-elle soudain en inclinant la tête et en se retournant.

Lincoln rougit comme une betterave. Doreen s'était remise à gueuler dans sa cellule, laissant échapper un torrent d'injures renouvelées.

— Lincoln, espèce de salaud ! Crétin ! Menteur ! Tu iras en enfer ! Sois maudit !

— On dirait qu'il y a quelqu'un qui vous en veut, par ici, nota Claire.

Il poussa un soupir et plaqua une main sur son front.

— Ma femme.

Le regard de Claire s'adoucit, prit une expression compatissante. Il était évident qu'elle était au courant de son problème. Tout le monde, en ville, était au courant.

— Je suis navrée, dit-elle.

— Hé, minable ! brailla Doreen. T'as pas le droit de me traiter comme ça !

Il fit un effort sur lui-même pour ramener son attention sur le fémur.

— Quel âge la victime pouvait-elle bien avoir, à votre avis ?

Elle reprit l'os, le tourna et le retourna entre ses mains, pensivement, respectueusement, en songeant au petit enfant rieur qui avait jadis couru avec cet os dans la cuisse.

— Il était jeune, murmura-t-elle. Je dirais, moins de dix ans.

Elle le posa sur le bureau et le regarda en silence.

— On ne nous a pas signalé de disparition d'enfant récemment, commenta-t-il. La zone est habitée depuis des centaines d'années, et on retrouve souvent de vieux ossements. Il y a un siècle, il n'était pas rare de mourir jeune.

Elle fronça les sourcils et reprit doucement :

— Je ne pense pas que cet enfant soit mort de causes naturelles.

— Qu'est-ce qui vous fait dire ça ?

Elle se pencha, inclina sa lampe de bureau et présenta l'os à la lumière.

— Là, répondit-elle. C'est tellement encroûté de crasse qu'on a du mal à le voir à travers la terre.

Il chercha ses lunettes dans sa poche – encore un rappel du passage des ans, du fait que la jeunesse s'enfuyait – et se rapprocha pour essayer de voir ce qu'elle lui montrait. Elle racla un granulé de terre avec son ongle, et il vit l'entaille en forme de coin.

C'était une marque de hachette ou de hache.

2

Quand Warren Emerson revint à lui, il se rendit compte qu'il était étendu à côté du tas de bois, le soleil en plein dans les yeux. La dernière image qu'il avait conservée avant de perdre connaissance était une vision fraîche et contrastée de givre argenté sur l'herbe et de mottes de terre sur le sol gelé. Il était en train de fendre du bois, faisant valser sa hache et savourant le tintement sonore qui montait à chaque coup dans l'air froid, tonique. Le sapin, au bout du jardin, était encore dans l'ombre.

Le soleil était maintenant bien au-dessus de l'arbre, et, à en juger par sa position dans le ciel, Warren était resté inconscient pendant un bon moment, peut-être une heure.

Il s'assit lentement. Il avait les mains et le visage engourdis par le froid, et mal à la tête comme toujours, après. Il avait perdu ses gants. Il vit la hache à côté de lui, la lame enfoncée profondément dans une bûche d'érable. Une journée de bois de chauffage déjà fendu était éparpillée autour de lui. Il mit un long, un pénible moment à enregistrer ces informations, l'une après l'autre, et à mesurer la portée de chacune. Les pensées lui venaient avec effort, comme s'il devait aller les chercher très loin, et elles arrivaient par bribes désordonnées. Il vit que son jean était trempé.

Il y avait du sang sur sa chemise.

Il se leva en titubant et rentra lentement dans la vieille maison de ferme.

Il faisait une chaleur étouffante dans la cuisine, à cause du poêle, et Warren avait la tête qui tournait un peu. Le temps qu'il arrive à la salle de bains, sa vision périphérique avait perdu de sa netteté. Il s'assit sur les toilettes, dont le siège était fendu, et se prit la tête à deux mains en attendant que les nuages qu'il avait dans le crâne se dissipent. La chatte vint se frotter contre son mollet en miaulant. Il se pencha pour la caresser, et la douceur de son pelage lui procura un certain réconfort.

Comme son visage se réchauffait, il prit conscience d'une douleur lancinante à la tempe. Il se leva en se cramponnant au lavabo et se regarda dans la glace. Juste au-dessus de l'oreille gauche, ses cheveux gris étaient collés par le sang. Un filet d'un vilain rouge avait séché sur sa joue. On aurait dit une peinture de guerre. Il regarda longuement son reflet : un visage creusé de rides accentuées par soixante-six années d'hivers rigoureux, de travaux pénibles et de solitude. Avec pour seule compagnie sa chatte, qui lui tournait autour des pieds en miaulant lamentablement, non par affection, mais parce qu'elle avait faim. Il adorait cette bête. Le jour où elle mourrait, il verserait de vraies larmes, il l'enterrerait solennellement, et, la nuit, ses ronronnements lui manqueraient, mais il ne se faisait guère d'illusions sur l'affection qu'elle lui portait.

Il se déshabilla avec la méticulosité qui caractérisait chacun de ses actes et laissa ses vêtements – sa chemise élimée, tachée de sang, son jean trempé d'urine – soigneusement pliés sur le rabat des toilettes. Ensuite, il tourna le robinet de la douche et passa sous le jet sans attendre que l'eau se réchauffe. Le désagrément n'était que momentané, et méritait à peine un frisson dans le contexte, généralement glacial et inconfortable, de son existence. Il se lava les cheveux en insistant sur les mèches collées par le sang, et le shampooing le picota à l'endroit où il avait dû se fendre le crâne en tombant sur le tas de bois. Cette blessure cicatriserait, comme toutes les autres. Warren Emerson était un vivant témoignage de la pérennité du tissu cicatriciel.

Dès qu'il fut sorti de la douche, la chatte se remit à pousser des miaulements pitoyables, désespérés. Culpabilisants. Il ne pouvait l'entendre sans avoir le cœur serré. Il alla, tout nu, dans la cuisine, ouvrit une boîte de pâtée aux morceaux de poulet et en versa le contenu à la cuillère dans l'écuelle de Mona.

La chatte commença à manger en ronronnant de plaisir, sans prendre garde aux allées et venues de l'homme. En dehors du fait qu'il savait manier l'ouvre-boîte, il était extérieur à sa vie.

Il retourna s'habiller dans sa chambre.

C'était naguère la chambre de ses parents, et toutes leurs affaires s'y trouvaient encore : le lit à barreaux, le bureau avec ses poignées de laiton, les photos accrochées aux murs, dans leurs cadres de métal blanc. Pendant qu'il boutonnait sa chemise, son regard s'attarda sur une photo en particulier, la photo d'une fillette aux cheveux noirs et aux yeux souriants. Iris. Que fait-elle en ce moment ? se demanda-t-il, comme il se le demandait tous les jours de sa vie. Pensait-elle jamais à lui ? Son regard glissa vers une autre photo. La dernière photo de sa famille, sa mère boulotte, souriante, son père engoncé dans son costume et sa cravate. Et, coincé entre les deux, les cheveux plaqués sur le crâne, avec une raie sur le côté, le petit Warren, à douze ans.

Il tendit la main, effleura du bout des doigts le visage de ce petit garçon. Il n'en gardait aucun souvenir. Dans le grenier, il y avait le train électrique, les livres d'aventures et les crayons de couleur à la mine cassée qui lui avaient appartenu. Mais c'était un autre Warren, différent, qui avait joué dans cette maison, qui s'était tenu là, souriant, entre ses parents, pour la photo du dimanche. Pas le Warren qu'il voyait quand il se regardait dans la glace.

Tout à coup, il éprouva une terrible nostalgie, une terrible envie de toucher à nouveau les jouets de cet enfant.

Il monta l'escalier du grenier et traîna un vieux coffre sous la lumière – une ampoule nue qui se balançait au-dessus de sa tête. Il souleva le couvercle. Le coffre contenait des trésors. Il les sortit un à un et les déposa sur le sol poussiéreux. La boîte à biscuits où il rangeait ses voitures, des Matchbox. Son jeu de construction. Un sac de cuir plein de billes. Il trouva enfin ce qu'il cherchait en particulier : un jeu de dames.

Il déplia le damier et disposa les pions dessus : rouges de son côté, noirs de l'autre.

Mona arriva sans bruit dans le grenier et s'assit à côté de lui. Elle sentait le poulet. L'espace d'un instant, elle regarda le damier avec un dédain bien félin. Puis elle marcha dessus et renifla l'un des pions.

— C'est ton premier mouvement, alors ? fit Warren.

Ce n'était pas une ouverture très futée, mais il ne fallait pas trop en demander à un chat. Il déplaça le pion pour elle, et elle parut satisfaite.

Dehors, le vent soufflait, faisant claquer les volets qu'il n'avait pas attachés. Il entendait les branches du lilas frotter contre les planches de bois.

Warren avança un pion rouge et regarda son adversaire en souriant.

— À toi de jouer, Mona.

À six heures et demie, comme tous les matins, en semaine, Isabel Morrison, cinq ans, se faufila dans la chambre de sa grande sœur, Mary Rose, et se coula sous les couvertures en fredonnant. Elle se tortilla tel un asticot frétillant d'aise dans les draps bien chauds en attendant que Mary Rose se réveille. Elle commençait toujours par pousser pas mal de soupirs et de gémissements, puis elle se tournait et se retournait, ses longs cheveux bruns chatouillant la figure d'Isabel. Isabel pensait que Mary Rose était la plus belle fille de la terre. Elle ressemblait à la princesse Aurore attendant que son prince charmant la réveille d'un baiser. Certaines fois, Isabel faisait semblant d'être le prince charmant, et bien qu'elle sache que les filles ne devaient pas s'embrasser, elle posait ses lèvres sur la bouche de sa sœur et ordonnait : « Maintenant, réveille-toi ! »

Une fois, Mary Rose ne dormait pas du tout ; elle s'était redressée comme un diable sortant de sa boîte et elle avait fait des chatouilles à Isabel, tant et si bien qu'à force de gigoter et de glousser, les deux filles étaient tombées du lit dans un duo de piaulements de joie.

Si seulement Mary Rose pouvait se remettre à la chatouiller, là, maintenant. Si seulement Mary Rose était redevenue normale…

Isabel se pencha sur l'oreille de sa sœur et chuchota :

— Tu vas te réveiller, hein ?

Mary Rose remonta les couvertures sur sa tête.

— Va-t'en, vermine !

— Maman dit que c'est l'heure d'aller à l'école. Il faut que tu te réveilles.

— Sors de ma chambre !

— Mais c'est l'heure…

Mary Rose poussa un grognement et lui donna un méchant coup de pied.

Isabel se glissa vers l'autre côté du lit, où elle resta allongée, silencieuse, troublée, en frottant son tibia endolori. Elle ne comprenait rien à ce qui venait de se passer. C'était la première fois que Mary Rose lui faisait du mal. Mary Rose, qui se réveillait toujours avec le sourire, l'appelait sa Belle Zabelle et lui refaisait ses tresses avant de partir pour l'école.

Elle décida d'essayer à nouveau. Elle rampa, à quatre pattes, vers l'oreiller de sa sœur, baissa les couvertures et murmura à l'oreille de Mary Rose :

— Je sais ce que papa et maman vont t'offrir pour Noël. Tu veux que je te le dise ?

Mary Rose ouvrit les yeux tout grands et se retourna vers Isabel.

Isabel regarda un visage qu'elle reconnaissait à peine. Un visage qui la terrifiait.

— Mary Rose ? murmura-t-elle.

Puis elle dégringola du lit avec un gémissement apeuré et sortit de la chambre en courant.

Sa mère était en bas, dans la cuisine, où elle remuait la bouillie d'avoine en essayant d'écouter la radio malgré les criaillements de leur perruche, Rocky. Comme Isabel faisait irruption dans la cuisine, sa mère se retourna et lui dit :

— Il est sept heures. Ta sœur ne se lève pas ?

— Maman, gémit Isabel, désespérée. Ce n'est plus Mary Rose !

Noah Elliot effectua un 3-6 flip, une magnifique figure de free-style qui envoya voltiger son skate au sommet de la courbe, et replaqua en beauté sur le macadam. L'éclate totale ! Sa tenue XXL flottant au vent, il regagna, en skate, le parking des profs, négocia le virage avec virtuosité et rebroussa chemin. Un joli parcours d'un bout à l'autre.

C'était le seul moment où il avait l'impression de contrôler sa vie : quand il faisait du skate. Là, pour une fois, il pouvait choisir sa trajectoire, déterminer son destin. Ces jours-ci, il avait l'impression qu'on décidait trop de choses pour lui, qu'il était poussé, tiré et projeté, hurlant et se débattant, dans un avenir qu'il n'avait jamais demandé. Mais quand il faisait du skate, le vent dans la figure et le trottoir défilant sous ses roues, le monde lui appartenait. Il arrivait à oublier qu'il était piégé dans cette ville, au milieu de nulle part. Il arrivait même à oublier, l'espace d'un bref mais exaltant moment, que son père était mort et que rien n'irait plus jamais comme il fallait.

Il sentit que les écolières de première année le regardaient derrière les mobil-homes transformés en salles de classe. Elles formaient un groupe étroitement soudé, leurs têtes aux cheveux bien propres tout près les unes des autres, à pousser leurs petits gloussements de filles. Elles se tournèrent d'un même mouvement pour le suivre du regard. Il leur adressait rarement la parole, et elles lui parlaient rarement, mais tous les jours, à l'heure du déjeuner, elles étaient là et elles le regardaient enchaîner les figures.

Noah n'était pas le seul à faire du skate, au groupe scolaire de Knox Hill, mais il était vraiment le meilleur, et les filles ne regardaient que lui, ignorant les autres rois du macadam. Ces garçons n'étaient que des jobards, de toute façon, des crétins qui se prenaient pour des *riders* parce qu'ils se pavanaient avec la panoplie tout droit sortie du catalogue CCS Mailorder. Pour ça, l'uniforme, ils l'avaient : le tee-shirt Birdhouse, les chaussures en Kevlar et le pantalon baggy porté taille basse, si basse, en fait, que le bas s'effrangeait par terre, mais ce n'étaient que des frimeurs minables pour bled paumé. Ils n'avaient pas brûlé les *tracks* avec les pros de la glisse de Baltimore.

Noah plaça un 180 et il repartait en sens inverse lorsqu'il remarqua un reflet de cheveux blonds au bord du skatepark. Amelia Reid. Elle le regardait. Elle était toute seule, un livre dans les bras, comme d'habitude. Amelia était une de ces filles qui donnaient l'impression d'être coulées dans le miel. Elle était tellement parfaite, tellement dorée… Rien à voir avec ses deux dingues de frangins, qui le faisaient toujours chier à la cafétéria. Noah n'avait jamais repéré qu'elle le regardait, et cette constatation lui fit un peu trembler les genoux.

Il effectua un ollie et manqua se ramasser à côté de son skate.

Concentre-toi, crétin ! Ce n'est pas le moment de prendre un gadin !

Il se reçut sur le parking, fit un tour sur lui-même et repartit dans un grondement de roues à l'assaut de la courbe de béton. Il y avait, sur le côté, une rampe qui descendait. Un 360, et il bondit sur la barre. Ça promettait d'être une belle descente sans histoire jusqu'en bas.

Sauf que Taylor Darnell choisit ce moment précis pour surgir juste devant lui.

Noah hurla :

— Dégage !

Mais Taylor ne réagit pas à temps.

Au dernier moment, Noah roula à bas de son skate et atterrit sur le trottoir. Le skate, ayant pris de la vitesse, glissa jusqu'en bas de la piste et heurta Taylor dans le dos.

Taylor se retourna en hurlant :

— C'est quoi, ce bordel, *man* ? Qui a balancé ça ?

— Je l'ai pas balancé, connard, fit Noah en se ramassant.

Il avait les deux mains à vif et un genou salement amoché. Il sentait le sang battre méchamment sous sa peau.

— Je ne l'ai pas fait exprès. C'est toi qui m'as coupé la route.

Noah se pencha pour ramasser son skate, qui était retombé les roues en l'air. Taylor était plutôt un brave garçon, l'un des premiers qui étaient venus lui parler quand il était arrivé en ville, il y avait huit mois. Ils passaient parfois l'après-midi ensemble, à se montrer de nouveaux trucs de skate. Aussi Noah fut-il choqué quand Taylor le bouscula rudement, sans prévenir.

— Hé, c'est quoi, ton problème, mec ? demanda Noah.

— Tu me l'as lancé !

— Mais non !

— Tout le monde t'a vu ! brailla Taylor en prenant les spectateurs à témoin. Vous l'avez vu, hein ?

Personne ne dit rien.

— Je t'ai dit que je ne l'avais pas fait exprès, répéta Noah. Je suis vraiment désolé, mec.

Il y eut des rires parmi les élèves des classes aménagées dans les mobil-homes. Taylor se rendit compte que les filles observaient l'échange, et son visage devint rouge vif.

— Bouclez-la ! hurla-t-il, furibard. Quelles connes, alors !

— Enfin, Taylor, merde, quoi ! fit Noah. T'as un problème ?

Les autres skaters avaient envoyé valser leur planche pour se masser autour d'eux et les observaient comme des bêtes curieuses. L'un d'eux lança une blague :

— Hé, pourquoi les Taylor traversent-ils la route ?

— Ch'sais pas. Pourquoi ?

— Parce qu'ils ont la queue coincée dans le cul de la poule !

Tous les skaters éclatèrent de rire. Et Noah ne put s'empêcher d'en faire autant.

Il n'était pas préparé à encaisser le coup. Un coup en vache, dans la mâchoire, qui sembla venir de nulle part et lui envoya valdinguer la tête. Il tomba à la renverse, les fesses heurtant le macadam. Il resta assis pendant un moment, les oreilles bourdonnantes, la vision brouillée, alors que le choc laissait place à une rage blessée.

C'était mon ami, et il m'a flanqué un coup de poing !

Il se releva en titubant, plongea sur Taylor tête baissée et le plaqua au sol. Ils roulèrent par terre, Noah sur le dessus, puis dessous, les deux garçons s'agitant comme de beaux diables, aucun des deux ne réussissant à porter un coup décisif. Pour finir, Noah parvint à plaquer les épaules de Taylor à terre, mais autant essayer d'immobiliser un chat sauvage crachant et écumant.

— Noah Elliot !

Il se figea, tenant encore les poignets de Taylor. Il tourna lentement la tête et vit la directrice, Mlle Cornwallis, penchée sur eux. Les autres gamins avaient prudemment reculé et observaient la scène à distance respectable.

— Levez-vous ! ordonna Mlle Cornwallis. Tous les deux !

Noah lâcha aussitôt Taylor et se releva. Taylor, le visage quasiment violet, hurla rageusement :

— Il m'a bousculé ! Il s'en est pris à moi sans raison et je ne faisais que me défendre !

— Ce n'est pas vrai ! C'est lui qui s'est jeté sur moi !

— Il m'a lancé son skate !

— Je ne lui ai rien lancé du tout. C'était un accident !

— Un accident ? Menteur, en plus !

— Taisez-vous, tous les deux ! hurla Mlle Cornwallis.

Un silence choqué se fit dans la cour de l'école. Tous les regards étaient rivés sur la dirlo. C'était la première fois qu'on l'entendait crier. C'était une blonde à chignon, sèche mais belle, qui portait des tailleurs-pantalons et des chaussures plates au bahut. La voir crier était une révélation pour tout le monde.

Mlle Cornwallis prit une profonde inspiration et retrouva rapidement sa dignité.

— Noah, donne-moi ce skateboard.

— C'était un accident. Je ne l'ai pas fait exprès.

— Tu le plaquais au sol. Je t'ai vu.

— Mais je ne lui ai pas tapé dessus !

— Donne-le-moi, répéta-t-elle en tendant la main.

— Mais…

— Tout de suite !

Noah alla chercher son skate, abandonné à quelques mètres de là. Il était bien usé. Un bord entaillé avait été rafistolé avec du ruban adhésif d'électricien. Le skate était le cadeau d'anniversaire de ses treize ans. C'est lui qui avait ajouté les décalcomanies dessous – un dragon vert qui crachait des flammes rouges –, et il avait pas mal usé les roues dans les rues de Baltimore, où il habitait alors. Il aimait ce skate, parce qu'il lui rappelait tout ce qu'il avait laissé derrière lui. Tout ce qui lui manquait encore. Il le tint un moment contre lui, puis, sans dire un mot, le tendit à Mlle Cornwallis.

Elle le prit d'un air dégoûté, se tourna vers les autres élèves, et dit :

— À partir de maintenant, interdiction formelle de faire du skate dans le périmètre de l'école. Vous allez ramener vos skates chez vous aujourd'hui. Si j'en vois encore un demain, je le confisque. C'est clair ?

Il y eut des hochements de tête silencieux.

Mlle Cornwallis se tourna vers Noah.

— Tu es collé jusqu'à trois heures et demie, cet après-midi.

— Mais je n'ai rien fait !

— Tu vas tout de suite dans mon bureau réfléchir à ce que tu as fait. Maintenant !

Noah s'apprêtait à répondre, puis il se ravisa. Tout le monde le regardait. Il repéra Amelia Reid, qui était plantée près du terrain de sport, et se sentit rougir d'humiliation. En silence, tête basse, il suivit la directrice vers le bâtiment.

Les autres skaters, l'air renfrogné, s'écartèrent devant eux. Noah s'éloignait lorsqu'il entendit l'un des garçons marmonner dans son dos :

— Merci, Elliot. Grâce à toi, on morfle tous !

Si on voulait prendre le pouls de la ville de Tranquility, il fallait aller au Monaghan's Diner, le quarticr général du club des Dinosaures. De club, il n'avait que le nom ; c'était une espèce de cafétéria aménagée dans un vieux wagon, où se retrouvaient tous les midis six ou sept retraités qui n'avaient plus rien de mieux à faire de leur temps que de papoter, le coude sur le comptoir, en lorgnant les tartes de Nadine sous leurs cloches de plastique. Claire ignorait qui l'avait ainsi baptisé. Elle supposait que la femme de l'un de ces bonshommes, énervée de voir son mari s'esquiver tous les jours pour retrouver ses acolytes, avait dû lâcher un truc du genre : « Oh, toi et tes vieux dinosaures de copains ! » Et le nom était resté, comme toutes les bonnes trouvailles. Le « club » ne comptait que des hommes, qui avaient tous largement passé la soixantaine. Nadine n'avait qu'une cinquantaine d'années, et elle n'était pas une Dinosaure officielle. Elle était derrière le comptoir et elle avait assez bon caractère pour tolérer leurs mauvaises blagues et la fumée de leurs cigarettes, mais c'était sa seule légitimité.

Quatre heures après la découverte du fémur humain, Claire s'arrêta donc chez Monaghan pour déjeuner. Les Dinosaures, qui étaient sept ce jour-là, tous vêtus de grosses chemises orange fluo, étaient à l'endroit habituel, juchés sur les tabourets à gauche du bar, près de la machine à milk-shakes.

Ned Tibbetts se retourna et gratifia Claire d'un salut sinon très chaleureux, du moins respectueusement bougon.

— Salut, toubib !

— Bonjour, monsieur Tibbetts.

— Ben dites donc, fait pas chaud, aujourd'hui !

— Ça commence à geler, dehors.

— Le vent souffle du nord-ouest. Il pourrait bien neiger, cette nuit.

— Une tasse de café, toubib ? demanda Nadine.

— Merci.

Ned se retourna vers les autres Dinosaures, qui avaient diversement salué l'entrée de Claire et reprenaient leur conversation. Elle n'en connaissait que deux par leur nom. Les autres n'étaient que des silhouettes familières. Claire était reléguée au bout du comptoir, comme il convenait à son statut d'étrangère. Oh, les gens étaient assez cordiaux avec elle. Ils souriaient, ils étaient polis. Mais pour ces indigènes, elle n'était qu'une fille de la ville venue se frotter à la vraie vie. Les huit mois qu'elle avait passés à Tranquility n'étaient qu'un séjour temporaire. Ils semblaient tous s'accorder à penser que le test, ce serait l'hiver. Quatre mois de tempêtes de neige et de verglas auraient vite fait de la renvoyer à la ville, comme ils avaient chassé les deux derniers docteurs qui n'étaient pas du coin.

Nadine glissa une tasse de café fumante devant Claire.

— Vous êtes au courant, hein ? demanda-t-elle.

— Au courant de quoi ?

— Pour l'os.

Nadine, plantée devant elle, escomptait sa contribution au fonds commun d'informations du bled. Comme la plupart des femmes du Maine, Nadine écoutait beaucoup. C'étaient les hommes qui tenaient le crachoir. Claire les entendait quand elle allait à la quincaillerie locale, au bazar-épicerie ou à la poste. Ils bavardaient, debout sur une patte, pendant que leurs femmes attendaient, patientes, silencieuses, attentives.

— Il paraît que c'est un os d'enfant, dit Joe Bartlett en faisant pivoter son tabouret vers Claire. Un os de la jambe.

— C'est vrai, toubib ? demanda un autre.

Tous les Dinosaures avaient les yeux rivés sur elle.

— On dirait que vous en savez aussi long que moi, répondit-elle en souriant.

— Il paraît qu'il était salement amoché. Peut-être tailladé au couteau. Ou bien il aurait pris un coup de hache. Et les animaux l'auraient rongé.

— Vous avez une conversation sacrément réjouissante, aujourd'hui, fit remarquer Nadine.

— Trois jours dans les bois, et les ratons laveurs et les coyotes vous nettoient complètement un squelette. Et puis les chiens d'Elwyn s'en sont emparés. Il leur donne presque rien à bouffer, vous savez. Un os comme ça, c'est un régal pour eux. Peut-être que ses chiens le rongeaient depuis des semaines sans qu'Elwyn y ait seulement jeté un coup d'œil.

Joe éclata de rire.

— Sacré Elwyn ! Il n'a pas inventé l'eau tiède !

— Peut-être que c'est lui qui a tiré sur un gamin. Il l'aura pris pour un cerf.

— On dirait que c'est un très vieil os, fit Claire.

Joe Bartlett fit signe à Nadine.

— Ça y est, je me suis enfin décidé. Je vais prendre le sandwich Monte Cristo.

— Ben dis donc ! C'est gala, aujourd'hui, ironisa Ned Tibbetts.

— Et pour vous, toubib, qu'est-ce que ce sera ? demanda Nadine.

— Un sandwich au thon et une soupe aux champignons, s'il vous plaît.

Tout en déjeunant, Claire écouta les hommes parler de l'os, se livrer à des conjectures sur son propriétaire. Impossible de s'abstraire de leur discussion ; trois d'entre eux avaient des appareils auditifs. Ils évoquaient des souvenirs qui remontaient pour la plupart à une cinquantaine d'années, et ils échangeaient les hypothèses comme les tours de batte au baseball. Peut-être que c'était cette jeune fille qui était tombée de Bald Rock Cliff. Mais non, on avait retrouvé son corps, rappelez-vous. Alors peut-être que c'était la petite Jewett – elle avait pas disparu quand elle avait seize ans ? Non, répondit Ned, il avait entendu raconter par sa mère qu'elle habitait Hartford. Elle devait avoir la soixantaine, oh oui, et bien sonnée, et elle était probablement grand-mère à l'heure qu'il était. Fred Moody dit que, d'après Florida, sa femme, ça devait être quelqu'un qui n'était pas du coin – l'un des touristes qui venaient en été. Tranquility ne perdait pas trace de ses citoyens comme ça, hein ? Et si un gamin avait disparu, on s'en souviendrait, quand même.

Nadine remplit la tasse de café de Claire.

— Vous trouvez pas que c'est le grand n'importe quoi ? dit-elle. Ils ne peuvent pas s'empêcher d'échafauder des théories.

— Mais comment sont-ils au courant de tout ça ?

— Joe est le cousin au second degré de Floyd Spear, du poste de police, fit Nadine en essuyant le comptoir, y laissant de longues traînées qui sentaient légèrement l'eau de Javel. Il paraît qu'il y a un expert en os qui vient de Bangor, aujourd'hui. Je parie que ça va être un de ces touristes qui passent l'été ici.

C'était la réponse qui s'imposait, bien sûr – un touriste. Que ce soit un crime non résolu ou un cadavre non identifié, c'était l'hypothèse la plus probable. Tous les ans, à partir du mois de juin, la population de Tranquility quadruplait, quand les riches familles de Boston et de New York venaient en villégiature au bord du lac. Et tandis que les parents se prélassaient sur les porches de leurs cottages en regardant leurs enfants patauger dans l'eau, les caisses enregistreuses tintaient allègrement dans les boutiques de cette paisible bourgade. C'est que les estivants injectaient beaucoup de dollars dans l'économie locale. Il fallait bien que quelqu'un fasse le ménage chez eux, répare leurs belles voitures, emballe leurs courses. Les affaires de ces quelques mois d'été suffisaient à faire vivre les autochtones pendant tout l'hiver.

C'était l'argent qui rendait les visiteurs supportables. Ça, et le fait qu'en septembre, à la chute des feuilles, ils repartaient, laissant la ville aux gens qui y étaient chez eux.

Claire finit de déjeuner et retourna à son cabinet.

La rue principale de Tranquility suivait la courbe du lac. En haut d'Elm Street, il y avait le garage de Joe Bartlett. Il l'avait tenu pendant quarante-deux ans, jusqu'à sa retraite ; et maintenant, c'étaient les deux filles de sa fille qui pompaient l'essence et faisaient les vidanges. Une enseigne, au-dessus du garage, proclamait fièrement : « Propriétaire et gérant : Joe Bartlett et ses petites-filles ». Claire avait toujours aimé cette enseigne ; elle la trouvait tout à l'honneur de Joe Bartlett.

Au bureau de poste, Elm Street s'incurvait vers le nord. Un vent glacial soufflait du lac. Il s'engouffrait dans les ruelles entre les bâtiments, et, quand on marchait sur le trottoir, on avait l'impression de traverser une série de tunnels de vent glacé. Derrière l'une des fenêtres de l'appartement au-dessus de chez Cobb et Morong, le magasin où on vendait de tout, un chat noir la regardait de haut comme s'il s'interrogeait sur les facultés intellectuelles d'une créature assez stupide pour se promener dehors par un temps pareil.

Juste à côté du magasin se trouvait une maison victorienne jaune. C'est là que Claire avait son cabinet.

C'était naguère le cabinet et la résidence du Dr Pomeroy. La porte avait conservé sa vitre dépolie et l'inscription CABINET MÉDICAL. Bien que « James Pomeroy, docteur en médecine », ait laissé place à « Claire Elliot, docteur en médecine générale », elle avait parfois l'impression de voir l'ancien nom flotter sur le verre granité comme une ombre ou un fantôme, refusant d'abandonner le terrain à la nouvelle occupante.

À l'intérieur, la réceptionniste, Véra, papotait au téléphone, ses bracelets cliquetant alors qu'elle feuilletait le livre de rendez-vous. Le style de Véra était en accord avec sa personnalité : échevelé, flou et un peu effiloché sur les bords. Elle posa sa main sur le récepteur et dit à Claire :

— J'ai fait entrer Mairead Temple dans votre cabinet. Elle a mal à la gorge.

— D'autres rendez-vous, cet après-midi ?

— Plus que deux, et c'est tout.

Ce qui ne faisait que six patients ce jour-là, se dit Claire, inquiète. Ce n'était pas une bonne nouvelle. Depuis le départ des touristes, la clientèle de Claire s'était réduite comme une peau de chagrin. Elle était seule à pouvoir légalement exercer la médecine à Tranquility, mais la plupart des gens du coin préféraient faire trente kilomètres et aller à Two Hills pour se faire soigner. Elle savait pourquoi : rares étaient ceux qui la croyaient capable de résister aux rigueurs de l'hiver, et ils ne voyaient aucune raison de s'attacher à un docteur qui serait parti à l'automne suivant.

Mairead Temple était l'une des rares patientes que Claire avait réussi à conserver, et encore, c'était parce qu'elle n'avait pas de voiture. Elle avait fait un kilomètre et demi à pied pour venir à la consultation, et maintenant elle était assise sur la table d'examen, mais elle avait du mal à reprendre son souffle à cause de l'air glacé qu'elle avait respiré. Mairead avait quatre-vingt-un ans et elle n'avait plus ni dents ni amygdales. Et plus aucun respect pour l'autorité.

Claire l'examina et lui dit :

— Vous avez la gorge bien rouge.

— Ça, j'avais pas besoin de vous pour le savoir, rétorqua Mairead.

— Mais vous n'avez pas de fièvre et les ganglions lymphatiques ne sont pas enflés.

— J'ai rudement mal. J'arrive pas à avaler.

— Je vais effectuer un prélèvement et le faire analyser. On saura demain si c'est d'origine bactérienne, mais je miserais plutôt sur un virus.

Mairead regarda, de ses petits yeux soupçonneux, Claire déballer un écouvillon à prélèvement.

— Le Dr Pomeroy me donnait toujours de la pénicilline.

— Les antibiotiques sont sans effet sur les virus, madame Temple.

— La pénicilline m'a toujours bien réussi.

— Dites « ah ».

Mairead eut un haut-le-cœur alors que Claire lui frottait le fond de la gorge avec son écouvillon. On aurait un peu dit une tortue, avec son cou plissé, tendu, sa bouche édentée claquant dans le vide. Les yeux pleins de larmes, elle dit :

— Le Dr Pomeroy a exercé longtemps. Il savait ce qu'il faisait. Vous auriez pu en prendre de la graine, vous tous, les jeunes docteurs.

Claire poussa un soupir. La comparerait-on toujours au Dr Pomeroy ? Sa pierre tombale trônait au plus beau du cimetière de Mountain Street. Claire voyait ses notes laconiques dans ses vieux dossiers médicaux ; elle avait parfois l'impression que son fantôme la suivait pendant ses tournées. Et voilà que son fantôme se dressait à présent entre Mairead et elle. Il était mort et depuis longtemps refroidi, mais tout le monde le considérait encore comme le toubib de la ville.

— Je voudrais vous ausculter, dit Claire.

Mairead grommela et tirailla sur ses vêtements. Il faisait froid, dehors, et elle s'était habillée en conséquence. Un pull, une chemise de coton, des sous-vêtements bien chauds et un soutien-gorge. Elle dut retirer tout ça avant que Claire ne pose son stéthoscope sur sa poitrine.

À travers les battements du cœur de Mairead, Claire entendit taper à la porte. Elle leva les yeux.

Véra passa la tête par l'entrebâillement de la porte.

— Vous avez un appel sur la ligne deux.

— Vous ne pouvez pas noter le message ?

— C'est votre fils. Il ne veut pas me parler.

— Excusez-moi, madame Temple, dit Claire, et elle alla dans son bureau prendre la communication. Noah ?

— Il va falloir que tu viennes me chercher. Je vais rater le bus.

— Mais il n'est que deux heures et quart. Tu as encore largement le temps de prendre le bus.

— Je suis collé. Je ne partirai pas avant trois heures et demie.

— Collé ? Pourquoi ? Que s'est-il passé ?

— Je ne veux pas en parler tout de suite.

— Je le découvrirai de toute façon, chéri.

— Pas maintenant, maman, répondit-il avant de renifler. Je t'en prie, reprit-il d'une voix étranglée par les larmes, maman, s'il te plaît, tu ne peux pas tout simplement venir me chercher ?

Il raccrocha. Hantée par l'image de son fils, en pleurs – et qui avait des ennuis –, Claire rappela aussitôt l'école. Mais le temps qu'elle obtienne le secrétariat, Noah était reparti et Mlle Cornwallis ne pouvait pas lui parler.

Claire avait une heure pour en finir avec Mairead Temple, voir deux autres patients et retourner à l'école en voiture.

Se sentant maintenant sous pression, et distraite par le problème de Noah, elle retourna dans le cabinet et découvrit avec détresse que Mairead s'était rhabillée.

— Je n'ai pas tout à fait fini de vous examiner, dit Claire.

— Oh si, grommela Mairead.

— Voyons, madame Temple…

— Je suis venue chercher de la pénicilline, pas pour qu'on me fourre des cotons-tiges dans la gorge.

— Vous ne voulez pas vous rasseoir, s'il vous plaît ? Je sais que je ne fais pas les choses tout à fait comme le Dr Pomeroy, mais il y a une raison à ça. Les antibiotiques sont sans action sur les virus, et ils peuvent avoir des effets secondaires.

— Y m'ont jamais donné d'effets secondaires.

— Il ne faut qu'un jour ou deux pour avoir les résultats du prélèvement. Si ce sont des streptocoques, je vous donnerai un antibiotique.

— Faudrait que je revienne de l'autre bout de la ville. J'en aurais encore pour la moitié de la journée.

Tout à coup, Claire comprit le vrai problème. L'examen de laboratoire, la nouvelle ordonnance, tout cela impliquait pour Mairead une marche de trois kilomètres aller et retour.

Avec un soupir, elle tira son ordonnancier. Et pour la première fois depuis le début de la visite, elle vit sourire Mairead. Satisfaite. Triomphante.

Isabel était assise sur le canapé, silencieuse, comme si elle avait peur de bouger, peur de dire un mot.

Mary Rose était folle, complètement folle. Leur mère n'était pas encore rentrée à la maison, et Isabel était seule avec sa sœur. Elle ne l'avait jamais vue se comporter de la sorte, faisant les cent pas, comme un tigre en cage, et lui criant après. Après elle, Isabel ! Mary Rose était tellement en colère que sa figure se creusait de rides et devenait hideuse. Ce n'était plus du tout la princesse Aurore, mais plutôt une méchante sorcière. Ce n'était plus sa sœur. C'était une vilaine personne qui occupait le corps de sa sœur.

Isabel se blottit plus profondément dans les coussins en regardant furtivement la méchante personne qui avait pris la place de Mary Rose arpenter le salon en marmonnant :

— Je ne peux jamais aller nulle part, je ne peux jamais rien faire à cause de toi ! Je suis tout le temps coincée à la maison ! Une esclave baby-sitter ! Je voudrais que tu sois morte ! Je voudrais que tu sois morte !

Mais je suis ta sœur ! aurait voulu gémir Isabel. Sauf qu'elle n'osait même pas la regarder. Elle se mit à pleurer, et de grosses larmes silencieuses s'écrasèrent sur les coussins, y faisant de grosses taches sombres. Oh non. Ça allait encore exaspérer Mary Rose.

Isabel attendit que sa sœur ait le dos tourné, puis elle descendit furtivement du canapé et fila dans la cuisine. Elle allait se cacher là, hors de vue de Mary Rose, jusqu'à ce que leur mère rentre à la maison. Elle se coula au coin d'un placard de la cuisine et s'assit par terre, sur le carreau froid, les genoux relevés sur la poitrine. Si elle restait tranquille, si elle ne faisait pas de bruit, Mary Rose ne la trouverait pas. De là où elle était, elle voyait la pendule, sur le mur. Elle savait que quand la petite aiguille serait sur le cinq, leur mère rentrerait à la maison. Elle avait envie de faire pipi, mais elle allait attendre, parce qu'elle savait qu'elle était en sûreté, ici.

Puis Rocky, la perruche, commença à crier, dans sa cage, devant la fenêtre. Isabel l'implora silencieusement de se taire, mais Rocky n'était pas très futée, et elle se mit à siffler de plus belle, en la regardant. Leur mère l'avait souvent dit : « Rocky a une cervelle d'oiseau. » Elle le prouvait, en cet instant, en faisant tout ce raffut.

Tais-toi, je t'en prie ! Tais-toi, ou elle va me trouver !

Trop tard. Un bruit de pas précéda son entrée dans la cuisine. Un tiroir fut ouvert et des couverts en argent tombèrent sur le carrelage dans un bruit de ferraille. Mary Rose jetait les cuillères et les fourchettes par terre. Isabel se roula en boule et se recroquevilla encore davantage contre le placard.

Rocky, la traîtresse, criaillait en la regardant, l'air de dire : « Elle est là ! Elle est là ! »

C'est alors que Mary Rose entra dans son champ de vision, mais ce n'était pas Isabel qu'elle regardait. Elle regardait Rocky. Elle s'approcha de la cage et se planta devant la perruche, qui poussait toujours ses cris grinçants. Elle ouvrit la porte et passa la main à l'intérieur. Rocky battit des ailes, paniquée, faisant voltiger plumes et graines. Mary Rose prit la petite masse d'un bleu céleste qui se tortillait et se débattait, et la sortit de la cage. D'un coup sec, elle lui tordit le cou.

Rocky devint toute molle.

Mary Rose lança le cadavre contre le mur. Il tomba par terre en un triste petit tas de plumes.

Un cri silencieux bouillonnait dans la poitrine d'Isabel. Elle le ravala et appuya son visage sur ses genoux, s'attendant, terrorisée, à ce que sa sœur lui torde le cou à elle aussi.

Mais Mary Rose sortit de la cuisine. Et quitta la maison.

3

Noah était assis sur l'escalier, devant le collège, quand Claire arriva, à quatre heures. Elle avait expédié ses deux derniers patients et foncé au groupe scolaire, qui était à huit kilomètres du cabinet, mais elle avait une demi-heure de retard, et elle voyait qu'il lui en voulait. Il monta dans le pick-up sans dire un mot et claqua brutalement la portière.

— Ta ceinture, chéri.

Il tira sur la ceinture et la boucla rageusement. Ils roulèrent un moment en silence.

— Je croyais que tu n'arriverais jamais. Qu'est-ce qui t'a retardée ? demanda-t-il.

— J'avais des malades à voir, Noah. Pourquoi as-tu été collé ?

— Ce n'était pas ma faute.

— Alors, la faute à qui ?

— Taylor. Il a pété les plombs. Je ne sais pas ce qui lui a pris. Et moi qui croyais qu'on était amis, soupira-t-il en s'avachissant sur son siège. Maintenant, on dirait qu'il me déteste.

Elle lui jeta un coup d'œil.

— C'est de Taylor Darnell que tu parles ?

— Ouais.

— Qu'est-ce qui s'est passé ?

— Mon skate lui est rentré dedans. Mais je ne l'ai pas fait exprès. Et tout ce que je sais, après, c'est qu'il s'est jeté sur moi. Alors je l'ai bousculé à mon tour, il est tombé, et…

— Pourquoi n'as-tu pas appelé un professeur ?

— Il n'y en avait pas dans le coin. Et puis Mlle Cornwallis est venue et Taylor s'est mis à gueuler que c'était ma faute.

Il lui tourna le dos mais elle eut le temps d'apercevoir un geste embarrassé de la main sur les yeux. Il fait tellement d'efforts pour avoir l'air d'un grand, se dit-elle avec une pointe d'apitoiement, alors qu'en réalité c'est encore un enfant.

— Maman, elle m'a pris mon skate, dit-il tout bas. Tu pourrais me le récupérer ?

— Je téléphonerai à Mlle Cornwallis demain. Mais je veux que tu appelles Taylor et que tu t'excuses.

— Il s'est jeté sur moi ! C'est lui qui devrait s'excuser !

— Taylor vit des moments difficiles, Noah. Ses parents viennent de divorcer.

Il la regarda.

— Comment tu le sais ? C'est ton patient ?

— Oui.

— Pourquoi il vient te voir ?

— Tu sais que je ne peux pas en parler.

— Comme si tu me parlais de quoi que ce soit, marmonna-t-il, et il se retourna à nouveau vers la fenêtre.

Elle savait qu'il ne fallait pas relever, alors elle se garda bien de répondre. Mieux valait le silence que la discussion qui ne pouvait manquer de dégénérer entre eux si elle cédait à la provocation.

Lorsqu'il reprit la parole, ce fut si bas que c'est à peine si elle l'entendit.

— Maman, je voudrais rentrer à la maison.

— C'est là qu'on va, tu sais.

— Non, je veux dire, chez nous. À Baltimore. Je ne veux pas rester ici. Il n'y a rien, ici, que des arbres et une poignée de vieux types qui conduisent des pick-up. Je ne me sens pas chez moi, ici.

— C'est pourtant chez nous, maintenant.

— Pas chez moi.

— Tu n'as pas fait beaucoup d'efforts pour t'y sentir bien.

— Comme si j'avais le choix ! Comme si tu m'avais demandé si je voulais déménager !

— Nous apprendrons tous les deux à nous y plaire. Je ne m'y suis pas encore faite non plus.

— Alors, pourquoi a-t-il fallu qu'on déménage ?

Elle regardait droit devant elle, les mains crispées sur le volant.

— Tu le sais très bien, Noah.

Ils savaient tous les deux à quoi elle faisait allusion. Ils avaient quitté Baltimore à cause de lui, parce qu'elle avait jeté un regard implacable sur l'avenir de son fils, et qu'elle avait été horrifiée. Une bande de copains peu recommandables, et il y avait peu de chance que ça s'arrange. Des coups de téléphone à répétition de la police. Des tribunaux pour enfants, des avocats et des thérapeutes. Elle avait vu ce qui les attendait à Baltimore, alors elle avait empoigné son gamin, et pris la fuite comme si elle avait le diable aux trousses.

— Je ne vais pas me changer en un étudiant modèle parce que tu m'as traîné dans les bois, lança-t-il. Je peux aussi bien gâcher les choses ici. Alors, autant rentrer.

Elle s'engagea dans leur allée et se tourna vers lui.

— Ce n'est pas en foutant tout en l'air ici que tu gagneras ton billet de retour pour Baltimore. Soit tu remets ta vie sur les bons rails, soit tu merdes. À toi de voir. C'est toi qui décides.

— Quand est-ce que j'ai jamais eu le choix ?

— Le choix, on l'a à chaque instant. Et à partir de maintenant, je veux que tu fasses les bons choix.

— Ceux que tu veux, toi, tu veux dire ! s'écria-t-il en sautant du pick-up.

— Noah ! Noah !

— Fiche-moi la paix ! hurla-t-il.

Il claqua la portière et s'éloigna vers la maison à grands pas furibards.

Elle ne le suivit pas. Elle resta dans la voiture, les mains crispées sur le volant, trop lasse et trop malheureuse à ce moment-là pour tenter de redresser la situation. Elle passa brutalement la marche arrière et recula. Ils avaient tous les deux besoin de temps pour laisser retomber la pression, pour reprendre le contrôle de leurs émotions. Elle tourna vers Toddy Point Road et prit le long du lac Locust. La thérapie par la conduite.

Comme tout semblait facile quand Peter était vivant, quand il regardait leur fils en louchant pour le faire rire. Les jours où ils étaient heureux, encore eux-mêmes – entiers.

Nous n'avons pas eu un instant de bonheur depuis ta mort, Peter. Tu me manques. Tu me manques tous les jours, à chaque heure de chaque jour. À chaque minute de ma vie.

Les lumières des maisons du bord du lac vacillaient à travers ses larmes. Elle négocia prudemment le virage, passa devant les Rochers, et tout à coup les lumières ne furent plus blanches mais bleues. Une lumière bleue semblait danser entre les arbres…

Une voiture de police était garée devant chez Rachel Sorkin.

Elle s'arrêta à côté. Il y avait déjà trois véhicules dans le jardin : deux voitures de police et un van blanc. Un agent de la police du Maine parlait à Rachel sur le porche. Des pinceaux lumineux zigzaguaient par terre, entre les arbres.

Claire repéra Lincoln Kelly qui sortait des bois. Elle reconnut sa silhouette alors qu'il passait devant l'une des taches de lumière. Il était solidement bâti, il se tenait droit, et marchait avec une assurance tranquille qui le faisait paraître plus grand qu'il n'était en réalité. Il s'arrêta pour bavarder avec le flic du Maine, puis il remarqua Claire et traversa le jardin pour venir vers elle.

Elle baissa sa vitre.

— Vous avez trouvé d'autres ossements ? demanda-t-elle.

Il se pencha vers elle, apportant avec lui l'odeur de la forêt, des sapins, de la terre et de la fumée de feu de bois.

— Ouais. Les chiens nous ont conduits au lieu de l'enfouissement, répondit-il. La berge a été très ébranlée, au printemps, avec toutes ces inondations. C'est ce qui a mis les ossements au jour. Mais j'ai peur que les bêtes sauvages n'en aient déjà éparpillé la majeure partie dans les bois.

— Le légiste soupçonne un homicide ?

— L'affaire ne concerne plus le légiste. Les ossements sont trop vieux. Maintenant, c'est un anthropologue de la médecine légale qui est en charge du dossier. Si vous voulez lui parler, c'est le Dr Overlock.

Il ouvrit la portière du pick-up, et Claire descendit de son véhicule. Ils s'aventurèrent ensemble dans l'obscurité des bois. Le crépuscule avait rapidement laissé place à la nuit ; le terrain était inégal, couvert de feuilles mortes, et elle trébucha plus d'une fois dans le sous-bois. Lincoln tendit la main pour l'empêcher de tomber. Il semblait n'avoir aucun mal à se diriger dans le noir, et ses deux grands pieds chaussés de bottes accrochaient bien sur le sol gelé.

Du côté des lumières qu'on voyait briller entre les arbres, Claire entendit des voix et un bruit d'eau qui gouttait. Elle suivit Lincoln hors des bois, et ils se retrouvèrent au bord du fleuve. Une section de la berge érodée avait été isolée par la police au moyen d'un ruban jaune et noir tendu entre des piquets, et les ossements encroûtés de terre qui avaient déjà été déterrés gisaient sur une bâche. Claire reconnut un tibia et ce qui ressemblait à des fragments de bassin. Deux hommes portant des cuissardes et des lampes frontales étaient debout dans l'eau jusqu'aux genoux et fouillaient prudemment la paroi de la berge.

Lucy Overlock était debout entre les arbres, et elle discutait, son téléphone portable collé à l'oreille. C'était une grande bringue, qui se fondait étrangement parmi les arbres avec sa tenue de bûcheron, son jean et ses bottes de travail. Elle avait les cheveux presque gris, attachés en une sévère queue-de-cheval. Elle vit Lincoln, le salua avec lassitude, et continua sa conversation téléphonique.

— … pas d'artefacts, non, juste les restes d'un squelette. Mais je vous assure que cette sépulture ne tombe pas sous le coup de la loi de restitution des dépouilles et objets funéraires aux tribus amérindiennes[1]. Pour moi, le crâne est indubitablement caucasien. Comment ça, ce qui me permet de le dire ? C'est évident ! La boîte crânienne est trop étroite, la face est moins large… Non, bien sûr que non, ce n'est pas absolu. Mais le site se trouve près du lac Locust, et les Penobscot n'y ont jamais établi de campement. La tribu ne pêchait même pas dans le lac. L'endroit était trop tabou.… Bien sûr que vous pourrez examiner ces ossements vous-même, fit-elle en levant les yeux au ciel et en secouant la tête. Mais c'est maintenant que nous devons fouiller le site, avant que les bêtes sauvages ne fassent davantage de dégâts, ou nous perdrons tout.

Elle coupa la communication et regarda Lincoln d'un air exaspéré.

— La bataille de procédure habituelle, dit-elle.

— Pour des ossements ?

— Pff… Avec cette loi sur la protection des tombes amérindiennes, chaque fois que nous trouvons des restes humains, les tribus demandent une confirmation à

1. Le Native American Graves Protection and Repatriation Act, ou NAGPRA, protège les sites funéraires amérindiens et oblige à la restitution des dépouilles et des objets funéraires aux tribus apparentées. *(N.d.l.T.)*

cent pour cent qu'il ne s'agit pas d'un des leurs. Et ils ne se contentent pas de quatre-vingt-quinze pour cent.

Elle se tourna vers Claire, qui s'était avancée pour se présenter.

— Lucy Overlock, dit Lincoln. Et voici Claire Elliot. Le docteur qui a trouvé le fémur.

Les deux femmes échangèrent une poignée de main, la poignée de main grave et ferme de deux représentantes de professions de santé se rencontrant sur une sale affaire.

— Un coup de chance que ce soit vous qui soyez tombée sur cet os, dit Lucy. Quelqu'un d'autre n'aurait peut-être pas repéré qu'il était humain.

— Pour être honnête, je n'en étais pas tout à fait sûre, répondit Claire. Je suis contente de ne pas avoir dérangé tout ce monde pour un os de vache.

— Je puis vous assurer que ce n'est pas un os de vache.

L'un des hommes qui fouillaient la berge appela, depuis le lit du fleuve :

— Nous avons trouvé autre chose.

Lucy descendit dans l'eau jusqu'aux genoux et braqua le rayon de sa torche électrique vers la rive dénudée.

— Là, indiqua l'homme en tapotant doucement le sol avec une truelle. On dirait un autre crâne.

Lucy enfila des gants.

— Bon, on va le dégager.

Il glissa le bout de sa truelle dans la terre et fit doucement levier pour soulever la boue compactée. L'objet tomba dans les mains gantées de Lucy. Elle sortit de l'eau tant bien que mal et remonta sur la berge. Elle s'agenouilla et déposa précautionneusement son trésor sur la bâche.

C'était bien un second crâne. Elle le tourna et le retourna prudemment à la lumière des projecteurs en examinant les dents.

— Un autre jeune. Pas de dents de sagesse, remarqua-t-elle. Je vois des molaires cariées, çà et là, mais pas d'obturation.

— Donc pas de dossier dentaire, répondit Claire.

— Non. Ce sont de vieux ossements. Tant mieux pour vous, Lincoln. Sans quoi ce serait une affaire d'homicide encore en cours.

— Pourquoi dites-vous ça ?

Elle fit pivoter le crâne de façon à présenter la calotte crânienne vers la lumière et leur montra des lignes de fracture qui irradiaient d'un creux central, exactement comme un œuf dur qu'on aurait cassé avec le dos d'une cuillère.

— Pour moi, il n'y a pas de doute, dit-elle. Cet enfant a eu une mort violente.

Une sonnerie troua le silence, les faisant sursauter. Dans la quiétude de ces bois, ce bruit électronique avait quelque chose d'étrangement déplacé. Incongru. Claire et Lincoln portèrent automatiquement la main à leur bipeur, y jetèrent un coup d'œil.

— C'est le mien, fit Lincoln.

Sans un mot, il repartit à travers bois, vers sa voiture de patrouille. Quelques secondes plus tard, Claire vit la lumière de son gyrophare s'éloigner à travers les arbres.

— Ça doit être une urgence, remarqua Lucy.

L'inspecteur Pete Sparks était déjà sur place, et il essayait de convaincre le vieux Vern Fuller de poser son fusil. La nuit était tombée, et la première vision que Lincoln eut de la situation fut celle de deux silhouettes qui gesticulaient comme des dingues, éclairées à contre-jour par la lumière intermittente du gyrophare de sa propre voiture de patrouille. Lincoln s'arrêta dans l'allée de Vern et sortit prudemment de son véhicule. Il entendit des moutons qui bêlaient et des poulets qui caquetaient, affolés. Des bruits habituels dans une ferme.

— Allez, Vern. Vous n'avez pas besoin de fusil, disait Pete. Retournez dans la maison. On va s'occuper de ça.

— Comme vous vous en êtes occupés la dernière fois ?

— La dernière fois, je n'ai rien trouvé.

— C'est parce que vous mettez toujours un temps fou à arriver !

— Quel est le problème ? demanda Lincoln.

Vern se tourna vers lui.

— C'est vous, chef Kelly ? Alors, vous allez dire à ce… ce gamin, ici présent, que je suis pas près de vous remettre mon seul moyen de défense.

— Je ne vous demande pas de nous le donner, fit Pete, d'une voix lasse. Je veux juste que vous arrêtiez de le braquer sur tout le monde. Entrez et posez ce fusil avant de blesser quelqu'un.

— Je pense que c'est une bonne idée, fit Lincoln. On ne sait pas à quoi on a affaire, alors vous allez rentrer chez vous, Vern, et vous enfermer. Restez auprès du téléphone, juste pour le cas où on aurait besoin que vous appeliez des renforts.

— Des renforts ? grommela Vern. Bon, d'accord, j'y vais.

Les deux flics attendirent que le vieil homme entre dans la maison et referme la porte derrière lui.

Puis Pete dit :

— Il est myope comme un wagon de bestiaux. Je voudrais bien pouvoir lui enlever ce flingue. Chaque fois que je viens ici, je m'attends à moitié à ce qu'il me fasse sauter le caisson.

— Quel est le problème, déjà ?

— Bah, c'est la troisième fois qu'il appelle la police. Avec tous les appels qu'on reçoit, je suis tellement occupé à courir dans tous les sens que je mets toujours un moment à débarquer ici. Il se plaint qu'une sorte d'animal sauvage attaque ses moutons. Probable qu'il a juste peur de son ombre.

— Et pourquoi nous appelle-t-il ?

— Parce que les gars de la Chasse et de la Pêche mettent encore plus longtemps à réagir. C'est la troisième fois de la semaine que je viens chez ce bon vieux Vern, et je n'ai rien trouvé. Même pas une empreinte de coyote. Mais je ne l'avais jamais vu aussi remonté. Je me suis dit qu'il valait mieux vous faire prévenir, juste au cas où il déciderait de me tirer dessus, à défaut de bête sauvage…

Lincoln jeta un coup d'œil à la maison et vit la tête du vieil homme encadrée par le rectangle de la fenêtre.

— Il nous regarde. Autant faire le tour de la propriété, tant qu'on est là. Comme ça, il sera content.

— Il a dit qu'il a vu l'animal rôder du côté de la grange.

Pete alluma sa torche électrique et ils traversèrent la cour, remontant à la source des bêlements. Lincoln sentit à chaque pas le regard du vieil homme peser sur sa nuque. Faisons-lui plaisir, se dit-il. Même si c'est une perte de temps.

Pete s'arrêta net, le prenant de court. La porte de la grange était grande ouverte.

Il y avait quelque chose qui n'allait pas. Il faisait nuit, et la porte aurait dû être fermée, pour protéger les animaux.

Lincoln alluma sa lampe. Ils s'approchèrent plus doucement, en suivant les taches tremblotantes de leurs lampes sur le sol. Ils s'arrêtèrent à l'entrée du bâtiment. Le mélange d'odeurs de terre et de ferme ne pouvait masquer une autre odeur, métallique : l'odeur du sang.

Ils entrèrent dans la grange. Soudain, les bêlements s'intensifièrent, devinrent aussi dérangeants que des cris de poulets paniqués. Pete promena sa lampe autour de lui, et ils entrevirent des images de fourches, de poulets battant des ailes et de moutons craintivement blottis les uns contre les autres.

La source de cette vilaine odeur gisait sur le sol couvert de sciure.

Pete ressortit le premier, d'un pas mal assuré, et alla vomir dans les mauvaises herbes, une main appuyée au mur de la grange.

— Seigneur… Oh, Seigneur…

— Ce n'est qu'un mouton mort, fit Lincoln.

— Je n'ai jamais vu un coyote faire ça. Étaler toute la tripaille, comme ça…

Lincoln balaya rapidement, avec sa torche, le sol autour de la porte de la grange. Il ne vit qu'un fouillis d'empreintes de bottes, celles de Pete, celles de Vern et les siennes. Pas de traces d'animaux. Comment un animal pouvait-il ne pas laisser de traces ?

Une brindille craqua derrière lui. Il se retourna d'un bloc et vit Vern, qui tenait toujours son fusil.

— C'est un ours, déclara le vieil homme. C'est ce que j'ai vu. Un ours.

— Un ours ne ferait pas ça.

— Je sais ce que j'ai vu. Vous ne me croyez pas ? Pourquoi ?

Parce que tout le monde sait que tu es à moitié aveugle, pardi.

— Il est parti par là, dans les bois, reprit Vern en tendant le doigt vers la lisière de la forêt, qui marquait la limite de sa propriété. Je l'ai suivi jusque-là, juste avant la tombée de la nuit. Et puis je l'ai perdu.

Lincoln constata que les traces de bottes menaient bel et bien vers la forêt, mais Vern était passé et repassé plusieurs fois sur ses pas, effaçant les éventuelles empreintes d'animaux.

Il suivit la piste jusqu'à la lisière des arbres. Il resta un moment planté là, à scruter les ténèbres. Les bois étaient tellement épais qu'ils semblaient former, sous le faisceau de sa lampe, une muraille impénétrable.

— On pourrait attendre le lever du jour, murmura Pete, qui semblait un peu remis. On ne sait pas à quoi on a affaire.

— Je sais que ce n'est pas un ours.

— Bah, il en faudrait un peu plus qu'un ours pour me faire peur. Mais si c'est autre chose… dit-il en tirant son arme. Il paraît qu'on a repéré un couguar à Jordan Falls, la semaine dernière.

Lincoln dégaina à son tour et s'avança lentement vers les arbres. Il fit une demi-douzaine de pas, le craquement des brindilles cassées sous ses bottes retentissant comme des coups de canon. Soudain, il se figea, regardant la muraille de troncs. La forêt semblait se refermer sur lui. Il sentit ses cheveux se redresser sur sa nuque. Il avait la chair de poule.

Il y a quelque chose là-dedans. Et ça nous regarde.

Toutes les fibres de son être lui hurlaient de battre en retraite. Il recula, en proie à une impression de danger imminent, le cœur cognant contre ses côtes, ses bottes provoquant des explosions à chaque pas. Son angoisse ne se dissipa que lorsqu'ils furent complètement sortis des bois.

Dans la grange de Vern Fuller, les moutons bêlaient toujours. Lincoln regarda les empreintes de bottes. Et releva brusquement la tête.

— Il n'y a rien, derrière ce coin de bois ? demanda-t-il.

— Ben non, répondit Vern. Enfin, assez loin, il y a Barnstown Road. Et des habitations.

Des habitations, se dit Lincoln.

Des familles.

Quand Claire rentra à la maison, Noah regardait la télévision dans le salon. Au moment où elle accrochait son manteau dans l'entrée, elle reconnut la musique du générique des *Simpson*, le dessin animé, puis elle entendit Homer Simpson roter tout fort, et Lisa Simpson pousser un grommellement de dégoût. Son fils éclata de rire, et elle se réjouit de constater qu'il arrivait encore à rire devant un dessin animé.

Noah était affalé dans le canapé du salon, le visage brièvement éclairé par un rire. Il la regarda, leva les yeux sur elle, mais ne dit rien.

Elle s'assit à côté de lui et posa les pieds sur la table basse, à côté de ceux de son fils. De grands pieds, de petits pieds, se dit-elle, amusée. Les pieds de Noah avaient tellement poussé ; ils étaient énormes. On aurait dit des pieds de clown à côté des siens.

À la télévision, un Homer démesurément obèse rebondissait dans une robe à fleurs et se fourrait des pelletées de nourriture dans la bouche.

Noah se remit à rire, et Claire l'imita. C'était exactement la façon dont elle rêvait de finir la soirée. Ils allaient regarder la télévision ensemble, en se bourrant de pop-corn en guise de dîner. Elle se pencha vers lui et ils cognèrent doucement, affectueusement, leur tête l'une contre l'autre.

— Je suis désolé, maman, dit-il.

— Moi aussi, chéri. Je te demande pardon d'être arrivée si tard à l'école.

— Grand-mère Elliot a appelé. Il y a un petit moment.

— Oh ? Elle veut que je la rappelle ?

— Je suppose.

Il regarda encore un instant la télévision et son silence dura jusqu'à la pause publicitaire. Puis il reprit :

— Grand-mère voulait être sûre que nous allions bien, ce soir.

Claire lui jeta un regard intrigué.

— Pourquoi ?

— C'est l'anniversaire de papa.

À la télévision, Homer Simpson, dans sa robe à fleurs, avait braqué un camion de glacier et conduisait à tombeau ouvert tout en engloutissant des crèmes glacées. Claire le regarda, muette de surprise. C'était aujourd'hui ton anniversaire, se dit-elle. Il n'y a que deux ans que tu es mort, et voilà que nous perdons déjà de petits morceaux de ton souvenir.

— Oh, mon Dieu, Noah, murmura-t-elle. Je n'arrive pas à le croire. J'avais complètement oublié.

Elle sentit la tête de Noah s'appesantir sur son épaule. Et il dit, tranquillement honteux :

— Moi aussi.

Assise dans sa chambre, Claire rappela Margaret Elliot. Claire avait toujours aimé sa belle-mère, et, au fil des ans, leur affection était arrivée au point où elle se sentait plus proche de Margaret qu'elle ne l'avait jamais été de ses propres parents, froids et distants. Claire avait parfois l'impression que tout ce qu'elle savait de l'amour, de la passion, c'est dans la famille Elliot qu'elle l'avait appris.

— Bonsoir, belle-maman, c'est moi, fit Claire.

— Dix-sept degrés, et il a fait un soleil radieux à Baltimore, toute la journée, répondit Margaret.

Claire ne put s'empêcher de rire.

Depuis qu'elle s'était installée à Tranquility, la comparaison des bulletins météo était une blague récurrente entre elles. Margaret ne voulait pas qu'elle quitte Baltimore.

« Tu n'as pas idée de ce que c'est que le vrai froid, lui avait-elle dit. Et je n'arrêterai pas de te rappeler ce que tu as laissé derrière toi. »

— Ici, il fait zéro, annonça dûment Claire. Et il fait de plus en plus froid. Et plus noir, ajouta-t-elle en regardant par la fenêtre.

— Noah t'a dit que j'avais appelé ?

— Oui. Et ça va. Vraiment, ça va.

— Vraiment ?

Claire ne répondit pas. Margaret avait un don surnaturel pour déchiffrer les émotions à partir d'une simple inflexion de voix, et elle avait senti que quelque chose n'allait pas.

— Noah m'a dit qu'il voulait rentrer ici, dit Margaret.

— Nous venons seulement de nous installer.

— Tu peux toujours changer d'avis.

— Plus maintenant. Je me suis trop investie, ici. Auprès des patients, dans la nouvelle maison…

— Ce sont des investissements dans des choses, Claire.

— Non, j'ai pris un véritable engagement envers Noah. Il faut que je reste ici, pour lui.

Elle s'interrompit. Elle avait beau aimer Margaret, elle devait bien s'avouer qu'elle était un peu agacée. Elle en avait un peu assez des douces mais répétitives allusions au fait qu'elle ferait mieux de retourner à Baltimore.

— C'est toujours difficile pour un enfant de prendre un nouveau départ, mais il s'adaptera. Il s'y fera. Il est trop jeune pour savoir ce qu'il veut.

— Peut-être. Enfin, je suppose. Et toi ? Tu es toujours contente d'être là où tu es ?

— Pourquoi cette question, belle-maman ?

— Parce que je sais que moi, j'aurais du mal à m'installer dans un nouvel endroit. À laisser mes amis derrière moi.

Claire alla se regarder dans la glace, regarder son visage fatigué et, derrière, les murs de la chambre. Elle n'y avait pas encore accroché grand-chose. Ce n'était qu'un endroit où il y avait des meubles, un endroit où dormir, pas encore un vrai chez-soi.

— Claire, une veuve a besoin de ses amis, fit Margaret.

— C'est peut-être l'une des raisons pour lesquelles je suis partie.

— Que veux-tu dire ?

— C'est ce que j'étais pour tout le monde : la veuve. Quand j'entrais dans ma clinique, les gens me jetaient ces regards tristes, compatissants. Ils avaient tous peur de rire ou de faire des blagues quand j'étais dans les parages. Et personne, personne n'osait jamais me parler de Peter. C'était comme s'ils redoutaient que j'éclate en sanglots rien qu'en entendant son nom.

Il y eut un silence sur la ligne, et Claire s'en voulut tout à coup de sa franchise.

— Belle-maman, ça ne veut pas dire qu'il ne me manque pas à chaque instant, dit-elle doucement. Je le vois toutes les fois que je regarde Noah. Ils se ressemblent tellement que c'en est stupéfiant. J'ai l'impression de regarder Peter grandir.

— Oui, et tu ne peux pas savoir à quel point c'est vrai, répondit Margaret, et Claire constata avec soulagement que la chaleur n'avait pas quitté la voix de sa belle-mère. Peter n'a pas toujours été un enfant facile. Je pense que je ne t'ai jamais raconté dans quels problèmes il s'est fourré quand il avait l'âge de Noah. C'est de lui que Noah tient cette propension à faire des bêtises, tu sais. C'est Peter tout craché.

Claire ne put s'empêcher de rire. Ce n'est sûrement pas de moi qu'il tient ça, pensa-t-elle, moi, sa mère scrupuleuse jusqu'à l'ennui, dont le crime le plus grave aura été de négliger de renouveler ma vignette du contrôle technique.

— Noah a un bon fond, mais il n'a que quatorze ans, aussi, dit Margaret d'un ton d'avertissement chaleureux. Ne t'en fais pas trop s'il y a d'autres conneries en perspective.

Plus tard, en redescendant vers le rez-de-chaussée, elle sentit une odeur soufrée d'allumette brûlée.

Et voilà. Encore une bêtise. Il s'est grillé une cigarette en douce.

L'odeur venait de la cuisine. Elle s'arrêta sur le pas de la porte.

Noah tenait une allumette allumée. Il jeta un coup d'œil à Claire et secoua très vite son allumette pour l'éteindre.

— C'est toutes les bougies que j'ai pu trouver, dit-il.

Elle ne répondit pas. Elle s'approcha de la table de la cuisine. Elle n'eut le temps de voir qu'une chose avant que les larmes ne lui brouillent la vue : le gâteau surgelé qu'il avait sorti du congélateur, et les onze bougies allumées plantées dessus.

Noah craqua une autre allumette et alluma la douzième bougie.

— Bon anniversaire, papa, dit-il doucement.

Bon anniversaire, Peter, se dit-elle en chassant ses larmes d'un battement de paupières.

Alors, ils soufflèrent les bougies, son fils et elle.

4

Mme Horatio s'apprêtait à embrocher une grenouille.

— Elle ne souffre pas, une fois que l'aiguille a détruit le tronc cérébral, expliqua-t-elle. Vous enfoncez la broche à la base du crâne et vous la tortillez un peu pour détruire toutes les fibres nerveuses qui montent au cerveau. Elle est paralysée, ce qui stoppe les mouvements volontaires, mais les mouvements réflexes, médullaires, sont conservés, et c'est ce que nous allons étudier.

Elle plongea une main dans le bocal et attrapa une grenouille qui gigotait furieusement. De l'autre main, elle prit la broche métallique. Elle était gigantesque.

L'estomac noué, en proie à un début de nausée, Noah prit soin de rester parfaitement immobile à sa place, au troisième rang, les jambes tendues devant lui, l'air superbement blasé.

Il entendit les autres élèves se tortiller sur leurs chaises, surtout les filles. À sa droite, Amelia Reid, horrifiée, mit une main devant sa bouche.

Il parcourut la classe du regard tout en énonçant silencieusement un jugement sur chacun, à tour de rôle : Crétin. Abruti. Lèche-bottes. En dehors d'Amelia Reid, il n'avait envie de s'acoquiner avec aucun d'entre eux. Aucun n'avait envie de traîner avec lui non plus, d'ailleurs, mais ça, il s'en fichait. Si sa mère aimait cette ville, lui, il n'avait pas l'intention d'y moisir.

Je décroche mon diplôme et je me taille d'ici vite fait. Je me casse, je me barre !

— Taylor, arrête de t'agiter et fais un peu attention, dit Mme Horatio.

Noah jeta un coup d'œil à Taylor Darnell. Il se cramponnait des deux mains à sa table en regardant fixement la copie qu'il venait de récupérer. Mme Horatio avait griffonné un grand six sur vingt à l'encre rouge. La copie était couverte de grands traits rageurs à l'encre noire. À côté de la note humiliante, Taylor avait écrit « Crève, madame Horreur-tio ».

— Noah, tu écoutes ?

Noah rougit et regarda la prof. Mme Horatio tenait la grenouille afin que tout le monde la voie. Elle plaça la pointe de la broche sur la nuque de la bestiole avec une sorte de gourmandise : les yeux brillants et la bouche en cul-de-poule, elle enfonça l'aiguille dans le tronc cérébral de la grenouille, dont les pattes de derrière battirent l'air, ses palmes s'agitant dans un spasme de douleur.

Amelia poussa un gémissement et baissa brusquement la tête, ses cheveux blonds cascadant sur son bureau. Des chaises grincèrent sur le sol, dans tous les coins de la classe, maintenant. Quelqu'un appela sur un ton désespéré :

— Madame Horatio, je peux sortir, s'il vous plaît ?

— … il faut faire aller et venir l'aiguille avec une certaine force. Ne vous inquiétez pas si les pattes s'agitent de la sorte. Ce n'est qu'un mouvement réflexe. C'est la moelle épinière qui envoie des impulsions…

— Madame Horatio, il faut vraiment que j'aille aux toilettes…

— Dans une minute. D'abord, il faut que vous voyiez comment je procède.

Elle tourna l'aiguille et on entendit un petit crac.

Noah résista à l'envie de vomir et s'efforça de conserver une attitude nonchalante et glacée. Il se détourna, les mains croisées sous son bureau.

Ne vomis pas, ne vomis pas, ne vomis pas.

Il se concentra sur les cheveux blonds d'Amelia, qu'il admirait souvent. Des cheveux de princesse de conte de fées. Il la regarda en pensant combien il aurait aimé les caresser. Il n'avait seulement jamais osé lui adresser la parole. Cette fille était comme dans une bulle dorée, hors de portée d'un mortel.

— Voilà, fit Mme Horatio. C'est tout. Vous voyez ? Elle est complètement paralysée.

Noah s'obligea à regarder à nouveau la grenouille. Elle gisait sur le bureau du prof, petite dépouille molle, flasque. Encore vivante, à en croire la vieille Horatio, mais ne donnant aucun signe de vie. Il éprouva une pitié soudaine, renversante, pour la pauvre bête. Il s'imaginait étalé à sa place sur ce bureau, les yeux ouverts, conscient, mais incapable de réagir. Des éclairs de panique n'allant nulle part, se contentant d'exploser dans le cerveau. Il se sentit à son tour ankylosé, engourdi.

— Maintenant, pour les travaux pratiques, vous allez vous mettre par deux, ordonna Mme Horatio. Que chacun trouve un partenaire. Et rapprochez vos deux bureaux.

Noah déglutit et jeta un coup d'œil en coulisse à Amelia. Elle hocha la tête d'un air résigné.

Il poussa son bureau contre le sien. Ils ne se dirent rien ; c'était un partenariat basé uniquement sur la proximité. Enfin, si ça permettait une amorce de rapprochement personnel… Amelia avait les lèvres tremblantes. Il aurait donné n'importe quoi pour la réconforter, mais il ne savait pas comment faire. Alors il resta assis là, son visage arborant, par défaut, son expression blasée habituelle.

Dis-lui quelque chose de gentil, andouille. Quelque chose qui lui fasse de l'impression. Tu n'en auras peut-être plus jamais l'occasion.

— Sûr que cette grenouille a l'air morte, dit-il.

Elle frémit.

Mme Horatio défila dans l'allée avec son bocal de grenouilles. Elle s'arrêta à côté de Noah et d'Amelia.

— Prenez-en une. Une grenouille par équipe.

Le sang quitta le visage d'Amelia. C'était à Noah d'agir.

Il fourra sa main dans le bocal et empoigna une grenouille frétillante. Mme Horatio flanqua une broche sur la table.

— Allez, à vous de jouer, dit-elle, et elle s'approcha de la table suivante.

Noah baissa les yeux sur la grenouille qu'il tenait. Elle le regardait de ses yeux globuleux. Il prit la broche, observa la grenouille. Ses yeux l'imploraient : Laisse-moi vivre, laisse-moi vivre ! Il reposa l'aiguille, luttant contre une envie de vomir, et tourna vers Amelia des yeux pleins d'espoir.

— À toi l'honneur.

— Je ne peux pas, murmura-t-elle. Ne me fais pas faire ça, je t'en prie.

L'une des filles poussa un hurlement. Noah lui jeta un coup d'œil en douce et vit Lydia Lipman bondir de sa chaise et s'éloigner furtivement de son partenaire de travaux pratiques, Taylor Darnell. Il y eut un *chtomp, chtomp, chtomp* ligneux alors que Taylor poignardait sa grenouille. Du sang gicla sur le bureau.

— Taylor ! Taylor ! Arrête ! dit Mme Horatio.

Il continuait à lacérer sa grenouille. *Chtomp, chtomp.* La pauvre bête ressemblait à un hamburger vert.

— Six, marmonnait-il. J'ai révisé toute la semaine pour cette compo. Vous ne pouviez pas me coller un minable six !

— Taylor, dans le bureau de la directrice, tout de suite !

Il se contenta de larder plus violemment la grenouille.

— Vous ne pouviez pas me donner ce six de merde !

Elle lui prit le poignet et tenta de lui arracher l'aiguille.

— Tu vas voir Mlle Cornwallis, et tout de suite !

Taylor se dégagea, envoyant valdinguer la grenouille morte. Elle tomba sur les genoux d'Amelia qui se leva d'un bond en hurlant, et le petit cadavre échoua par terre.

— Taylor ! cria Mme Horatio.

Elle le prit à nouveau par le poignet, réussissant, cette fois, à lui faire lâcher la broche.

— Sors d'ici tout de suite !

— Allez vous faire foutre !

— Qu'est-ce que tu dis ?

Il se leva et renversa sa chaise.

— Allez vous faire foutre !

— Tu es suspendu ! Toute la semaine tu as été distrait et irrespectueux. Maintenant, ça suffit, mon vieux. Tu es viré !

Il flanqua un coup de pied dans la chaise, qui ricocha dans l'allée et alla s'écraser contre un bureau. Mme Horatio le prit par le devant de sa chemise et tenta de l'entraîner vers la porte, mais il se dégagea en se tortillant comme une anguille et la repoussa. Elle tomba sur un bureau, renversant le bocal de grenouilles, qui se brisa. Les grenouilles libérées se dispersèrent, formant un tapis vert, grouillant.

Lentement, Mme Horatio se releva, les yeux brillant de rage.

— Je vais demander ton exclusion définitive !

Taylor fouilla dans son sac à dos.

Le regard de Mme Horatio se figea sur le pistolet qu'il braquait sur elle.

— Lâche ça, dit-elle. Taylor, lâche ça tout de suite !

Il y eut une explosion, et ce fut comme si elle avait reçu un coup de poing dans l'abdomen. Elle recula en titubant, les mains crispées sur le ventre, et tomba par terre avec un regard incrédule. Ensuite, le temps parut s'arrêter, figé dans un moment interminable. Noah regarda, épouvanté, le ruisseau de sang rouge vif qui coulait vers ses baskets. Puis le cri de terreur d'une fille vrilla le silence. L'instant d'après, le chaos emplit la salle. Il entendit un bruit de chaises renversées et vit une fille s'enfuir, tituber et tomber à genoux dans les éclats de verre du bocal brisé. L'air semblait vibrer, embrumé de sang et de panique.

Un autre coup de feu retentit.

Noah parcourut du regard, comme un panoramique au ralenti, les silhouettes en fuite, et il vit Vernon Hobbs trébucher et s'affaler sur une table. La pièce était un brouillard de cheveux qui volaient et de jambes qui s'agitaient comme des pistons. Mais Noah lui-même semblait incapable de bouger, englué dans un cauchemar éveillé. Son corps refusait d'obéir aux ordres de son cerveau qui lui criait : Cours ! Cours !

Son regard revint, par-delà le chaos, à Taylor Darnell, et il constata, à sa grande horreur, que son arme visait maintenant la tête d'Amelia.

Non, se dit-il. Non !

Taylor tira.

Un filet de sang apparut comme par magie sur la tempe d'Amelia et coula lentement sur sa joue. Pourtant elle restait plantée là, les yeux écarquillés, rivés, comme ceux d'un animal condamné, au canon de l'arme.

— Je t'en prie, Taylor, murmura-t-elle. Je t'en prie, non…

Taylor leva à nouveau son arme.

Tout d'un coup, les jambes de Noah échappèrent à leur enlisement cauchemardesque, son corps se déplaça conformément à sa volonté. Son cerveau enregistra une multitude de détails d'un seul coup. Il vit Taylor lever la tête, son visage se tourner vers lui. Il vit l'arme décrire lentement un arc. Il vit le regard de surprise dans les yeux de Taylor alors que Noah volait vers lui.

Une balle sortit du canon avec un vacarme assourdissant.

— Je viens de constater qu'une de mes patientes avait été admise. Comment se fait-il que personne ne m'ait appelée ?

L'employée de la réception leva les yeux de son bureau et sembla rentrer la tête dans les épaules en reconnaissant Claire.

— Euh… quelle patiente, docteur Elliot ?

— Katie Youmans. J'ai vu son nom sur la porte, mais elle n'est pas dans sa chambre. Je ne trouve pas son dossier dans les casiers.

— Elle a été admise il y a quelques heures seulement. C'est les urgences qui nous l'ont envoyée. Elle est en radiologie, en ce moment.

— Personne ne m'a prévenue.

Le regard de l'employée retomba comme une pierre sur son bureau.

— C'est le Dr DelRay qui suit son dossier.

Claire encaissa sans mot dire. C'était une nouvelle consternante. Il n'était pas rare que des patients changent de médecin, parfois pour des raisons on ne peut plus triviales. D'ailleurs, deux des patients d'Adam DelRay étaient passés chez Claire. Mais elle fut surprise que cette patiente entre toutes ait décidé de ne plus la consulter.

Seize ans, légèrement attardée, Katie Youmans vivait avec son père quand elle était venue voir Claire pour une infection urinaire. Claire avait aussitôt remarqué les ecchymoses sur les poignets de la jeune fille. Quarante-cinq minutes d'interrogatoire doux et patient suivies d'un examen pelvien avaient confirmé les soupçons de Claire. Son père abusait d'elle. Katie avait été retirée de chez lui et placée dans une famille d'accueil.

Depuis, elle avait repris le dessus. Ses blessures, physiques et émotionnelles, avaient fini par s'estomper. Claire la comptait parmi ses succès. Pourquoi avait-elle changé de médecin ?

Elle la trouva à la radiologie. Par la vitre qui permettait d'observer ce qui se passait dans la salle d'examen, Claire la vit allongée sur la table, une jambe positionnée sous l'appareil à rayons X.

— Je peux savoir quel est le diagnostic d'admission ? demanda Claire au radiologue.

— On m'a parlé de phlegmon diffus du pied droit, répondit-il. Le dossier est là, si vous voulez le consulter.

Claire parcourut la fiche d'admission. Elle avait été dictée le matin même, à sept heures, par Adam DelRay.

Patiente âgée de seize ans. A marché sur un clou il y a deux jours. S'est réveillée ce matin avec le pied enflé, de la fièvre et des frissons.

Claire parcourut les antécédents personnels et le dossier clinique, puis elle tourna la page et lut le protocole thérapeutique préconisé.

Elle prit rapidement le téléphone et appela Adam DelRay.

Un instant plus tard, il entrait dans la salle de radiologie, froid et raide, comme toujours, dans sa longue blouse blanche. Il se montrait généralement courtois avec elle, mais il ne lui avait jamais témoigné de véritable chaleur non plus, et elle soupçonnait que sous sa réserve yankee brûlait un sens de la compétition bien masculin, et peut-être même du ressentiment à l'idée que Claire lui avait « piqué » deux patients.

Maintenant, il avait des droits sur l'une de ses patientes à elle, et elle devait réprimer ses propres sentiments de rivalité. Seul comptait le bien-être de Katie Youmans.

— J'étais le médecin traitant de Katie, commença-t-elle. Je la connaissais bien, et…

— Claire, ça s'est juste trouvé comme ça, dit-il en posant une main rassurante sur son épaule. J'espère que vous n'en faites pas une affaire personnelle.

— Ce n'est pas pour ça que je vous ai fait appeler.

— Il était plus pratique que ce soit moi qui fasse l'admission. J'étais aux urgences quand elle est arrivée. Et sa tutrice a pensé que Katie avait besoin de voir un interne.

— Franchement, Adam, je suis tout à fait capable de soigner un abcès du pied.

— Et s'il se révèle que c'est une ostéomyélite ? Il pourrait y avoir des complications.

— Vous voulez dire qu'un médecin généraliste n'est pas capable de traiter ce genre de patiente ?

— C'est la tutrice de la fille qui a pris la décision. Et il se trouve que j'étais simplement dans le coin à ce moment-là.

Claire était trop en colère pour répondre. Elle se retourna, jeta un coup d'œil, par la vitre, à sa patiente. Son *ex*-patiente. Tout à coup, son regard fut attiré par la perfusion de la jeune fille, et elle remarqua l'étiquette collée sur la poche de glucose et d'eau.

— Quoi, on lui donne déjà des antibiotiques ?

— On vient de mettre la perf en place, répondit le radiologue.

— Mais elle est allergique à la pénicilline ! C'est pour ça que je vous ai fait appeler, Adam !

— La patiente n'a jamais parlé d'allergie.

Claire se précipita dans la pièce et arracha l'aiguille du bras de Katie. Elle lui jeta un coup d'œil et constata, alarmée, qu'elle avait le visage d'un vilain rouge.

— Faites-lui une ampoule d'adré, tout de suite ! lança Claire à l'intention du radiologue. Et une dose de Benadryl en IV !

Katie s'agitait fébrilement sur la table.

— Je me sens drôle, docteur Elliot, murmura-t-elle. J'ai tellement chaud…

Des rougeurs étaient apparues sur son cou, de grandes plaques œdémateuses.

Le technicien regarda la fille et murmura :

— Oh merde !

Il ouvrit à la volée le tiroir contenant les kits anaphylactiques.

— Elle ne m'a pas dit qu'elle était allergique, fit le Dr DelRay, sur la défensive.

— Voilà l'adrénaline, dit le technicien en tendant une seringue à Claire.

— Je n'arrive pas à respirer… !

— Ça va aller, Katie, fit Claire d'un ton apaisant en enlevant le capuchon de l'aiguille. Ça va aller mieux dans une seconde…

Elle injecta une dose d'adrénaline en intramusculaire.

— Je… peux pas… respirer !

— Benadryl, vingt-cinq milligrammes en IV ! lança Claire. Adam, faites-lui le Benadryl !

DelRay regarda, hébété, la seringue que le radiologue venait de lui plaquer dans la main. Dans une sorte de brouillard, il injecta la drogue dans le cathéter de la perfusion.

Claire sortit son stéthoscope. Elle ausculta la patiente et entendit des râles sifflants de chaque côté.

— Tension ? demanda-t-elle au radiologue.

— Huit-cinq. Pouls : cent quarante.

— Il faut tout de suite la transférer aux urgences !

Trois paires de mains se tendirent pour glisser la fille sur un chariot.

— Peux pas… respirer… peux pas… respirer..

— Seigneur, elle nous fait un œdème !

— Avancez ! ordonna Claire.

Ensemble, ils sortirent le chariot de la salle de radiologie, se ruèrent dans le couloir et foncèrent à toute vitesse dans la salle des urgences. Le Dr McNally et deux infirmières levèrent les yeux, surpris, alors que Claire annonçait :

— Elle fait un choc anaphylactique !

La réaction fut immédiate. Le personnel des urgences précipita le chariot dans une salle de soins, plaqua un masque à oxygène sur le visage de la patiente et lui colla des plaquettes d'électrocardiogramme sur la poitrine. Quelques secondes plus tard, une dose massive de cortisone passait en perfusion.

Claire avait encore le cœur qui battait la chamade lorsqu'elle quitta enfin la salle, laissant McNally et son équipe prendre le relais. Au bureau des infirmières, elle vit qu'Adam DelRay annotait furieusement le dossier médical de Katie. Lorsqu'elle approcha, il referma précipitamment la chemise.

— Elle ne m'a jamais dit qu'elle était allergique, dit-il.

— Elle est légèrement attardée, remarqua Claire.

— Alors elle devrait porter un bracelet MedAlert. Pourquoi n'en a-t-elle pas ?

— Elle ne veut pas.

— Alors, je ne pouvais pas deviner !

— Adam, tout ce que vous aviez à faire quand elle est arrivée, c'était m'appeler. Vous saviez qu'elle était ma patiente et que je connaissais ses antécédents médicaux. Vous n'aviez qu'à demander.

— Sa tutrice aurait dû m'en parler. Je ne peux pas croire que cette femme n'ait pas eu l'idée de…

Il fut interrompu par un haut-parleur qui lançait un appel strident : la radio des urgences. Ils levèrent tous les deux les yeux et écoutèrent le message crachotant.

— Allô, le Knox ? Ici l'unité soixante-dix. Unité soixante-dix, j'appelle le Knox. Nous vous amenons des victimes de fusillade dans cinq minutes. Bien reçu ?

L'une des infirmières sortit de la salle de soins et s'empara du micro.

— Ici les urgences du Knox. Qu'est-ce que c'est que cette histoire de fusillade ?

— Plusieurs victimes en route. Et euh… une victime dans un état critique… Et il y en a d'autres en cours de route.

— Combien ? Je répète : combien ?

— On ne sait pas. Au moins trois…

Une voix intervint sur la fréquence.

— Allô, le Knox, ici l'unité neuf. Nous arrivons avec un blessé. Plaie par balle à l'épaule. Bien reçu ?

Paniquée, l'infirmière attrapa le téléphone et appuya sur une touche.

— Déclenchement du plan rouge ! Je répète : plan rouge ! Ce n'est pas un exercice !

Cinq médecins – tous ceux qui se trouvaient dans le bâtiment – se réunirent aux urgences au cours des moments trépidants précédant l'arrivée de la première ambulance : Claire, DelRay, un chirurgien généraliste, un pédiatre terrorisé et McNally, le seul médecin urgentiste du groupe. Personne ne connaissait encore les détails, ni l'endroit de la fusillade ni le nombre des victimes. On savait seulement qu'il était arrivé quelque chose de terrible, et ce petit hôpital rural n'était pas équipé pour gérer ce genre de catastrophe. Pendant ces quelques minutes, le personnel fut pris de frénésie, courant dans tous les sens, ouvrant les placards à la volée, allumant les lumières, métamorphosant les urgences en un maelström de bruit et d'activité. Katie, qui était maintenant stabilisée, fut reléguée dans le couloir pour libérer la salle de soins. Claire s'occupa de suspendre des poches de perfusion, de préparer des plateaux d'instruments, des kits de suture et des paquets de gaze.

Le hurlement de la première ambulance qui arrivait provoqua une fraction de seconde de silence. Puis ce fut la ruée vers les doubles portes pour accueillir les victimes. Emportée par le mouvement, Claire n'entendit personne dire un mot ; chacun était concentré sur le hululement de la sirène qui allait crescendo.

Tout d'un coup, la sirène se tut et un gyrophare rouge apparut.

Claire s'approcha, en jouant des coudes, de l'ambulance qui reculait vers l'entrée des urgences. Les portes arrière du véhicule s'ouvrirent à la volée et un premier blessé en sortit, sur un brancard. C'était une femme, déjà intubée. Le ruban chirurgical utilisé pour fixer le tube endotrachéal lui masquait le bas du visage. Elle avait sur l'abdomen un bandage trempé de sang.

Ils roulèrent aussitôt le brancard dans une salle et glissèrent la victime sur la table. Il y eut un brouhaha de voix hurlant simultanément alors qu'un essaim de médecins et d'infirmières découpait ses vêtements, lui appliquait les électrodes pour l'électrocardiogramme, la ballonnait et lui passait un brassard pour prendre sa tension. Sur le moniteur apparut un rythme sinusal rapide.

— Systolique à soixante-dix ! annonça une infirmière.

— Groupe et rhésus, vite ! lança Claire.

Elle attrapa un cathéter d'intraveineuse sur le plateau et noua un garrot au bras de la patiente. La veine gonfla à peine ; la victime était en état de choc. Elle piqua la veine, mit le cathéter en place, préleva plusieurs tubes de sang et brancha la perfusion au cathéter.

— Une autre poche de Ringer, débit maximum ! annonça-t-elle.

— Systolique à soixante, à peine perceptible !

— L'abdomen est distendu, annonça le chirurgien. Je pense qu'il est plein de sang. Préparez un plateau de laparo ! Vous allez m'assister, dit-il en regardant McNally.

— Mais il faudrait la monter en chir…

— Pas le temps. Il faut qu'on trouve d'où vient tout ce sang.

— Je n'ai plus de pouls ! s'écria une infirmière.

La première incision fut rapide et précise, une longue ouverture au milieu du ventre, pour fendre la peau. Puis le chirurgien pratiqua une incision plus profonde, traversant la couche de graisse jaune sous-cutanée et le péritoine.

Le sang gicla, inondant le sol.

— Je ne vois pas d'où vient l'hémorragie !

L'aspiration n'arrivait pas à évacuer le sang assez vite. Désespéré, McNally fourra deux serviettes stériles dans la cavité péritonéale de la patiente et les ressortit gorgées de sang.

— Bon, je crois que je vois ce qui se passe. La balle a sectionné l'artère…

— Seigneur ! C'est un jaillissement artériel !

Un employé des admissions passa la tête par la porte et hurla :

— Deux nouveaux arrivants ! Ils les emmènent en salle de soins !

McNally leva les yeux vers Claire, par-dessus la table, et elle lut de la panique dans ses yeux.

— Allez-y, Claire. Occupez-vous d'eux ! lança-t-il.

Le cœur au bord des lèvres, elle vit le premier chariot que les urgentistes roulaient dans l'une des salles de soins. Le blessé était un gamin aux cheveux roux, secoué de sanglots. On avait découpé sa chemise, et il avait à l'épaule un bandage trempé de sang. Puis on amena une seconde civière sur laquelle était étendue une adolescente blonde. Elle avait un côté de la tête en sang.

Des enfants, se dit-elle. Ce sont des enfants. Mon Dieu, que s'est-il passé ?

Elle s'approcha d'abord de la fille, qui pleurait, mais qui pouvait bouger les mains et les pieds. En voyant le sang sur son visage, Claire avait d'abord craint une blessure par balle en pleine tête. Puis, le cœur battant la chamade, mais un peu rassérénée, elle avait pris la main de la fille et lui avait demandé doucement son nom. Quelques questions lui suffirent pour s'assurer qu'Amelia Reid était parfaitement consciente et orientée. Elle n'avait qu'une éraflure superficielle à la tempe, que Claire nettoya et pansa en un clin d'œil.

Ramenant son attention vers le gamin rouquin, elle vit que le pédiatre s'occupait déjà de lui.

— Il y en a d'autres en route ? demanda-t-elle à l'employé qui s'occupait des arrivées.

— En route, non. Mais sur les lieux, peut-être…

Un second chirurgien franchit la porte des urgences au trot et annonça :

— Je suis là ! On a besoin de moi ?

— Salle de trauma ! s'écria Claire. Le Dr McNally a besoin d'être secondé.

Il s'apprêtait à pousser les portes battantes quand une infirmière qui sortait en courant manqua lui rentrer dedans.

— On a le O nég pour Horatio ? hurla-t-elle à l'attention de l'employée de la réception.

Horatio ?

Claire n'avait pas reconnu la blessée sous tous ces rubans chirurgicaux, mais ce nom lui était familier : Dorothy Horatio.

La prof de sciences nat de mon fils.

Elle regarda la pendule. Onze heures et demie. Troisième cours de la matinée. Noah devait être en sciences nat, dans la classe de Mme Horatio.

Un autre docteur arriva, une autre paire de mains – l'obstétricien de Two Hills. Claire parcourut la salle du regard et constata que la situation était sous contrôle.

Elle prit la seule décision que pouvait prendre une mère affolée.

Elle quitta l'hôpital en courant et reprit sa voiture.

Elle effectua le trajet de trente kilomètres dans un brouillard. C'est à peine si elle voyait les champs sous la lumière d'automne, les lentes volutes blanches montant des bouquets de sapins qui séparaient, çà et là, les fermes aux porches écroulés. Elle prenait cette route de campagne tous les jours depuis huit mois, mais jamais elle ne l'avait empruntée à cette vitesse, les mains tremblantes, le cœur serré par la peur. Elle prit la dernière montée l'accélérateur au plancher, et sa Subaru passa en bondissant devant le panneau familier :

VOUS QUITTEZ TWO HILLS. REVENEZ VITE !

Et puis, quelques centaines de mètres plus loin, un second panneau, plus petit, à la peinture écaillée :

TRANQUILITY ET LE LAC LOCUST
VOUS SOUHAITENT LA BIENVENUE.
POPULATION : 910 HABITANTS.

Sur la route de l'école, elle vit les gyrophares d'une demi-douzaine de véhicules d'urgence. Des voitures de police et deux voitures de pompiers étaient garées dans tous les sens devant le bâtiment de brique rouge. La routine, en cas de catastrophe majeure.

Claire abandonna sa voiture et traversa en courant la pelouse qui montait vers l'entrée de l'école. Des professeurs et des dizaines d'élèves à l'air choqué étaient massés derrière le ruban jaune et noir tendu par la police pour isoler la scène de crime. Elle parcourut les visages du regard, mais elle ne vit pas Noah.

Un policier de Two Hills l'arrêta devant la porte de devant.

— Personne n'est autorisé à entrer !

— Mais il faut que j'y aille !

— Seulement le personnel d'urgence.

Elle prit une rapide inspiration.

— Écoutez, je suis le Dr Elliot, dit-elle d'une voix plus assurée. Le médecin de Tranquility.

Il la laissa passer.

Elle entra dans l'école par la porte de devant. C'était un bâtiment presque centenaire, où planait un mélange d'odeurs de sueur et de poussière, la poussière soulevée par des milliers de pieds. Elle monta quatre à quatre l'escalier qui menait au premier étage.

L'entrée de la classe de sciences naturelles était barrée par le traditionnel ruban jaune et noir. Derrière, c'était un capharnaüm de chaises renversées, de verre cassé et de papiers épars. Des grenouilles sautaient languissamment parmi les débris. Et puis il y avait du sang, des mares de sang qui coagulait en flaques gélatineuses sur le sol.

— Maman ?

Son cœur bondit lorsqu'elle entendit cette voix. Elle fit volte-face et vit son fils au bout du couloir. Dans la lumière crépusculaire, elle le trouva dramatiquement petit, et son visage pâle et aux traits tirés était maculé de sang.

Elle courut vers lui et le prit dans ses bras, le serrant contre elle, l'obligeant à lui rendre son étreinte. Il commença par se raidir, et puis, presque aussitôt, son dos s'arrondit comme si sa colonne vertébrale se ramollissait, sa tête tomba sur son épaule et il éclata en sanglots silencieux. Elle comprit qu'il pleurait aux spasmes de sa poitrine et aux larmes chaudes qui coulaient contre son cou. Enfin, il passa ses bras autour d'elle, la prit par la taille. Il avait peut-être les épaules aussi larges qu'un homme, mais en cet instant c'était un enfant qui se cramponnait à elle, un enfant dont le cœur éclatait de chagrin et se répandait en pleurs.

— Tu es blessé ? demanda-t-elle. Noah, tu saignes. Tu es blessé ?

— Il n'a rien, Claire. Ce n'est pas son sang. C'est celui de la prof.

Elle releva les yeux et vit Lincoln Kelly debout dans le couloir, son expression sinistre reflétant les terribles événements de la journée.

— Noah finissait de me raconter les faits. J'allais vous appeler, Claire.

— J'étais à l'hôpital quand j'ai appris qu'il y avait eu une fusillade.

— C'est votre fils qui a arraché l'arme du gamin, dit Lincoln. C'était dingue de faire ça, mais drôlement courageux. Il a probablement épargné plusieurs vies. Vous pouvez être fière de lui, ajouta doucement Lincoln en regardant Noah.

— Ce n'était pas du courage, bredouilla Noah.

Il s'éloigna de Claire, tout honteux, et s'essuya les yeux.

— J'avais peur. Je ne sais pas pourquoi j'ai fait ça. Je ne savais pas ce que je faisais.

— Mais tu l'as fait, Noah, insista Lincoln en posant la main sur l'épaule du garçon.

C'était une bénédiction d'homme, bourrue, brute de fonderie. Noah sembla tirer un réconfort de ce simple geste. Une mère, se dit Claire, ne pouvait adouber chevalier son propre fils. Ça devait être fait par un autre homme.

Lentement, peu à peu, Noah se redressa et réussit enfin à contenir ses larmes.

— Amelia va bien ? demanda-t-il. Ils l'ont emmenée en ambulance.

— Elle va bien. Elle a juste une éraflure sur le visage. Le garçon devrait s'en tirer aussi.

— Et... Mme Horatio ?

Elle secoua la tête et répondit doucement :

— Je ne sais pas.

Il inspira profondément et passa une main tremblante sur ses yeux.

— Il faut... il faut que je me lave la figure...

— Bonne idée, dit gentiment Lincoln. Vas-y, et prends ton temps, Noah. Ta maman va t'attendre.

Claire regarda son fils s'éloigner dans le couloir. En passant devant la classe de sciences naturelles, il ralentit, et son regard fut attiré malgré lui vers la porte ouverte. Pendant quelques secondes, il resta planté là, hypnotisé par la terrible vision de ce qui se trouvait au-delà du ruban jaune et noir. Puis, brusquement, il entra dans les toilettes.

— Qui était-ce ? demanda Claire en se tournant vers Lincoln. Qui a apporté une arme à feu au collège ?

— Taylor Darnell.

— Oh, mon Dieu, fit-elle en le regardant. C'est l'un de mes patients.

— C'est ce que son père, Paul Darnell, nous a dit. D'après lui, le gamin ne peut pas être tenu pour responsable. Il aurait un problème de déficit d'attention et n'aurait pas pu contrôler ses impulsions. C'est vrai ?

— Le trouble déficitaire de l'attention peut être à l'origine de comportements violents. Mais ce n'est pas de ça que Taylor est atteint, de toute façon. Enfin, je ne peux pas parler de son dossier. Le secret médical, vous comprenez.

— Eh bien, je ne sais pas quel est son problème, mais ce gamin ne va vraiment pas bien. Si vous êtes son médecin, vous devriez peut-être l'examiner avant qu'on l'emmène au centre de détention pour jeunes délinquants.

— Où est-il, là maintenant ?

— On l'a enfermé dans le bureau de la directrice, répondit Lincoln. Un conseil, Claire : ne vous approchez pas trop de lui.

5

Taylor Darnell était menotté à sa chaise et balançait son pied qui tapait – *bam ! bam ! bam !* – contre le bureau de la directrice. Il ne leva pas les yeux quand Claire et Lincoln entrèrent dans la pièce, il ne parut même pas remarquer leur présence. Les deux agents de la police du Maine qui le surveillaient regardèrent Lincoln en secouant la tête, l'air de dire « celui-là, il a complètement pété les plombs ».

— On vient d'avoir un coup de fil de l'hôpital, annonça l'un des policiers. La prof est morte.

Personne ne dit rien pendant un moment. Claire et Lincoln encaissèrent la terrible nouvelle en silence.

Puis Claire demanda doucement :

— Où est la mère de Taylor ?

— Elle n'est pas encore arrivée. Elle était à Portland, pour affaires.

— Et M. Darnell ?

— Je pense qu'il cherche un avocat. Ils vont en avoir besoin.

Taylor continuait à donner des coups de pied dans le bureau, de plus en plus vite, selon un rythme exaspérant.

Claire posa sa trousse médicale sur une chaise et s'approcha du gamin.

— Tu te souviens de moi, Taylor ? Je suis le Dr Elliot.

Il ne répondit pas et se contenta de taper furieusement du pied contre le bureau. Il avait vraiment un problème. Ce n'était pas un simple accès de colère adolescente. Ça ressemblait plutôt à une psychose induite par une drogue ou une autre.

Soudain, il leva les yeux sur elle et la fixa avec une intensité de prédateur. Il avait les pupilles dilatées, les iris presque noirs, comme des mares d'encre. Ses lèvres se retroussèrent sur ses dents, et de sa gorge s'échappa un feulement animal, moitié sifflement, moitié grognement.

Ce fut si rapide qu'elle n'eut pas le temps de réagir. Sans que rien le laissât présager, il se leva d'un bond, entraînant la chaise avec lui, et se jeta sur elle.

Si brutalement qu'il la projeta à terre, les quatre fers en l'air. Avec ses dents, il déchira sa veste, d'où s'échappa un nuage de duvet d'oie. À travers les plumes, elle entrevit les visages convulsés des trois flics qui se précipitaient pour les séparer. Ils empoignèrent Taylor et, malgré sa résistance acharnée, l'entraînèrent loin d'elle.

Lincoln la prit par le bras pour l'aider à se relever.

— Claire… Je suis vraiment désolé…

— Ça va, dit-elle en toussant, étouffée par le duvet. Ça va, je vous assure.

L'un des flics poussa un jappement.

— Hé, il m'a mordu ! Regardez, je saigne !

Taylor se débattait sur la chaise où on l'avait rassis de force, s'arc-boutant comme s'il espérait arracher ses menottes.

— Laissez-moi partir ! hurlait-il. Laissez-moi partir, ou je vous massacre tous !

— Il faudrait l'enfermer dans un chenil pour chiens enragés !

— Non. Non, il ne va pas bien du tout, répondit Claire. Pour moi, on dirait qu'il a pris une drogue. Du PCP ou des amphétamines. Écoutez, dit-elle en se tournant vers Lincoln, je voudrais que vous l'emmeniez à l'hôpital. Et tout de suite.

— Il bouge trop, soupira le Dr Chapman, le radiologue. Nous n'aurons pas une image très nette.

Claire se pencha sur le premier cliché du cerveau de Taylor Darnell qui apparaissait sur l'écran de l'ordinateur. Chaque image était une compilation de pixels formée par des milliers de petits rayons X dirigés sur le même plan selon des angles différents. Les rayons distinguaient les fluides des masses solides et de l'air, les différentes densités étant traduites de façon à former des images.

— Vous voyez cette zone floue, là ? fit Chapman en indiquant une image brouillée par un mouvement.

— On n'arrivera pas à le faire tenir tranquille à moins de le sédater…

— C'est une solution, évidemment…

— Son état de conscience est déjà assez perturbé, objecta Claire en secouant la tête. Je préférerais ne pas avoir à l'anesthésier pour le moment. Je voudrais juste exclure certaines hypothèses avant de procéder à la ponction lombaire.

— Vous pensez vraiment qu'une fièvre encéphalique pourrait expliquer ses symptômes ? demanda Chapman d'un ton dubitatif.

À Baltimore, elle était une généraliste respectée. Ici, elle devait encore faire ses preuves. Elle se demandait parfois si ses nouveaux collègues cesseraient un jour de mettre son jugement en question et apprendraient enfin à lui faire confiance.

— On n'a guère le choix, à ce stade, répondit-elle. Les recherches de méthamphétamine et de PCP n'ont rien donné. Pour le Dr Forrest, il semblerait que ce ne soit pas un problème psychiatrique mais une psychose d'origine organique.

Chapman n'était de toute évidence pas impressionné par le jugement clinique du Dr Forrest.

— La psychiatrie n'est pas une science exacte.

— N'empêche que je suis d'accord avec lui. Le gamin a manifesté des changements de personnalité alarmants au cours des derniers jours. Nous devons éliminer une infection.

— Il y a élévation du nombre des globules blancs ?

— Treize mille.

— Un peu élevé, mais rien d'impressionnant. Que donne la NFS ?

— Une proportion anormale d'éosinophiles : trente pour cent.

— Mais il a des antécédents d'asthme, non ? Ça pourrait révéler une allergie. Ce serait une explication.

Claire ne pouvait qu'acquiescer. Les éosinophiles étaient des globules blancs dont le taux augmentait en cas d'asthme ou de réaction allergique. Un taux d'éosinophiles élevé pouvait aussi être provoqué par toute une variété de maladies comme le cancer, les infections parasitaires et les maladies auto-immunes. Chez certains patients, on ne trouvait jamais de cause identifiable.

— Alors, qu'est-ce qu'on fait, maintenant ? demanda le flic du Maine, qui avait suivi la conversation avec une impatience croissante. On peut l'emmener au centre de détention ou pas ?

— Nous n'avons pas fini les examens, répondit Claire. Il se pourrait que ce garçon soit gravement malade.

— Ou qu'il feigne de l'être. C'est l'impression qu'il me fait, en tout cas.

— Et s'il est malade, et si vous le retrouviez mort dans sa cellule, hein ? À votre place, je n'aimerais pas commettre une bourde pareille. Et vous ?

Le flic se retourna sans commentaire et regarda son prisonnier par la vitre de la salle de scanner.

Taylor était allongé sur le dos, les poignets et les chevilles attachés. Sa tête disparaissait dans le tunnel de l'appareil, mais il remuait les pieds comme s'il essayait de se libérer. Le plus dur reste à venir, se dit Claire. Comment allons-nous l'immobiliser assez longtemps pour lui faire la ponction lombaire ?

— Je ne peux me permettre de passer à côté d'une infection du système nerveux, s'entêta Claire. Avec un taux de leucocytes élevé et de tels changements d'humeur, je n'ai pas le choix : il faut effectuer une ponction lombaire.

Chapman sembla enfin acquiescer.

— D'après ce que je vois ici, sur le scan, ça me paraît assez sage, en effet.

Ils sortirent Taylor de l'appareil et l'emmenèrent dans une chambre particulière. Il fallut deux infirmières et un infirmier pour transférer sur le lit le gamin, qui se débattait comme un possédé.

— Mettez-le sur le côté. En chien de fusil, ordonna Claire.

— Il ne va pas se laisser faire.

— Eh bien, asseyez-vous sur lui s'il le faut, mais nous avons besoin de cette ponction lombaire.

Ils unirent leurs efforts pour positionner le gamin sur le côté, le dos tourné vers Claire. L'infirmier lui fit plier les jambes, lui remontant de force les genoux sur la poitrine. Une infirmière lui tira les épaules en avant. Taylor claqua des dents en direction de sa main, manquant de justesse lui happer un doigt.

— Attention, il mord !

— Je fais ce que je peux !

Claire dut faire vite ; ils ne réussiraient pas à immobiliser très longtemps le garçon. Elle souleva sa chemise d'hôpital, lui dénudant le dos. La position fœtale faisait nettement ressortir les vertèbres lombaires sous la peau. Elle enfila des gants stériles, repéra rapidement l'espace entre les quatrième et cinquième vertèbres lombaires, badigeonna la peau à la Bétadine, désinfecta la zone à l'alcool et prit la seringue de xylocaïne.

— Je procède à l'anesthésie locale. Ça ne va pas lui plaire.

Claire enfonça l'aiguille et injecta doucement le produit. Sentant la pointe de l'aiguille pénétrer sa peau, Taylor poussa un hurlement de rage. Claire vit l'une des infirmières lever les yeux et lut de l'appréhension dans son regard. C'était la première fois qu'ils avaient affaire à un patient de cette espèce, et il émanait de lui une violence terrifiante.

Claire prit l'aiguille de la ponction. C'était une grosse aiguille d'acier de dix centimètres de long, dont la partie opposée à la pointe était ouverte pour permettre l'écoulement du liquide céphalo-rachidien.

— Tenez-le bien. Je procède à la ponction.

Elle piqua la peau. La xylocaïne avait endormi la zone, de sorte qu'il ne sentit pas la douleur – pas encore. Elle enfonça l'aiguille plus profondément entre les apophyses épineuses, vers la dure-mère spinale.

Taylor se mit à hurler de plus belle et recommença à s'agiter.

— Maintenez-le ! Mieux que ça, sinon je ne vais pas y arriver !

— On fait ce qu'on peut ! Vous ne pouvez pas vous dépêcher un peu, aussi ?

— Je suis déjà dedans. Encore une minute et c'est fini.

Elle présenta un tube à prélèvement sous l'embout ouvert de l'aiguille et recueillit les premières gouttes de liquide céphalo-rachidien. À sa grande surprise, le liquide était clair comme du cristal, sans trace de sang. Il ne présentait pas le trouble révélateur d'une infection. Ce n'était donc pas un cas de méningite. Alors, de quoi peut-il bien s'agir ? se demanda-t-elle en répartissant soigneusement le liquide dans trois tubes à essai différents. Le fluide serait aussitôt envoyé au labo, où il serait analysé. On doserait bactéries, glucose et protéines, et on procéderait à une numération cellulaire. Mais rien qu'en voyant les tubes, elle savait que les résultats seraient normaux.

Elle retira l'aiguille et appliqua un pansement sur le point de prélèvement. Tout le monde dans la pièce sembla pousser un soupir de soulagement simultané ; au moins, c'était fini.

Mais ils n'avaient pas fait un pas de plus vers la réponse.

Plus tard, ce soir-là, elle trouva la mère de Taylor en bas de l'escalier, dans la petite chapelle de l'hôpital. Elle regardait l'autel sans le voir. Elles s'étaient parlé un peu plus tôt, quand Claire lui avait demandé son consentement pour procéder à la ponction lombaire. À ce moment-là, Wanda Darnell était une boule de nerfs, aux mains tremblantes et aux lèvres frémissantes. Elle avait passé la journée sur la route. Elle revenait de Portland, à trois cents kilomètres de là, où elle était allée voir l'avocat qui s'occupait de son divorce, puis elle avait dû faire le trajet de retour, harassant, après que la police l'avait contactée pour lui apprendre la terrible nouvelle.

Maintenant, elle avait évacué toute son adrénaline, elle était vidée, et ça se voyait. Pour tout arranger, elle était affublée d'un tailleur qui ne lui allait pas. Elle était haute comme trois pommes, et on aurait dit une petite fille qui se serait déguisée avec les vêtements de sa mère. Elle leva les yeux quand Claire entra dans la chapelle et réussit à peine à lui adresser un mouvement de tête en guise de salut.

Claire s'assit et posa doucement la main sur celle de Wanda.

— Les résultats de la ponction lombaire sont revenus. Ils sont normaux. Quoi que Taylor puisse avoir, ce n'est pas une méningite.

Wanda Darnell poussa un profond soupir et ses épaules retombèrent dans sa veste trop grande pour elle.

— Alors, c'est bon signe ?

— Oui, et à en juger par le scan crânien, il n'a pas de tumeur et ne présente pas de signe d'hémorragie cérébrale. Ça aussi, c'est bon.

— Alors qu'est-ce qu'il a qui ne va pas ? Pourquoi a-t-il fait ça ?

— Je ne sais pas, Wanda. Et vous, vous en avez une idée ?

Elle resta parfaitement immobile, comme si elle s'efforçait de trouver une réponse.

— Il n'était pas… bien. Depuis près d'une semaine.

— Comment ça ?

— Il échappait à tout contrôle, il se mettait en colère après tout le monde. Il jurait, il claquait les portes. J'ai pensé que c'était à cause du divorce. Il prenait ça tellement mal…

Claire hésitait à aborder le sujet suivant, mais il le fallait bien.

— Et la drogue, Wanda ? Ça pourrait expliquer le changement de personnalité. Vous ne pensez pas qu'il pourrait se droguer ?

Wanda hésita.

— Non.

— Vous n'avez pas l'air sûre…

Elle déglutit péniblement et des larmes noyèrent ses yeux.

— C'est juste que… j'ai l'impression de ne plus le reconnaître. C'est mon fils, et je ne le reconnais plus.

— Il n'y avait pas eu de signes avant-coureurs ?

— Il a toujours été un peu difficile. C'est pour ça que le Dr Pomeroy pensait qu'il pouvait avoir un trouble de déficit de l'attention. Et ça paraissait s'être aggravé, récemment. Surtout depuis qu'il avait commencé à sortir avec ces sales types.

— Quels types ?

— Des garçons qui habitent un peu plus loin, sur la route. JD et Eddie Reid. Et puis il y a ce Scotty Braxton. Ils se sont attiré des ennuis avec la police, tous les quatre, en mars. La semaine dernière, j'ai dit à Taylor que je ne voulais plus qu'il voie les frères Reid. C'est là qu'on a eu notre première vraie dispute. Et c'est là qu'il m'a giflée.

— Taylor ? Il vous a giflée ?

Wanda courba la tête, victime honteuse d'avoir été agressée.

— C'est à peine si on a échangé deux phrases, depuis. Et quand on se parlait, il était tellement évident que… qu'on se haïssait, continua-t-elle dans un souffle.

Claire prit doucement Wanda par le bras.

— Croyez-le ou non, il n'est pas si anormal de détester son propre enfant adolescent.

— Mais j'ai peur de lui, aussi ! C'est ça, le pire. Je le déteste et j'ai peur de lui. Quand il m'a frappée, j'ai eu l'impression que c'était son père qui était revenu à la maison.

Elle porta les doigts à sa bouche comme si ses lèvres se souvenaient d'une blessure depuis longtemps effacée.

— Nous nous bagarrons encore, Paul et moi, par avocats interposés. Nous nous battons pour un garçon qui ne nous aime ni l'un ni l'autre.

Le bipeur de Claire émit une tonalité. Elle jeta un coup d'œil à l'écran. C'était le labo qui l'appelait.

— Excusez-moi, dit-elle, et elle quitta la chapelle pour aller téléphoner dans le hall de l'hôpital.

Anthony, le responsable du labo, répondit personnellement.

— Ah, docteur Elliot, le labo de Bangor vient d'appeler. Ils ont d'autres résultats concernant l'analyse du petit Taylor.

— Il y a des positifs aux différents toxiques ?

— Eh bien, non. Il n'a ni alcool, ni cannabis, ni opiacés, ni amphétamines dans le sang. Il est négatif à tous les toxiques dont vous avez demandé la recherche.

— Pourtant, j'étais tellement sûre… répondit-elle, stupéfaite. Je ne vois pas ce qui pourrait provoquer un comportement pareil. Il doit y avoir une drogue pour laquelle j'ai oublié de demander le test.

— Il y a peut-être quelque chose. J'ai soumis un échantillon de son sang à une analyse par chromatographie en phase gazeuse, et un pic anormal est apparu à une minute dix secondes de temps de rétention.

— Qu'est-ce que ça veut dire ?

— Ça ne met aucune drogue en évidence. Mais il y a un pic, ce qui indique la présence d'une substance inhabituelle dans son sang. Maintenant, il se peut que ce soit tout à fait anodin. Un complément alimentaire végétal, par exemple.

— Comment faire pour découvrir de quoi il s'agit ?

— Il faudrait procéder à des analyses complémentaires, pour lesquelles le labo de Bangor n'est pas équipé. Il faudrait envoyer d'autres échantillons à notre labo de référence à Boston. Là-bas, ils pourront effectuer simultanément les tests concernant des centaines de substances.

— Eh bien, faisons-le.

— Sauf qu'il y a un problème. C'est l'autre raison pour laquelle je vous ai bipée. J'ai reçu l'ordre d'annuler tous les éventuels tests restants. C'est signé du Dr DelRay.

— Comment ? fit-elle en secouant la tête, incrédule. C'est moi qui suis le médecin de Taylor.

— Mais c'est DelRay qui donne les ordres, et ils sont en contradiction avec les vôtres. Alors je ne sais pas quoi faire.

— Écoutez, laissez-moi parler à la mère. Je vais éclaircir ça tout de suite.

Elle raccrocha et retourna vers la chapelle.

Avant même d'ouvrir la porte, elle entendit une voix d'homme qui hurlait avec fureur.

— … jamais eu aucune autorité sur lui ! Complètement nulle, voilà ce que tu es ! Pas étonnant qu'il soit tellement perturbé !

Claire entra dans la chapelle.

— Il y a un problème, Wanda ?

L'homme se tourna vers elle.

— Je suis le père de Taylor.

Les moments de crise faisaient ressortir ce qu'il y avait de pire chez les individus, mais Paul Darnell n'était probablement pas un personnage très aimable, même au mieux de sa forme. Associé dans le plus gros cabinet comptable de Two Hills, il avait beaucoup plus d'allure que sa femme, qui semblait réduite à l'insignifiance dans son tailleur mal coupé. Le bref échange auquel Claire avait assisté entre les deux divorcés lui en disait long sur leur mariage, et ce à quoi il avait dû ressembler : Wanda, cherchant toujours à calmer le jeu, faisant le dos rond devant Paul, l'agresseur, plein d'exigences et de récriminations.

— Qu'est-ce que c'est que cette histoire ? Mon fils se droguerait ? lança-t-il.

— J'essaie de trouver une raison à son comportement, monsieur Darnell. Je demandais juste à votre femme…

— Taylor ne prend aucune drogue. Pas depuis que vous lui avez fait stopper la Ritaline. Il était bien, quand il prenait la Ritaline, ajouta-t-il après une pause. Je n'ai jamais compris pourquoi vous la lui avez fait arrêter.

— Il y a deux mois qu'il n'en prend plus. Son changement de comportement est plus récent.

— Il y a deux mois, il était bien.

— Non, il n'était pas bien. Il était fatigué et distrait. Et le diagnostic d'hyperactivité n'a jamais été vraiment confirmé. Ce n'est pas la même chose que de diagnostiquer l'hypertension. Au moins, là, on a des critères objectifs, définis, sur lesquels se baser.

— Le Dr Pomeroy était sûr du diagnostic.

— Le syndrome de trouble d'hyperactivité avec déficit de l'attention est devenu la tarte à la crème des problèmes de comportement chez les jeunes. Dès qu'un écolier se plante dans ses études ou qu'il fait des bêtises, les parents veulent trouver une raison. Je n'étais pas d'accord avec le diagnostic de Pomeroy. En cas de doute, je préfère ne pas donner de médicaments aux enfants.

— Eh bien, regardez ce qui s'est passé. Il est devenu incontrôlable. Il est incontrôlable depuis des semaines.

— Comment le sais-tu, Paul ? demanda Wanda. Depuis combien de temps n'as-tu pas passé de temps avec ton propre fils ?

Paul se tourna vers son ex-femme avec une telle expression de haine que Wanda parut se recroqueviller sur elle-même.

— C'était toi qui étais censée t'occuper de lui, dit-il. Je savais bien que tu n'étais pas de taille à le tenir. Tu as tout foutu en l'air, comme d'habitude, et maintenant notre fils va se retrouver en prison !

— Au moins, ce n'est pas moi qui l'ai armé, dit-elle doucement.

— Quoi ?

— C'est ton pistolet qu'il a apporté à l'école. Tu n'avais pas remarqué qu'il avait disparu ?

Il la regarda en ouvrant de grands yeux.

— Le petit merdeux ! Comment se l'est-il procuré ?

— Nous n'arriverons à rien comme ça ! intervint Claire. C'est Taylor qui compte, actuellement. Taylor, et les raisons de son comportement.

Paul se tourna vers sa femme.

— J'ai demandé à Adam DelRay de prendre le relais. Il est en haut et il examine Taylor.

Cette annonce brutale laissa Claire sans voix. Voilà donc pourquoi DelRay avait donné des instructions écrites concernant son patient. Il était son nouveau médecin traitant. On venait de lui retirer le dossier.

— Mais c'est le Dr Elliot, son docteur ! protesta Wanda.

— Je connais Adam et j'ai confiance en son jugement.

Ce qui veut dire qu'il n'a pas confiance dans le mien ?

— Je n'aime pas DelRay, protesta Wanda. C'est ton ami, pas le mien.

— Tu n'as pas besoin de l'aimer.

— S'il s'occupe de mon fils, si.

Paul éclata d'un rire grinçant.

— C'est comme ça que tu choisis un docteur, Wanda ? Tu choisis celui qui te fait les embrassades les plus chaleureuses ?

— Je fais ce qui vaut mieux pour Taylor.

— Et c'est exactement pour ça qu'il en est là où il en est.

— Monsieur Darnell, s'exclama Claire, perdant patience, ce n'est pas le moment de vous bagarrer avec votre femme !

— Ex-femme, rectifia-t-il en se tournant vers Claire, son mépris s'étendant évidemment à elle aussi.

Sur ces mots, il tourna les talons et sortit de la chapelle.

Elle trouva Adam DelRay assis au bureau des infirmières, en train de compléter le dossier de Taylor. Il était déjà tard, mais sa blouse blanche était parfaitement fraîche et amidonnée, et Claire se sentait toute chiffonnée à côté de lui. La honte qu'il avait pu éprouver plus tôt dans la journée, lors de la crise avec Katie Youmans, avait été opportunément oubliée, et il considérait Claire avec son assurance habituelle – exaspérante au demeurant.

— J'allais vous appeler, dit-il. Paul Darnell vient de décider…

— Je sais. Je lui ai parlé.

— Oh, alors vous êtes au courant. J'espère que vous n'en faites pas une affaire personnelle, poursuivit-il en haussant les épaules d'un air d'excuse.

— C'est la décision des parents. Ils ont le droit de choisir, convint-elle à contrecœur. Mais puisque vous prenez le relais, je pense que vous devriez savoir que l'analyse du sang de Taylor par chromatographie en phase gazeuse présentait un pic anormal. Je vous conseille de demander une recherche complète de toxiques.

— Je n'en vois pas l'utilité, répondit-il en reposant le dossier et en se levant. Les toxiques les plus fréquents ont été éliminés.

— Il faudrait identifier ce pic.

— Paul ne veut plus qu'on soumette son fils à des analyses toxicologiques.

Elle secoua la tête, intriguée.

— Je ne m'explique pas ses objections.

— Je crois qu'il a pris cette décision après avoir parlé avec son avocat.

Elle attendit qu'il s'éloigne et jeta un coup d'œil au dossier. Elle parcourut les fiches d'observations médicales et lut avec une consternation croissante les notes de DelRay.

Antécédents médicaux et examen physique. Conclusions :

1. psychose aiguë consécutive à un sevrage brutal de Ritaline.

2. syndrome d'hyperactivité avec déficit de l'attention.

Claire se laissa tomber sur un fauteuil, les jambes flageolantes, l'estomac noué. Telle était donc leur stratégie de défense. Le gamin n'était pas responsable de son comportement criminel. Et c'était la faute de Claire, qui lui avait fait arrêter la Ritaline, provoquant une psychose dépressive. Tout était de sa faute. *C'est moi qu'on va traîner devant les tribunaux.*

C'était pour ça que Paul ne voulait pas trouver de drogues dans la formule sanguine du gamin. Ce qui la disculperait.

Elle retourna au début du dossier et lut les prescriptions de DelRay.

Annulez la recherche de drogues/toxiques.

Les questions et les résultats d'analyses de labo à venir doivent m'être adressés.

Le Dr Elliot n'est plus en charge du dossier.

Elle referma sèchement le dossier et sentit sa nausée s'intensifier. La vie de Taylor n'était plus seule en jeu ; c'était sa carrière de médecin qui était en cause, et sa réputation personnelle, par la même occasion.

Elle pensa à la règle numéro un de la médecine défensive : protégez vos arrières. Si vous voulez être inattaquable, faites en sorte de pouvoir prouver que vous n'avez commis aucune erreur. Démerdez-vous pour être en mesure d'appuyer votre diagnostic par des analyses de laboratoire.

Elle devait faire une prise de sang à Taylor. Et c'était maintenant ou jamais. Le lendemain matin, son système aurait éliminé la drogue, quelle qu'elle soit, et il n'y aurait plus rien à détecter.

Elle traversa le bureau des infirmières et prit, dans la pièce où étaient stockées les fournitures, une seringue Vacutainer, des compresses imprégnées d'alcool et trois tubes à prélèvement sanguin à bouchon rouge.

Le cœur battant, elle regagna le couloir qui menait à la chambre de Taylor. Le gamin n'était plus son patient, et elle n'avait pas le droit de faire ce qu'elle allait faire, mais elle avait besoin de savoir quelle drogue circulait dans son système sanguin – si c'était une drogue.

Le policier la salua d'un hochement de tête.

— Je dois faire une prise de sang au patient, dit-elle en s'approchant. Ça vous ennuierait de lui tenir le bras pour moi ?

Il n'avait pas l'air enthousiasmé, mais il la suivit dans la chambre.

Tu le piques en vitesse et tu fiches le camp d'ici. Les mains tremblantes, elle noua le garrot et ôta le capuchon de l'aiguille. *Tire-toi d'ici avant qu'on s'aperçoive de ce que tu es en train de faire.* Elle tamponna avec une compresse imbibée d'alcool le bras du gamin qui poussa un hurlement de rage et se tortilla pour échapper à la poigne du policier. Le pouls de Claire s'accéléra lorsqu'elle enfonça l'aiguille dans la veine et sentit ce petit *plop* satisfaisant, si subtil. *Vite, vite...* Elle remplit un tube, le glissa dans la poche de sa blouse et en plaça un autre à l'embouchure du Vacutainer. Un sang noir en jaillit.

— Je n'arrive pas à le tenir, fit le policier en s'arc-boutant pour immobiliser le gamin qui se débattait en jurant.

— J'ai presque fini.

— Il essaie de me mordre !

— Empêchez-le de bouger, lança-t-elle, les oreilles cassées par les cris du gamin.

Elle glissa le troisième tube en place et regarda jaillir un jet de sang tout frais. *Plus qu'un. Allez, allez…*

— Qu'est-ce qui se passe, ici ?

Claire leva les yeux, tellement surprise qu'elle laissa l'aiguille sortir de la veine. Un filet de sang jaillit de la minuscule plaie d'entrée et coula sur les draps. Elle détacha rapidement le garrot et appliqua un tampon de gaze sur le bras du gamin. Les joues rouges de honte, elle se retourna vers Paul Darnell et Adam DelRay, qui la dévisageaient, incrédules, depuis le pas de la porte. Deux infirmières regardaient par-dessus leur épaule.

— Elle lui faisait juste une prise de sang, fit le policier. Et le gamin s'est mis à crier.

— Le Dr Elliot ne devrait pas être ici, dit Paul. Vous n'avez pas entendu les nouvelles instructions ?

— Quelles instructions ?

— C'est moi, maintenant, le médecin traitant de ce patient, lança DelRay. Le Dr Elliot n'a aucun droit sur lui. Elle ne devrait même pas être dans cette chambre.

Le policier regarda Claire d'un air furieux, et elle comprit ce qu'il pensait : vous m'avez manipulé.

Paul tendit la main.

— Donnez-moi ces tubes de sang, docteur Elliot.

Elle secoua la tête.

— Je m'intéresse à des résultats de tests anormaux. Ça pourrait affecter le traitement de votre fils.

— Vous n'êtes plus son médecin traitant ! Donnez-moi ces tubes !

Elle déglutit péniblement.

— Je regrette, monsieur Darnell, mais je ne peux pas.

— C'est une agression ! s'écria Paul, le visage violet de rage, en prenant les autres à témoin. Une agression, pas autre chose ! Elle a agressé mon fils avec cette seringue, alors qu'elle savait pertinemment qu'elle n'en avait pas le droit ! Vous aurez des nouvelles de mon avocat ! fit-il en regardant Claire.

— Paul, intervint DelRay, jouant le rôle du parfait diplomate. Je suis sûr que le Dr Elliot n'a pas besoin de ce genre de complications. Allons, Claire, poursuivit-il d'un ton raisonneur, ça devient grotesque. Donnez-moi les tubes et n'en parlons plus.

Elle regarda les deux tubes qu'elle tenait, soupesant leur valeur contre une accusation de coups et blessures. Contre la perte probable de ses privilèges hospitaliers. Elle sentit peser sur elle le regard de tous les gens présents dans la pièce, leur jubilation devant son humiliation.

Elle leur tendit les tubes sans rien dire.

DelRay les prit avec une expression triomphale. Puis il se tourna vers le policier du Maine.

— Ce garçon est mon patient, c'est compris ?

— Parfaitement compris, docteur DelRay.

Personne ne dit un mot à Claire alors qu'elle sortait de la chambre, mais elle savait que chacun avait les yeux braqués sur elle. Elle repartit dans le couloir en regardant droit devant elle et appela l'ascenseur. Elle attendit d'être dans la cabine, portes refermées, pour glisser la main dans la poche de sa blouse.

Le troisième tube était bien là.

Elle descendit au sous-sol et trouva Anthony au laboratoire, devant sa paillasse, entouré de présentoirs pleins de tubes à essai.

— J'ai un échantillon de sang du garçon, annonça-t-elle.

— Pour la recherche de toxiques ?

— Oui. Je remplirai les formulaires moi-même.

— Ils sont sur l'étagère, là.

Elle prit un imprimé sur la pile et fronça les sourcils en voyant l'en-tête : Anson Biologicals.

— On utilise un nouveau laboratoire de référence ? C'est la première fois que je vois ces formulaires.

Il leva les yeux d'une centrifugeuse bourdonnante.

— On est passés chez Anson il y a quelques semaines. L'hôpital a signé un nouveau contrat avec eux pour les chimies complexes et les dosages radio-immunologiques.

— Pourquoi ?

— Bah, ça doit être une question de prix.

Elle parcourut les imprimés et cocha les rubriques « Chromatographie en phase gazeuse/spectrographie de masse », « Recherche de drogues et toxiques ». Dans l'espace réservé aux commentaires, en bas de la page, elle nota :

Garçon de quatorze ans atteint d'une psychose apparemment induite par une drogue, et coupable d'agression. Examen de laboratoire pour mon usage personnel, à des fins de recherche. Résultats à m'envoyer directement.

Et elle signa de son nom.

On frappa à la porte d'entrée et Noah alla ouvrir. Amelia était debout dehors, dans la nuit. Elle portait sur la tempe un pansement d'une blancheur éclatante, et il vit qu'elle avait mal quand elle souriait. Ça la tiraillait, et elle devait se contenter d'esquisser un retroussement crispé du coin de la bouche.

Il était tellement surpris de sa visite inattendue qu'il ne put trouver une seule parole intelligente à prononcer, alors il resta là, à la regarder, le bec ouvert, aussi ahuri qu'un paysan qui se serait subitement retrouvé devant une princesse.

— C'est pour toi, dit-elle, et elle lui tendit un petit paquet brun. Je suis désolée, j'aurais voulu trouver un joli papier pour l'emballer, seulement…

Il prit le paquet, mais son regard resta rivé sur elle.

— Ça va ?

— Ça va. Je pense que tu sais, pour Mme Horatio… ?

Elle s'interrompit, ravala ses larmes.

— Maman me l'a dit, fit-il en hochant la tête.

Amelia effleura son pansement. Des larmes brillèrent dans ses yeux.

— J'ai rencontré ta maman, aux urgences. Elle a été vraiment gentille avec moi…

Elle se retourna et jeta un coup d'œil derrière elle, par-dessus son épaule, comme si elle craignait qu'on l'observe dans l'ombre.

— Il faut que j'y aille, maintenant…

— Quelqu'un t'a amenée ici en voiture ?

— Je suis venue à pied.

— À pied ? Dans le noir ?

— Ce n'est pas si loin. J'habite juste de l'autre côté du lac, derrière la rampe à bateaux. On se reverra à l'école.

Elle recula, faisant voltiger ses cheveux blonds.

— Amelia, attends ! Pourquoi… ?

Il leva le paquet.

— Pour te remercier. Pour ce que tu as fait aujourd'hui.

Elle fit un autre pas en arrière et fut presque avalée par la nuit.

— Amelia.

— Oui ?

Noah se tut, ne sachant que dire. Le silence était seulement rompu par le friselis des feuilles mortes sur la pelouse. Amelia était debout à la limite de la zone éclairée par la lumière coulant de la porte ouverte. Son visage était un ovale pâle qui éclipsait les ténèbres.

— Tu veux entrer ? demanda-t-il.

À sa grande surprise, elle sembla considérer la proposition. Pendant un moment, elle parut avancer et reculer, suspendue entre la lumière et l'obscurité. Elle regarda à nouveau par-dessus son épaule, comme si elle quêtait une autorisation, puis elle hocha la tête.

Noah connut un moment de panique, à cause du désordre du salon. Sa mère n'était rentrée que quelques heures, cet après-midi-là, pour le réconforter et lui préparer son dîner, et elle était retournée à l'hôpital, voir Taylor. Personne n'avait rangé le salon, et tout était resté là où Noah l'avait abandonné en rentrant du collège : son sac à dos sur le canapé, son sweat-shirt sur la table basse, ses chaussures de tennis sales devant la cheminée. Il décida d'éviter le salon et d'emmener plutôt Amelia dans la cuisine.

Ils s'assirent, sans se regarder, deux espèces étrangères essayant de trouver un langage commun.

Le téléphone sonna et elle leva les yeux.

— Tu ne réponds pas ?

— Non. C'est encore un de ces journalistes. Ils ont téléphoné tout l'après-midi depuis que je suis rentré.

Le répondeur se déclencha et, comme il l'avait prévu, une voix de femme dit :

— Damaris Horne, du *Weekly Informer*. Je voudrais vraiment, vraiment, parler avec Noah Elliot, si c'était possible, à propos de cet acte de bravoure incroyable dont il a été l'auteur, aujourd'hui, à l'école. Noah, tout le pays voudrait t'entendre en parler. Je serai au bed and breakfast de Lakeside, et je pourrais t'offrir une compensation financière, si ça pouvait te convaincre de me consacrer un petit moment…

— Elle te propose de te payer, rien que pour lui parler ? demanda Amelia.

— C'est dingue, hein ? Maman dit que ça prouve bien que je ne dois absolument pas parler à ce genre de personne.

— Mais les gens ont envie de t'entendre en parler. Que tu leur racontes ce que tu as fait.

Ce que j'ai fait.

Il haussa les épaules. Il se sentait indigne de tous ces éloges, de l'admiration d'Amelia, surtout. Il attendit, sans bouger, que la femme raccroche. Le silence revint, interrompu seulement par le bip du répondeur signalant la fin du message.

— Tu peux l'ouvrir, maintenant, si tu veux, dit Amelia.

Il regarda son cadeau. Il était emballé dans un banal papier marron, mais il prit la peine de l'ouvrir délicatement parce que ça ne paraissait pas gentil de le déchirer devant elle. Il décolla délicatement le ruban adhésif et replia le papier.

C'était un couteau de poche, ni gros ni impressionnant. Il vit des éraflures sur le manche, et se rendit compte qu'il n'était même pas neuf. Elle lui donnait un couteau usagé.

— Ouah ! fit-il en essayant de manifester un semblant d'enthousiasme. Il est rudement joli.

— Il était à mon papa. Mon vrai papa, ajouta-t-elle tout bas.

Il leva les yeux alors que les implications de ces paroles s'insinuaient en lui.

— Jack est mon beau-père.

Elle prononça ces derniers mots comme s'ils lui répugnaient.

— Alors JD et Eddie…

— Ce ne sont pas mes vrais frères. Ce sont les fils de Jack.

— Je me posais la question. Ils ne te ressemblent pas.

— Grâce au ciel !

Noah eut un petit rire.

— Ça, je n'aimerais pas non plus leur ressembler !

— Je n'ai même pas le droit de parler de mon vrai papa, parce que ça rend Jack dingue. Il déteste qu'on lui rappelle qu'il y a eu quelqu'un avant lui. Mais je veux que les gens le sachent. Je veux qu'ils sachent que Jack n'a rien à voir avec moi.

Il lui remit doucement le couteau dans la main.

— Je ne peux pas accepter, Amelia.

— Mais je veux que tu l'aies.

— Écoute, il doit avoir de l'importance pour toi, s'il lui appartenait.

— C'est pour ça que je veux que tu l'aies, fit-elle en effleurant le pansement sur sa tempe, comme pour lui rappeler la preuve de sa dette envers lui. Tu as été le seul à faire quelque chose. Le seul à ne pas t'être enfui.

Il n'avoua pas la vérité humiliante : j'aurais bien voulu, mais j'avais tellement peur que je n'arrivais pas à marcher.

Elle regarda la pendule de la cuisine. Avec un sursaut de panique, elle se leva d'un bond.

— Je ne savais pas qu'il était si tard.

Il la suivit jusqu'à la porte d'entrée. Amelia venait de sortir quand des phares trouèrent subitement l'obscurité entre les arbres. Elle se tourna vers la lumière et elle sembla se figer alors qu'un pick-up remontait l'allée dans un rugissement de moteur.

La portière s'ouvrit à la volée, et Jack Reid descendit de voiture, mince comme un lévrier, et les sourcils froncés dans une expression peu amène.

— Monte tout de suite, Amelia, dit-il.

— Jack, comment savais-tu…

— C'est Eddie qui m'a dit que je te trouverais là.

— J'allais justement rentrer.

— Monte tout de suite.

Elle se ferma instantanément comme une huître et grimpa docilement sur le siège passager.

Son beau-père était sur le point de se remettre au volant quand il croisa le regard de Noah.

— Elle ne sort pas avec des garçons, dit-il. Mets-toi bien ça dans le crâne.

— Elle était seulement passée me dire bonjour, répondit Noah, mécontent. Où est le problème ?

— Pas touche à ma fille, gamin. C'est ça, le problème.

Il se remit au volant et claqua la portière.

— C'est pas votre fille ! s'écria Noah.

Mais il savait que l'autre ne pouvait pas l'entendre, avec le rugissement du moteur.

Alors que le pick-up tournait au coin de l'allée, Noah entrevit une dernière fois le profil d'Amelia, encadré par la vitre côté passager, son regard terrifié braqué droit devant elle.

6

Voyant les premiers flocons descendre mollement entre les branches dénudées, saupoudrant le chantier de fouilles, Lucy Overlock leva les yeux vers le ciel et dit :

— J'espère qu'il ne va pas neiger, hein ? Il faut que ça s'arrête, ou sinon on ne verra plus rien.

— Ça commence déjà à fondre, répondit Lincoln.

Il flaira l'air et sut, grâce à un instinct acquis au cours d'une vie entière passée dans ces bois, que la neige ne tiendrait pas. Ces flocons n'étaient qu'un murmure précurseur des mois d'hiver à venir, un avertissement d'une douceur trompeuse. Il se fichait de cette masse blanche, il se moquait de tous les inconvénients qui l'accompagnaient, la corvée de déblaiement des allées, le pelletage des congères, les nuits sans électricité quand les lignes croulaient sous son poids. C'était l'obscurité qu'il détestait. La nuit tombait trop vite, depuis quelques jours. La lumière commençait déjà à décliner, réduisant les arbres à de grands coups de pinceau noirs tracés sur le ciel endeuillé.

— Bon, eh bien, on ferait mieux de ranger le chantier pour aujourd'hui, conclut Lucy. En espérant que tout ne sera pas enfoui sous vingt centimètres de neige d'ici demain.

Les ossements n'intéressant plus la police, la responsabilité de protéger les fouilles incombait à Lucy et à ses étudiants. Deux thésards étendirent une bâche sur le site et la fixèrent par des piquets. C'était une précaution futile : un raton laveur en maraude aurait pu la déchirer d'un coup de griffe.

— Quand aurez-vous fini ici ? demanda Lincoln.

— J'aimerais disposer de plusieurs semaines, répondit Lucy. Mais si le temps se dégrade, il faudra nous dépêcher. S'il se met vraiment à geler, ce sera fini jusqu'au printemps prochain.

Un gyrophare se mit à clignoter entre les arbres. Un nouveau véhicule arrivait dans l'allée, devant chez Rachel Sorkin.

Lincoln repartit à pas lourds à travers bois, vers la maison. Au cours des derniers jours, le jardin de devant était devenu un parking. À côté de sa voiture de patrouille, il y avait la Jeep de Lucy Overlock et une Honda qui en avait vu de toutes les couleurs ; sans doute celle de ses étudiants.

À l'autre bout de l'allée, une Volvo bleu foncé s'était garée sous les arbres. Il la reconnut et traversa le jardin pour s'en approcher.

La vitre du côté conducteur bourdonna avant de descendre de quelques centimètres.

— Lincoln, dit la femme.

— Bonsoir, juge Keating.

— Vous avez un petit moment ?

Il entendit le déclic du système de verrouillage centralisé des portières.

Lincoln fit le tour de la voiture, alla s'asseoir à côté de la conductrice et referma la portière. Ils restèrent un instant assis là, sans parler, blottis dans le silence.

— Ils ont trouvé autre chose ? demanda-t-elle sans le regarder, les yeux rivés droit devant elle, sur un point situé entre les arbres.

Elle ne faisait pas ses soixante-six ans. L'ombre gommait ses rides, donnait à son visage un aspect lisse, satiné. Plus jeune, et beaucoup moins impressionnant.

— Il n'y avait que deux squelettes, répondit Lincoln.

— Deux enfants ?

— Oui. Le Dr Overlock leur donne neuf ou dix ans, à vue de nez.

— Et pas morts de mort naturelle ?

— Non. De mort violente. Tous les deux.

Il y eut une longue pause.

— Et quand serait-ce arrivé ?

— Ce n'est pas facile à déterminer. Pour ça, ils n'ont que des artefacts trouvés avec les restes : quelques boutons, une poignée de cercueil. D'après le Dr Overlock, la tombe devait faire partie d'un cimetière de famille.

Elle prit le temps d'enregistrer l'information.

— Les restes seraient donc assez anciens ? avança-t-elle enfin.

— Une centaine d'années, plus ou moins.

Elle laissa échapper un profond soupir. Lincoln se demanda si c'était un effet de son imagination, ou si elle avait soudain évacué une partie de sa tension.

C'était comme si elle se ramollissait, sous l'effet du soulagement. Elle appuya sa nuque contre l'appuie-tête.

— Une centaine d'années, dit-elle. Alors, il n'y a pas de quoi s'inquiéter. Ça ne vient pas de…

— Non, il n'y a aucun rapport.

Elle regarda vers l'avant, vers l'obscurité qui s'approfondissait.

— Quand même, c'est une drôle de coïncidence, non ? Exactement la même partie du lac… Je me demande si c'est arrivé à l'automne, ajouta-t-elle après un silence.

— Il y a des gens qui meurent tous les jours, juge Keating. En cent ans, un siècle… Il fallait bien qu'on les enterre quelque part.

— J'ai entendu dire qu'il y avait une marque de hachette sur l'un des fémurs.

— En effet.

— Ça va amener les gens à se poser des questions. À se rappeler.

Lincoln reconnut la peur dans sa voix, et il aurait voulu la rassurer, mais il ne pouvait se résoudre à la toucher. Iris Keating n'était pas une femme qui attirait le contact. Elle avait érigé autour d'elle une barrière émotionnelle tellement épaisse qu'il n'aurait pas été surpris, s'il avait tendu la main, de ne sentir qu'une coquille.

— Ça fait si longtemps, dit-il. Tout le monde a oublié.

— Cette ville a des souvenirs.

— Seulement quelques personnes. Les anciens. Et ils n'ont pas plus envie d'en parler que vous.

— N'importe comment, c'est dans les archives publiques. Et maintenant, tous ces journalistes sont en ville. Ils vont poser des questions.

— Ça n'a aucun rapport avec ce qui s'est passé il y a un demi-siècle.

— Vraiment ? demanda-t-elle en tournant les yeux vers lui. C'est comme ça que tout a commencé, à l'époque. Les meurtres. Ça a commencé à l'automne.

— Vous ne pouvez interpréter tous les actes de violence comme des répétitions de l'histoire.

— Mais l'histoire est violente.

Elle se détourna à nouveau, regarda devant elle, en direction du lac, mais sans le voir. La nuit était tombée, et l'eau n'était plus qu'un faible miroitement à peine entrevu entre les arbres dénudés.

— Vous ne le sentez pas, Lincoln ? demanda-t-elle doucement. Je ne sais pas ce que c'est, mais il y a quelque chose qui ne va pas dans cet endroit. Je le sentais déjà, quand j'étais toute petite. Je n'aimais pas vivre ici, même à l'époque. Et maintenant…

Elle tendit la main vers la clé de contact et fit tourner le moteur.

Lincoln descendit de voiture.

— Faites attention sur la route. Ça glisse, cette nuit.

— Je ferai attention. Oh, Lincoln… ?

— Oui ?

— J'ai entendu dire qu'une place s'était libérée dans ce programme de désintoxication alcoolique, à Augusta. Ce serait peut-être bien, pour Doreen. Si vous pouviez la convaincre de le suivre…

— Je vais essayer. J'espère toujours que ça finira par marcher.

Il crut lire de la pitié dans son regard.

— Je vous souhaite bonne chance. Vous méritez bien mieux que ça, Lincoln.

— Oh, je m'en sors.

— Mais j'en suis sûre, dit-elle, et il comprit que ce n'était pas de la pitié mais de l'admiration qu'elle exprimait. Vous faites partie des rares hommes de ce monde qui peuvent dire ça.

Une photo de Mme Horatio était posée sur le cercueil, une photo de la jeune femme qu'elle était à dix-huit ans, souriante, presque jolie. Noah n'avait jamais pensé que sa prof de biologie avait pu être jolie. Il ne lui était même pas venu à l'idée qu'elle ait pu être jeune un jour. Pour lui, Dorothy Horatio était arrivée sur terre à cet âge indéterminé, et maintenant, dans la mort, elle resterait éternellement comme ça.

Il suivit la longue rangée d'élèves et défila docilement, en traînant les pieds, devant le cercueil et la photo de Mme Horatio telle qu'elle était naguère, incarnée dans cette femme de chair et de sang. Ça lui faisait drôle de voir cette image à la fois étrangère et familière de la Mme Horatio d'avant – avant les kilos en trop, les rides et les cheveux gris. De se dire que, sur la photo, elle n'était pas beaucoup plus âgée que lui. Que se passe-t-il quand on vieillit ? se demanda-t-il. Où va l'enfant qu'on a été ?

Il s'arrêta devant le cercueil. Il était fermé, grâce au ciel. Il pensait qu'il n'aurait pas supporté de voir le visage de sa prof morte. C'était déjà assez affreux d'imaginer à quoi elle devait ressembler, sous le couvercle d'acajou. Il n'aimait pas vraiment Dorothy Horatio. Il ne l'aimait *vraiment pas*, en fait. Mais aujourd'hui, il avait rencontré son mari et sa fille, qui était déjà adulte, il les avait vus pleurer, cramponnés l'un à l'autre, et il avait pris conscience d'une chose surprenante : en ce bas monde, il y avait des gens pour aimer même les Mme Horatio.

Dans la surface polie comme un miroir du cercueil, il voyait son propre visage, atone, rigide. Un masque inexpressif dissimulant un tumulte émotionnel.

Il ne s'était pas aussi bien comporté lors du dernier enterrement auquel il avait assisté.

Deux ans plus tôt, ils se tenaient les mains, sa mère et lui, en regardant le cercueil de son père. Le couvercle était resté ouvert, pour que les gens puissent voir son visage émacié en lui disant au revoir. Au moment de partir, Noah avait refusé de s'en aller. Sa mère avait essayé de l'entraîner, mais il avait sangloté : « Tu ne peux pas laisser papa ici ! Reviens, reviens ! »

Il cligna des yeux et posa la main sur le cercueil de Mme Horatio. Il était lisse, brillant. Comme les beaux meubles.

Où va l'enfant qu'on a été ?

Il se rendit compte soudain qu'il n'y avait plus personne devant lui, et que les gens, derrière lui, attendaient qu'il avance. Il passa devant le cercueil, remonta l'allée centrale et quitta le funérarium.

Dehors, il neigeait mollement. Le doux baiser des flocons était frais et apaisant sur son visage. Il constata avec soulagement que les journalistes ne l'avaient pas suivi au-dehors. Tout l'après-midi, ils lui avaient couru après avec leurs magnétophones, avides de tirer une phrase au gamin qui avait si courageusement désarmé le tueur. Le héros du groupe scolaire de Knox Hill.

Quelle blague.

Il resta planté sur le trottoir d'en face et regarda en grelottant dans le crépuscule les gens sortir du funérarium. Ils effectuaient tous le même rituel, en sortant dans le froid : un coup d'œil estimatif vers le ciel, un frisson, et ils refermaient le col de leur manteau sous leur menton. Tout le monde, en ville, était venu rendre un dernier hommage à la morte, mais il avait du mal à reconnaître les gens, tellement ils étaient changés par leurs costumes, leurs cravates et leurs tenues de deuil. Personne ne portait les chemises à carreaux et les jeans habituels. Même le chef Kelly était en costume-cravate.

Noah vit Amelia Reid sortir du funérarium. Il remarqua que sa poitrine se soulevait très fort et très vite, et elle s'appuya contre le bâtiment comme si on l'avait poursuivie et qu'elle essayait désespérément de reprendre son souffle.

Une voiture passa entre eux, ses pneus écrasant la neige cristalline.

Noah l'appela :

— Amelia ?

Elle leva les yeux, surprise, et le vit. Elle hésita, regarda d'un côté et de l'autre de la rue, comme pour s'assurer qu'elle pouvait traverser. Il sentit son cœur battre plus vite alors qu'elle le rejoignait.

— C'est assez sinistre là-dedans, dit-il.

Elle hocha la tête.

— Je ne pouvais plus entendre ça. Et je n'avais pas envie de me mettre à pleurer devant tout le monde.

Moi non plus, se dit-il, mais il ne voudrait jamais l'admettre.

Ils restèrent debout là, tous les deux, dans le soir tombant, sans se regarder, en battant la semelle pour se réchauffer. Ils cherchaient l'un comme l'autre quelque chose à dire. Il inspira profondément et dit soudain :

— Je déteste les enterrements. Ça me rappelle toujours…

Il s'interrompit.

— Moi aussi, ça me rappelle l'enterrement de mon père, dit-elle doucement.

Et puis elle leva les yeux pour regarder les flocons de neige qui tombaient au ralenti du ciel à présent presque noir.

Warren Emerson marchait sur le bas-côté de la route, l'herbe raidie par le givre crissant sous ses bottes. Il portait sa casquette et son gilet orange fluo, et pourtant il ne pouvait s'empêcher de rentrer la tête dans les épaules chaque fois qu'un coup de fusil retentissait dans les bois. Les balles ne voyaient pas les couleurs. Il faisait froid, ce matin-là, beaucoup plus froid que la veille, et il avait les doigts gelés dans ses gants de laine fine. Il enfonça les poings dans ses poches et continua à avancer, indifférent au froid, sachant que d'ici un ou deux kilomètres il n'y ferait même plus attention.

Il avait pris cette route plus de mille fois, par tous les temps, et il mesurait son avance aux repères du paysage devant lesquels il passait. Le mur de pierre écroulé était à quatre cents pas de chez lui, en partant de la cour. La grange en ruine des Murray était à neuf cent cinquante pas. À deux mille pas, au carrefour de Toddy Point Road, il était à mi-chemin. Au fur et à mesure qu'il se rapprochait de la périphérie de la ville, les repères devenaient plus nombreux. Et la circulation se densifiait : de temps en temps, une voiture ou un camion passait en bringuebalant, les pneus soulevant la terre.

Les conducteurs du coin lui proposaient rarement de le déposer en ville. L'été, c'était plus fréquent : les touristes qui voyaient Warren Emerson se traîner le long de la route avec ses bottes et son pantalon informe devaient le considérer comme un spécimen de la faune locale. Ils s'arrêtaient et l'invitaient à monter pour faire un bout de chemin. Pendant le trajet, ils le soumettaient à un feu roulant de questions, toujours les mêmes : « Comment vous faites, les gars, en hiver ? », « Vous avez toujours vécu ici, toute votre vie ? », « Vous avez rencontré Stephen King ? » Les réponses de Warren n'allaient jamais au-delà d'un simple « oui » ou « non », et les touristes trouvaient toujours amusante cette économie de paroles. Une fois en ville, ils le déposaient devant le magasin de Cobb et Morong et lui faisaient de grands signes chaleureux, comme s'ils disaient au revoir à leur meilleur ami. Des amis particuliers, ces touristes. Quand même, tous les automnes, il était désolé de les voir repartir, parce que ça voulait dire que, pendant neuf mois, il ferait cette route à pied sans qu'un seul conducteur s'arrête pour le faire monter.

Les gens de la ville avaient tous peur.

S'il avait eu le permis de conduire, il se disait souvent qu'il n'aurait pas fait preuve du même manque de compassion envers un vieil homme. Mais Warren ne savait pas conduire. Il avait une vieille Ford en parfait état qui prenait la poussière dans la grange – la voiture de son père, un modèle de 1945 qui avait à peine roulé –, et pourtant Warren ne pouvait pas la conduire.

Il était un danger pour lui-même et pour les autres. C'est le docteur qui l'avait dit.

Alors la Ford restait dans la grange. Il y avait plus de cinquante ans, maintenant, qu'elle n'en était pas sortie, et pourtant elle était aussi bien entretenue que le jour où son père l'avait garée là. Le temps était plus indulgent pour les chromes que pour un visage d'homme. Que pour un cœur d'homme. *Je suis un danger pour moi-même et pour les autres.*

Au moins, ses mains commençaient à se réchauffer.

Il les sortit de ses poches et marcha en balançant les bras, le cœur battant plus vite, la sueur se condensant sous sa casquette. Même par la plus froide des journées, s'il marchait assez loin, assez vite, il cessait de sentir le froid.

Le temps qu'il arrive en ville, il avait déboutonné sa veste et enlevé sa casquette. Quand il entra chez Cobb et Morong, la chaleur lui parut presque insupportable.

Lorsque la porte se referma derrière lui, le silence sembla se faire dans le magasin. L'employée leva les yeux, puis détourna le regard. Deux femmes debout à côté de l'éventaire à légumes cessèrent de bavarder. Personne ne le regardait, mais il sentait leur attention concentrée sur lui alors qu'il prenait un panier et remontait l'allée, se dirigeant vers le rayon des conserves. Il remplit son panier avec les mêmes choses que toutes les autres semaines. Des boîtes de pâtée pour chat. Du chili con carne. Du thon. Du maïs. Dans l'allée suivante, il trouva des haricots secs et des flocons d'avoine, puis il se rendit à l'étal de légumes, où il prit un sac d'oignons.

Il déposa le panier, maintenant lourd, à la caisse.

La caissière encaissa ses articles tout en évitant de le regarder. Il resta planté devant la caisse enregistreuse, son gilet orange fluo hurlant au monde entier : regardez-moi, regardez-moi. Mais personne ne le fit. Personne ne croisa son regard.

Il paya sans dire un mot, prit les sacs en plastique qui contenaient ses courses et tourna les talons, prêt à repartir, bandant ses forces en prévision du trajet de retour chez lui. Arrivé à la porte, il s'arrêta.

Sur le présentoir à journaux se trouvait le numéro de la semaine de la *Gazette de Tranquility*. C'était le dernier exemplaire. Il regarda la manchette en ouvrant de grands yeux, et lâcha ses sacs qui tombèrent bruyamment par terre. Les mains tremblantes, il prit le journal. « Fusillade au collège : un professeur mortellement touché, deux élèves blessés. Un garçon de 14 ans arrêté. »

— Hé, si vous voulez ce journal, faut l'payer ! s'écria la caissière.

Warren ne répondit pas. Il resta pétrifié d'horreur, devant la porte, les yeux fixés sur un second titre, relégué dans un coin, en bas à droite. « Des jeunes battent un chiot à mort : accusés de cruauté envers animaux. »

Et il pensa : ça recommence.

Damaris Horne était au purgatoire. Elle ne pensait qu'à une seule chose, ficher le camp de là et retourner à Boston. Pour une punition, ça se pose là, se dit-elle. J'ai une prise de bec avec mon rédacteur en chef, et il me colle un reportage dont personne ne veut. Bienvenue dans le trou du cul du monde, j'ai nommé Tranquility, dans le Maine. Tranquility la bien nommée.

L'endroit était tellement mortel qu'on aurait dû lui décerner un certificat de décès. Elle remonta Main Street au volant de sa voiture, en se demandant tous les dix mètres où elle était tombée. On aurait dit une ville sur laquelle on aurait balancé une bombe à neutrons : personne, pas un signe de vie, juste des trottoirs déserts bordés de bâtiments. Neuf cent dix individus étaient censés habiter dans cette ville, alors où étaient-ils ? Dans les bois, en train de ronger le lichen sur les arbres ?

Elle passa devant chez Monaghan, et par la vitre elle eut une brève vision d'une chemise à carreaux. *Oui !* Une apparition d'un indigène local dans sa tenue cérémonielle. (Au fait, quelle était la signification mystique des carreaux ?) Plus loin, dans la rue, elle entrevit un autre vieux schnock habillé à la va-comme-je-te-pousse qui sortait de l'unique magasin du bled, avec ses sacs à commissions. Elle s'arrêta pour le laisser traverser. Il passa lentement devant elle, en traînant les pieds, le dos rond. Elle le regarda longer la rive du lac, silhouette lasse qui se fondait dans un décor sinistre d'eau grise et d'arbres dépouillés.

Elle continua vers le bed and breakfast de Lakeside, au bord du lac, comme son nom l'indiquait, son chez-elle pour une durée indéterminée. C'était la seule pension encore ouverte dans le coin, si longtemps après la fin de la saison touristique, qu'elle surnommait intérieurement le Motel Bates[1], tout en se disant qu'elle avait encore de la chance d'avoir trouvé à se loger, avec tous ces journalises qui arrivaient d'un peu partout.

1. Le célèbre motel de *Psychose*. *(N.d.l.T.)*

En passant devant la salle à manger, elle constata que la plupart de ses confrères profitaient encore du buffet du petit déjeuner. Damaris ne prenait jamais de petit déjeuner, ce qui lui avait valu une certaine avance sur ses concurrents, ce matin-là. Il était huit heures, et il y avait déjà deux heures et demie qu'elle était debout. À six heures, elle était passée à l'hôpital pour assister au transfert du gamin vers sa nouvelle demeure, le centre de détention pour jeunes délinquants du Maine. À sept heures un quart, elle était allée se garer devant le collège. Elle n'était pas descendue de voiture ; elle s'était contentée de regarder les gamins avec leurs pantalons quatre tailles trop grands se regrouper devant le bâtiment en attendant la cloche du matin, comme tous les adolescents du monde entier, ou à peu près.

Damaris se versa une tasse de café. Noir, sans sucre. Elle parcourut la pièce du regard, repéra un journaliste free-lance, Mitchell Groome. Il ne devait pas avoir plus de quarante-cinq ans, mais avec ses poches sous les yeux et ses traits tombants on aurait dit un chien neurasthénique. Il semblait pourtant assez en forme, physiquement, presque athlétique. Surtout, il avait remarqué qu'elle le regardait, et il lui rendait son regard, l'air un peu intrigué.

Elle posa sa tasse vide et quitta la salle de petit déjeuner. Elle n'avait pas besoin de se retourner pour savoir que Groome la suivait des yeux.

Le trou du cul du monde était juste devenu un tout petit peu plus intéressant.

Elle monta dans sa chambre et revit rapidement les notes qu'elle avait prises au cours de ses entretiens des derniers jours et avec lesquelles elle était censée concocter un article susceptible de plaire à son rédacteur en chef, c'est-à-dire de captiver les ménagères de Nouvelle-Angleterre qui trompaient leur ennui en parcourant les gros titres de la presse à scandale. Ça allait être coton…

Elle s'assit à la table et se demanda en regardant par la fenêtre comment elle allait tirer de ce fait divers tragique, et néanmoins banal, une histoire un peu excitante. Qu'y avait-il d'un peu particulier dans cette affaire ? Sous quel angle devait-elle la présenter pour appâter le lecteur et lui faire acheter un exemplaire du *Weekly Informer* ?

Elle se rendit compte tout à coup qu'elle avait la réponse sous le nez.

De l'autre côté se trouvait un vieux bâtiment délabré aux fenêtres condamnées par des planches. Sur la façade, on distinguait encore une inscription délavée par les intempéries : « Meubles Kimball ».

La maison portait le numéro 666.

Le nombre de la Bête.

Elle alluma son ordinateur portable et parcourut rapidement ses notes, à la recherche d'une phrase que quelqu'un avait prononcée, la veille. Une femme… Au magasin de la ville.

Elle la retrouva : « Je connais l'explication à tout ce qui s'est passé au collège, avait-elle dit. Tout le monde le sait, mais personne ne veut le reconnaître. Ils ne veulent pas avoir l'air superstitieux ou incultes. Mais moi, je vais vous dire ce que c'est : c'est le manque de religion. Les gens ont chassé Dieu de leur vie. Ils L'ont remplacé par autre chose. Quelque chose dont personne n'ose parler. »

Ouiii ! se dit Damaris. Et elle commença à tapoter, le sourire aux lèvres : « La semaine dernière, Satan est arrivé dans la ville bucolique de Tranquility, dans le Maine… »

Assise dans son fauteuil roulant, devant la fenêtre de la salle de séjour, Faye Braxton regardait son fils de treize ans descendre du bus de l'école et remonter la longue allée de terre battue qui menait à la maison. C'était un événement quotidien qu'elle attendait généralement avec impatience : voir la silhouette mince de Scotty apparaître enfin par la porte du bus, les épaules courbées sous le fardeau du sac à dos plein de livres, la tête penchée en avant tandis qu'il gravissait la pente envahie par les mauvaises herbes.

Il était encore si petit… Ça lui faisait mal de voir comme il avait peu grandi au cours de l'année passée. Beaucoup de ses camarades de classe l'avaient largement dépassé en taille et en force, mais son Scotty faisait du surplace, comme figé dans une adolescence pâlichonne. Pourtant, il avait tellement hâte de grandir qu'il s'était tailladé le menton, la semaine passée, en essayant de raser une barbe imaginaire. C'était son premier enfant, son meilleur ami. Ça ne l'aurait pas du tout ennuyée, elle, si le temps s'était soudain arrêté, et si elle avait pu le garder éternellement tel qu'il était, un enfant adorable, doux comme tout. Mais elle savait que l'enfant aurait bientôt disparu.

La transformation avait déjà commencé.

Elle en avait eu le premier indice quelques jours plus tôt, quand il était descendu du bus, comme d'habitude. Elle le regardait par la fenêtre, remonter vers la maison, et là, elle avait assisté à un événement à la fois inexplicable et terrifiant. Il s'était soudain arrêté et avait regardé un arbre où étaient perchés trois écureuils gris. Elle avait pensé qu'il était simplement curieux. Que, comme sa petite sœur, Kitty, il allait essayer de les attirer pour les caresser. Elle avait donc été surprise de le voir se pencher, ramasser une pierre et la lancer dans l'arbre.

Les écureuils avaient détalé en toute hâte et grimpé plus haut dans les branches.

Elle avait regardé, consternée, Scotty lancer rageusement une autre pierre, puis une troisième, et encore une autre, son corps mince se raidissant comme un ressort fortement bandé qui se serait soudain détendu, faisant voler les pierres dans les branches. Il s'était enfin arrêté, épuisé, haletant. Puis il s'était tourné vers la maison.

Face à son expression elle s'était précipitamment éloignée de la fenêtre. Pendant un moment d'horreur elle s'était dit : ce n'est pas mon fils.

Et maintenant, en le regardant s'approcher de la maison, elle se demandait quel garçon allait franchir la porte. Son fils, son vrai fils, doux et souriant, ou le vilain étranger qui ressemblait à Scotty ? Dans le passé, elle l'aurait sévèrement grondé pour avoir lancé des pierres à des animaux.

Dans le passé, elle n'avait jamais eu peur de son propre enfant.

Faye entendit les pas de Scotty sur le porche. Le cœur battant, elle fit pivoter son fauteuil roulant vers la porte, pour le voir entrer.

7

N'importe qui aurait compris, au premier coup d'œil, que Barry Knowlton, quatorze ans, était bien le fils de sa mère. La ressemblance était criante. On aurait dit deux beignets de dessins animés souriants. Barry et Louise étaient rouquins, avec de bonnes joues rouges comme des pommes et des lèvres roses faites pour sourire. Le genre de sourire propre à dissiper même le cafard de Claire.

Depuis près d'une semaine – depuis la fusillade à l'école –, Claire se réveillait tous les matins en se disant qu'elle avait fait une terrible erreur en s'installant à Tranquility. Il y avait huit mois à peine, elle était arrivée pleine de confiance, elle avait investi la quasi-totalité de ses économies dans l'achat d'un cabinet médical qu'elle était sûre de faire marcher. Et pourquoi n'aurait-il pas marché ? Elle avait une clientèle formidable à Baltimore. Sauf qu'un procès très médiatisé ficherait tout en l'air.

Tous les jours, quand elle voyait le facteur remonter l'allée devant son cabinet, elle retenait son souffle, redoutant de recevoir la lettre fatidique. Paul Darnell lui avait dit qu'elle aurait des nouvelles de son avocat, et elle n'avait aucun doute qu'il mettrait sa menace à exécution.

N'est-il pas trop tard pour partir ? C'était la question qu'elle se posait tous les jours, à présent. N'est-il pas trop tard pour retourner à Baltimore ?

Elle se fabriqua un sourire et entra dans la salle d'examen où Barry et sa mère l'attendaient. Enfin un rayon de soleil dans une journée de grisaille…

Ils avaient tous les deux l'air sincèrement contents de la voir. Barry avait enlevé ses bottes, et il était déjà monté sur la balance. Il déplaçait le contrepoids avec un intérêt non dissimulé.

— Hé, je crois que j'ai encore perdu une livre ! annonça-t-il.

Claire jeta un coup d'œil à son dossier, puis au curseur de la balance.

— Tu es descendu à cent douze kilos. Tu as perdu un kilo ! C'est vraiment bien !

Barry descendit de la balance, et le contrepoids heurta le montant avec un fort bruit métallique.

— Je vais encore être obligé de faire un trou à ma ceinture !

— Je vais t'examiner, dit Claire.

Barry marcha, en chaussettes, jusqu'à la table d'examen, monta délicatement sur le tabouret et se laissa tomber comme un sac sur la table. Il enleva sa chemise, dévoilant des replis de chair livide, molle. Alors que Claire auscultait son cœur, ses poumons, et lui prenait la tension, elle sentit son regard, curieux et impliqué, suivre chacun de ses mouvements. Lorsqu'il était venu la consulter pour la première fois, Barry lui avait dit qu'il voulait être médecin et il semblait apprécier ces visites bimensuelles, les considérant comme des excursions dans le champ de sa future profession. La prise de sang occasionnelle, qui était un calvaire pour la plupart des patients, était pour Barry une procédure fascinante, une occasion de poser des questions à n'en plus finir sur des détails comme la taille des seringues, le diamètre des aiguilles et les différentes couleurs de capuchon des tubes à prélèvement.

Si seulement Barry voulait bien faire aussi attention à tout ce qu'il se fourrait dans la bouche…

Elle acheva son examen, puis elle recula et le regarda un instant.

— Tout va très bien, Barry. Alors, ça marche, le régime ?

— Bah, fit-il avec un haussement d'épaules. Pas mal, je suppose. Je fais vraiment des efforts.

— Oh, il aime tellement manger ! C'est ça, le problème, dit Louise. Je tâche de préparer des repas hypocaloriques. Mais son papa rentre à la maison avec une boîte de beignets, et là… c'est tellement difficile de résister. Ça me brise le cœur de voir comment Barry nous regarde, avec ses grands yeux affamés.

— Vous ne pourriez pas dissuader votre mari de ramener des beignets à la maison ?

— Oh, non. Mel a un…

Elle se pencha en avant et dit, sur un ton de conspiratrice :

— Il a un trouble du comportement alimentaire.

— Vraiment ?

— Avec Mel, j'ai baissé les bras depuis longtemps. Mais Barry est encore si jeune. Ce n'est pas bon pour un enfant de son âge de se promener avec ce surpoids. Et les autres garçons ne lui font pas de cadeau.

Claire regarda Barry avec sympathie.

— Tu as des problèmes au collège ?

Une lumière sembla s'éteindre dans les yeux du gamin. Il baissa les yeux, toute joie disparue.

— Je n'aime plus beaucoup l'école.

— Les autres garçons se moquent de toi ?

— Ils n'arrêtent pas de raconter des histoires d'obèses.

Louise secoua tristement la tête.

— Il a un QI de cent trente-cinq et il ne veut plus aller à l'école. Je ne sais plus quoi faire.

— Je vais te dire ce qu'on va faire, Barry, décida Claire. On va montrer à tout le monde à quel point tu as de la volonté. Tu es trop intelligent pour te laisser tourner en bourrique par ces sales gosses.

— Ben, ils ne sont pas si malins, acquiesça-t-il d'un ton plein d'espoir.

— Et tu vas montrer à ton propre corps aussi que tu es plus malin que lui. C'est la partie qui demande de faire un effort. Mais ton papa et ta maman vont t'y aider, ils ne vont pas te compliquer la tâche. Madame Knowlton, reprit-elle en regardant Louise, vous avez un garçon formidable, intelligent comme tout, mais il ne s'en sortira pas sans vous. Il faut que toute la famille s'y mette.

Louise poussa un soupir, se résignant déjà à la tâche surhumaine qui l'attendait.

— Je sais, dit-elle. Je vais parler à Mel. Plus de beignets.

Après le départ des Knowlton, Claire rentra dans le bureau de Véra. Elle était au téléphone.

— Nous n'avions pas un rendez-vous à trois heures ?

— Si, fit Véra, intriguée, en raccrochant. C'était Mme Monaghan. C'est notre deuxième annulation, aujourd'hui.

Claire repéra un mouvement dans la salle d'attente. Par la vitre coulissante de l'accueil, elle vit un homme assis sur le canapé. Grand, quelconque, un visage de clown triste encore accentué par une coupe en brosse peu avantageuse, et on sentait qu'il aurait payé cher pour se retrouver à mille lieues de là.

— Qui est-ce ?

— Oh, ce n'est qu'un journaliste de je ne sais quel magazine qui voudrait vous parler. Il s'appelle Mitchell Groome.

— Vous lui avez dit que je n'étais pas libre, j'espère ?

— Je lui ai servi votre réplique habituelle : « Sans commentaire. » Mais il a insisté pour vous attendre.

— Eh bien, pour attendre, il va attendre. Je n'ai rien à dire aux journalistes. Pas d'autre rendez-vous ?

— Elwyn Clyde. Il vient vous montrer sa blessure au pied.

Elwyn. Claire porta la main à son front, sentant déjà la migraine approcher.

— On a du désodorisant à portée de main ?

Véra éclata de rire et posa vivement un flacon d'Airwick sur son bureau.

— Nous voilà parées pour sa visite ! Après Elwyn, vous êtes tranquille pour la journée. Ce qui tombe bien, parce que vous avez une réunion avec le Dr Sarnicki, cet après-midi. Il vient d'appeler.

Le Dr Sarnicki était son chef de service à l'hôpital. Claire n'était pas au courant de cette réunion.

— Il a dit de quoi il s'agissait ?

— Il a parlé d'une lettre qu'il aurait reçue. Il a dit que c'était urgent.

Le regard de Véra fut subitement attiré vers la fenêtre de devant. Elle se leva d'un bond.

— C'est pas vrai ! Encore eux ! s'exclama-t-elle en sortant précipitamment du bureau.

Claire regarda par la fenêtre et vit Véra, tout en tresses et en boucles d'oreilles bringuebalantes, agiter le poing en direction de deux ados en skateboard. L'un des gamins lui répondit en criant, d'une voix crépitante d'indignation vertueuse :

— On lui a rien fait, à votre saleté de bagnole !

— Alors qui a fait cette énorme rayure sur la portière, hein ? Qui c'est, hein ? insista Véra.

— Pourquoi c'est toujours nous qu'on accuse ? Comme si y avait que les jeunes qui faisaient des conneries !

— Si je vous revois par ici, j'appelle la police !

— C'est un trottoir public ! Y a pas de loi qui interdit de faire du skate ici !

Un tapotement sur la vitre de la réception attira l'attention de Claire. Mitchell Groome la regardait avec sa mine de chien battu.

Elle fit coulisser la vitre.

— Monsieur Groome, je n'accorde pas d'entretiens aux journalistes.

— Je voulais juste vous dire quelque chose.

— S'il s'agit de Taylor Darnell, vous devriez vous adresser au Dr DelRay. Adam DelRay, son médecin traitant.

— Non, c'est à propos de la voiture de votre secrétaire. Ce ne sont pas ces gamins qui l'ont rayée.

— Comment le savez-vous ?

— Ça s'est passé devant moi, hier. C'est une vieille femme qui l'a rayée en passant avec sa voiture. J'ai pensé qu'elle allait laisser un mot sur le pare-brise. Elle n'en a apparemment rien fait, et je pense que votre réceptionniste en a tiré des conclusions hâtives. Je me demande pourquoi on traite toujours les jeunes comme des ennemis… soupira-t-il en secouant la tête.

Il jeta un coup d'œil par la vitre, à la dispute dont le ton montait, au-dehors.

— Parce qu'ils se conduisent si souvent comme des espèces d'extraterrestres ?

— Vous parlez comme si vous cohabitiez avec un de ces extraterrestres, répondit-il avec un sourire de connivence.

— Un spécimen de quatorze ans. D'ailleurs, vous voyez tous mes cheveux gris…

Ils se regardèrent un instant de part et d'autre de la vitre.

— Écoutez, vous ne voulez pas qu'on se parle un petit peu ? insista-t-il. Quelques minutes, seulement.

— Je n'ai pas le droit de parler de mes patients. Le secret médical, vous comprenez.

— Non, je ne veux pas parler de Taylor Darnell en particulier. Je cherche des informations plus générales, sur les jeunes de la ville. Vous êtes le seul médecin de Tranquility, et vous devez avoir une bonne idée de ce qui se passe dans le coin.

— Je ne suis là que depuis huit mois.

— Mais s'il y avait un problème de drogue parmi la jeunesse locale, vous le sauriez, non ? Ça pourrait expliquer le comportement du gamin.

— Je doute fort qu'un incident, si tragique soit-il, renvoie automatiquement à un problème de drogue à l'échelle de la ville.

Soudain, l'attention de Claire se concentra sur ce qui se passait au-dehors. Les gamins au skateboard étaient partis mais le facteur était arrivé et discutait avec Véra, devant la maison. Il lui tendit une brassée de courrier. Y avait-il une lettre de l'avocat de Paul Darnell dans la pile ?

Groome disait quelque chose, et elle se rendit compte qu'il s'était rapproché et était pratiquement penché à travers la fenêtre de séparation ouverte.

— Je vais vous raconter une histoire, docteur Elliot. Une histoire qui s'est passée dans une petite ville idéale appelée Flanders, dans l'Iowa. Population : quatre mille âmes. Un endroit clean, bien comme il faut, où tout le monde se connaît. Le genre de braves gens qui vont à l'église et ne loupent pas une réunion de parents d'élèves. Quatre meurtres plus tard – tous commis par des ados –, les habitants de Flanders se sont réveillés avec une sacrée gueule de bois.

— Que s'est-il passé ?

— Les amphétamines. Une épidémie de consommation d'amphètes dans les écoles de la ville. Qui a fait basculer la ville du côté obscur de l'Amérique.

— Et quel rapport avec Tranquility ?

— Vous ne lisez pas les journaux de votre propre ville ? Regardez ce qui se passe chez vos voisins. D'abord, cette bagarre de rue, le soir de Halloween. Puis un gosse qui tue son chien à coups de pied, et des explosions de violence à répétition à l'école. Et, pour finir, la fusillade.

Elle était à nouveau absorbée par ce qui se passait sur le trottoir devant chez elle : le facteur taillait toujours une bavette avec Véra. *Pour l'amour du ciel, qu'elle rapporte le courrier !*

— J'ai suivi les événements de Flanders pendant des mois, poursuivait Groome. J'ai vu la ville imploser. Littéralement. Les parents incriminer l'école. Les gamins se retourner contre leurs professeurs, contre leurs propres familles. Quand j'ai appris ce qui se passait dans cette ville, la première chose à laquelle j'ai pensé, c'était les amphétamines. Je sais que vous avez procédé à une recherche de toxiques chez le jeune Darnell. Vous ne pourriez pas me dire juste une chose : est-ce qu'il avait des amphètes dans le sang ?

Distraitement, elle répondit :

— Non, il n'y en avait pas.

— Et il n'avait rien d'autre ?

Elle ne répondit pas. En réalité, elle l'ignorait, parce qu'elle n'avait pas encore eu la réponse du laboratoire de Boston.

— Alors, il y avait bien quelque chose ? insista-t-il, interprétant son silence.

— Écoutez, ce n'est pas moi qui suis en charge du dossier. Il faudrait vraiment que vous posiez la question au Dr DelRay.

Groome eut un reniflement de dénigrement.

— DelRay prétend que c'est une psychose consécutive au sevrage de Ritaline. Une réaction tellement rare qu'on n'en a signalé que quelques cas, purement anecdotiques.

— Vous réfutez son diagnostic ?

Il la regarda droit dans les yeux.

— Ne me dites pas que vous y croyez, vous. Si ?

Ce Mitchell Groome commençait à lui plaire.

La porte de devant s'ouvrit, et Véra entra d'un pas déterminé, avec le courrier. Elle lâcha la pile sur le bureau, sans cérémonie. La gorge nouée, Claire jeta un coup d'œil aux enveloppes commerciales.

— Excusez-moi, dit-elle à Groome. J'ai vraiment beaucoup à faire.

— Flanders, Iowa. Pensez-y, c'est tout, dit-il.

Et, sur un signe de la main, il sortit de la maison.

Claire ramassa le courrier et regagna son bureau.

Assise à sa table de travail, elle se cala contre son dossier avec un soupir de soulagement. Encore une journée de sursis : pas d'enveloppe comportant l'adresse d'expéditeur d'un cabinet d'avocats. Peut-être que Paul Darnell bluffait. Peut-être qu'il n'y aurait pas de répercussions, après tout.

Pendant un moment, elle resta assise là, la tête renversée en arrière, sentant sa tension se relâcher. Puis elle prit la première enveloppe et l'ouvrit. Quelques secondes plus tard, elle était assise, toute raide, figée sur son fauteuil.

L'enveloppe contenait une brève note de Rachel Sorkin, la femme qui l'avait appelée quand Elwyn Clyde s'était tiré une balle dans le pied.

Docteur Elliot,

J'ai reçu cette lettre au courrier aujourd'hui. J'ai pensé qu'il valait mieux vous mettre au courant.

Rachel.

P.S. : Je n'en crois pas un mot.

La note était agrafée à une lettre imprimée sur traitement de texte :

À tous ceux que ça peut intéresser,

Je vous écris pour vous informer d'un incident préoccupant. Le 3 novembre, le Dr Claire Elliot a agressé un malade, à l'hôpital. Bien que l'événement ait eu un certain nombre de témoins, il n'a pas été rendu public. Si le Dr Elliot est votre médecin, il se peut que vous souhaitiez reconsidérer votre choix. Les patients ont le droit de savoir.

Une personne concernée par votre santé.

Trois hommes l'attendaient dans le bureau du Dr Sarnicki, le chef de service. Elle ne le connaissait que vaguement, mais il lui faisait une impression favorable. Un homme aux rides rassurantes, à la voix douce, qui avait la réputation d'être un médecin scrupuleux, et un fin diplomate qui avait contribué à alléger la tension lors des récentes négociations contractuelles avec les infirmières de l'hôpital. Le deuxième homme était Roger Hayes, l'administrateur de l'hôpital, dont elle ne savait à peu près rien, sinon que c'était un homme neutre, souriant.

Le troisième homme, elle ne le connaissait que trop. C'était Adam DelRay.

Ils la saluèrent par des hochements de tête polis alors qu'elle s'asseyait à la table de conférence. Elle était tellement tendue qu'elle avait l'impression qu'elle allait se casser en deux. Sur la table, devant Sarnicki, se trouvait une copie de la lettre anonyme que Rachel lui avait fait suivre.

— Vous avez déjà vu ça ? demanda-t-il.

Elle acquiesça sinistrement.

— L'une de mes patientes m'en a envoyé une copie. J'ai passé quelques coups de fil, et j'ai eu la confirmation que six autres patients au moins avaient reçu la même chose.

— La mienne est arrivée par la poste, ce matin.

— Ça a pris des proportions rigoureusement insensées, dit Claire. Je n'ai absolument pas agressé le patient. Cette lettre est conçue dans un but, un seul : nuire à ma réputation.

Elle regarda Adam DelRay, qui lui rendit son regard sans ciller, sans même une lueur de culpabilité.

— Que s'est-il passé au juste le 3 novembre ? demanda Hayes.

Elle répondit d'un ton égal :

— J'ai fait une prise de sang à Taylor Darnell, pour faire effectuer une recherche de drogues et de toxiques approfondie. Le Dr Sarnicki est déjà au courant ; je lui ai dit qui était présent dans la chambre lors de l'incident. Je n'ai pas agressé le patient. Je ne lui ai fait qu'une prise de sang.

— Dites-leur le reste, intervint DelRay. À moins que vous n'ayez l'intention de passer sous silence le détail le plus important : que rien ne vous autorisait à procéder à ce prélèvement.

— Alors pourquoi l'avez-vous fait ? demanda Hayes.

— Le patient avait une psychose induite par une drogue. Je voulais identifier cette drogue.

— Il n'y a pas de drogue, répondit DelRay.

— Vous n'en savez rien, dit-elle. Vous n'avez jamais fait procéder au test.

— Il n'y a pas de drogue, fit-il en plaquant une feuille de papier sur la table.

Elle regarda l'en-tête avec consternation : Anson Biologicals.

— J'ai les résultats. Apparemment, le Dr Elliot a réussi à faire parvenir un échantillon de sang au laboratoire de référence à l'insu du père. Et sans son autorisation. Anson a faxé le compte rendu à l'hôpital ce matin même. Il est négatif, ajouta-t-il avec une pointe de morgue. Négatif pour toutes les drogues, tous les toxiques.

Pourquoi le laboratoire avait-il contrevenu à ses instructions ? Pourquoi le compte rendu avait-il été envoyé à l'hôpital ?

— Notre propre laboratoire a trouvé un pic non identifié à la chromatographie en phase gazeuse, dit-elle. Il avait quelque chose dans le sang.

DelRay eut un vilain rire.

— Vous avez vu notre chromatographe en phase gazeuse ? C'est une antiquité. Un appareil de récupération du centre médical d'Eastern Maine. On ne peut pas se fier à ses résultats.

— Mais ils exigent un contre-examen, insista-t-elle en regardant Sarnicki. C'est pour ça que j'ai procédé à la prise de sang. Parce que le Dr DelRay refusait de la faire.

— Elle a procédé à un prélèvement sans autorisation, martela DelRay.

— Écoutez, Adam, vous faites une montagne d'une taupinière, soupira Hayes. Le gamin n'en a pas souffert. Il est au centre de détention et il va très bien.

— Elle a contrevenu aux souhaits du père.

— Une prise de sang ne mérite pas un procès.

Claire en resta bouche bée.

— Parce que Paul Darnell veut me faire un procès ? demanda-t-elle avec une angoisse renouvelée.

— Non, pas du tout, répondit Hayes. Je lui ai parlé, ce matin, et il m'a assuré qu'il ne poursuivrait personne.

— Je vais vous dire pourquoi il n'intentera aucune action, reprit DelRay. C'est parce que son ex-femme a menacé de saboter une éventuelle procédure. C'est un réflexe automatique de la part des ex-femmes frustrées. Quoi que veuille le mari, la femme s'y oppose aveuglément.

Merci, Wanda, pensa Claire.

— Alors l'incident est clos, fit Sarnicki, soulagé. Pour autant que je sache, aucune action ne s'impose.

— Et la lettre ? relança Claire. Quelqu'un essaie de saboter ma réputation.

— Je ne vois pas très bien ce que nous pouvons faire contre une lettre anonyme.

— Elle est signée « Une personne concernée par votre santé », poursuivit-elle en regardant DelRay d'un air soupçonneux.

— Attendez un peu ! lança-t-il. Je n'ai rien à voir là-dedans.

— Alors Paul Darnell, dit-elle.

— Il y avait aussi quelques infirmières qui étaient là, vous vous souvenez ? En fait, ce genre de lettre perfide serait plutôt typiquement féminin.

— Typiquement féminin ! Qu'est-ce que ça veut dire, ça ? répliqua-t-elle, indignée.

— Je me contente d'énoncer un fait. Dans ce genre de situation, les hommes ont plus tendance à attaquer les gens de front.

— Adam, ça ne mène à rien, coupa Sarnicki d'un ton d'avertissement.

— Je pense que si, au contraire, lança Claire. Ça nous montre exactement ce qu'il pense des femmes. Est-ce que ça implique, Adam, que nous sommes toutes des menteuses ?

— Écoutez, ça ne mène à rien, répéta Sarnicki.

— Elle me fait un procès d'intention ! Ce n'est pas moi qui ai envoyé ces lettres, et ce n'est pas Paul non plus ! Pourquoi aurions-nous fait une chose pareille ? Tout le monde, en ville, est déjà au courant de l'histoire !

— Bon, je mets fin à la réunion tout de suite ! fit Sarnicki en tapant sur la table pour rétablir le silence.

C'est alors que le système d'annonce général de l'hôpital lança un appel. Il était à peine audible à travers les portes fermées de la salle de réunion.

— Code bleu en soins intensifs ! Code bleu en soins intensifs !

Claire se releva d'un bond. Un de ses patients était en réa après avoir fait une crise cardiaque.

Elle quitta précipitamment la salle de réunion et courut vers l'escalier. Deux étages plus haut, elle fit irruption dans l'unité de soins intensifs et apprit avec soulagement que ce n'était pas son patient qui était en cause. L'alerte concernait un blessé qui se trouvait dans la salle 6, où un groupe de médecins et d'infirmières était massé devant la porte.

Ils s'écartèrent pour laisser entrer Claire.

La première chose qu'elle remarqua, ce fut l'odeur. Une odeur de fumée et de cheveux calcinés. Puis elle vit un grand gaillard noir de suie, allongé sur un chariot. McNally, l'urgentiste, était accroupi derrière la tête du patient et tentait sans succès de l'intuber. Claire jeta un coup d'œil au moniteur cardiaque.

Le rythme était sinusal, mais le patient était bradycarde. Son cœur battait, mais lentement.

— Il a un pouls ? demanda-t-elle.

— J'ai une systolique à neuf, je crois, répondit une infirmière. Mais il est tellement gros que j'ai du mal à l'entendre.

— Je n'arrive pas à l'intuber ! fit McNally. Allez-y ! Ballonnez-le.

Un infirmier plaqua un masque à oxygène sur le visage du patient et pressa le ballon, envoyant de force de l'oxygène dans les poumons.

— Il a le cou tellement court et gros que je n'arrive pas à voir les cordes vocales, fit McNally.

— L'anesthésiste revient de chez lui, annonça une infirmière. J'appelle un chirurgien ?

— Ouais, appelez-le. Le patient a besoin d'une trachéotomie d'urgence. À moins que vous ne réussissiez à l'intuber, dit-il à Claire.

Elle doutait d'y arriver, mais elle voulait bien essayer. Le cœur battant, elle se plaça derrière la tête du patient et s'apprêtait à introduire le laryngoscope dans sa bouche quand elle remarqua le frémissement de ses paupières.

Elle se redressa, surprise.

— Le patient est conscient !

— Comment ?

— Je pense qu'il est éveillé !

— Alors pourquoi ne respire-t-il pas ?

— Recommencez à le ballonner ! lança Claire.

Elle s'écarta pour laisser passer l'infirmier. Alors qu'on replaçait le masque sur le visage du patient, lui envoyant de l'oxygène dans les poumons, Claire revit rapidement la situation. L'homme avait les paupières papillotantes, comme s'il s'efforçait d'ouvrir les yeux. Et pourtant il ne respirait pas et il avait les membres flasques.

— Que lui est-il arrivé ? demanda-t-elle.

— Il est arrivé aux urgences cet après-midi, répondit McNally. C'est un pompier volontaire qui est tombé au cours d'un incendie. On ne sait pas si c'est dû à une inhalation de fumée ou à un problème cardiaque. Ils ont dû le sortir du bâtiment sur une civière. On l'a admis pour des brûlures superficielles et une insuffisance mitrale possible.

— Il était stabilisé, dit une infirmière de réa. En fait, il me parlait, il y a quelques instants à peine. Je lui ai administré la gentamicine et il est devenu bradycarde. C'est là que j'ai constaté qu'il avait cessé de respirer.

— Pourquoi l'avez-vous mis sous gentamicine ? demanda Claire.

— À cause de ses brûlures. Il y en avait une qui suppurait et qui risquait de s'infecter.

— Écoutez, on ne va pas pouvoir le ballonner toute la nuit, dit McNally. Vous avez appelé le chirurgien ?

— C'est fait, répondit une infirmière.

— Eh bien, préparons-le pour la trachéotomie.

— Il n'en aura peut-être pas besoin, Gordon, fit Claire.

— Je n'ai pas réussi à l'intuber, objecta McNally, sceptique. Vous croyez y arriver ?

— Essayons d'abord autre chose, proposa Claire en se tournant vers l'infirmière. Faites passer une ampoule de chlorure de calcium dans la perf.

L'infirmière jeta un regard interrogateur à McNally, qui secoua la tête, déconcerté.

— Pourquoi, au nom du ciel, lui faire passer du calcium ?

— Il a cessé de respirer juste après que vous lui avez administré l'antibio. C'est bien ça ? demanda Claire.

— Oui. Il avait une brûlure infectée...

— Et c'est là qu'il a fait l'arrêt respiratoire. Mais il n'a pas perdu conscience. Je pense qu'il est toujours éveillé. Qu'est-ce que ça veut dire ?

Tout à coup, McNally comprit.

— Paralysie neuromusculaire. Provoquée par la gentamicine ?

— Je ne l'avais jamais observée personnellement, acquiesça-t-elle, mais on en a rapporté certains cas. L'injection de calcium neutralisera l'effet indésirable.

— Je fais immédiatement le nécessaire, annonça l'infirmière.

Tout le monde suivait la scène en ouvrant de grands yeux. Le silence s'éternisa, seulement troublé par le sifflement rythmique du ballonnet qui envoyait de l'air dans le masque. Les paupières du patient réagirent les premières. Elles papillotèrent lentement, et il leva les yeux, comme s'il cherchait le visage de Claire.

— Il respire ! constata l'infirmier qui le ballonnait.

Quelques secondes plus tard, le patient toussa, inspira bruyamment et toussa à nouveau. Il tendit la main vers son masque et tenta de l'enlever.

— Je pense qu'il a quelque chose à nous dire, fit Claire. Laissons-le parler.

On lui ôta le masque, et le patient réagit d'un regard profondément reconnaissant.

— Vous voulez dire quelque chose, monsieur ? demanda Claire.

L'homme hocha la tête. Tout le monde se pencha, avide d'entendre ses paroles.

— S'il vous plaît, chuchota-t-il.

— Oui ? fit Claire d'un ton incitatif.

— Ne… recommencez… pas.

Il y eut un éclat de rire général. Claire tapota l'épaule de l'homme, puis elle leva les yeux vers les infirmières.

— Je pense qu'on peut annuler la trachéotomie.

— Je me réjouis que quelqu'un, par ici, ait encore le sens de l'humour, fit McNally, quelques minutes plus tard, alors qu'il sortait de la salle de soins avec Claire. L'ambiance était plutôt tendue, ces temps-ci. Je ne sais pas où nous allons mettre les prochains arrivants, ajouta-t-il en s'arrêtant au bureau des infirmières pour regarder la batterie de moniteurs.

Claire remarqua avec surprise les huit tracés qui couraient sur les écrans. Elle se retourna et promena un regard incrédule sur la salle des soins intensifs.

Tous les lits étaient occupés.

— Mais que s'est-il passé ? demanda-t-elle. Quand j'ai fait ma ronde, ce matin, il n'y avait qu'un seul patient, le mien.

— Ça a commencé pendant ma garde. D'abord une petite fille avec une fracture du crâne. Ensuite, il y a eu un accident sur Barnstown Road. Et puis un crétin de gamin a foutu le feu à sa maison. Ça n'a pas arrêté de la journée, conclut McNally en secouant la tête. Et les patients continuent d'affluer.

Sur le système d'annonce général de l'hôpital, ils entendirent un nouvel appel :

— Le Dr McNally est demandé aux admissions ! Le Dr McNally est demandé aux admissions !

Il poussa un soupir et se retourna.

— Ça doit être la pleine lune.

Noah enleva sa veste et la posa sur le rocher. Le granit était tout chaud, la pierre renvoyant le soleil de la journée. Il regarda le lac en plissant les paupières. Il n'y avait pas un souffle de vent, cet après-midi-là, l'eau était un miroir lisse, étincelant, qui reflétait le ciel et les arbres réduits à des squelettes dénudés.

— Je voudrais que ce soit déjà l'été, dit Amelia.

Il la regarda. Elle était perchée sur le plus haut rocher, le menton appuyé sur son genou. Elle portait un jean, et ses cheveux blonds passés derrière son oreille révélaient le coin de peau qui guérissait, sur sa tempe. Il se demanda si elle garderait la cicatrice, et se prit presque à le souhaiter – juste une petite marque, pour qu'elle n'oublie jamais Noah Elliot. Tous les matins, en se regardant dans la glace, elle verrait cette discrète trace de la balle et elle repenserait à lui.

Amelia leva son visage vers le soleil.

— Je voudrais qu'on puisse sauter l'hiver. Juste cet hiver.

Il grimpa sur le rocher et s'assit à côté d'elle. Pas trop près, pas trop loin. La touchant presque, mais pas tout à fait.

— Je ne sais pas. Moi, j'ai presque hâte d'y être.

— Tu ne sais pas ce que c'est, l'hiver, ici.

— Alors, c'est comment ?

Elle regarda la rive opposée du lac avec une sorte d'angoisse.

— D'ici quelques semaines, tout ça va commencer à geler. D'abord, il y aura des plaques de glace le long des berges. En décembre, ce sera gelé partout, d'une rive à l'autre, et la glace sera assez épaisse pour qu'on puisse marcher dessus. C'est là que ça commencera à faire ces bruits, la nuit.

— Quels bruits ?

— Comme des gémissements. Des gémissements de douleur.

Il eut un petit ricanement, mais elle le regarda, et il ravala son rire.

— Tu ne me crois pas, hein ? fit-elle. Il y a des fois où je me réveille la nuit et je crois que j'ai fait un cauchemar. Mais ce n'est que le lac qui fait ces effroyables bruits.

— Qu'est-ce qui produit ça ?

— Mme Horatio dit que…

Elle s'interrompit, se rappelant que Mme Horatio était morte. Elle ramena son regard vers le lac.

— C'est la glace. L'eau se dilate en gelant. Et elle pousse, elle pousse contre les rives, comme si elle voulait s'échapper, mais elle ne peut pas parce qu'elle est piégée. C'est là qu'on entend les gémissements. C'est la pression qui monte, qui monte jusqu'à ce que la glace ne puisse plus résister. Alors elle se tasse sur elle-même. Pas étonnant qu'elle fasse ces horribles bruits, murmura-t-elle.

Il essaya d'imaginer à quoi le lac ressemblerait au mois de janvier. La neige s'accumulant le long des berges, l'eau changée en une plaque de glace étincelante. Mais aujourd'hui, il avait le soleil éclatant dans les yeux, et avec la chaleur que lui renvoyait la pierre, les seules images qui lui venaient à l'esprit étaient celles de l'été.

— Où vont les grenouilles ? demanda-t-il.

Elle se tourna vers lui.

— Comment ?

— Les grenouilles. Et les poissons, tout ça. Je veux dire, les canards sont des migrateurs, ils s'en vont. Mais les grenouilles, qu'est-ce qu'elles font ? Tu penses qu'elles gèlent, comme des esquimaux verts ?

Il voulait la faire rire, et il eut la satisfaction de la voir esquisser un sourire.

— Non, elles ne se changent pas en esquimaux, idiot. Elles s'enterrent dans la boue, au fond du lac. Il y avait des tas de grenouilles, par ici, avant, fit-elle en ramassant un galet qu'elle lança dans l'eau. Je me souviens qu'on en prenait des seaux entiers quand j'étais petite.

— Avant ? releva-t-il.

— Il n'y en a plus autant. Mme Horatio dit que…

Encore cette pause, le souvenir du deuil. Et ce triste soupir, avant de continuer :

— Elle dit que ça pourrait être les pluies acides.

— Mais j'ai entendu plein de grenouilles, cet été. Je m'asseyais ici pour les écouter.

— J'aurais bien voulu te connaître à ce moment-là, dit-elle d'un ton nostalgique.

— Je te connaissais, moi.

Elle le regarda, étonnée. Il rougit, et détourna le regard.

— Je te regardais, à l'école, poursuivit-il. Tous les midis, à la cafétéria, je te regardais. Tu n'as pas dû t'en rendre compte.

Il se leva, les yeux rivés sur l'eau, évitant son regard. Il devait être rouge comme une pivoine.

— Tu ne venais pas te baigner ? Moi, j'étais là tous les jours.

— C'est là que tous les jeunes se retrouvent.

— Alors, où tu étais, l'été dernier ?

Elle haussa les épaules.

— J'ai fait une otite. Le docteur m'avait interdit les baignades dans le lac.

— Mauvais plan.

Il y eut un silence. Et puis :

— Noah ? demanda-t-elle.

— Ouais ?

— Tu n'as jamais eu envie de… ne pas rentrer chez toi ?

— Tu veux dire, de m'enfuir ?

— Non, plutôt de… rester au loin ?

— Au loin de quoi ?

Elle ne lui répondit pas. Quand il se retourna vers elle, elle s'était déjà levée et croisait les bras sur sa poitrine, pour se réchauffer.

— Il commence à faire froid.

Soudain, il remarqua la baisse de température. La chaleur de la roche disparaissait rapidement alors que le soleil descendait derrière les arbres.

La surface de l'eau se rida, puis redevint aussi lisse qu'une dalle de verre noir. À cet instant, le lac sembla vivant, un unique organisme vivant, fluide. Il se demanda si tout ce qu'elle lui avait dit était vrai, si le lac gémissait vraiment pendant les nuits d'hiver. Il se dit que ça pouvait arriver. L'eau se dilatait quand elle gelait, c'était un fait scientifique avéré. La glace se solidifiait en surface, d'abord, elle formait une fine croûte qui s'épaississait lentement pendant les sombres mois d'hiver, les couches se superposant. Et loin en dessous, dans les profondeurs de la boue, les grenouilles qui n'avaient nulle part où aller s'enfouissaient. Piégées sous la glace. Enterrées.

Claire tirait sur les avirons, le visage luisant de sueur. Elle sentait qu'ils s'enfonçaient régulièrement dans l'eau, sentait le bond en avant satisfaisant de la barque qui striait la surface du lac. Au fil des mois, sa façon de ramer était devenue efficace, et même assez élégante. En mai, quand elle s'y était risquée pour la première fois, cela avait été une expérience humiliante. L'un des avirons, parfois les deux, effleurait maladroitement la surface, soulevant une escalope d'eau ou une gerbe de crachin. Ou alors elle favorisait un aviron plutôt que l'autre et finissait par ramer en cercle. Le contrôle, c'était le secret. Un effort parfaitement équilibré. Des mouvements fluides, coulés, sans une éclaboussure.

Et ça y était, maintenant, elle avait la technique.

Elle rama jusqu'au centre du lac. Là, elle leva les avirons, les posa dans la barque et se laissa dériver, confortablement assise. Le soleil venait de descendre derrière les arbres, et elle sut que la sueur lui ferait bientôt l'impression d'une croûte salée sur sa peau, mais, l'espace de quelques instants, alors qu'elle était encore en nage à cause de l'effort, elle savoura le crépuscule sans remarquer que la fraîcheur commençait à tomber. L'eau ondulait, aussi noire que du pétrole. Sur la rive opposée, elle voyait les lumières des maisons où on préparait le dîner, où les familles se retrouvaient dans des univers chaleureux, complets. *Comme nous trois, quand tu étais encore vivant, Peter. Pas en petits morceaux ; complets.*

Elle regarda de l'autre côté du lac, les maisons aux fenêtres éclairées. Peter lui manquait tellement, elle était tellement envahie de son absence que le seul fait de respirer lui était pénible. L'été, quand ils allaient faire un tour en barque sur l'étang à côté de chez eux, c'était toujours Peter qui ramait. Claire s'installait à l'avant et admirait le rythme gracieux de ses mouvements, la façon dont ses muscles se contractaient, et son visage souriant, luisant de sueur. Elle était la passagère privilégiée, magiquement transportée sur l'eau par son amoureux.

Elle écouta les vaguelettes gifler la coque et se prit à imaginer que Peter était assis en face d'elle, à cet instant, la regardant tristement dans les yeux. *Il faut que tu apprennes à ramer toute seule, Claire. Tu vas être obligée de mener la barque.*

Comment pourrais-je y arriver, Peter ? J'ai déjà cafouillé. Quelqu'un essaie de me chasser de cet endroit. Et Noah, notre cher Noah, s'éloigne tellement de moi…

Elle sentit les traces froides des larmes qui pleuvaient sur son visage. Il était tellement présent qu'elle avait l'impression qu'il lui suffirait de tendre la main pour le toucher. En chair et en os, chaud, vivant.

Mais il n'était pas là, et elle était toute seule dans la barque.

Elle dérivait vers la berge, poussée par le vent. Tout là-haut, dans le ciel, les étoiles commençaient à briller. Puis la barque tourna lentement sur elle-même, et elle vit, dans le lointain, la rive nord, les masses sombres des maisons d'été, fermées pour l'hiver.

Un soudain clapotis la fit se redresser, étonnée. Elle se retourna, regarda la rive toute proche et distingua une silhouette d'homme. Il était debout sur la berge, sa mince carcasse légèrement fléchie, comme s'il scrutait les profondeurs de l'eau. Il s'ébroua et plongea sur le côté. Il y eut un autre bruit d'éclaboussures, plus fort, et sa silhouette disparut. Ça ne pouvait être qu'une personne.

Claire essuya rapidement ses larmes et appela :

— Docteur Tutwiler ? Ça va ?

La tête de l'homme sortit de l'eau comme un bouchon.

— Qui êtes-vous ?

— Claire Elliot. J'ai cru que vous étiez tombé à l'eau.

Il sembla réussir enfin à la localiser dans le noir, et lui fit un signe. C'était le biologiste des zones marécageuses. Elle l'avait rencontré quelques semaines auparavant, peu après son emménagement chez Alford, dont il louait le cottage pour le mois. Ils ramaient tous les deux sur le lac, ce matin-là, et comme leurs bateaux passaient l'un à côté de l'autre dans le brouillard, ils avaient échangé des signes amicaux. Depuis, chaque fois qu'elle ramait devant son cottage, ils se faisaient de grands bonjours. Il arrivait qu'il sorte avec des bocaux pour lui montrer le dernier spécimen de sa collection d'amphibiens. Le fada aux grenouilles, comme l'appelait Noah.

Sa barque longea la rive, et elle vit les bocaux de verre de Max alignés au bord de l'eau.

— Ça marche, la collecte des grenouilles ? demanda-t-elle.

— Il commence à faire trop froid. Elles plongent toutes vers la vase du fond.

— Vous avez trouvé d'autres spécimens à six pattes ?

— Un, cette semaine. Je suis vraiment inquiet pour ce lac.

La barque de Claire était à présent tout près de la rive et avait heurté la boue. Max se dressait au-dessus d'elle, silhouette tendue comme un arc, le clair de lune se reflétant sur les verres de ses lunettes.

— C'est la même chose dans tous ces lacs du Nord, dit-il. Des difformités chez les amphibiens, une très forte mortalité.

— Qu'ont donné les échantillons d'eau du lac que vous avez recueillis la semaine dernière ?

— J'attends encore les résultats. Ça peut prendre des mois.

Il s'interrompit, regarda autour de lui, surpris par un soudain pépiement.

— Qu'est-ce que c'est que ça ?

— Pff, mon bipeur, soupira Claire.

Elle l'avait presque oublié. Elle jeta un coup d'œil à l'appareil accroché à sa ceinture. Il s'agissait d'un échange local.

— Si vous rentrez chez vous à la rame, vous n'êtes pas arrivée, dit-il. Vous ne voulez pas téléphoner de chez moi ?

C'est ce qu'elle fit, de sa cuisine, en contemplant les bocaux de verre posés sur la paillasse de l'évier. Ce n'étaient pas des conserves de cornichons au vinaigre. Elle prit un bocal et vit un œil qui la contemplait. Celui d'une grenouille étrangement pâle, couleur de peau humaine, avec des taches violacées. Les pattes de derrière étaient divisées chacune en deux, ce qui lui faisait quatre nageoires postérieures. Elle regarda l'étiquette : « Lac Locust. 10 novembre. » Elle reposa le bocal avec un frisson.

Au téléphone, une femme répondit d'une voix pâteuse, manifestement soûle.

— Allô ? C'est qui ?

— C'est le Dr Elliot. Vous m'avez bipée ?

Claire cilla alors qu'on posait brutalement le récepteur. Elle entendit un bruit de pas, puis elle reconnut la voix de Lincoln Kelly, qui parlait à la femme.

— Doreen, je peux récupérer mon téléphone ?

— Qui c'est, toutes ces femmes qui t'appellent ?

— Donne-moi le téléphone.

— T'es pas malade. Pourquoi que le docteur te téléphone ?

— C'est Claire Elliot ?

— Ah, parce que c'est Claire, maintenant ! Tu l'appelles par son prénom !

— Doreen, je vais te ramener chez toi dans une minute. Mais d'abord, laisse-moi lui parler.

Il prit enfin l'appareil et dit, d'un ton embarrassé :

— Claire, vous êtes toujours là ?

— Je suis là.

— Je suis vraiment désolé pour tout ça…

— Ne vous en faites pas, répondit-elle en pensant : Vous avez déjà bien assez de tracas dans la vie.

— C'est Lucy Overlock qui m'a suggéré de vous téléphoner. Elle a fini les fouilles.

— Des conclusions intéressantes ?

— Je pense que vous savez déjà le principal. Le site d'enfouissement remonte à un siècle, au moins. Les restes sont ceux de deux enfants. Tous les deux présentent des signes de traumatisme évidents.

— C'est donc un double homicide, mais très ancien.

— Apparemment. Elle fait un topo sur le dossier demain à ses étudiants. Vous n'avez peut-être pas envie d'entendre tous les détails, mais elle s'est dit que je devrais vous inviter, puisque c'est vous qui aviez trouvé le premier os.

— Où la présentation a-t-elle lieu ?

— Au labo du musée, à Orono. J'y vais en voiture. Si vous voulez m'accompagner, je partirai vers midi.

En fond sonore, Doreen gémit :

— Mais demain, c'est samedi ! Depuis quand tu travailles le samedi ?

— Doreen, laisse-moi finir cette conversation.

— C'est toujours comme ça ! T'es toujours trop occupé. T'as jamais de temps à me consacrer…

— Mets ton manteau et monte dans la voiture. Je te ramène chez toi.

— Hé, j'peux conduire toute seule !

Une porte claqua.

— Doreen ! s'écria Lincoln. Rends-moi mes clés de voiture ! Doreen !

Il revint en ligne et dit précipitamment, d'une voix paniquée :

— Il faut que j'y aille. On se voit demain ?

— À midi. Je vous attends.

8

— Doreen fait vraiment des efforts. Elle fait tout ce qu'elle peut, dit Lincoln, le regard rivé sur la route. Mais ce n'est pas facile pour elle.

— Ça ne doit pas être facile pour vous non plus, j'imagine, répondit Claire.

— Non. C'est dur pour tout le monde. Et ça fait des années que ça dure.

Il pleuvait lorsqu'ils avaient quitté Tranquility, et puis la pluie s'était muée en grésil, et c'étaient maintenant de vrais grêlons qui crépitaient sur le pare-brise. La température avoisinait zéro, et la route verglacée était dangereusement glissante. Claire se réjouissait de ne pas être au volant et de se laisser conduire par Lincoln. Un homme qui avait vécu quarante-cinq hivers sous ce climat devait avoir assez de jugeote pour en respecter les dangers.

Il tendit le bras et appuya sur le bouton du dégivrage. Des filets de condensation ruisselèrent bientôt sur la vitre embuée.

— Il y a deux ans que nous sommes séparés, dit-il. Le problème, c'est qu'elle n'arrive pas à tourner la page. Et je n'ai pas le cœur de concrétiser la rupture par un divorce.

Ils se crispèrent tous les deux alors que la voiture devant eux donnait un coup de frein brusque et partait en dérapage, glissant d'un bord de la route à l'autre. Le conducteur réussit à reprendre le contrôle de son véhicule juste à temps pour éviter un camion qui arrivait en face.

Claire se rappuya à son dossier, le cœur battant la chamade.

— Seigneur…

— Tout le monde conduit trop vite.

— Vous ne pensez pas qu'il vaudrait mieux faire demi-tour et rentrer chez nous ?

— Nous avons fait plus de la moitié du chemin. Autant continuer. À moins que vous ne préfériez déclarer forfait ?

Elle déglutit.

— Si vous voulez continuer, je vous suis.

— On va prendre notre temps. Ça veut dire que nous rentrerons probablement tard. Et Noah ? demanda-t-il en lui jetant un coup d'œil en biais.

— Il est assez indépendant, ces temps-ci. Ne vous en faites pas pour lui.

Lincoln hocha la tête.

— C'est un grand garçon, apparemment.

— Oui, répondit-elle, avant de rectifier sa réponse avec un sourire crispé. La plupart du temps.

— J'imagine que ça ne doit pas être aussi facile que ça en a l'air, poursuivit Lincoln. C'est ce que disent tous les parents. Il n'y a rien de plus difficile au monde que d'élever un enfant.

— Et c'est cent fois plus difficile quand on est seule.

— Et le papa de Noah, où est-il ?

Claire ne répondit pas tout de suite. Elle finit par s'obliger à dire :

— Il est mort. Il y a deux ans.

Elle perçut distraitement sa réponse, murmurée : « Je suis désolé. » Pendant un long moment, il n'y eut que le bruit des essuie-glaces qui chassaient la grêle du pare-brise. Deux ans, et elle avait encore du mal à en parler. Elle ne pouvait pas s'entendre prononcer le mot « veuve ». Une femme ne devrait pas sc rctrouvcr veuve à trente-huit ans.

Et des hommes de trente-neuf ans, pleins d'amour et de rires, ne devraient pas mourir d'un lymphome.

Soudain, des gyrophares trouèrent le brouillard givrant, droit devant eux. Un accident. Et pourtant, elle se sentait étrangement en sécurité dans la voiture de cet homme. Protégée, à l'abri du danger. Ils longèrent une file de véhicules d'urgence : deux voitures de police, une camionnette de remorquage et une ambulance. Un pick-up Ford Bronco avait dérapé et terminé dans le fossé, où il gisait, renversé et luisant de pluie. Ils poursuivirent leur route en silence, refroidis par ce brutal rappel de la rapidité avec laquelle la vie pouvait basculer. Encore une note sinistre dans une journée déjà déprimante.

Lucy Overlock arriva à son propre cours avec un quart d'heure de retard. Douze étudiants, dont ses deux thésards, étaient réunis au sous-sol, dans le laboratoire du musée de l'université, lorsqu'elle fit son apparition, son ciré dégoulinant.

— Par ce temps, j'imagine que j'aurais mieux fait d'annuler la réunion, dit-elle. Mais je vous remercie d'avoir fait l'effort de venir.

Elle accrocha son ciré. Dessous, elle portait son jean et sa chemise à carreaux habituels ; une tenue adaptée à l'environnement. Le sous-sol du musée était à la fois humide et poussiéreux, une caverne où planait l'odeur des vieilles choses qui l'encombraient. Deux des murs disparaissaient derrière les étagères bourrées de cartons, minutieusement répertoriés. Sur les étiquettes on pouvait lire des inscriptions tapées à la machine, passées : « Stonington 11 : fragments de coquillages, pointes de flèches, divers », « Pittsfield 32 : squelette d'homme adulte, incomplet ».

Les derniers locataires de cette macabre demeure reposaient sur une grande table de travail, dissimulés sous une bâche en plastique.

Lucy actionna un interrupteur. Des tubes fluorescents se mirent à bourdonner et illuminèrent la salle de leur clarté implacable, accusant les traits des étudiants massés autour de la table. Ils élargirent le cercle pour permettre à Claire et Lincoln de se joindre à eux.

Lucy ôta la bâche.

Les restes de deux enfants avaient été soigneusement disposés côte à côte, les os se trouvant approximativement à leur place anatomique. L'un des squelettes n'avait pas de cage thoracique, il lui manquait la moitié d'une jambe en dessous du genou, et le fémur de l'autre jambe. Le deuxième squelette paraissait presque intact en dehors des osselets des mains, qui n'avaient pas été retrouvés.

Lucy prit place au bout de la table, près des crânes.

— Ce que nous avons ici est un assemblage des restes humains de la fosse numéro soixante-douze, à l'extrémité sud du lac Locust. Les fouilles ont été achevées hier. J'ai placé des numéros de référence sur la carte que vous voyez ici, au mur. Comme vous pouvez le constater, le site se trouve juste au bord de la Meegawki. Il a beaucoup plu dans la région, au printemps dernier, et la rivière a débordé, ce qui est probablement la raison pour laquelle la tombe a été exposée. Bien, ajouta-t-elle en regardant la table, commençons. D'abord, je voudrais que vous examiniez ces ossements. N'hésitez pas à les prendre et à les retourner sous toutes les coutures. Posez toutes les questions que vous voudrez sur le site. Ensuite, vous me ferez part de vos conclusions sur l'âge et la race des sujets, et sur la durée de leur enfouissement. Je demande à ceux d'entre vous qui ont participé aux fouilles de bien vouloir tenir leur langue. Voyons ce que les autres pourront déduire par eux-mêmes.

L'un des étudiants prit un crâne.

Lucy recula d'un pas et fit le tour de la table en silence, jetant parfois un coup d'œil par-dessus l'épaule de ses étudiants pour les regarder travailler. Cette assemblée, ces restes étalés comme des victuailles sur une table, ces mains avides se tendant vers les ossements, les présentant à la lumière, les offrant à d'autres mains, tout cela évoquait pour Claire un rituel festif assez grotesque. Au début, tout se passa en silence, sans le moindre échange de mots, juste le sifflement occasionnel d'un mètre-ruban qu'on détendait, puis qui se rétractait.

L'un des crânes, auquel manquait la mâchoire inférieure, fut tendu à Claire.

La dernière fois qu'elle avait tenu un crâne humain, c'était à l'école de médecine. Elle le regarda à la lumière. Dans le temps, elle pouvait nommer tous les trous, toutes les protubérances de la base du crâne, mais, comme tant d'autres connaissances qu'elle avait emmagasinées dans sa mémoire pendant toutes ses années d'études, ces données anatomiques avaient été effacées, remplacées par des informations plus pratiques, des codes de facturation et des numéros de postes téléphoniques. Elle regarda la base du crâne. Les dents de sagesse n'étaient pas encore sorties, mais toutes les dents supérieures étaient en place. De jolies petites dents. *Une bouche d'enfant.*

Elle reposa doucement le crâne, ébranlée par la réalité qu'elle venait de toucher de ses propres mains. Elle pensa à Noah à l'âge de neuf ans, avec ses cheveux noirs, bouclés, sa peau lisse comme de la soie contre son visage, et elle regarda ce crâne d'enfant dont la chair était depuis longtemps décomposée.

Elle se rendit soudain compte que Lincoln avait posé une main sur son épaule.

— Ça va ? demanda-t-il.

Elle hocha la tête.

Il avait l'air triste, presque endeuillé sous la lumière crue. Sommes-nous seuls à être troublés par la mort de ces enfants ? se demanda-t-elle. Les seuls à y voir plus que des coquilles vides, de calcium et de phosphates ?

L'une des étudiantes, une version plus jeune et plus mince de Lucy, posa la première question.

— Les corps étaient-ils enterrés dans un cercueil ? Et dans des champs ou en terrain boisé ?

— Le terrain était modérément boisé. Que des jeunes arbres, répondit Lucy. Nous avons trouvé des clous de fer et des fragments de cercueil, mais le bois avait pourri et presque complètement disparu.

— Et le sol ? demanda un étudiant.

— De l'argile, plus ou moins saturée. Pourquoi cette question ?

— Un contenu riche en argile contribue à la préservation des restes.

— Exact. Quels autres facteurs peuvent affecter la préservation ? demanda Lucy en parcourant ses étudiants du regard.

Ils répondaient avec un empressement qui surprit Claire, lui parut presque surnaturel. Ils étaient tellement concentrés sur ces ossements minéralisés qu'ils avaient oublié ce qu'ils représentaient. Des enfants vivants, qui riaient…

— La compacité du sol… l'humidité…

— La température ambiante.

— La présence de carnivores.

— La profondeur d'enfouissement. L'exposition à la lumière solaire.

— L'âge au moment de la mort.

Le regard de Lucy fila vers l'étudiante qui venait de parler. C'était son jeune clone. Comme elle, elle était vêtue d'un jean et d'une chemise à carreaux.

— En quoi l'âge du défunt affecte-t-il les restes corporels ?

— Le crâne des jeunes adultes reste intact plus longtemps que celui des sujets plus âgés, peut-être à cause de la minéralisation plus forte.

— Ça ne nous dit pas combien de temps ces squelettes-là sont restés dans le sol. Quand ces sujets sont-ils morts ?

Le silence seul lui répondit.

Lucy ne parut pas déçue par l'absence de réponse.

— La réponse correcte, dit-elle, est : c'est impossible à dire. Après une centaine d'années, certains squelettes tombent en poussière alors que d'autres restent pratiquement intacts. Mais on peut quand même tirer un certain nombre de conclusions. Remarquez, ajouta-t-elle en se penchant sur la table et en saisissant un tibia, la façon dont certains des os longs pèlent et forment des pellicules, à l'endroit où l'os lamellaire superficiel présente des lignes de clivage naturelles. Qu'est-ce que ça vous inspire ?

— Des successions de périodes sèches et de périodes humides, répondit le clone de Lucy.

— Absolument. Ces restes ont été temporairement protégés par le cercueil. Et quand le cercueil a pourri, les os ont été exposés à l'eau, d'autant que la tombe se trouvait près d'une rivière.

Elle jeta un coup d'œil à un jeune homme que Claire reconnut : c'était l'un des étudiants qui avaient participé à la fouille du site. Avec ses longs cheveux blonds attachés en queue-de-cheval sur la nuque, ses trois boucles dans une oreille, il aurait facilement pu passer pour un pirate du temps jadis. La seule note incongrue dans le tableau était ses lunettes à monture de fer, qui faisaient très fort en thème.

— Vince, dit Lucy, dites-nous quelles informations vous avez recueillies concernant les inondations dans cette zone.

— J'ai été bloqué dans mes recherches parce que les archives ne remontent pas au-delà des années 20. 1920, précisa-t-il comme s'il y avait la moindre ambiguïté. Il y a eu deux inondations catastrophiques : au printemps 1946 et à nouveau au printemps de cette année, quand la Locust a quitté son lit. Je suppose que c'est comme ça que le site d'enfouissement a été révélé : par l'érosion du cours de la Meegawki, provoqué par des pluies torrentielles.

— Nous avons donc deux périodes répertoriées de saturation du site, suivies par des années plus sèches, qui ont provoqué l'écaillement et la desquamation de l'os cortical.

Lucy reposa le tibia et prit le fémur.

— Et maintenant, voici la plus intéressante des découvertes. Je fais allusion à cette entaille, ici, au dos du canal fémoral. On dirait bien une marque de coup, mais l'os est tellement usé par les intempéries que l'indentation s'est émoussée. De sorte que nous ne pouvons dire si l'os a été brisé post mortem, ou ante mortem – avant ou après la mort.

— Et on ne peut pas le déduire à partir de cet os ?

— Non. Il est resté trop longtemps exposé aux intempéries.

— Alors, comment pouvez-vous déterminer qu'il s'agit d'un homicide ?

— C'est l'observation des autres os qui nous donnera la réponse.

Elle prit un petit sac en papier dont elle renversa le contenu sur la table.

De petits os cliquetèrent comme des dés grisâtres.

— Les os du carpe. De la main droite, ajouta-t-elle. Les osselets du carpe sont très denses, ils se désintègrent moins vite que les autres os. Ceux-ci ont été trouvés profondément enfouis et prisonniers d'une motte d'argile dense, qui les a encore protégés.

Elle commença à fouiller dans les osselets comme une couturière cherchant le bon bouton.

— Là, dit-elle en en choisissant un, qu'elle présenta à la lumière.

L'entaille était bien visible, et tellement profonde qu'elle avait presque fendu l'os en deux.

— C'est une blessure de défense, reprit Lucy. L'enfant – disons que c'est une fille – a levé les bras pour se protéger de son agresseur. Le coup l'a atteinte à la main – assez profondément pour manquer fendre l'os du carpe. C'est une fillette de huit ou neuf ans, d'assez petite stature, et elle n'est pas de taille à riposter. Et celui qui a porté ce coup de couteau, quel qu'il soit, était fort – suffisamment pour lui percer la main.

» Imaginez la scène : la fillette se retourne. La lame est peut-être encore fichée dans sa chair, ou bien son agresseur l'en a extraite et s'apprête à frapper à nouveau. La fille essaie de fuir, mais il la poursuit. Puis elle tombe, ou il la fait tomber, et elle s'affale par terre, face contre terre. Je suppose qu'elle tombe à plat ventre, parce qu'il y a des marques d'entailles sur les vertèbres dorsales, une lame large, peut-être une hache, ou une machette, frappant par-derrière. Il y a aussi une marque d'entaille dans le fémur – un coup à l'arrière de la cuisse, ce qui confirme bien qu'elle est maintenant allongée sur le sol. Aucune de ces blessures n'est nécessairement fatale. Si elle est encore en vie, elle perd beaucoup de sang. Ce qui se passe ensuite, nous ne pouvons pas le savoir ; les os ne nous le disent pas. Tout ce que nous savons, c'est qu'elle gît face contre terre, et qu'elle ne peut ni courir ni se défendre. C'est alors qu'on lui porte un coup de hache ou de hachette à la cuisse.

Elle reposa doucement l'os du carpe sur la table. Il n'était pas plus gros qu'une bille, le terrible vestige d'une mort effroyable.

— Voilà ce que me disent ces os.

Pendant un moment, personne ne parla. Puis Claire demanda doucement :

— Et l'autre enfant, que lui est-il arrivé ?

Lucy sembla sortir d'une transe. Elle regarda le deuxième crâne.

— Il était à peu près du même âge que l'autre. Beaucoup de ses os ont disparu et ceux que nous avons retrouvés sont très abîmés, mais je peux au moins vous dire ceci : il – ou elle – a reçu un coup, probablement fatal, qui lui a écrasé le crâne. Ces deux enfants étaient enterrés ensemble, dans le même cercueil. On peut supposer qu'ils sont morts sous les coups du même agresseur.

— Il doit bien y avoir des traces de tout ça, dit Lincoln. De vieux comptes rendus dans les journaux. Ça nous permettrait au moins de connaître l'identité des enfants.

— En réalité, nous connaissons leur nom, fit Vince, l'étudiant à la queue-de-cheval. Grâce à la date d'une pièce trouvée dans la même couche de terrain, nous savons qu'ils sont morts après 1885. J'ai cherché dans les archives du comté et j'ai découvert que toute la terre, le long de la courbe sud du lac Locust, appartenait à une famille du nom de Gow. Ces os sont les restes mortels de Joseph et Jennie Gow, le frère et la sœur, âgés de huit et dix ans. On dirait, poursuivit Vince avec un sourire penaud, que c'est le cimetière de la famille Gow qui a été mis au jour.

Cette révélation ne fit pas à Claire l'impression d'être particulièrement amusante, et elle fut ennuyée par le fait que plusieurs des étudiants se mirent à rire.

— Nous pensons qu'il s'agit d'un cimetière de famille, parce qu'ils ont été enterrés dans un cercueil, expliqua Lucy. Je crains que nous n'ayons dérangé le lieu de leur dernier repos.

— Alors vous savez comment ces enfants sont morts ? demanda Claire.

— Il est difficile de trouver des coupures de journaux, parce que la région était très peu peuplée à l'époque, répondit Vince. Mais nous avons les registres des décès de ces années-là. Les enfants Gow sont morts le même jour, le 15 novembre 1887. Ainsi que trois autres membres de leur famille.

Il y eut un moment de silence horrifié.

— Vous voulez dire que ces cinq personnes sont mortes le même jour ? demanda Claire.

Vince hocha la tête.

— Il semblerait que cette famille ait été massacrée.

9

Des bâtonnets de carotte, des pommes de terre à l'eau et un minuscule blanc de poulet.

Louise Knowlton regarda, le cœur serré, rongée par la culpabilité, la triste assiette qu'elle venait de poser devant son fils. Elle le faisait mourir de faim. C'est ce qu'elle lisait sur son visage, dans ses yeux affamés, dans l'affaissement de ses épaules lasses. Mille six cents calories par jour ! Comment pouvait-on survivre avec un régime pareil ? Certes, Barry avait perdu du poids, mais à quel prix ? Il n'était plus que l'ombre de lui-même, un petit fantôme de son robuste garçon de cent vingt kilos, et elle avait beau savoir qu'il devait maigrir, c'était clair pour elle – pour elle qui le connaissait mieux que personne au monde –, son enfant chéri souffrait.

Elle s'assit devant lui. Sa propre assiette était une montagne de poulet frit, de purée et de craquelins ruisselants de beurre. Un solide repas bien roboratif pour une soirée glaciale. Elle échangea un regard avec Mel, son mari, assis en face d'elle. Il secoua la tête en silence. Il ne pouvait pas supporter non plus de voir jeûner son fils.

— Barry, mon chéri, tu ne veux pas prendre juste un tout petit craquelin ? proposa Louise.

— Non merci, maman.

— Il n'y a pas tellement de calories, dedans. Tu pourrais racler le beurre.

— Je n'en veux pas.

— Regarde comme c'est appétissant ! Je les ai faits d'après la recette de la maman de Barbara Perry. C'est la graisse de bacon qui leur donne ce goût merveilleux. Juste une petite bouchée, Barry. Pour goûter !

Elle présenta un craquelin tout chaud devant ses lèvres. Elle ne pouvait pas s'en empêcher, elle ne pouvait pas résister à l'impulsion, renforcée par quatorze années d'amour maternel, de nourrir cette petite bouche rose qui avait tellement faim. Ce n'était pas que de la nourriture ; c'était de l'amour, ce craquelin croustillant qui dégoulinait de beurre sur ses doigts. Elle attendit qu'il accepte l'offrande.

— Je t'ai dit que je n'en voulais pas ! hurla-t-il.

Le cri retentit, aussi choquant qu'une gifle en pleine face. Stupéfaite, Louise recula contre le dossier de sa chaise. Le craquelin tomba de ses doigts dans le lac de sauce luisante qui couvrait son assiette.

— Barry ! fit son père sur un ton de reproche.

— Elle veut toujours me bourrer de nourriture ! Pas étonnant que je sois gros comme ça ! Regardez-vous, aussi, tous les deux !

— Mais ta maman t'aime. Tu vois comme tu lui fais de la peine ?

Louise était assise là, les lèvres tremblantes, essayant de ne pas pleurer. Elle baissa les yeux sur le merveilleux dîner qu'elle avait préparé. Deux heures, deux heures de travail et d'amour, parce qu'elle l'aimait, son fils ! Mais à présent, elle voyait le dîner tel qu'il était : les vains efforts d'une grosse mère stupide. Elle commença à pleurer, ses larmes dégoulinant dans la purée de pommes de terre au fromage crémeux.

— Maman… gémit Barry. Oh, non ! Je suis désolé. Pardon.

— Ça ne fait rien, fit-elle, la main tendue, coupant court à sa pitié. Je comprends, Barry. Je comprends, et je ne recommencerai pas. Je te jure de ne pas recommencer.

Elle épongea ses larmes avec sa serviette et, pendant quelques secondes, elle réussit à reprendre sa dignité.

— Mais je me suis donné tellement de mal, et… et…

Elle enfouit son visage dans sa serviette, tout le corps secoué par ses tentatives pour retenir ses pleurs. Elle mit un moment à s'apercevoir que Barry lui parlait.

— Maman. Maman ?

Elle ravala un sanglot et s'obligea à lever les yeux sur lui.

— Je peux avoir un craquelin ?

Sans un mot, elle lui tendit l'assiette. Le regarda prendre un craquelin, l'ouvrir en deux, l'inonder de beurre fondu. Elle retint son souffle alors qu'il mâchait la première bouchée, et se détendit en voyant l'expression extatique qui s'inscrivait sur son visage. Il en avait envie depuis le début, mais s'était refusé ce plaisir. Maintenant, il s'y abandonnait, et il en mangea un deuxième. Et un troisième. Elle le regarda avaler chaque bouchée, emplie d'une satisfaction maternelle profonde, primitive.

Noah s'adossa au mur de côté du collège, une cigarette au bec. Il y avait des mois qu'il avait grillé la dernière, et il se mit à tousser, ses poumons se rebellant contre la fumée. Il imagina toutes les saletés qui tourbillonnaient dans sa poitrine, les poisons contre lesquels sa mère le mettait toujours en garde. Enfin, dans le contexte général de sa vie dans cette ville de merde, cette petite dose d'air pollué était le cadet de ses soucis. Il tira une autre bouffée et eut une nouvelle quinte de toux. L'expérience n'était pas particulièrement agréable. Mais depuis que les skateboards avaient été interdits, il n'y avait pas grand-chose d'autre à faire entre deux cours. Au moins, là, debout tout seul auprès des bennes à ordures, il était peinard.

Il entendit le ronflement d'un moteur et regarda machinalement en direction de la rue. Une voiture vert foncé approchait lentement, si lentement qu'elle semblait immobile. Les vitres teintées étaient tellement sombres qu'on ne voyait pas à travers, et Noah ne pouvait pas dire si c'était un homme ou une femme qui conduisait.

La voiture s'arrêta juste de l'autre côté de la rue. Noah ne savait pas pourquoi, mais il était sûr que le conducteur le regardait, tout comme Noah lui-même le regardait.

Il lâcha la cigarette et l'écrasa précipitamment sous sa semelle. Inutile de se faire pincer ; la dernière chose dont il avait besoin, c'était de se faire coller à nouveau. Ayant détruit la preuve de son forfait, il se tourna résolument vers le conducteur invisible. Il éprouva un sentiment de victoire en voyant la voiture s'éloigner.

Noah baissa les yeux sur la cigarette écrasée, seulement à moitié fumée. Quel gâchis ! Il soupesait les chances d'en sauver les restes quand la cloche sonna la fin de la récréation.

C'est alors qu'il entendit les cris. Ça venait de devant l'école.

Il tourna au coin du bâtiment et vit une meute de gamins s'égailler sur la pelouse en chantant :

— Une baston ! Une baston !

Ça promettait d'être un fameux spectacle.

Il suivit le mouvement afin de voir ce qui se passait avant que les profs n'y mettent bon ordre, et les deux filles qui se bagarraient se jetèrent pratiquement sur lui, manquant le renverser. Noah recula de deux pas, prenant ses distances, par précaution, choqué par la férocité du combat. Quand deux filles se crêpaient le chignon, c'était pis que quand les garçons se battaient. On aurait vraiment dit deux chattes en train de s'écorcher : les filles se griffaient le visage, s'arrachaient les cheveux. Il avait les oreilles cassées par les cris de la foule. Il parcourut les spectateurs du regard et vit leurs visages tétanisés, reconnut la soif de sang, aussi forte qu'une odeur musquée.

Une étrange exaltation s'empara de lui. Il sentit sa main se crisper, former un poing, sentit la chaleur monter à son visage. Les deux filles s'étaient bien arrangées. Elles saignaient, et la vue du sang le galvanisa. L'excita. Il s'avança, jouant des coudes dans la foule pour mieux y voir, frustré de ne pas pouvoir se rapprocher davantage.

— Une baston ! Une baston !

Il se mit à crier avec les autres, son excitation croissant chaque fois qu'il entrevoyait un visage ensanglanté.

Puis il repéra Amelia, debout de l'autre côté de la pelouse, et sa vue l'arrêta net. Elle regardait la foule, incrédule, horrifiée.

Tout honteux, il se détourna avant qu'elle n'ait le temps de l'apercevoir, et fila dans le bâtiment.

Dans les toilettes des garçons, il se regarda dans la glace. Qu'est-ce qui arrive à tout le monde, par ici ? se demanda-t-il. Qu'est-ce qui m'arrive ?

Il s'aspergea le visage d'eau glacée. C'est à peine s'il sentit la morsure du froid.

— Elles se bagarraient pour une histoire de garçon, dit Fern. Enfin, c'est ce que j'ai entendu dire. Ça a commencé par quelques insultes, et tu sais quoi ? l'instant d'après, elles s'arrachaient la figure avec leurs ongles. Après l'enterrement de Mme Horatio, j'espérais que les élèves se rapprocheraient. Qu'ils se serreraient les coudes, ajouta-t-elle en secouant la tête. Mais c'est la quatrième bagarre qui éclate en deux jours. Je n'arrive plus à les contrôler, Lincoln. J'ai besoin d'un policier pour monter la garde dans cette école.

— Je pense que c'est tirer sur une mouche avec un canon de cent cinq, répondit-il d'un ton dubitatif, mais je peux demander à Floyd Spear de passer plusieurs fois par jour, si tu veux.

— Non, tu ne comprends pas ; nous avons besoin de quelqu'un sur place toute la journée. Je ne vois pas comment m'en sortir autrement.

Lincoln se passa la main dans les cheveux et poussa un soupir de lassitude. Il semblait à Fern qu'il grisonnait un peu plus tous les jours. Comme elle. Ce matin-là, elle avait remarqué les premiers fils blancs dans sa chevelure blonde et elle s'était rendu compte que le visage qui lui rendait son regard dans la glace était celui d'une femme plus toute jeune. Pourtant, il lui était plus pénible de constater les changements que subissait le visage de Lincoln que d'affronter sa propre image vieillissante. Elle avait un souvenir tellement vivant de l'homme qu'il avait été à vingt-cinq ans, avec ses cheveux bruns, ses yeux noirs, ses traits déjà affirmés, pleins de caractère ; celui qu'il était avant qu'il ne s'entiche de Doreen. Elle regarda ses rides qui se creusaient et se dit, comme si souvent : J'aurais pu te rendre tellement plus heureux que Doreen…

Ils allèrent tous les deux dans son bureau. Les cours avaient repris, et leurs pas retentissaient dans les couloirs vides. Une banderole pendouillait au plafond : « Bal d'Automne, 20 novembre ! »

De la classe de M. Rubio provenaient des bruits de voix ennuyées qui récitaient en chœur : *« Me llamo Pablo, te llamas Pablo, se llama Pablo… »*

Son bureau était son territoire privé, et il reflétait la façon dont elle menait sa vie : chaque chose y était impeccablement rangée, les livres à leur place, minutieusement alignés, et pas un papier ne traînait. Tout était sous contrôle, et les enfants contraints à l'ordre. Pour Fern, seul l'ordre absolu pouvait permettre à un établissement scolaire de fonctionner convenablement.

— Je sais que je te demande beaucoup, dit-elle, mais je voudrais que tu assignes un homme à temps complet à cette école.

— Ça m'obligerait à enlever un homme aux patrouilles, Fern, et je ne suis pas persuadé que ce soit nécessaire.

— Et qu'est-ce que vous surveillez, dehors ? Des routes vides ! Le problème, dans cette ville, c'est ici qu'il est, dans ce bâtiment ! C'est là qu'on a besoin d'un policier.

Il finit par acquiescer.

— Je vais voir ce que je peux faire, dit-il, et il se leva.

Il donnait l'impression d'avoir les épaules courbées sous un fardeau trop lourd pour lui. Il se battait toute la journée avec les problèmes de cette ville, se disait-elle, se sentant coupable, et personne ne le remerciait, personne ne le félicitait jamais. Il n'avait droit qu'à des critiques et des récriminations. Et il n'avait personne auprès de qui se réfugier le soir, personne pour le réconforter. Un homme qui fait l'erreur d'épouser la mauvaise femme ne devrait pas en souffrir jusqu'à la fin de ses jours. Pas un homme aussi bien que Lincoln.

Elle le raccompagna à la porte. Ils étaient proches à se toucher, et la tentation de tendre les bras, de le serrer contre elle était tellement forte qu'elle dut crisper les poings pour y résister.

— Je n'arrête pas de passer les événements en revue, dit-elle, et je me demande toujours ce que j'ai fait de travers.

— Tu n'as rien fait de travers.

— Six ans comme directrice d'école, et voilà que je suis obligée de me battre pour maintenir l'ordre dans mon école. De me battre pour ne pas perdre mon boulot.

— Écoute, Fern, je pense vraiment que ce n'est qu'une réaction temporaire à la fusillade. Ces gosses ont besoin de temps pour se remettre.

Il lui tapota l'épaule dans un geste rassurant et franchit le seuil.

— Ça va aller, je t'assure.

Elle observait à nouveau la gorge de Mairead Temple. Devant cette langue chargée, les deux piliers qui lui tenaient lieu d'amygdales et le bout de chair rose, frémissante, de sa luette, pendouillant comme le battant d'une cloche, Claire avait le sentiment de se retrouver en terrain familier. Sans parler de l'odeur de vieux cendrier qui régnait dans la cuisine de Mairead, où elles étaient assises. On était mardi, le jour où Claire faisait ses visites à domicile, et Mairead était son avant-dernière patiente de la journée. Quand la clientèle se raréfiait, quand les malades allaient voir d'autres docteurs, des mesures désespérées s'imposaient. Et faire une visite à domicile, dans la cuisine enfumée de Mairead Temple, entrait dans le cadre des mesures désespérées ; n'importe quoi pour complaire aux clients.

Claire alluma son stylo lumineux.

— Pour moi, vous avez juste la gorge un peu rouge.

— J'ai toujours rudement mal.

— Le résultat des cultures était négatif.

— Vous voulez dire que vous n'allez pas me redonner de pénicilline ?

— Je regrette, mais ça ne se justifie pas.

Mairead referma la bouche sur un claquement de dentier et zyeuta Claire avec ses prunelles décolorées.

— Quel genre de traitement c'est, ça ?

— Je vais vous dire, Mairead, le meilleur traitement, c'est la prévention.

— Alors ?

— Alors… fit Claire en regardant ostensiblement le paquet de cigarettes mentholées posé sur la table de la cuisine – des cigarettes d'une marque généralement associée à des femmes minces, raffinées, en robes moulantes, traînant derrière elles un sillage de parfum, de fourrures et de mâles –, alors, je pense que vous devriez arrêter de fumer.

— Qu'est-ce que vous avez contre la pénicilline ?

Claire ignora la question et tourna son attention vers le poêle à bois qui fumait au centre de la cuisine surchauffée.

— Ça non plus, ce n'est pas bon pour la gorge. Ça assèche l'air et ça le sature de fumées irritantes. Vous avez une chaudière à fuel, non ?

— Le bois est moins cher.

— Vous vous sentiriez mieux.

— J'ai du bois pour rien, par mon neveu.

— Bon, répondit Claire. Alors, si vous arrêtiez de fumer ?

— Et si vous me donniez de la pénicilline ?

Elles se regardèrent, meilleures ennemies se disputant pour une poignée de pilules à trois dollars.

Claire finit par rendre les armes. Elle n'avait pas l'énergie pour se disputer à cette heure tardive de l'après-midi, pas avec une tête de cochon comme Mairead Temple. Pff, pour une fois… se dit-elle en farfouillant dans sa sacoche à la recherche d'échantillons d'antibiotiques appropriés.

Mairead remit une bûche dans le poêle à bois. Un nuage de fumée s'en éleva aussitôt, s'ajoutant au brouillard qui planait dans la pièce.

Même Claire commençait à avoir mal à la gorge.

Mairead prit des pincettes et tisonna les bûches qui se trouvaient déjà dans le feu.

— J'ai entendu de nouvelles histoires à propos de ces os, dit-elle.

Claire finit de compter ses comprimés et la regarda. Mairead l'étudiait d'un œil étrangement pénétrant. Farouche.

Mairead referma la trappe du poêle de fonte.

— De vieux os, à ce qu'il paraît.

— Oui, en effet.

— Vieux comment ?

Les yeux pâles étaient encore rivés aux siens.

— Une centaine d'années, peut-être plus.

— Ils sont sûrs de ça ?

— Assez sûrs, je crois. Pourquoi ?

Le regard dérangeant lâcha le sien.

— On ne sait jamais ce qui se passe, chez celle-là. Pas étonnant qu'ils aient retrouvé les os sur son terrain. Vous savez ce que c'est, hein ? Et ce n'est pas la seule dans la région, d'ailleurs. L'an dernier, à Halloween, ils ont fait un grand feu de joie, dans le champ de maïs de Warren Emerson. Ah, celui-là, encore un…

— Un quoi ?

— Comment on appelle ça, quand c'est un homme ? Un sorcier.

Claire ne put s'empêcher d'éclater de rire. Ce qui n'était pas la chose à faire.

— Allez vous renseigner en ville, insista Mairead, maintenant en colère. Ils vous diront tous qu'il y a eu un feu de joie dans le champ d'Emerson, cette nuit-là. Et juste après, les jeunes ont fait toutes ces bêtises en ville.

— Ce sont des choses qui arrivent partout. Les gamins se déchaînent toujours le soir de Halloween.

— C'est leur nuit sacrée. Leur Noël noir.

Claire regarda la femme dans les yeux et se rendit compte qu'elle n'aimait pas Mairead Temple.

— Tout le monde a le droit de croire ce qu'il veut. Tant que ça ne fait de mal à personne.

— C'est tout le problème, justement. On ne sait jamais. Regardez ce qui s'est passé ici, depuis.

Claire referma brusquement sa sacoche et se leva.

— Rachel Sorkin s'occupe de ses affaires, Mairead. Et je pense que tout le monde, dans cette ville, serait bien inspiré d'en faire autant.

Encore ces ossements, pensa Claire en se rendant à sa dernière visite à domicile de la journée. Tout le monde voulait parler de ces ossements. De qui étaient-ce les restes ? Quand avaient-ils été enterrés ? Et aujourd'hui, cette question, une nouvelle question qui l'avait cueillie à froid : pourquoi les avait-on retrouvés sur le terrain de Rachel Sorkin ?

C'est leur nuit sacrée, leur Noël noir.

Dans la cuisine de Mairead, Claire en avait ri. Mais à présent, seule au volant dans le soir qui tombait, la conversation lui paraissait beaucoup moins drôle. Rachel Sorkin n'était pas d'ici, c'était la femme aux cheveux noirs venue d'on ne savait où et qui vivait toute seule près du lac. C'était toujours la même chose, depuis la nuit des temps. Une jeune femme qui vivait seule suscitait la méfiance, les commérages. Dans une petite ville, c'était l'anomalie qui exigeait des explications. C'était la sirène de la ville, une tentation irrésistible pour les maris par ailleurs vertueux. Ou bien c'était une garce qu'aucun homme n'avait voulu épouser, ou une tordue avec des désirs contre nature. Et si, en plus, elle était jolie, comme Rachel, ou exotique, ou si elle avait des manies et des goûts particuliers, alors la méfiance était mêlée de fascination. Une fascination qui pouvait tourner à l'obsession pour quelqu'un comme Mairead Temple, qui passait ses journées à ruminer dans son affreuse cuisine, fumant des cigarettes précédées de promesses glamour et suivies de bronchites et de dents jaunes. Rachel n'avait pas les dents jaunes. Rachel était belle, sans entraves et un peu excentrique.

Rachel devait donc être une sorcière.

Et comme Warren Emerson avait fait du feu dans son champ de maïs la nuit de Halloween, il devait être un sorcier aussi.

Il ne faisait pas encore nuit, mais Claire alluma ses phares et se sentit un peu réconfortée par les lumières du tableau de bord. Cette époque de l'année, se disait-elle, éveillait en chacun des craintes irrationnelles. Et on n'était pas encore au cœur de l'hiver. Alors que les jours raccourcissaient et que les premières grosses chutes de neige avaient commencé, coupant tout accès au monde extérieur, ce paysage sinistre et désolé devenait l'univers des habitants de la région. Et c'était un univers impitoyable, où une plaque de verglas et le froid implacable de la nuit pouvaient être un juge et un bourreau.

Elle repéra, le long de la route, une boîte aux lettres portant l'inscription « Braxton » et prit une piste de terre battue. La maison de sa patiente était entourée de champs en friche. Le bois des barrières, pelé par les intempéries, avait pris une couleur argentée. Sur le porche, devant la maison, deux stères de bois à brûler étaient appuyés de façon précaire contre une rambarde improvisée avec une branche tordue. Tout s'écroulerait tôt ou tard – la rambarde, le porche et même la maison.

Faye Braxton, quarante et un ans, divorcée, qui vivait ici avec deux enfants, était physiquement en aussi mauvais état que sa baraque. Elle avait les hanches rongées par l'arthrite rhumatoïde et ne pouvait même pas sortir de cette sinistre maison sans assistance.

Claire prit sa sacoche, monta les marches du porche et constata alors seulement que quelque chose n'allait pas.

Il gelait, et la porte d'entrée était ouverte.

Elle passa la tête par la porte. Il faisait sombre à l'intérieur.

Elle appela :

— Madame Braxton ?

Elle entendit un volet claquer au vent. Et tout de suite après, autre chose – un petit bruit de pas, comme si quelqu'un courait à l'étage, dans une des chambres. L'un des enfants ?

Claire entra dans la maison et referma la porte, parce qu'il faisait vraiment froid dehors. Toutes les lampes étaient éteintes, et les dernières lueurs du crépuscule filtraient dans le salon, à travers les maigres rideaux. Elle s'avança à tâtons dans l'entrée, à la recherche d'un interrupteur. Elle finit par le trouver et alluma la lumière.

— Madame Braxton ? C'est le Dr Elliot !

Mais personne ne répondit.

À ses pieds, une poupée Barbie déshabillée gisait sur le tapis élimé. Elle la ramassa. Et s'aperçut que la moitié de ses cheveux blonds avaient été coupés. La dernière fois qu'elle était venue là, trois semaines auparavant, elle avait vu Kitty, sept ans, la fille de Faye Braxton, jouer avec une Barbie comme celle-là. Claire avait remarqué qu'elle portait une robe extravagante, rose, et que ses longs cheveux blonds étaient attachés avec un bout de croquet vert.

Elle sentit un frisson parcourir sa colonne vertébrale.

Elle l'entendit à nouveau : le rapide *chtomp, chtomp chtomp* de pas au-dessus de sa tête. Elle leva les yeux vers le haut de l'escalier. Il y avait quelqu'un à l'étage, et pourtant il n'y avait pas de chauffage dans la maison, il faisait un froid glacial et toutes les lumières étaient éteintes.

Elle recula lentement, sans bruit, fit demi-tour et sortit prestement.

Une fois dans sa voiture, elle appela la police sur son portable.

L'inspecteur Mark Dolan répondit.

— C'est le Dr Elliot. Je suis chez les Braxton. Il y a quelque chose qui ne va pas.

— Comment ça, docteur Elliot ?

— J'ai trouvé la porte ouverte, tout est éteint : le chauffage et la lumière. Mais j'ai entendu du bruit au premier.

— La famille n'est pas là ? Vous avez vérifié ?

— Je n'ose pas monter à l'étage.

— Il faudrait que vous jetiez un coup d'œil. Nous sommes déjà submergés d'appels, et je ne sais pas quand je vais pouvoir vous envoyer quelqu'un.

— Écoutez, vous n'avez vraiment personne à envoyer ? Je vous assure, il y a quelque chose de bizarre.

L'inspecteur Dolan poussa un gros soupir. Elle le voyait à son bureau, levant les yeux au ciel dans une attitude de dérision. Maintenant qu'elle avait exprimé ses craintes, elles lui semblaient puériles. Ce n'était peut-être pas un bruit de pas qu'elle avait entendu, mais seulement un volet mal attaché que le vent avait fait bouger. La famille était peut-être tout simplement sortie. La police allait venir, elle ne trouverait rien, et demain elle serait la risée de la ville : la toubib qui avait pétoché. Comme si sa réputation n'avait pas suffisamment morflé pour la semaine…

— Lincoln doit être dans le coin, reprit enfin Dolan. Je vais lui demander de passer quand il aura un moment.

Elle raccrocha, regrettant déjà son appel. Elle redescendit de voiture et considéra de nouveau la maison. Le crépuscule avait laissé place à la nuit. Je vais rappeler et faire l'économie d'un moment sacrément gênant, se dit-elle. Et elle rentra dans la maison.

Elle s'avança au pied de l'escalier et regarda à nouveau vers le palier du premier étage, mais on n'entendait plus rien. Elle posa la main sur la rampe. Du bon bois de chêne, solide, rassurant. Elle commença à monter, poussée à gravir les marches, l'une après l'autre, par la fierté, par la ferme détermination de ne pas faire les frais des derniers commérages en ville.

Arrivée sur le palier, elle alluma la lumière et vit un couloir étroit, aux murs salis par de petites pattes crasseuses s'essuyant sur le papier peint. Elle jeta un coup d'œil dans la première chambre à droite.

C'était la chambre de Kitty. Des ballerines dansaient sur les rideaux. Des affaires de petite fille traînaient sur le lit : des barrettes à cheveux en plastique, un pull rouge brodé de flocons de neige, un petit sac à dos rose et violet. Une collection de Barbie était étalée par terre. Mais ce n'étaient pas les poupées chéries, les trésors d'une petite fille. Ces poupées avaient été vicieusement torturées, leurs vêtements déchirés, lacérés, leurs bras et leurs jambes écartelés semblant traduire une horreur indicible. Une tête de poupée arrachée braquait sur elle ses grands yeux bleus.

Claire en avait la chair de poule.

Elle retourna dans le couloir. Son regard fut attiré, par une autre porte ouverte, vers une chambre plongée dans l'obscurité. Quelque chose bougeait dans le noir, une étrange luminescence, comme la lueur verte d'une montre phosphorescente. Elle entra dans la pièce et alluma la lumière. La lueur verte disparut. C'était une chambre de garçon, tout en désordre. Il y avait des livres et des chaussettes sales partout, par terre et sur le lit. Une corbeille débordait de papiers chiffonnés et de boîtes de Coca vides. La tanière typique d'un gamin de treize ans. Elle éteignit la lumière.

Et revit la lueur verte. Elle venait du lit.

Elle examina l'oreiller, éclaboussé d'une matière fortement luminescente, et palpa les draps : ils n'étaient pas humides, juste frais. Elle remarqua qu'il y avait aussi de faibles traces de luminescence sur le mur, juste au-dessus du lit, et une grande tache vert émeraude, brillante, sur le dessus-de-lit.

Chtomp, chtomp, chtomp. Puis elle entendit un gémissement, pareil aux pleurs d'un petit enfant. Elle leva machinalement les yeux.

Le grenier. Les enfants étaient dans le grenier.

Elle ressortit de la chambre du garçon – en trébuchant, au passage, sur une chaussure de tennis. L'escalier qui menait au grenier était étroit et raide. Elle dut se cramponner à la rampe, précaire et chancelante. Une fois en haut, elle se retrouva dans des ténèbres impénétrables.

Elle fit un pas en avant et frôla une chaînette qui servait d'interrupteur. Elle tira dessus et alluma une ampoule nue dont la maigre lueur ne portait pas très loin. Dans l'ombre, au-delà, elle distingua un fouillis de vieux meubles et de cartons. Un portemanteau, aux patères aussi vastes que des cornes d'élan, projetait une ombre menaçante sur le sol.

À côté de l'un des cartons, il y eut un mouvement.

Elle écarta rapidement le carton. Et vit Kitty, sept ans, roulée en boule sur un tas de vieux manteaux. La petite fille avait la peau glacée, mais elle était encore en vie, et de petits gémissements émanaient de sa gorge à chaque inspiration. Claire se pencha pour la soulever et se rendit compte que ses vêtements étaient trempés. Horrifiée, elle leva sa main vers la lumière.

Du sang.

Pour tout avertissement, elle entendit craquer le parquet. *Il y a quelqu'un derrière moi.*

Elle se retourna juste à temps pour voir l'ombre voler vers elle. Elle reçut l'impact en pleine poitrine et tomba à la renverse, clouée sous le poids de son agresseur. Des griffes se refermèrent sur sa gorge. Elle essaya de se dégager, flanquant des coups enragés en tous sens, une dizaine d'images ténébreuses tournoyant devant ses yeux. Le portemanteau tomba par terre. À la lueur vacillante de la lampe qui se balançait, elle entrevit le visage de son assaillant.

Le garçon.

Il resserra sa poigne sur sa gorge, et, alors que sa vision s'obscurcissait, elle vit ses lèvres se retrousser, ses paupières se plisser sur d'étroites fentes furibardes.

Elle lui griffa les yeux. Le garçon poussa un hurlement, la lâcha et recula en titubant. Elle se releva tant bien que mal alors qu'il se jetait à nouveau sur elle. Elle l'esquiva en faisant un pas de côté, et il la rata. Il atterrit dans les cartons, projetant par terre un fouillis de livres et d'outils.

Ils le virent tous les deux en même temps. Un tournevis.

Ils sautèrent dessus d'un même mouvement, mais le garçon en était le plus près. Il l'attrapa et le leva au-dessus de sa tête. Alors qu'il l'abattait sur Claire, elle leva les deux mains et lui attrapa le poignet. Elle fut étonnée de sa force. Elle dut ployer les genoux, s'efforçant désespérément d'éviter la lame du tournevis qui se rapprochait en tremblotant.

Puis, à travers le rugissement du sang qui battait à ses tempes, elle entendit une voix appeler son nom. Elle hurla :

— Au secours !

Des pas ébranlèrent l'escalier. Tout à coup, la pointe de l'arme se détourna d'elle. Le gamin pivota, dirigeant son tournevis vers Lincoln qui fonçait sur lui. Elle le vit s'étaler par terre, puis le garçon et Lincoln roulèrent l'un sur l'autre dans un brouillard de membres agités frénétiquement, de meubles et de cartons renversés. Le tournevis roula par terre, dans l'ombre. Lincoln plaqua le garçon à plat ventre sur le parquet et Claire entendit un cliquetis métallique de menottes se refermant. Le gamin continua pourtant à se débattre, flanquant des coups de pied et d'épaule désordonnés. Lincoln réussit à le traîner vers une poutre de soutènement et l'y attacha solidement avec sa ceinture.

Il se tourna enfin vers Claire. Il était à bout de souffle et il avait une ecchymose sur une joue. Il remarqua enfin la petite fille étalée parmi les cartons.

— Elle perd son sang ! s'écria Claire. Aidez-moi à la redescendre. On y verra mieux en bas !

Il prit la petite fille dans ses bras.

Le temps qu'il la dépose sur la table de la cuisine, elle ne respirait plus. Claire tenta le bouche-à-bouche. Elle pratiqua trois insufflations, chercha le pouls carotidien. En vain.

— Demandez une ambulance, tout de suite ! dit-elle à Lincoln.

Plaçant les mains sur le sternum de la petite fille, Claire commença le massage cardiaque. Ses mains glissaient sur son corsage trempé. Un sang frais suintait encore à travers le tissu. *Elle n'a que sept ans. Combien de sang une petite fille de sept ans peut-elle perdre ? Combien de temps pourrai-je encore maintenir ses cellules cérébrales en vie ?*

— L'ambulance arrive ! lança Lincoln.

— D'accord. Vous aller découper son corsage. Il faut qu'on trouve l'origine du saignement.

Claire s'interrompit pour insuffler encore trois fois dans les poumons de la fillette. Elle entendit un bruit de tissu déchiré et constata que Lincoln lui avait dénudé la poitrine.

— Seigneur… murmura-t-il.

Le sang coulait de plus d'une demi-douzaine de blessures pareilles à des coups de poignard.

Elle posa à nouveau les mains sur le sternum de l'enfant et reprit les compressions cardiaques, mais, à chaque pression, le sang jaillissait de ses plaies.

Le gémissement d'une sirène se rapprocha, et, par la fenêtre de la cuisine, ils virent les éclairs stroboscopiques d'un gyrophare : une ambulance arrivait dans le jardin. Deux urgentistes firent irruption dans la maison, jetèrent un coup d'œil à la petite victime et ouvrirent à la volée leurs kits d'urgence. Claire continuait à masser la poitrine de la fillette pendant que les infirmiers l'intubaient, la mettaient sous perfusion et lui plaçaient sur le thorax les électrodes de l'ECG.

— On a un rythme ? demanda Claire en poursuivant les compressions.

— Sinusal tachycarde rapide.

— Pression sanguine ?

Elle entendit le *phoui, phoui* du brassard qu'on gonflait, puis la réponse :

— Tension cinq, à peine palpable. Une poche de Ringer qui passe à fond. J'ai du mal à installer la deuxième voie…

Le hurlement d'une autre sirène se fit entendre dans la cour, et des pas lourds ébranlèrent la maison. Les inspecteurs Mark Dolan et Pete Sparks firent irruption dans la cuisine. Dolan croisa le regard de Claire et détourna rapidement les yeux, comme s'il avait entendu son reproche muet. *Je vous avais bien dit qu'il y avait un problème !*

— Il y a un garçon, en haut, dans le grenier, dit Lincoln. Je l'ai menotté. Maintenant, il faut qu'on trouve la mère.

— Je vais voir dans la grange, annonça Dolan.

Claire protesta.

— Faye est en fauteuil roulant ! Elle n'aurait pas pu aller dans la grange. Elle doit être dans la maison.

L'ignorant, Dolan fit demi-tour et sortit de la cuisine.

Claire concentra son attention sur la petite fille. Maintenant qu'ils avaient un pouls, elle pouvait cesser les compressions cardiaques. Elle avait les mains couvertes de sang. Elle entendit que Lincoln et Pete couraient d'une pièce à l'autre à la recherche de Faye, et la radio crépitait de questions lancées par les urgences de l'hôpital Knox. Elle reconnut la voix de McNally :

— Combien de sang a-t-elle perdu ?

— Ses vêtements sont trempés, répondit l'urgentiste. Au moins six blessures par arme blanche à la poitrine. On a un rythme sinusal tachycarde à cent soixante, pouls palpable : cinq. Une IV qui passe. On n'arrive pas à faire passer la deuxième.

— Elle respire ?

— Non. Elle est intubée, et on la ballonne. Le Dr Elliot est là, avec nous.

— Gordon ! s'écria Claire. Elle a besoin d'une thoracotomie, immédiatement ! Faites venir un chirurgien, on vous l'envoie !

— On vous attend.

Il ne fallut que quelques secondes pour transférer la fillette dans l'ambulance, mais Claire avait l'impression atroce que tout se passait au ralenti. Tout lui apparaissait à travers un nuage de panique : le corps, d'une petitesse poignante, attaché sur un chariot, le fouillis de fils de l'électrocardiogramme et de la perfusion, les visages tendus des infirmiers qui descendaient rapidement les marches du porche et mettaient le brancard dans l'ambulance.

Claire monta avec l'un des infirmiers à côté de la fillette, et la porte claqua. Elle s'agenouilla à côté de la civière, ballonnant la petite en s'efforçant de garder son équilibre alors que le véhicule s'engageait à toute vitesse dans l'allée des Braxton et tournait sur la route.

Sur le moniteur, le rythme cardiaque de la fillette s'affolait. Deux contractions ventriculaires prématurées. Puis trois autres.

— Extrasystoles ventriculaires ! annonça l'infirmier.

— Faites-lui passer de la lidocaïne !

L'infirmier venait d'injecter la lidocaïne dans la perfusion quand l'ambulance fit une embardée. Il tomba à la renverse, arrachant le cathéter avec son bras. L'aiguille sortit de la veine de la petite fille, projetant un jet de lactate de Ringer dans la figure de Claire.

— Et merde ! La perf s'est détachée ! s'exclama l'infirmier.

Une alarme retentit sur le moniteur. Claire leva les yeux et vit une succession d'extrasystoles parcourir l'écran. Elle reprit aussitôt le massage cardiaque.

— Dépêchez-vous de poser la seconde voie !

L'infirmier déballait déjà un cathéter neuf. Il noua un garrot autour du bras de Kitty et tapota plusieurs fois la peau du bras, espérant faire gonfler une veine.

— Je n'arrive pas à trouver la veine ! Elle a perdu trop de sang !

La fillette était en état de choc. Ses veines étaient collabées.

Une alarme retentit. Les extrasystoles ventriculaires se succédaient sur l'écran.

Paniquée, Claire appliqua un choc assourdi sur la poitrine de Kitty. Sans changement.

Elle entendit le grésillement du défibrillateur qui chargeait. L'infirmier appliqua les palettes sur la poitrine de Kitty. Claire recula alors qu'il appuyait sur le bouton de décharge.

Sur le moniteur, le tracé fit un pic et le rythme redevint sinusal tachycarde rapide. Claire et l'infirmier poussèrent un gros *ouf* de soulagement.

— Le rythme ne tiendra pas, annonça Claire. Il faut qu'on passe une seconde voie.

En se démenant pour conserver son équilibre dans l'ambulance qui tanguait comme une coque de noix sur une mer en furie, l'infirmier noua le garrot sur l'autre bras et chercha à nouveau une veine.

— Je n'y arrive pas.

— Même pas à la saignée du bras ?

— Impossible de trouver la veine. On a déjà essayé pour passer la première voie.

Elle leva les yeux vers le moniteur. Les extrasystoles ventriculaires réapparaissaient sur l'écran. Ils étaient encore à des kilomètres de l'hôpital, et le rythme de la fillette se détériorait. Ils devaient faire passer une perf tout de suite.

— Continuez les massages cardiaques, dit-elle. Je vais essayer de placer une voie sous-clavière.

Ils échangèrent leurs positions tant bien que mal.

Le cœur battant à se rompre, Claire se pencha sur la poitrine de Kitty et examina ses clavicules. Il y avait des années qu'elle n'avait pas placé une voie centrale à un enfant. L'opération consistait à faire pénétrer une aiguille sous la clavicule, la pointe inclinée vers la grosse veine sous-clavière, avec le risque de pneumothorax que cela comportait. Elle avait déjà les mains tremblantes et, dans cette ambulance secouée de cahots, son geste avait peu de chances de s'affermir.

La pauvre petite est en état de choc. On va la perdre. Je n'ai pas le choix.

Elle ouvrit le kit de voie centrale, tamponna la peau à la Bétadine, enfila des gants stériles et prit une profonde inspiration, un peu tremblante.

— Poursuivez le massage, dit-elle.

Elle positionna la pointe de l'aiguille sous la clavicule, perça la peau, et fit avancer doucement, régulièrement l'aiguille tout en aspirant précautionneusement avec le piston de la seringue.

Il y eut un soudain reflux de sang noir.

— Je suis dans la veine.

L'alarme couina.

— Vite ! Elle est en tachycardie ventriculaire ! annonça l'infirmier.

Seigneur... faites que l'ambulance ne roule pas dans une ornière. Pas tout de suite...

Maintenant l'aiguille absolument immobile, elle retira le corps de la seringue et fit passer le guide par la grosse aiguille dans la veine sous-clavière. Le plus dur était fait. Elle positionna rapidement le cathéter, retira le guide et mit la perf en place.

— Bien joué, toubib !

— J'administre la lidocaïne... Le Ringer passe à fond.

Claire jeta un coup d'œil au moniteur.

La petite patiente était toujours en tachycardie ventriculaire. Elle posait les palettes sur sa poitrine pour la choquer à nouveau quand l'infirmier arrêta son geste :

— Attendez...

Elle regarda le moniteur. La lidocaïne commençait à agir. La tachycardie cessa.

L'ambulance freina brusquement : ils arrivaient. Claire se cramponna alors que le véhicule décrivait un virage serré et reculait vers l'entrée des urgences.

La porte s'ouvrit à la volée et soudain McNally fut là, avec son équipe, et une demi-douzaine de bras se tendirent pour tirer la civière hors de l'ambulance.

C'était une équipe réduite au minimum qui attendait dans la salle de trauma, mais McNally n'avait pas pu faire mieux en si peu de temps : un anesthésiste, deux infirmières en obstétrique, et le Dr Byrne, un chirurgien.

Byrne entra aussitôt en action. Avec un scalpel, il fendit la peau au-dessus des côtes de Kitty et, avec une force presque sauvage, il enfonça un tube en plastique dans la poitrine. Un flot de sang remonta dans le tube et coula dans un réservoir en verre. Il le considéra brièvement et annonça :

— Il faut qu'on ouvre.

Ils n'avaient pas le temps de procéder au lavage de mains rituel. Pendant que McNally dénudait une veine sur le bras de la fillette, plaçait une nouvelle voie et lui faisait passer un culot de sang O négatif, Claire enfila une blouse chirurgicale, des gants stériles, et se plaça face à Byrne. Elle lisait la peur sur son visage. Il n'était pas chirurgien thoracique, il était dépassé, et il était évident qu'il le savait. Mais Kitty était mourante, et il n'y avait personne vers qui se tourner.

Il murmura une prière et mit la scie sternale en route.

Claire tiqua à cause du bruit de la scie et jeta – en plissant les yeux pour éviter les projections de sciure osseuse – un coup d'œil dans le trou qui allait en s'élargissant dans la cage thoracique de Kitty. Elle ne voyait que le sang qui brillait comme du satin rouge sous les lumières. Un hémothorax massif. Alors que Byrne positionnait les écarteurs afin d'élargir l'ouverture, Claire aspira la cavité, la vidant temporairement.

— D'où ça vient ? marmonna Byrne. Le cœur a l'air intact…

Et tellement petit, pensa Claire avec une angoisse renouvelée. Cette pauvre gosse est tellement petite…

— Il faut qu'on dégage tout ce sang.

Alors que Claire poursuivait l'aspiration, un petit geyser de sang jaillit soudain du poumon lacéré.

— Je l'ai vu, dit-il, et il appliqua un clamp.

Un autre jet de sang frais, rouge vif, forma un tourbillon dans la mare plus sombre.

— Et de deux ! dit-il d'une voix à la fois tendue et triomphale en clampant le second vaisseau.

— J'ai un pouls ! annonça une infirmière. Systolique : soixante-dix !

— Je fais passer un deuxième culot de O nég.

— Là ! fit Claire, et Byrne clampa un troisième suintement révélateur.

Claire aspira à nouveau. L'espace d'un instant, ils regardèrent la poitrine ouverte en retenant leur souffle, redoutant de voir le sang s'accumuler à nouveau. Tout le monde se taisait dans la salle. Plusieurs secondes passèrent ainsi…

Puis Byrne jeta un coup d'œil à Claire par-dessus la poitrine de la petite fille.

— Vous savez, le *Je vous salue, Marie* que je viens de réciter ?

— Oui ?

— Eh bien, on dirait que la Sainte Vierge m'a entendu.

Quand Claire émergea finalement de la salle de trauma, Pete Sparks l'attendait. Sa blouse était rouge de sang, mais il ne sembla pas y prêter attention. Après la violence de cette soirée, il en aurait fallu un peu plus que la vue du sang pour les choquer.

— Comment va la petite fille ? demanda-t-il.

— L'opération s'est bien passée. Dès que la pression sanguine sera stabilisée, ils la transféreront à

Bangor. Elle devrait s'en tirer, ajouta Claire avec un sourire las.

— On vous a amené le garçon, dit-il.

— Scotty ?

Pete acquiesça d'un hochement de tête.

— Les infirmières l'ont mis dans une salle d'examen. Lincoln aimerait que vous l'examiniez. On ne sait pas ce qu'il a, mais ça ne va pas.

Elle traversa les urgences avec une appréhension croissante et s'arrêta net sur le seuil de la salle d'examen. Elle resta plantée là, à regarder dans la pièce, sans rien dire, sentant ses cheveux se dresser sur sa tête.

Elle sursauta quand Pete murmura :

— Vous voyez ce que je veux dire ?

— Et Faye, sa mère ? demanda-t-elle. Vous l'avez retrouvée ?

— Oui, on l'a retrouvée.

— Où était-elle ?

— Dans la cave. Elle était bien dans son fauteuil roulant.

Pete regarda dans la salle d'examen et fit un pas en arrière comme si ce qu'il voyait lui répugnait.

— Elle avait la nuque brisée. Il l'avait poussée dans l'escalier.

10

Par la vitre qui donnait sur la salle de radiologie, Claire et le technicien radiologue regardaient la tête de Scotty Braxton disparaître dans le tunnel du scanner. Il était solidement sanglé sur la table par le torse et les membres, mais ses mains se contorsionnaient comme s'il espérait échapper à ses entraves. Il avait déjà les poignets à vif, et le cuir des courroies était taché de sang.

— Les images seront floues, déclara le technicien. Il s'agite trop. Vous pourriez peut-être augmenter la dose de Valium ?

— On lui en a déjà administré cinq milligrammes. Je ne voudrais pas modifier son état neurologique, répondit Claire.

— Eh bien, le scan crânien risque de ne pas être exploitable.

Elle n'avait pas le choix. Elle remplit la seringue et entra dans la salle de scanner. Le flic de la police du Maine la suivait des yeux, derrière la vitre. Elle s'approcha de la table et se pencha sur l'orifice d'injection de la perf. Le garçon ouvrit brusquement la main et ses doigts se refermèrent comme une pince. Surprise, elle fit un écart.

Le flic entra dans la pièce.

— Docteur Elliot ?

— Ça va, ça va, dit-elle, le cœur battant. C'est juste que je ne m'y attendais pas.

— Je reste là. Allez-y, donnez-lui sa dose.

Elle détacha rapidement le cathéter de la perfusion, plongea l'aiguille dans le joint en caoutchouc et injecta deux bons milligrammes de Valium.

La main du garçon se détendit enfin.

Claire retourna derrière la vitre et regarda le scanner qui bourdonnait et cliquetait, bombardant la tête du gamin avec une séquence variée de rayons X. La première coupe du sommet du crâne apparut sur l'écran de l'ordinateur.

— Jusque-là, tout a l'air normal, commenta le technicien. Qu'est-ce que vous vous attendez à voir ?

— N'importe quelle anomalie anatomique susceptible d'expliquer son comportement. Une grosseur, une tumeur. Il doit bien y avoir une raison à son dérèglement. C'est le second garçon que je vois manifester une agressivité incontrôlable.

Ils se retournèrent vers Lincoln qui entrait dans la salle du scanner. Il payait un lourd tribut aux récents événements, cela se lisait sur son visage, dans ses yeux cernés, la tristesse de son regard. Pour lui, la mort de Faye Braxton marquait le début d'une longue succession de points presse et de réunions avec les enquêteurs de la police du Maine. Il referma la porte derrière lui, et Claire crut l'entendre pousser un soupir de soulagement, comme s'il avait enfin trouvé un havre de paix où se réfugier, même à titre temporaire.

Il s'approcha de la vitre et regarda le gamin allongé sur la table du scanner.

— Vous avez trouvé quelque chose ?

— Le labo de Bangor vient de renvoyer les résultats des analyses toxicologiques. Il est négatif aux amphétamines, à la phencyclidine et à la cocaïne. Les drogues habituellement associées aux actions de violence. Maintenant, nous devons exclure les autres causes possibles de trouble du comportement.

Elle regarda son patient, derrière la vitre.

— C'est exactement comme Taylor Darnell, poursuivit-elle. Et ce gamin n'a jamais pris de Ritaline.

— Vous êtes sûre ?

— Je suis leur médecin traitant. J'ai récupéré le dossier de Scotty à l'époque où il était suivi par le Dr Pomeroy.

Ils étaient là, le dos un peu rond, appuyés avec lassitude contre la vitre, comme s'ils s'économisaient en prévision de ce qui les attendait. C'étaient les seuls moments où ils semblaient agir de concert, elle en prenait conscience pour la première fois. Quand ils étaient tous les deux fatigués, épouvantés ou surpris par une crise. Ils n'étaient pas au mieux de leur forme, ni l'un ni l'autre. Ils ne se faisaient pas d'illusions l'un sur l'autre, parce qu'ils avaient connu le pire ensemble. Et je n'en ai que plus d'estime pour lui, se dit-elle avec surprise.

— Voilà les dernières coupes, annonça le technicien.

Claire et Lincoln sortirent de l'espèce de transe induite par l'épuisement et s'approchèrent du terminal de l'ordinateur. Elle s'assit et regarda les coupes du cerveau apparaître sur l'écran. Lincoln se plaça derrière elle, les mains posées sur le dossier de sa chaise. Elle sentait son souffle chaud sur ses cheveux.

— Alors, qu'est-ce que vous voyez ? demanda Lincoln.

— Pas de lésion cérébrale, dit-elle. Pas de tumeur. Pas de saignement.

— Comment arrivez-vous à voir tout ça ?

— Plus une substance est dense, plus elle est blanche. L'os est blanc, l'air est noir. Quand on descend vers la base du crâne, on voit d'abord apparaître des parties de l'os sphénoïde, à la base du cerveau. Je vérifie la symétrie. Comme la plupart des pathologies n'affectent qu'un côté du cerveau, je cherche les disparités entre les deux côtés.

Une nouvelle coupe apparut. Lincoln dit :

— Je ne sais pas, mais cette image ne me paraît pas très symétrique.

— Vous avez raison, elle ne l'est pas. Mais cette asymétrie spécifique n'est pas inquiétante, parce qu'elle ne concerne pas le cerveau mais la structure osseuse. Elle se situe au niveau des sinus.

— Et vous voyez quelque chose d'intéressant ? s'enquit le technicien.

— Le sinus maxillaire droit. Vous voyez, il n'est pas complètement clair. On dirait qu'il est encombré.

— Par un kyste mucoïde, apparemment, confirma le technicien. On en constate parfois chez les allergiques chroniques.

— En tout cas, ce n'est pas ce qui peut expliquer son trouble du comportement, commenta Claire.

Le téléphone sonna. C'était Anthony, qui appelait du laboratoire.

— Docteur Elliot, je pense que vous devriez venir voir ça. C'est la chromatographie en phase gazeuse du sang de votre patient.

— Vous avez du nouveau ?

— Je ne suis pas sûr…

— Vous pourriez m'expliquer cette expérience ? demanda Lincoln. Qu'est-ce qu'on mesure, là ?

Anthony tapota le capot d'un chromatographe en phase gazeuse portatif et eut un sourire de père fier de sa progéniture. C'était un don récent du centre médical d'Eastern Maine, à Bangor, et il l'entourait de soins jaloux.

— Cet appareil, commença-t-il, sert à séparer les divers composants d'un corps donné en fonction du point d'équilibre entre la phase liquide et la phase gazeuse de toutes les molécules répertoriées. Vous vous souvenez de vos cours de chimie de terminale ?

— Ce n'était pas ma matière préférée, avoua Lincoln.

— Eh bien, toutes les substances peuvent exister sous deux états, liquide ou gazeux. Par exemple, quand on chauffe de l'eau, autrement dit H_2O, elle se change en vapeur.

— D'accord. Je vous suis.

— Dans cette machine est enroulée une colonne capillaire – un tube très long et très fin qui, s'il était redressé, ferait la moitié de la longueur d'un terrain de football. Il contient un gaz inerte, qui ne réagit avec rien. On injecte l'échantillon à tester par ce trou d'entrée – là. Le composé est chauffé et vaporisé – transformé en gaz –, et les molécules qui le constituent traversent ce tube à des vitesses différentes selon leur masse, ce qui a pour effet de les séparer. Lorsqu'elles ressortent, à l'autre bout du tube, elles passent à travers un détecteur, et les résultats sont enregistrés sur une bande. Le temps que met chaque substance à traverser est appelé « temps de rétention ». Comme on connaît le temps de rétention de centaines de drogues et de substances différentes, ce test permet de déterminer la présence d'une substance particulière dans le sang d'un patient.

Il prit une seringue et introduisit la pointe dans l'embout d'entrée.

— Regardez l'écran. Vous allez voir ce qui se passe quand j'injecte l'échantillon de sang du patient.

Anthony appuya sur le piston de la seringue.

Sur l'écran de l'ordinateur, une ligne franchement irrégulière se dessina. Ils observèrent un moment le tracé, mais, pour Claire, ce n'était que du « bruit » – les signaux mineurs, non spécifiques, caractéristiques de la soupe biochimique constitutive du plasma humain.

— Un peu de patience, fit Anthony. Ça apparaît à une minute dix secondes.

— Quoi ? demanda Claire.

— Ça, répondit-il en indiquant l'écran.

Claire vit la ligne bondir, former un pic soudain et retomber rapidement sur la ligne de base, accidentée.

— Qu'est-ce que c'était que ça ? demanda-t-elle.

Anthony alla chercher un tirage d'imprimante, le tracé observé sur l'écran sortant simultanément sur papier. Il étala la feuille sur la paillasse de labo, devant Claire et Lincoln.

— Eh bien, dit-il, je n'arrive pas à identifier ce pic. Son temps de rétention le classe dans la catégorie des stéroïdes, mais on observe un pic similaire avec certaines vitamines et la testostérone endogène. Il faudrait un laboratoire mieux équipé pour établir la nature exacte de la substance.

— Vous avez parlé de testostérone endogène, releva Claire. Se pourrait-il qu'il s'agisse de stéroïdes anabolisants ? Des substances dont un gamin, un ado, pourrait abuser ? Ça expliquerait les symptômes, fit-elle en regardant Lincoln. Les adeptes du bodybuilding prennent parfois des stéroïdes pour accroître leur masse musculaire. Malheureusement, ils ont des effets indésirables, dont une agressivité incontrôlable. Des accès de violence, bien connus de tous ceux qui fréquentent les salles de musculation.

— Une sorte de stéroïde anabolisant… En tout cas, c'est une piste à creuser, acquiesça Anthony. Maintenant, regardez ça.

Il alla chercher un autre relevé sur son bureau.

— Qu'est-ce que c'est ?

— Le chromatogramme de Taylor Darnell, celui que j'ai réalisé le jour de son admission.

Il posa le second tracé à côté de celui de Scotty Braxton.

Le schéma était identique. Un unique pic, bien défini, à une minute dix secondes.

— Quelle que soit cette substance, fit Anthony, on la retrouve dans le sang des deux gamins.

— La recherche de toxiques dans le sang de Taylor n'a rien donné.

— Ouais, j'ai appelé notre laboratoire de référence à ce sujet. Il a mis en cause nos résultats. Comme si j'avais rêvé ce pic, ou je ne sais quoi. J'admets que notre matériel n'est pas tout neuf, mais ces résultats se reproduisent chaque fois.

— À qui avez-vous parlé ?

— À un biochimiste d'Anson Biologicals.

Claire regarda les deux graphiques, les posa l'un sur l'autre. Les tracés coïncidaient étrangement. Deux garçons avec le même comportement bizarre. La même substance non identifiée dans leur sang.

— Envoyez-leur le sang de Scotty Braxton, dit-elle. Je veux savoir ce que c'est que ce pic.

Anthony hocha la tête.

— Le formulaire est déjà prêt. Vous n'avez qu'à le signer.

À deux heures du matin, Claire avait revu toutes les radios, tous les examens de sang, et elle n'était pas plus près de la réponse. Épuisée, elle s'installa près du lit du gamin et l'observa en silence. Elle avait beau chercher, elle ne voyait pas ce qu'elle avait pu oublier. La ponction lombaire était normale, de même que les analyses de sang et l'électroencéphalogramme. Le scan crânien ne mettait en évidence qu'un kyste mucoïde dans le sinus maxillaire droit – résultant probablement d'allergies chroniques. Allergies qui expliquaient sans doute aussi la seule anomalie de sa formule sanguine : un pourcentage élevé de cellules éosinophiles – des globules blancs particuliers. Comme Taylor Darnell, se rappela-t-elle tout à coup.

Scotty se réveilla et ouvrit les yeux. Le Valium avait cessé d'agir. Quelques clignements de paupières, et son regard se fixa sur Claire.

Elle éteignit la lumière et s'apprêta à partir. Même dans le noir, elle voyait le blanc de ses yeux braqués sur elle.

Puis elle se rendit compte que ce n'étaient pas ses yeux qui brillaient.

Elle revint lentement vers son lit. Elle distinguait le drap blanc, la forme noire de sa tête sur l'oreiller. Au niveau de sa lèvre supérieure luisait une tache verte, phosphorescente.

— Assieds-toi, Noah, dit Fern Cornwallis. Je dois te parler.

Noah se dandina sur le pas de la porte, hésitant à entrer dans le bureau de la directrice. En territoire ennemi. Il ne savait pas pourquoi on était venu le chercher en cours de musique pour l'amener chez la directrice, mais la tête qu'elle faisait n'augurait rien de bon.

Les autres gamins l'avaient regardé d'un air spéculatif quand les haut-parleurs crépitants du système audio avaient diffusé le message : « Noah Elliot est demandé tout de suite dans le bureau de Mlle Cornwallis. » Sentant avec une acuité terrible le regard de tous les autres braqués sur son dos, il avait posé son saxophone et s'était dirigé vers la porte en louvoyant entre les chaises et les pupitres de musique. Il savait que ses camarades de classe se demandaient quelle bêtise il avait encore faite.

Il n'en avait pas idée.

— Noah ? fit Mlle Cornwallis en indiquant la chaise.

Il s'assit sans la regarder, les yeux baissés sur son bureau, où régnait un ordre pas croyable. Aucun être humain ne pouvait avoir un bureau comme ça.

— J'ai reçu une lettre, aujourd'hui, expliqua-t-elle. Je voudrais qu'on en parle, tous les deux. Je ne sais pas qui l'a envoyée, mais je suis heureuse qu'on l'ait fait, parce que, quand un de mes élèves a besoin d'être particulièrement épaulé, il faut que je le sache.

— Je ne vois pas de quoi vous voulez parler.

En guise de réponse, Mlle Cornwallis fit glisser vers lui, sur son bureau si bien rangé, une photocopie d'une coupure de journal. Il y jeta un coup d'œil et se sentit blêmir. C'était un article du *Baltimore Sun* : « Un adolescent dans un état critique après un accident avec une voiture volée : quatre jeunes interpellés. »

Qui était au courant ? se demanda-t-il. Et, plus important : pourquoi me fait-on ça, à moi ?

— Tu viens bien de Baltimore ? reprit Mlle Cornwallis.

Noah déglutit péniblement.

— Oui, madame, murmura-t-il.

— Cet article ne cite pas de nom, mais il y avait une lettre d'accompagnement, suggérant que je t'en parle. C'est de toi qu'il s'agit, n'est-ce pas ? dit-elle en le regardant bien en face.

— Qui vous a envoyé ça ?

— Ça n'a aucune importance pour le moment.

— C'est un de ces journalistes, lança-t-il furieusement en relevant le menton. Ils me suivent partout en me posant des questions ! C'est du harcèlement ! Et voilà qu'ils essaient de se venger !

— De quoi ?

— De mon refus de leur parler.

Elle poussa un soupir.

— Noah, trois professeurs ont eu leur voiture forcée, hier. Tu sais quelque chose à ce sujet ?

— Vous cherchez un bouc émissaire, c'est ça ?

— Je te demande seulement si tu es au courant pour les vols dans les voitures.

Il la regarda droit dans les yeux.

— Non, dit-il en se levant. Bon, je peux partir ?

Elle ne le croyait pas, ça se voyait. Mais que pouvait-elle dire de plus ?

— Retourne en classe, fit-elle avec un mouvement de tête.

Il quitta son bureau, passa devant la secrétaire du collège – une fouineuse – et se rua comme un vent de tempête dans le couloir. Au lieu de retourner en cours de musique, il sortit précipitamment et alla s'asseoir, tout tremblant, sur les marches, devant le bahut. Il ne portait pas de veste, mais c'est à peine s'il remarqua le froid ; il se donnait trop de mal pour ne pas pleurer.

Je ne peux plus vivre ici non plus, se dit-il. Je ne peux plus vivre nulle part. Où que j'aille, quelqu'un découvrira la vérité sur moi. Sur ce que j'ai fait. Il serra les genoux contre sa poitrine et se balança d'avant en arrière, ne voulant qu'une chose, désespérément : rentrer chez lui. Mais c'était trop loin pour qu'il rentre à pied, et sa mère ne pouvait pas venir le chercher.

Il entendit la porte du gymnase claquer derrière lui, et il se retourna. Une crinière léonine apparut, surmontant une femme qu'il reconnut. Encore cette journaliste, Damaris Horne. Elle traversa la rue et monta dans une voiture vert foncé.

C'est elle.

Il traversa la rue en courant.

— Hé ! hurla-t-il, et il flanqua un coup du plat de la main, furieusement, sur la portière. Foutez-moi la paix, bordel de merde !

Elle baissa sa vitre et le considéra avec un intérêt presque prédateur.

— Salut, Noah. Tu veux me parler de quelque chose ?

— Je veux seulement que vous arrêtiez d'essayer de foutre ma vie en l'air !

— Quoi ? Et comment est-ce que je fous ta vie en l'air ?

— En me suivant partout ! En parlant aux gens de ce qui s'est passé à Baltimore !

— Et qu'est-ce qui s'est passé à Baltimore ?

Il se rendit compte, tout à coup, qu'elle n'avait aucune idée de ce qu'il racontait. Il recula.

— N'en parlons plus.

— Noah, je ne te suis pas.

— Si, vous me suivez ! J'ai vu votre voiture. Vous êtes passée devant chez moi, hier. Et la veille aussi.

— Non, ce n'est pas vrai.

— Vous nous avez suivis en ville, ma mère et moi !

— D'accord, cette fois-là, il se trouve que j'étais derrière vous. Et alors ? Tu sais combien de journalistes il y a en ville, en ce moment ? Combien de voitures vertes il y a sur les routes ?

Il recula encore.

— Ne vous approchez pas de moi.

— Si on parlait ? Tu pourrais me dire ce qui se passe en réalité dans cette école. Pourquoi tous ces conflits ? Noah ? Noah !

Il tourna les talons et repartit vers l'école en courant.

Deux pitbulls grognaient et aboyaient autour de la voiture de Claire, rayant la carrosserie avec leurs griffes. Elle resta prudemment à l'intérieur et regarda la ferme en ruine, au bout du jardin où des années de vieilleries étaient accumulées. Elle remarqua notamment une caravane supportée par des briques et trois carcasses de voiture, à divers stades de cannibalisation. Un chat jeta un coup d'œil craintif par la porte ouverte d'un sèche-linge rouillé. Au pays de l'incapacité viscérale à jeter quoi que ce soit, ce genre d'environnement n'était pas rare. Les gens qui avaient connu la misère conservaient comme autant de trésors des épaves qui auraient été plus à leur place dans une décharge.

Elle klaxonna, baissa sa vitre de quelques centimètres et appela par l'interstice :

— Hou, hou ? Il y a quelqu'un ?

Un rideau déchiré s'écarta, derrière une vitre, et quelques instants plus tard, la porte s'ouvrait. Un homme blond, d'une quarantaine d'années, sortit, traversa la cour en la lorgnant d'un œil hostile, alors que les chiens sautaient autour de ses pieds, en aboyant. Son visage, ses cheveux clairsemés, sa moustache si fine qu'elle semblait tracée d'un coup de crayon, tout en lui semblait étriqué. Étriqué et mesquin.

— Je suis le Dr Elliot, dit-elle. Vous êtes M. Reid ?

— Ouais.

— Je voudrais parler à vos fils, si c'était possible. Je voudrais leur parler de Scotty Braxton.

— Qu'est-ce qu'il a ?

— Il est à l'hôpital. Il ne va pas bien. Vos fils pourraient peut-être m'aider à comprendre ce qui ne va pas chez lui.

— C'est vous, le docteur. Vous devriez le savoir.

— Je pense que c'est une psychose induite par une drogue. Monsieur Reid, je pense qu'ils ont pris la même drogue, Taylor Darnell et lui. Mme Darnell dit que Scotty et Taylor passaient beaucoup de temps avec vos fils. Si je pouvais leur parler…

— Ils ne pourront pas vous aider, lança Jack Reid, et il s'écarta de sa voiture.

— Il se peut qu'ils aient tous pris la même drogue.

— Mes garçons ne sont pas assez cons pour se droguer, lança le type en retournant vers sa maison, ses épaules relevées trahissant le mépris qu'elle lui inspirait.

— Je ne veux pas attirer d'ennuis à vos fils, monsieur Reid ! lança-t-elle derrière son dos. J'essaie juste de comprendre !

Une femme sortit sur le porche. Elle jeta à Claire un regard soucieux et dit quelques mots à Reid. En guise de réponse, il la repoussa dans la maison. Les chiens s'éloignèrent de Claire en trottinant et allèrent monter la garde sur le porche, attirés par la perspective d'une nouvelle scène de ménage.

Claire baissa sa vitre et passa la tête au-dehors.

— Si je ne peux pas parler à vos fils, je vais appeler la police, qui le fera. Vous préférez parler au chef Kelly ?

Il se retourna et la foudroya du regard, le visage convulsé de rage. La femme passa prudemment la tête au-dehors et reluqua Claire à son tour.

— Ce serait strictement confidentiel, poursuivit Claire. Laissez-moi leur parler, et je veillerai à ce que la police ne s'en mêle pas.

La femme adressa à nouveau la parole à Reid – sur un ton implorant, à en juger par son attitude. Il poussa un grognement de dégoût et rentra dans la maison au pas de charge.

La femme s'approcha de la voiture de Claire. Comme Reid, elle était blonde, elle avait un visage sans couleur, délavé, mais il n'y avait pas d'hostilité dans ses yeux. Claire y lut plutôt une sorte d'absence troublante d'émotion. Sans doute avait-elle depuis longtemps enfoui ses sentiments à l'abri, dans un endroit sûr.

— Les garçons viennent de rentrer de l'école, dit la femme.

— Vous êtes Mme Reid ?

— Oui, madame. Grace Reid, précisa-t-elle en regardant la maison. Ces garçons se sont déjà attiré assez d'ennuis comme ça. Le chef Kelly a dit que s'ils recommençaient…

— Écoutez, quoi qu'ils me disent, ça restera entre nous. Je suis venue à cause de mon patient, Scotty. J'ai besoin de savoir quelle drogue il a prise, et je pense que vos garçons pourraient me le dire.

— Ce sont les garçons de Jack, pas les miens, déclara-t-elle en regardant Claire bien en face, comme si elle souhaitait qu'il n'y ait pas d'équivoque sur ce point. Je ne peux pas les obliger à vous parler. Enfin, vous pouvez toujours entrer. Attendez, laissez-moi attacher les chiens d'abord…

Elle prit les deux pitbulls par leur collier et les traîna vers l'érable, auquel elle les attacha. Ils tirèrent sur leur chaîne en aboyant sauvagement alors que Claire descendait de voiture et suivait la femme vers le porche.

La maison évoquait un dédale de grottes, basses de plafond et encombrées de tout un bric-à-brac.

— Je vais les chercher, dit Grace.

Elle disparut dans un étroit escalier, laissant Claire seule dans le living-room. La télévision allumée diffusait une émission de télé-achat. Sur la table basse, quelqu'un avait écrit sur un bloc : « N° 5 de Chanel, 10 ml, 14.99 $ ». Claire huma l'air de cette maison. Ça sentait le renfermé, le tabac froid et la misère, et elle se demanda quel parfum parviendrait jamais à masquer cette odeur.

Des pas lourds descendirent les marches de l'escalier, et deux adolescents entrèrent, le dos rond, dans la pièce. Leurs cheveux coupés presque à ras faisaient paraître leur tête anormalement petite. Ils vinrent se planter devant elle sans rien dire, rivant sur elle leurs yeux bleus, dépourvus de tout intérêt. Le néant de l'adolescence.

— Voici Eddie et JD, annonça Grace.

— Je suis le Dr Elliot, dit Claire.

Elle regarda Grace. Celle-ci n'eut pas besoin qu'on lui fasse un dessin et quitta la pièce sans ajouter un mot.

Les garçons s'affalèrent sur le canapé, le regard automatiquement attiré vers la télévision. Même quand Claire chercha la télécommande et éteignit le poste, leur regard resta fixé sur l'écran noir, comme magnétisé.

— Votre ami Scotty Braxton est à l'hôpital, dit-elle. Vous le saviez ?

Il y eut un long silence ; puis Eddie, le plus jeune, quatorze ans, peut-être, dit :

— Il paraît qu'il a pété les plombs, hier soir ?

— C'est vrai. Je suis son docteur, Eddie, et j'essaie de comprendre ce qui s'est passé. Quoi que vous me disiez, ça ne sortira pas d'ici. J'ai besoin de savoir quelle drogue il a prise.

Les garçons échangèrent un regard que Claire ne comprit pas.

— Je sais qu'il a pris quelque chose, poursuivit-elle. Et Taylor Darnell aussi. Ça se voit dans leur analyse de sang.

— Alors, pourquoi vous nous le demandez ? lança JD, qui avait une voix plus grave qu'Eddie, et vibrante de mépris. On dirait que vous savez déjà tout.

— Je ne sais pas de quelle drogue il s'agit.

— Ce serait une pilule ? demanda Eddie.

— Pas forcément. Je crois plutôt que c'est une espèce d'hormone. Il aurait pu la prendre sous forme de comprimés ou se l'injecter. À moins qu'il ne soit entré en contact avec une plante. Les hormones sont des produits chimiques fabriqués par les créatures vivantes. Les plantes, les animaux, les insectes… ils affectent notre organisme de toutes sortes de façons. Cette hormone particulière rend les gens violents. Elle les pousse à tuer. Vous savez comment il se l'est procurée ?

Eddie baissa les yeux, l'air gêné de la regarder.

Frustrée, elle dit :

— J'ai vu Scotty, ce matin, à l'hôpital. Il est entravé comme une bête. Il ne va pas bien, pour le moment, mais il ira encore plus mal quand l'effet de la drogue se sera dissipé. Quand il se réveillera et qu'il se souviendra de ce qu'il a fait à sa mère. À sa sœur.

Elle s'arrêta, espérant que ses paroles finiraient par entrer dans leur épaisse caboche.

— Sa mère est morte. Kitty, sa sœur, n'est pas encore remise de ses blessures. Et, de toute façon, elle se rappellera jusqu'à la fin de ses jours que son frère est le garçon qui a essayé de la tuer. Cette drogue a gâché la vie de Scotty. Et de Taylor. Vous devez me dire où il se l'est procurée.

Les deux garçons regardaient la table basse, et elle ne voyait que leurs calottes crâniennes, hérissées comme deux oursins. JD récupéra la télécommande et alluma la télévision, l'air de s'ennuyer royalement. La chaîne de télé-achat faisait l'article, sur le mode tonitruant, pour un pendentif en émeraude garanti fait main, avec une chaîne en or de quatorze carats. L'élégance suprême pour soixante-dix-neuf dollars quatre-vingt-dix-neuf cents seulement.

Claire arracha la télécommande de la main de JD et coupa rageusement la télévision.

— Bon, puisque vous n'avez rien à me dire, tous les deux, c'est au chef Kelly que vous allez parler.

Eddie fit mine d'ouvrir le bec, puis il jeta un coup d'œil à son grand frère et se referma comme une huître. C'est alors que Claire remarqua la différence principale entre eux deux. Eddie avait peur de JD.

Elle posa sa carte de visite sur la table, devant eux.

— Si vous changez d'avis, voilà où vous pouvez me joindre, dit-elle à Eddie, puis elle sortit de la maison.

Lorsqu'elle descendit du porche, les deux pitbulls se jetèrent sur elle, mais furent arrêtés dans leur élan par leur chaîne. Jack Reid coupait du bois dans la cour de devant, sa hache tintant lorsqu'elle heurtait la souche d'arbre sur laquelle les rondins étaient posés. Il ne tenta pas de faire taire ses chiens. Peut-être appréciait-il de les voir terroriser cette intruse. Claire traversa la cour, passa devant le sèche-linge rouillé et une voiture éviscérée, veuve de son moteur. Comme elle arrivait devant Reid, il cessa de balancer sa hache et la regarda. La sueur perlait sur son front et humectait le pâle lacet qui lui tenait lieu de moustache. Il prit appui sur le manche de sa hache, la lame posée sur la souche, et elle discerna une satisfaction mesquine dans ses yeux.

— Ils n'avaient rien à vous dire, hein ?

— Je pense qu'ils auraient beaucoup d'histoires à raconter. Ça finira bien par sortir.

Les aboiements des chiens redoublèrent de fureur, leur chaîne raclant le tronc de l'érable. Elle jeta un coup d'œil dans leur direction et regarda à nouveau Reid. Les jointures de ses mains crispées sur le manche de la hache avaient blanchi.

— Si c'est des histoires que vous voulez, dit-il, vous feriez mieux de commencer par balayer devant votre porte.

— Comment ça ?

Il eut un sourire mauvais, releva sa hache et l'abaissa brusquement sur une bûche.

Plus tard, dans l'après-midi, Claire était dans son bureau quand le téléphone sonna. Véra passa la tête par la porte.

— Elle veut vous parler. Elle dit que vous êtes passée chez elle, aujourd'hui.

— Qui ça ?

— Amelia Reid.

Claire prit aussitôt l'appel.

— Mon frère Eddie… commença Amelia d'une voix étouffée. C'est lui qui m'a demandé de vous appeler. Il avait peur de le faire lui-même.

— Et qu'est-ce qu'il veut me dire, Eddie ?

— Il voulait que vous sachiez…

Il y eut une pause, comme si la fille avait couvert le micro. Puis sa voix revint, tellement lointaine qu'elle était presque inaudible.

— Il m'a dit de vous parler des champignons.

— Quels champignons ?

— Ils en ont tous mangé. Taylor, Scotty et mes frères. Les petits champignons bleus, dans les bois.

Lincoln Kelly descendit de son pick-up et posa le pied sur une brindille. Le craquement retentit comme un coup de fusil qui se répercuta sur la surface immobile du lac. C'était la fin de l'après-midi, le ciel était bouché et, sous les nuages de pluie, l'eau était aussi lisse qu'une plaque de verre noir.

— Franchement, Claire, il est un peu tard dans l'année pour aller à la cueillette des champignons, dit-il sèchement.

— Il en faudrait un peu plus pour nous arrêter, non ?

Elle fouilla à l'arrière de son pick-up, empoigna deux râteaux et en tendit un à Lincoln. Il le prit avec une répugnance manifeste.

— D'après une source bien informée, ils se trouveraient à une centaine de mètres en amont des Rochers, dit-elle. Ils poussent sous je ne sais quels chênes. De petits champignons bleus avec une queue toute fine.

Elle se retourna. Les bois n'étaient pas très accueillants, avec leurs arbres dénudés, rigoureusement immobiles, sous lesquels s'accumulait la pénombre. Elle aurait préféré éviter de venir ici aussi tard dans la journée, mais le temps menaçait de se dégrader. Il avait déjà pas mal plu, et la météo annonçait une brutale chute de température dans les prochaines vingt-quatre heures. Le lendemain, tout serait recouvert par la neige. C'était leur dernière chance de ratisser un sol dégagé.

— Ça pourrait être le facteur commun, Lincoln. Une toxine naturelle sécrétée par des plantes poussant dans ces bois.

— Et les gamins auraient mangé de ces champignons ?

— Ils en faisaient une sorte de rituel : manger un champignon prouvait qu'on était un homme.

Ils suivirent le lit de la rivière en marchant dans une épaisse couche de feuilles, en écartant de redoutables fourrés de ronces. Le sol de la forêt était jonché de brindilles, et chaque pas provoquait une petite explosion rageuse. La marche dans les bois à la fin de l'automne n'était pas une expérience silencieuse.

La forêt entourait une petite clairière, où les chênes atteignaient une hauteur impressionnante.

— Ça doit être par là, dit-elle.

Ils commençaient à ratisser les feuilles, efficacement mais sans précipitation, quand la grêle se mit à tomber, des grêlons piquants mêlés de pluie, qui recouvrirent bientôt le sol d'une sorte de vernis glacé. Ils trouvèrent des cèpes, des champignons d'un orange éclatant et d'autres, blancs, qui poussaient en cercle, formant ce qu'on appelait des « ronds de sorcière ».

C'est Lincoln qui trouva le premier champignon bleu. Il repéra un petit bouton qui dépassait d'un creux entre deux racines. Il écarta les feuilles et découvrit le chapeau du champignon. La lumière commençait à décliner, et ils durent allumer leur lampe électrique pour voir sa couleur. Ils s'accroupirent côte à côte, sous la pluie verglaçante, trop gelés et lamentables, tous les deux, pour éprouver une véritable impression de triomphe lorsque Claire glissa le spécimen dans un sac à échantillons hermétique.

— Il y a un biologiste spécialisé dans les zones marécageuses, un peu plus haut sur la route, dit-elle. Il saura peut-être ce que c'est.

Sans échanger un mot de plus, ils ressortirent des bois en pataugeant dans la boue. Ils s'arrêtèrent tous les deux, surpris, au bord du lac Locust. La moitié de la rive était plongée dans le noir. À l'endroit où les lumières des maisons auraient dû briller, on ne voyait que la lueur occasionnelle d'une bougie derrière une vitre.

— C'est une mauvaise nuit pour une coupure de courant, dit Lincoln. La température va tomber en dessous de moins cinq.

— On dirait qu'il y a encore de l'électricité de mon côté du lac, remarqua-t-elle, soulagée.

— Oui, eh bien, gardez du bois à portée de main. Ça doit être la glace qui se forme sur les fils électriques. Il se pourrait que vous n'ayez bientôt plus de courant, dit-il en retournant vers sa voiture de patrouille.

Elle jeta les râteaux à l'arrière du pick-up, et faisait le tour pour se mettre au volant quand quelque chose attira son regard, du côté du lac. Ce n'était qu'une faible lueur, et elle aurait pu lui échapper sans la masse plus sombre des Rochers qui se détachaient sur l'eau.

— Lincoln ! appela-t-elle. Lincoln !

Il se retourna.

— Quoi ? Qu'est-ce qu'il y a ?

— Regardez le lac !

Elle partit lentement vers la petite langue d'eau qui léchait la boue.

Il la suivit.

Il ne comprit pas tout de suite ce qu'il voyait. Ce n'était qu'un vague miroitement, pareil au reflet de la lune dansant à la surface. Mais il n'y avait pas de clair de lune, ce soir-là, et la lueur qui brillait sur l'eau était d'un vert phosphorescent. Ils grimpèrent sur un rocher et scrutèrent les eaux du lac. N'en croyant pas leurs yeux, ils regardèrent le rayon lumineux onduler comme un serpent à la surface, dérouler ses anneaux d'un vert émeraude intense. Ce n'était pas un mouvement déterminé, mais la lente dérive d'une forme qui se contractait et se dilatait.

Soudain, le crépitement de la grêle s'intensifia. Des aiguilles de glace criblèrent le lac, les ondulations phosphorescentes se fragmentèrent en un millier d'échardes lumineuses et se désintégrèrent.

Pendant un long moment, Claire et Lincoln restèrent là, muets de stupeur.

Puis il murmura :

— Qu'est-ce que c'était ?

— C'est la première fois que vous voyez ça ?

— J'ai habité ici toute ma vie, Claire. Et je n'ai jamais rien vu de pareil.

L'eau était complètement noire, à présent. Invisible.

— Moi, si, dit-elle.

11

— Je ne suis pas spécialiste des champignons, dit Max Tutwiler. Mais je sais en principe reconnaître une variété toxique quand j'en vois une.

Claire sortit le champignon du sac hermétique et le lui tendit.

— Vous pouvez nous dire ce que c'est ?

Il mit ses lunettes et l'examina sous toutes les coutures à la lumière de la lampe à pétrole, observant les détails du chapeau bleu-vert, de la queue délicate.

La grêle crépitait sur les vitres du cottage et le vent hurlait dans la cheminée. Il n'y avait plus de courant depuis une heure, et la maison de Max se refroidissait de minute en minute. La tempête qui se préparait semblait mettre Lincoln très mal à l'aise. Claire l'entendait aller et venir dans la pièce comme un ours en cage, fourrager dans le poêle froid, vérifier que les fenêtres étaient bien fermées. Les habitudes profondément ancrées d'un homme qui avait vécu des hivers rigoureux. Il mit le feu à des vieux journaux et alluma le poêle dans lequel il jeta une bûche, mais le bois était vert et produisit plus de fumée que de chaleur.

Max n'avait pas l'air bien. Il était assis, les mains frileusement crispées sur une couverture, une boîte de Kleenex auprès de sa chaise, vibrante image des affres d'une grippe hivernale et d'une maison mal chauffée.

Il releva enfin ses yeux larmoyants.

— Où avez-vous trouvé ça ?

— Derrière les Rochers.

— Quels rochers ?

— C'est un endroit qui s'appelle comme ça – les Rochers. C'est le rendez-vous de la jeunesse locale. Cette espèce de champignon pullulait par ici, cet été. On n'en avait jamais vu avant ça. Mais l'année a été bizarre à tous points de vue.

— À quels points de vue ? releva Max.

— Il y a eu les inondations du printemps dernier. Et ensuite, l'été le plus chaud jamais enregistré dans les annales.

Max hocha sobrement la tête.

— Le réchauffement global. On en a des signes partout.

Lincoln jeta un coup d'œil vers la fenêtre, où des aiguilles de glace criblaient la vitre, et éclata de rire.

— Pas ce soir.

— Il faut voir l'image d'ensemble, répondit Max. Les schémas météorologiques sont bouleversés partout dans le monde. Des sécheresses catastrophiques en Afrique, des inondations dans le Middle West. Des conditions climatiques inhabituelles font pousser des espèces inhabituelles.

— Comme des champignons bleus, avança Claire.

— Ou des amphibiens à huit pattes, reprit-il en indiquant une étagère où étaient rangés des bocaux de spécimens.

Il y en avait huit, à présent, contenant chacun une aberration de la nature.

Lincoln prit l'un des bocaux et regarda en ouvrant de grands yeux une salamandre à deux têtes.

— Seigneur ! Vous avez trouvé ça dans notre lac ?

— Dans l'une des mares qui se forment au printemps.

— Et vous pensez que c'est une conséquence du réchauffement climatique global ?

— Je ne sais pas ce qui explique ça. Ni quelle sera la prochaine espèce affectée, animale ou végétale.

Max regarda à nouveau le champignon avec ses yeux larmoyants. Le tourna et le retourna dans tous les sens et le renifla.

— Ce maudit rhume m'a coupé l'odorat, mais j'ai l'impression de sentir une vague odeur…

— Quoi donc ?

— Une odeur d'anis.

Il lui tendit le spécimen.

— Oui, je la sens aussi. Qu'est-ce que ça veut dire ?

Il se leva et prit un gros volume sur son étagère. Un dictionnaire de mycologie. Il l'ouvrit et lui montra une planche en couleurs.

— Cette espèce pousse dans les bois de feuillus et de conifères, du milieu de l'été jusqu'à la fin de l'automne. Le *Clitocybe odora*, ou clytocibe odorant. Il contient une petite quantité de muscarine, c'est tout.

— Alors, ce serait notre toxine ? demanda Lincoln.

Claire s'effondra dans son fauteuil et poussa un soupir de déception.

— Non, sûrement pas. La muscarine provoque principalement des symptômes gastro-intestinaux et cardiaques. Pas des comportements violents.

Max remit le champignon dans le sachet étanche.

— Il y a des moments, dit-il, où la violence ne s'explique pas. Et c'est ça qui est inquiétant. Son imprévisibilité. Son côté irrationnel.

Le vent secoua la porte. Dehors, la grêle s'était changée en neige et formait devant la vitre un épais tourbillon de blancheur. Le poêle ne diffusait qu'une infime évocation de chaleur. Lincoln s'accroupit pour vérifier le feu.

Il s'était éteint.

— J'ai vu quelque chose, ce soir, avec Lincoln. À la surface du lac. On aurait dit une hallucination, annonça Claire.

Ils étaient assis devant la cheminée du salon, chez elle, le dos tourné aux ombres.

Elle avait réussi à tirer Max de son cottage glacial, lui avait proposé de dormir dans la chambre d'amis, et maintenant qu'ils avaient fini de dîner, ils étaient assis devant le feu et se servaient tour à tour de sérieuses rasades de cognac. Les flammes dansaient joyeusement autour d'une bûche, mais malgré cette lumière, malgré tous ces signes de combustion, il semblait que seule une maigre et précieuse chaleur chassait le froid pénétrant de la pièce. Dehors, les flocons de neige caressaient la nuit, et des branches éparses de forsythia, dénudées jusqu'à l'indécence, griffaient les vitres.

— Qu'avez-vous vu sur le lac ? demanda Max.

— Un tourbillon de lumière verte, qui dérivait à la surface de l'eau, près des Rochers. Ce n'était pas solide, mais liquide. Une forme mouvante, qui flottait à la surface de l'eau. On aurait dit une tache de pétrole.

Elle trempa ses lèvres dans son verre et regarda le feu.

— Et puis la grêle s'est mise à hacher l'eau, et la lumière verte s'est dissipée, comme ça. Ça a l'air dingue, hein ? fit-elle en le regardant.

— Il se pourrait que ce soit une pollution chimique. De la peinture fluorescente, par exemple. Ou alors, un phénomène biologique.

— Biologique ?

Il se plaqua une main sur le front comme pour soulager un début de mal de tête.

— Il y a des espèces d'algues bioluminescentes. Et certaines bactéries brillent dans le noir. Il y a une espèce qui forme une relation symbiotique avec des calmars luminescents. Le calmar attire les femelles grâce à un organe lumineux alimenté par des bactéries luminescentes.

Des bactéries, se dit-elle. Une masse de bactéries flottantes…

— L'oreiller de Scotty Braxton était maculé d'une substance luminescente, dit-elle. J'ai d'abord pensé qu'il avait renversé une sorte de peinture. Maintenant, je me demande si ce n'était pas d'origine bactérienne.

— Vous l'avez mis en culture ?

— J'ai fait mettre en culture le mucus prélevé dans ses narines. J'ai demandé au labo d'identifier tous les organismes qu'ils détecteraient, alors les résultats prendront un moment. Qu'avez-vous trouvé dans l'eau du lac ?

— Aucune des cultures n'est encore revenue. Je devrais peut-être prendre quelques échantillons supplémentaires avant de faire mes paquets et de rentrer.

— Quand repartez-vous ?

— J'ai loué la maison jusqu'à la fin du mois. Mais il commence à faire si froid que je me demande si je ne ferais pas aussi bien de laisser tomber et de rentrer à Boston. Retrouver le chauffage central. J'ai déjà assez de données. Des échantillons d'une douzaine de lacs du Maine.

Il regarda par la vitre la neige qui tombait au-dehors, aussi opaque qu'un rideau.

— Je laisse cet endroit à des âmes mieux trempées, comme la vôtre.

Le feu se mourait. Elle se leva, prit une bûche de bouleau sur la pile, la jeta sur les braises. L'écorce blanche comme du papier s'enflamma instantanément, craqua et jeta des étincelles. Elle s'abandonna un moment à sa contemplation, savourant sa chaleur, la sentant empourprer ses joues.

— Je ne suis pas une âme très bien trempée, dit-elle doucement. Je ne suis pas sûre d'être vraiment à ma place ici non plus.

Il refit le plein de cognac.

— C'est un endroit, un environnement qui exige une adaptation. L'isolement. Les gens. Il n'est pas facile de lier connaissance avec eux. Il y a un mois que je suis ici, et vous êtes la seule à m'avoir invité à dîner.

Elle se rassit et le considéra avec un regain de sympathie. Elle se rappela comment elle avait vécu la situation, à son arrivée. Elle était à Tranquility depuis huit mois, et combien de gens connaissait-elle vraiment ? On l'avait prévenue, on lui avait dit que dans le coin on se méfiait des nouveaux arrivants. Les gens du dehors affluaient dans le Maine comme des fleurs de pissenlit, restaient une saison ou deux, et repartaient, dispersés aux quatre vents. Ils n'avaient pas de racines, pas de souvenirs ici. Pas de constance. Les gens du Maine le savaient, et ils les voyaient venir avec méfiance. Ils se demandaient ce qui les avait attirés parmi eux, quels secrets ils cachaient dans leur vie passée et s'ils n'amenaient pas avec eux l'élément contaminant même auquel ils essayaient d'échapper. Qu'est-ce qui empêcherait des vies qui partaient à la dérive dans une ville de continuer à se déliter dans leur nouveau point de chute ?

Les gens du Maine observaient leur progression. D'abord, la nouvelle maison, achetée dans l'enthousiasme, le jardin avec les parterres de jonquilles fraîchement retournés, les bottes pour la neige et les grosses vestes de marques connues. Un ou deux hivers passaient. Les jonquilles fleurissaient, fanaient, et on ne s'en occupait plus. Les factures de chauffage étaient astronomiques. Les doubles fenêtres restaient bien après le dégel. Les étrangers commençaient à traîner leurs faces livides en ville, parlaient de la Floride avec nostalgie, se rappelaient les plages où ils se prélassaient, rêvaient de villes où il n'y avait pas de chasse-neige, où on ne pataugeait pas dans la gadoue pendant une saison entière. Et la maison, si amoureusement rénovée, arborait bientôt un nouvel ornement : un panneau à vendre.

Les gens venus d'ailleurs n'avaient pas de constance. Même elle, elle n'était pas sûre de rester.

— Pourquoi êtes-vous venue vous installer ici, alors ? demanda-t-il.

Elle se cala confortablement dans son fauteuil et regarda les flammes lécher la bûche de bouleau.

— Ce n'est pas pour moi que je suis venue ici. C'est à cause de Noah.

Elle regarda vers le premier étage, vers la chambre de son fils. Rien ne bougeait, là-haut. Noah n'avait pas fait un bruit de toute la soirée. Au dîner, c'est à peine s'il avait dit deux mots à leur invité. Et après, il était monté tout droit dans sa chambre et avait fermé la porte.

— C'est un beau garçon, dit Max.

— Son père était très beau.

— Sa mère n'est pas mal non plus, fit Max, dont le verre était presque vide, et à qui le feu semblait donner des couleurs.

— Je pense que vous avez trop bu, dit-elle avec un sourire.

— Non. Je me sens… juste bien, fit-il en posant son verre sur la table. C'est Noah qui voulait déménager ?

— Oh non ! Il a fallu que je le traîne ici, et j'aurais voulu que vous entendiez ses cris et ses hurlements ! Il n'avait pas envie de quitter sa bonne vieille école et ses copains. Mais c'est à cause d'eux que nous devions déménager.

— De mauvaises fréquentations ?

Elle hocha la tête.

— Il s'est attiré des ennuis. Avec tous ses copains. J'ai été complètement prise au dépourvu. Je ne contrôlais plus rien, je n'arrivais pas à lui imposer la moindre discipline. Il y a des moments… il y a des moments où j'ai l'impression qu'il m'échappe complètement, soupira-t-elle.

La bûche de bouleau glissa et tomba en sifflant dans les braises. Des étincelles jaillirent et vinrent doucement mourir dans les cendres.

— J'ai dû adopter des mesures radicales, poursuivit-elle. C'était ma dernière chance de reprendre la situation en main. Un an ou deux de plus, il aurait été trop vieux. Trop fort.

— Et ça a marché ?

— Vous voulez dire, est-ce que ça a été la fin de nos problèmes ? Bien sûr que non. J'en ai même récupéré toute une nouvelle cargaison : cette vieille maison branlante. Une clientèle qu'il me semble voir lentement s'étioler.

— Ils n'ont pas besoin de docteur, ici ?

— Ils allaient chez le vieux Dr Pomeroy, qui est mort l'hiver dernier. Et ils donnent l'impression de ne pas m'accepter, même comme un pâle succédané.

— Ça prend du temps, Claire.

— Ça fait huit mois, et je ne gagne rien. Quelqu'un qui m'en veut a envoyé des lettres anonymes à mes patients, pour les mettre en garde contre moi.

Elle regarda la bouteille de cognac, se dit : Et merde ! et se resservit.

— Je suis tombée de Charybde en Scylla, comme on dit.

— Alors, pourquoi restez-vous ?

— Parce que j'espère toujours que les choses vont s'arranger. L'hiver finira bien par passer, l'été reviendra, et nous serons heureux tous les deux. Enfin, c'est le rêve. Ce sont les rêves qui nous font continuer à marcher.

Elle dégusta son cognac en remarquant que les flammes étaient maintenant agréablement floues.

— Et vous, quel est votre rêve ?

— Que mon fils m'aime comme il m'aimait avant.

— On dirait que vous en doutez.

Elle soupira, porta son verre à ses lèvres.

— Avoir des enfants, c'est n'avoir que des doutes.

Couchée dans son lit, Amelia entendait des bruits de gifles dans la chambre de sa mère, elle entendait les sanglots étouffés, les gémissements et les grognements hargneux qui accompagnaient chaque coup.

— Sale pute ! Me refais jamais ça, hein ! Tu m'écoutes ? C'est la dernière fois que tu me contraries, hein !

Amelia réfléchit à ce qu'elle aurait pu faire – à tout ce qu'elle avait déjà fait. Et qui n'avait pas marché. Par deux fois, elle avait appelé la police. Les deux fois, ils avaient emmené Jack en prison, mais il était rentré quelques jours plus tard, et sa mère l'avait repris. Ça ne servait à rien. Grace était faible. Elle avait peur de se retrouver seule.

Je ne laisserai jamais, jamais un homme me faire du mal et s'en tirer comme ça.

Elle se boucha les oreilles et remonta les draps sur sa tête.

JD écouta les bruits de coups et se sentit tout émoustillé. *Ouais, c'est comme ça qu'il faut les traiter, papa ! C'est ce que tu m'as toujours dit. Leur serrer la bride, ça leur évite de traîner n'importe où.* Il roula plus près du mur et colla son oreille au plâtre. Le lit de son père était juste de l'autre côté. JD s'était souvent collé au mur la nuit, comme ça, pour écouter le grincement rythmé du lit conjugal, sachant exactement ce qui se passait dans la chambre voisine. C'était quelqu'un, son père, un homme qui en avait. JD le craignait un peu, mais il l'admirait, aussi. Il admirait la façon dont le vieux Jack avait pris les rênes de la maisonnée et ne laissait jamais les femmes lui tenir la dragée haute. C'était comme ça que les Saintes Écritures disaient que ça devait être, Jack le leur avait assez répété : l'homme était le maître et le protecteur du foyer. Ça tombait sous le sens. L'homme était plus grand, plus fort ; évidemment que c'était à lui de tout régenter.

Les claques s'étaient arrêtées, et maintenant il n'y avait plus que le bruit du sommier qui montait et qui redescendait. C'était toujours comme ça que ça finissait. Une bonne reprise en main, suivie d'une réconciliation sur l'oreiller. JD était de plus en plus excité, et la douleur qui irradiait son bas-ventre était carrément insupportable.

Il se leva et passa devant le lit d'Eddie en allant vers la porte. Eddie dormait à poings fermés, le sale crétin. C'était embarrassant d'avoir une lopette en guise de frangin. Il sortit dans le couloir et se dirigea vers la salle de bains.

Il s'arrêta à mi-chemin, devant la chambre de sa demi-sœur. La porte était fermée. Il colla son oreille au panneau, se demandant si Amelia était réveillée, si elle écoutait aussi le grincement du lit de leurs parents. La pulpeuse petite Amelia, l'intouchable. Juste sous le même toit. Si près qu'il avait l'impression de l'entendre respirer, de sentir son odeur de fille passer sous la porte. Il essaya de tourner la poignée, mais elle s'était enfermée à clé. Elle fermait toujours sa porte à clé, depuis la nuit où il s'était faufilé dans sa chambre pour la regarder dormir. Elle s'était réveillée en sursaut et l'avait trouvé en train de lui déboutonner sa veste de pyjama. Cette petite allumeuse avait poussé des hurlements et son père était entré dans la pièce comme un fou avec son fusil chargé, prêt à tirer sur un intrus.

Quand les criailleries de toutes ces femelles avaient cessé et que JD était rentré dans sa propre chambre, il avait entendu son père dire : « Ce gamin a toujours été somnambule. Il ne savait pas ce qu'il faisait. » JD avait cru que l'affaire en resterait là. Puis son père était entré dans sa chambre et lui avait flanqué une telle baffe en pleine figure qu'il en avait vu trente-six chandelles.

Le lendemain, Amelia avait fait poser un verrou sur la porte de sa chambre.

JD ferma les yeux et sentit la sueur perler sur sa lèvre supérieure alors qu'il imaginait sa demi-sœur sensuellement étendue dans son lit, ses bras minces écartés. Il repensa à ses jambes comme il les avait vues cet été-là, longues, bronzées dans son short blanc, avec juste une touche de doré sur les cuisses. Il avait maintenant le front et les mains moites. Il sentait son cœur battre à se rompre. Ses sens avaient une telle acuité qu'il avait l'impression d'entendre la nuit bourdonner, comme si des champs d'énergie tourbillonnants lançaient des éclairs crépitants autour de lui.

Il ne s'était jamais senti aussi puissant.

Il tourna à nouveau le bouton de la porte et sa résistance le mit soudain en rage. Elle l'exaspérait, avec ses manières supérieures, réprobatrices. Il se pencha et se tripota, mais en fait, c'était elle qu'il touchait, c'était à elle qu'il faisait subir ses quatre volontés. Elle qu'il possédait, lui faisant faire ce qu'il voulait. Et alors que c'était de désir que son corps crevait, quand il finit par décharger, l'image qui s'imposa à lui fut celle de ses propres doigts, noués telles des cordes épaisses, autour du cou gracile d'Amelia.

12

Noah mit deux tranches de pain dans le grille-pain et abaissa le levier.

— Il est resté toute la nuit, hein ?

— Il faisait trop froid dans son cottage pour qu'il y dorme. Mais il rentre chez lui aujourd'hui.

— Alors on va héberger tous les types bizarres qui ne savent pas allumer leur poêle ?

— Pas si fort, s'il te plaît. Il dort encore.

— C'est chez moi aussi ! Je ne vois pas pourquoi je devrais parler comme à l'église !

Claire s'assit à la table du petit déjeuner et regarda le dos de son fils. Noah refusait de croiser son regard. Il était planté, boudeur, devant le comptoir de la cuisine, comme si le grille-pain exigeait toute sa concentration.

— Tu m'en veux parce que j'ai reçu un invité à la maison, c'est ça ?

— Tu ne le connais même pas, et tu invites un drôle de type à passer la nuit chez nous.

— Ce n'est pas un drôle de type, Noah. C'est un scientifique.

— C'est peut-être un scientifique, n'empêche qu'il craint !

— Ton père était chercheur, comme lui.

— C'est pas pour ça que je vais aimer ce type.

Les toasts sautèrent. Noah jeta les tranches sur une assiette et s'assit à la table. Elle le regarda, sidérée, prendre un couteau et commencer à réduire le toast en carrés de plus en plus petits. C'était étrange. Elle ne l'avait jamais vu faire ça. Il transfère sa rage, se dit-elle. Il se défoule sur ces bouts de pain.

— Enfin, ma mère n'est donc pas si parfaite, après tout, reprit-il, et elle s'empourpra, piquée au vif par ce cruel commentaire. Tu me dis toujours d'éviter les ennuis. Ce n'est pas moi qui propose à n'importe qui de venir dormir à la maison.

— Ce n'est qu'un ami, Noah. J'ai le droit d'avoir des amis, il me semble ! J'aurais même le droit d'avoir des petits amis, ajouta-t-elle avec témérité.

— Ne te gêne pas, surtout !

— D'ici quatre ans, tu seras à l'université. Tu vivras ta vie. Pourquoi ne vivrais-je pas la mienne ?

Noah retourna vers l'évier.

— Parce que tu crois que j'ai une vie ? fit-il avec un vilain rire. Je suis en libération conditionnelle permanente. Tout le monde a les yeux braqués sur moi. En permanence.

— Qu'est-ce que tu veux dire ?

— Mes professeurs me regardent tous comme si j'étais une espèce de criminel. Comme si ce n'était qu'une question de temps avant que je déjante.

— Tu t'es encore fait remarquer ?

— Mais oui, bien sûr ! explosa-t-il, furieux, en se retournant vers elle. J'ai encore merdé ! J'arrête pas de merder !

— Noah, est-ce qu'il y a quelque chose que tu ne me dis pas ?

D'un violent revers de main, il rafla les deux tasses qui se trouvaient sur la paillasse de l'évier et les balança dans le lave-vaisselle.

— Tu penses a priori que je foire tout ! Tu trouves toujours des reproches à me faire ! J'ai beau essayer, tu n'es jamais contente de moi !

— Ne viens pas geindre qu'on te demande d'être parfait. Je n'ai pas droit à l'erreur, moi non plus. Ni en tant que mère, ni en tant que médecin, et je commence à en avoir ma claque, moi aussi, figure-toi ! Surtout que j'ai beau me démener, toi non plus tu n'arrêtes pas de me faire des reproches.

— Ce que je te reproche, répliqua-t-il, c'est de m'avoir traîné dans ce trou perdu !

Il sortit rageusement de la maison, et le claquement de la porte résonna pendant ce qui lui sembla une éternité.

Elle prit sa tasse de café entre ses mains tremblantes. Une lavasse tiède, maintenant. Elle l'avala férocement. Que s'était-il passé ? D'où venait toute cette colère ? Il leur était déjà arrivé de se disputer, mais jamais il n'avait essayé de la blesser avec cette cruauté, jamais il ne l'avait frappée au vif, intentionnellement, comme ce jour-là.

Elle entendit un grondement de moteur. L'autobus de l'école s'éloignait.

Elle baissa les yeux sur l'assiette de Noah, sur le toast qu'il n'avait pas mangé. Il l'avait réduit en miettes.

— Docteur Elliot, ce n'est pas ici qu'il devrait être, dit l'infirmière générale.

Eileen Culkin était une petite femme bâtie en force, et sa voix tonitruante et son passé d'infirmière militaire forçaient le respect. Quand Eileen parlait, les docteurs l'écoutaient.

Claire, qui regardait le dossier médical de Scotty Braxton, le reposa et se tourna vers elle.

— Je n'ai pas encore vu Scotty, ce matin, dit-elle. Il a eu d'autres problèmes ?

— Il n'a pas fermé l'œil de la nuit alors que vous aviez ordonné qu'on augmente la dose de sédatifs, à minuit. Il est calme, maintenant, mais, d'après l'équipe de nuit, il a passé son temps à hurler au garde de lui enlever ses menottes. Dérangeant tous les autres patients. Docteur Elliot, ce gamin devrait être dans un centre de détention pour jeunes ou dans une unité psychiatrique. Pas dans une chambre d'hôpital.

— Je n'ai pas terminé le diagnostic. J'attends encore des résultats d'analyses.

— S'il est stable, vous pourriez peut-être le déplacer, non ? Les infirmières ont peur d'entrer dans sa chambre. Elles ne peuvent même pas changer ses draps sans que trois personnes le maintiennent. On voudrait qu'il s'en aille, et le plus tôt serait le mieux.

Il était temps de prendre une décision, se dit Claire, dans le couloir qui menait à la chambre de Scotty. À moins qu'elle ne diagnostique une maladie qui mettrait son processus vital en jeu, elle ne pouvait plus justifier son séjour à l'hôpital.

Le policier de l'État du Maine qui montait la garde devant la chambre de Scotty Braxton salua Claire d'un hochement de tête.

— Bonjour, docteur.

— Bonjour. Il paraît qu'il vous a donné du fil à retordre ?

— Ça va mieux depuis une heure. Il n'a pas pipé mot.

— Il faut que je l'examine à nouveau. Vous pourriez rester à proximité, juste au cas où… ?

— Certainement.

Il ouvrit la porte, fit un pas dans la chambre et se figea.

— Oh, merde !

Au début, Claire n'enregistra que l'horreur de sa voix. Puis elle sentit le courant d'air glacé qui passait par la fenêtre ouverte et vit le sang. Elle passa devant le flic et parcourut la pièce du regard. Les draps du lit vide étaient éclaboussés de sang qui dégoulinait de la menotte vide accrochée au rail de sécurité et s'accumulait sur le lino, juste en dessous. La masse de chair gisant au bord de cette mare d'un rouge choquant aurait été impossible à reconnaître sans l'ongle et le petit bout d'os blanc qui dépassait de la partie déchiquetée. C'était le pouce du gamin : il se l'était rongé.

Le policier se laissa tomber par terre avec un gémissement, la tête sur les genoux.

— Seigneur, répétait-il inlassablement. Seigneur…

Claire vit les empreintes sanglantes, des empreintes de pieds nus, qui allaient vers la fenêtre. Elle se précipita, regarda en dessous, un étage plus bas.

La neige piétinée était rouge. Des empreintes partaient du bâtiment et allaient vers les bois environnants.

— Il est dans les bois, dit-elle.

Elle quitta la chambre en courant et se rua vers l'escalier.

Au rez-de-chaussée, elle prit la sortie de secours et se précipita au-dehors, dans la neige molle qui lui montait jusqu'aux chevilles. Le temps de faire le tour du bâtiment pour se retrouver sous la fenêtre de Scotty, elle avait les chaussures pleines d'eau glacée. Elle suivit sa piste sanglante à travers l'immense champ de neige.

Arrivée à la lisière des bois, elle s'arrêta, essaya de voir ce qui se trouvait dans l'ombre des conifères. Elle distinguait les empreintes du garçon qui s'enfonçaient entre les arbres, et çà et là une tache de sang brillant.

Le cœur battant, elle s'engagea dans le sous-bois. *Il n'y a pas de bête plus dangereuse qu'une bête blessée...*

Elle était sortie sans ses gants, et elle avait les mains engourdies par le froid, par la peur. Elle écarta une branche et tenta de percer les profondeurs crépusculaires de la forêt. Derrière elle, un rameau claqua sèchement. Elle fit volte-face et retint un cri de soulagement en reconnaissant le policier, qui l'avait suivie au-dehors.

— Vous le voyez ? demanda-t-il.

— Non. Ses empreintes mènent dans les bois.

Il s'approcha d'elle dans la neige.

— La sécurité est en route. Et le personnel des urgences aussi.

Elle se retourna vers les arbres, tendit l'oreille.

— Vous entendez ?

— Quoi donc ?

— De l'eau. J'entends de l'eau.

Elle se mit à courir, baissant la tête pour passer sous les branches, trébuchant dans le sous-bois. Les empreintes du garçon zigzaguaient comme s'il titubait. À un endroit, il avait dû tomber parce que la neige était écrasée. Il a perdu trop de sang, pensa-t-elle. Il flageole et il est sur le point de s'effondrer.

Le clapotis d'eau courante s'amplifia.

Elle traversa une futaie d'arbres à feuilles persistantes et émergea sur la berge d'un ruisseau que la pluie et la neige fondue avaient changé en torrent. Elle scruta frénétiquement la neige à la recherche des empreintes du gamin et les repéra : elles couraient parallèlement à la rivière, sur plusieurs mètres.

Puis elles disparaissaient brusquement au bord de l'eau.

— Vous le voyez ? appela le policier.

— Il est là-dedans !

Elle s'engagea dans le torrent jusqu'aux genoux, fouilla sous l'eau à l'aveuglette et empoigna tout ce que ses mains rencontraient. Elle ramena ainsi des branches, des bouteilles de bière, une vieille botte. Elle pataugea plus avant, l'eau glacée lui arrivant aux cuisses, mais le courant était trop rapide. Sentant qu'il la déséquilibrait, elle cala fermement son pied sur une pierre et recommença à chercher au fond de l'eau glaciale.

Elle trouva un bras.

Son cri attira le policier, qui entra dans le torrent et s'approcha d'elle en soulevant des gerbes d'eau. La chemise d'hôpital du garçon s'était accrochée à une branche ; ils durent déchirer le tissu pour le libérer. Ensemble, ils le sortirent du ruisseau et le remontèrent sur la berge couverte de neige. Il avait le visage cyanosé. Il ne respirait plus ; il n'avait plus de pouls.

Elle commença la respiration artificielle. Trois insufflations pour remplir les poumons, puis des compressions cardiaques. Elle effectuait la séquence automatiquement ; elle l'avait suffisamment répétée. Comme elle appuyait sur la poitrine du garçon, un filet de sang suinta de ses narines et tacha la neige. Sa circulation sanguine se rétablissait, son sang recommençait à affluer à son cerveau et à ses organes vitaux, mais son corps se remettait aussi à saigner. Un sang rouge sombre pissait de sa main déchiquetée.

Claire entendit des voix qui se rapprochaient, et puis des gens qui couraient vers eux. Elle recula, trempée, grelottante, alors que le personnel des urgences mettait Scotty sur un brancard.

Elle les suivit dans l'hôpital, puis dans une salle de soins, pleine de bruit et de chaos. Sur le moniteur défilait un tracé cardiaque caractéristique : fibrillation ventriculaire.

Une infirmière appuya sur le bouton de charge du défibrillateur et plaqua les palettes sur la poitrine de Scotty. Il eut une secousse alors que la charge lui traversait le corps.

— Il fibrille toujours ! constata le Dr McNally. Reprenez le massage cardiaque ! On lui a fait le brétylium ?

— Il passe, annonça une infirmière.

— On recule !

Ils choquèrent le patient pour la seconde fois.

— Il fibrille toujours, répéta McNally, puis il jeta un coup d'œil à Claire. Combien de temps est-il resté sous l'eau ?

— Je ne sais pas. Peut-être une heure. Mais il est jeune, et la température de l'eau était proche de zéro.

On avait déjà ramené à la vie des enfants apparemment morts après une immersion dans l'eau glacée. Il était trop tôt pour renoncer.

— La température centrale du corps est remontée à trente-deux degrés, annonça une infirmière.

— Continuez la respiration artificielle et réchauffez-le. Nous avons peut-être une chance.

— Qu'est-ce que c'est que ce sang qui lui coule par le nez ? demanda une autre infirmière. Il s'est cogné la tête ?

Un filet de sang ruisselait le long de la joue du gamin et gouttait sur le sol.

— Il saignait quand on l'a tiré de l'eau, dit Claire. Il est peut-être tombé sur les pierres.

— Je ne vois pas de blessure faciale, ni de plaie du cuir chevelu.

McNally reprit les palettes.

— Allez, reculez, on le choque à nouveau.

Lincoln la trouva dans la salle de repos des médecins. Elle avait ôté sa blouse d'hôpital et était blottie, tout engourdie, sur le canapé où elle buvait un café à petites gorgées. Elle entendit la porte se refermer, mais il marchait si doucement qu'elle sursauta, surprise, lorsqu'il s'assit à côté d'elle.

— Claire, vous devriez rentrer chez vous, dit-il. Il n'y a pas de raison que vous restiez. Rentrez, je vous assure.

Elle cligna des yeux et se prit la tête dans les mains, en essayant de ne pas éclater en sanglots. Pleurer en public la mort d'un patient, c'était prouver qu'on n'arrivait pas à se contrôler. La façade professionnelle se fissurait. Elle fit un effort sur elle-même pour retenir ses larmes.

— Je voulais vous prévenir, dit-il. En sortant d'ici, vous trouverez une émeute, en bas. Les équipes de la télévision ont garé leurs vans juste devant la sortie. Vous ne pourrez pas aller au parking sans tomber sur eux.

— Je n'ai rien à leur dire.

— Eh bien, ne dites rien. Je vous aiderai à franchir le barrage, si vous voulez, dit-il en posant la main sur son bras, lui rappelant en douceur qu'il était temps de partir.

— J'ai appelé ce qui reste de famille à Scotty, dit-elle en se passant la main sur les yeux. Il n'y a que la cousine de sa mère. Elle vient d'arriver de Floride, pour s'occuper de Kitty le temps qu'elle aille mieux. Je lui ai dit que Scotty était mort, et vous savez ce qu'elle a répondu ? « C'est une bénédiction », voilà ce qu'elle a dit.

Elle regarda Lincoln et remarqua son regard incrédule.

— Elle a dit ça : « une bénédiction ». Une punition divine.

Il l'entoura de son bras et elle posa son visage au creux de son épaule. Il lui offrait sans mot dire le droit de fondre en larmes, mais elle ne s'autorisa pas ce luxe. Il y avait encore cette meute de journalistes à affronter, et elle n'avait pas l'intention de leur montrer un visage gonflé de larmes.

Il était juste à côté d'elle lorsqu'ils sortirent de l'hôpital. L'air glacé les heurta de plein fouet, aussitôt suivi par un feu roulant de questions.

— Docteur Elliot ! Est-il vrai que Scotty Braxton se droguait ?

— Pouvez-vous confirmer les rumeurs de confrérie d'ados meurtriers ?

— Est-il vrai qu'il s'est tranché le pouce avec ses dents ?

Soûlée par ce déferlement de cris, Claire s'avança aveuglément dans la meute, sans distinguer les visages entre lesquels elle passait. On lui tendit un magnétophone à cassettes devant la figure, et elle se retrouva face à une femme à la toison blonde ébouriffée.

— Est-il exact que des meurtres en série ont été commis dans cette ville, il y a une centaine d'années ?

— Comment ?

— Ces vieux os qu'on a retrouvés près du lac. C'était l'œuvre d'un meurtrier en série. Et un siècle avant…

Lincoln s'interposa prestement entre elles.

— Allez, Damaris, fichez le camp.

— Hé, chef, je me contente de faire mon boulot, répondit la femme avec un petit rire penaud.

— Eh bien, allez écrire vos histoires de bébés extraterrestres et laissez-la tranquille.

Une autre voix – une voix d'homme, cette fois – appela :

— Docteur Elliot ?

Claire se retourna et reconnut Mitchell Groome. Le journaliste fit un pas vers elle, son regard cherchant le sien.

— Flanders, Iowa, dit-il tout bas. Est-ce que c'est la même chose qui recommence ?

Elle secoua la tête et répondit doucement :

— Je ne sais pas.

13

Warren Emerson avait les poumons qui le brûlaient à force de respirer l'air glacé. Il faisait moins treize, ce matin-là, et il s'était habillé chaudement. Sous sa veste, il portait deux chemises et un pull, il avait mis un bonnet, des moufles, et il s'était enroulé une écharpe autour du cou, mais contre l'air glacé qu'il inhalait à chaque inspiration il n'y avait rien à faire. Il avait la gorge en feu et mal à la poitrine, ses poumons avaient des contractions involontaires et il faisait un bruit de locomotive gravissant une côte. *Hiis-tousse, hiis-tousse.* L'hiver n'était même pas encore là, se dit-il, et le monde s'était déjà changé en glace, emprisonnant les arbres dénudés, avec leurs branches étincelantes et cristallines. Il devait faire attention en marchant, plantant délibérément ses pieds sur la route verglacée que les camions du comté avaient sablée. Il devait redoubler d'efforts rien que pour rester debout, et le temps qu'il arrive au panneau d'entrée de la ville, il avait les muscles des jambes tout tremblants.

La dame de la caisse, chez Cobb et Morong, leva la tête en le voyant entrer. Il lui sourit, comme toutes les semaines, espérant toujours qu'elle lui rendrait son salut. Elle retroussa machinalement les lèvres, puis ses yeux se focalisèrent sur le visage de Warren et son amorce de sourire se figea. Elle détourna le regard.

Encaissant sa défaite, Warren lui tourna le dos sans mot dire et alla chercher un chariot.

Il suivit la même routine fastidieuse que toutes les semaines, ses bottes traînant sur le plancher grinçant. Il s'arrêta dans l'allée des conserves de légumes et regarda les rangées de boîtes de maïs, de haricots verts et de betteraves, avec leurs étiquettes éclatantes, évocatrices de succulence estivale. Les étiquettes mentaient, se dit-il. Il n'y avait aucun rapport entre cette boîte de cubes orange et une carotte toute fraîche et bien sucrée tirée du sol encore chaud. Il resta planté là sans prendre une seule boîte, songeant aux légumes d'été qu'il cultivait dans le temps et qui lui manquaient tellement. Il compta les mois jusqu'au printemps, ajouta les mois nécessaires pour obtenir une nouvelle récolte. Il avait l'impression que toute sa vie se passait à attendre la fin de l'hiver, ou à se préparer à l'hiver suivant. Et il se dit : maintenant, ça suffit. J'ai déjà vécu trop d'hivers. Je ne supporterai pas d'en vivre un de plus.

Il abandonna son chariot sur place, repassa devant la caissière qui ne savait pas sourire et ressortit du magasin.

Il resta un moment debout sur le trottoir, devant chez Cobb et Morong, et regarda de l'autre côté de la route, le lac qui venait de geler. La surface était aussi lisse et brillante qu'un miroir, une plaque d'argent immaculée, que n'effleurait même pas un soupçon de neige. Une glace faite pour patiner, se dit-il en repensant aux hivers de son enfance, à ses pieds qui volaient sur la glace, au délicieux *scritch, scritch* des lames. Les gosses viendraient bientôt patiner là avec leurs crosses de hockey et leurs grosses vestes d'hiver de toutes les couleurs, tels des confettis soufflés sur la glace.

Mais j'ai connu assez d'hivers. Je ne veux plus vivre ça.

Il inspira profondément et sentit, au fond de ses poumons, la morsure de l'air glacé. Âpre. Vengeresse.

Le chat était encore dans la vitrine de la supérette d'Elm Street. Il se léchait, nettoyait sa fourrure aile de corbeau, qui brillait au soleil. Quand Claire passa devant lui, il interrompit sa toilette et la regarda dédaigneusement.

Elle leva les yeux vers le ciel. Le genre de ciel d'un bleu dur qui annonçait une nuit d'un froid mortel. Depuis la mort de Scotty Braxton, quatre jours auparavant, l'hiver s'était imposé avec une cruelle fatalité. Un voile de glace terne couvrait maintenant le lac entier et, dans le carnet du jour, les annonces nécrologiques se terminaient toutes par la même mention : « L'enterrement aura lieu au printemps. » Quand la terre aura dégelé. Quand le monde se réveillera.

Serai-je encore là au printemps ?

Elle tourna dans le chemin de la Tannerie. Au-dessus d'une porte, le vent faisait osciller une enseigne : « Poste de police de Tranquility ».

Elle entra tout droit dans le bureau de Lincoln et posa le dernier numéro du *Weekly Informer* sur son bureau.

Il la regarda par-dessus ses lunettes.

— Un problème, Claire ?

— Je sors de chez Monaghan. Tout le monde ne parle que de ça. Le papier de Damaris Horne, dans ce torchon.

Il jeta un coup d'œil au gros titre : « Une petite ville dans les griffes du diable ».

— Ce n'est qu'une feuille à scandale de Boston, commenta-t-il. Personne ne prend ces conneries au sérieux.

— Vous l'avez lu ?

— Non.

— Eh bien, chez Monaghan, ils l'ont tous lu. Et ils ont tellement peur qu'ils parlent de garder leurs fusils chargés à portée de la main, juste au cas où un adolescent possédé par le diable essaierait de leur faucher leur précieux pick-up ou Dieu sait quoi.

Lincoln poussa un gémissement et retira ses lunettes.

— Et merde ! Il ne nous manquait plus que ça…

— Hier, j'ai recousu trois patients avec des blessures par lacération, dont un âgé de neuf ans ; il avait passé le poing à travers une vitre. On avait déjà assez de problèmes avec les gamins de cette ville. Voilà que les adultes deviennent dingues, eux aussi. Lincoln, fit-elle en s'appuyant fermement des deux mains sur son bureau, on ne peut pas attendre la réunion communale pour parler à ces gens. Il faut que vous coupiez court à l'hystérie tout de suite. Ces Dinosaures ont déclaré que la chasse aux adolescents était ouverte.

— Même les imbéciles ont droit à la liberté de parole.

— Eh bien, au moins, dites à vos hommes de la fermer ! Qui est ce flic de chez vous dont Damaris prétend citer les paroles ? fit-elle en indiquant le journal. Lisez ça !

Il jeta un coup d'œil à la partie qu'elle lui indiquait.

Qu'y a-t-il derrière l'épidémie de violence qui frappe cette petite ville ?

Beaucoup de gens pensent en connaître la raison, mais leurs explications sont tellement dérangeantes pour les autorités locales que rares sont ceux qui acceptent d'en parler ouvertement. Un policier (qui souhaite conserver l'anonymat) nous a confirmé en privé les terribles déclarations des habitants de la région : Tranquility est sous l'emprise des satanistes.

« On sait bien qu'il y avait des sorcières par ici, dans le temps, nous a-t-il révélé. Elles peuvent se dire guérisseuses et prétendre adorer innocemment des esprits de la terre ou des entités de ce genre, il n'en reste pas moins que la sorcellerie est liée à l'adoration du diable depuis l'aube des temps, et on ne peut pas s'empêcher de se demander ce que ces prétendus adorateurs de la terre font vraiment dans les bois, la nuit. » Poussé dans ses retranchements, il nous a confié : « Nous avons reçu un certain nombre de plaintes de gens qui ont entendu des tambours battre dans les bois et vu des lumières vaciller sur Beech Hill, qui est une forêt inhabitée. »

Les battements de tambour la nuit et les lumières inexpliquées dans les bois ne sont pas les seuls signes alarmants d'activités bizarres dans ce village isolé. Il y a longtemps que les rumeurs de rites sataniques font partie du folklore local. Une femme se rappelle avoir entendu raconter, quand elle était enfant, des histoires de cérémonies secrètes et d'enfants qui avaient disparu peu après leur naissance. Des vieillards, en ville, se rappellent avoir entendu des descriptions horrifiques de cérémonies au cours desquelles de petits animaux ou même des enfants étaient jadis offerts en sacrifice à Satan...

— Lequel de vos hommes a parlé à cette journaliste ? demanda Claire.

Lincoln se leva d'un bond, le visage soudain empourpré de colère, et s'approcha de la porte.

— Floyd ! Floyd ! Putain, mais qui a parlé à cette Damaris Horne, la journaliste ?

— Euh… c'est toi, Lincoln, la semaine dernière… répondit Floyd d'une voix quelque peu incertaine.

— Un autre gars de chez nous lui a parlé. Qui est-ce ? Je veux le savoir !

— Ce n'était pas moi, répondit Floyd, et il ajouta, après une pause : Elle me fout la trouille, cette bonne femme. J'ai toujours l'impression qu'elle va me bouffer tout cru.

Lincoln retourna s'asseoir à son bureau. Sa colère n'était manifestement pas retombée.

— Il y a six hommes ici, dit-il à Claire. Je vais essayer de retrouver celui qui a eu la langue trop longue. Mais il n'est jamais facile de démasquer un informateur anonyme.

— Et si elle avait inventé ce qu'elle raconte ?

— Ce n'est pas impossible, la connaissant…

— Vous la connaissez bien ?

— Mieux que je ne voudrais.

— Comment ça ?

— Eh bien, on ne fera sûrement pas des petits ensemble, répliqua-t-il. C'est une sacrée bonne femme.

Une accrocheuse. Quand elle veut quelque chose, elle finit toujours par l'obtenir.

— Quitte à circonvenir la police locale.

Un éclair de colère renouvelée brilla dans ses yeux. Ils se regardèrent un moment, et elle éprouva une étincelle d'attirance qui la prit au dépourvu. Il n'était pas spécialement à son avantage, ce matin-là, avec ses cheveux en désordre, sans doute à force de se passer la main dedans, de frustration, ses vêtements plus chiffonnés que d'habitude, sa chemise froissée, et ses yeux rouges comme s'il n'avait pas dormi de la nuit. Toute la tension de son boulot, de sa vie personnelle se lisait sur son visage.

Dans la pièce voisine, le téléphone sonna. Floyd passa la tête par la porte du bureau de Lincoln.

— La caissière de chez Cobb et Morong vient d'appeler. Docteur Elliot, si vous pouviez y faire un saut…

— Pourquoi ? demanda Claire. Que s'est-il passé ?

— Oh, c'est le vieux Warren Emerson. Il a encore eu une crise.

Un attroupement s'était formé sur le trottoir. Au centre, un vieil homme en vêtements élimés gisait par terre, les membres agités par une crise d'épilepsie. Il avait à la tête une blessure qui saignait et, dans le vent âpre, une vilaine traînée rouge s'était instantanément figée sur le trottoir. Aucun des badauds n'avait essayé d'aider le vieil homme. Ils étaient plantés là, à distance respectable, comme s'ils avaient peur de le toucher ou même de s'approcher de lui.

Claire s'agenouilla, et son premier mouvement fut de l'empêcher de se blesser et d'aspirer ses sécrétions.

Elle le fit rouler sur le côté, prit son écharpe et la lui mit sous la joue afin de protéger son visage du trottoir glacé. Sa peau était rougie par le froid, sans cyanose ; il avait le pouls rapide mais fort.

— Il y a longtemps qu'il convulse ? demanda-t-elle.

Personne ne lui répondit. Elle parcourut la foule du regard et vit que ce n'était pas sur elle que l'attention se portait, mais sur le vieil homme. On n'entendait que le bruit du vent qui soufflait du lac et tentait de leur arracher leurs manteaux et leurs écharpes.

— Ça fait combien de temps ? répéta-t-elle impatiemment.

— Cinq minutes, peut-être dix, répondit enfin quelqu'un.

— Vous avez appelé une ambulance ?

Il y eut un hochement collectif de têtes, un haussement collectif d'épaules.

— Ce n'est que le vieux Warren, répondit la caissière du magasin, que Claire connaissait de vue. On n'a pas appelé d'ambulance, les autres fois.

— Eh bien, cette fois, il faut en appeler une ! lança Claire. Il en a besoin !

— Les convulsions diminuent, répondit la caissière. Ce sera fini d'ici une minute.

En effet, les membres de l'homme n'étaient plus agités que de façon intermittente, au gré des derniers éclairs de l'orage électrique que lançait son cerveau. Il resta enfin inerte. Claire lui prit à nouveau le pouls et vérifia qu'il était toujours fort et régulier.

— Vous voyez, ça va, fit la caissière. Il va encore s'en sortir.

— Il faut lui faire des points de suture, et il a besoin d'un bilan neurologique, dit Claire. Qui est son médecin ?

— C'était Pomeroy.

— Quelqu'un doit bien lui prescrire les médicaments que nécessite son état. Qui le suit ? Quelqu'un le sait ?

— Si vous le demandiez à Warren ? Il se réveille.

Elle le regarda et constata qu'il ouvrait lentement les yeux. Il était entouré de gens, mais il observait le ciel, juste au-dessus de lui, comme s'il le voyait pour la première fois.

— Monsieur Emerson, demanda-t-elle, vous pouvez me regarder ?

L'espace d'un moment, il ne répondit pas ; il semblait complètement égaré, ses yeux suivant avec étonnement la lente dérive d'un nuage au-dessus de sa tête.

— Warren ?

Il braqua enfin son regard sur elle et plissa le front comme s'il se demandait ce que cette drôle de femme pouvait bien lui vouloir.

— J'en ai encore eu une, murmura-t-il. Hein ?

— Je suis le Dr Elliot. L'ambulance arrive, et on va vous emmener à l'hôpital.

— Je veux rentrer chez moi…

— Vous vous êtes fait une entaille au cuir chevelu, et vous avez besoin de points de suture.

— Mais ma chatte… ma chatte est toute seule chez moi.

— Ne vous en faites pas pour ça. Qui est votre docteur, Warren ?

Il sembla réfléchir.

— Le Dr Pomeroy.

— Le Dr Pomeroy est décédé. Qui est votre docteur, maintenant ?

Il ferma les yeux et secoua la tête.

— Ça n'a pas d'importance. Ça n'a plus d'importance.

Claire entendit la sirène de l'ambulance qui approchait. Elle s'arrêta le long du trottoir et deux infirmiers en sortirent.

— Oh, ce n'est que le vieux Warren Emerson, dit l'un d'eux, comme s'il tombait sur lui tous les jours. Il a encore eu une crise ?

— Et une vilaine entaille au cuir chevelu.

— D'accord. Eh bien, Warren, mon vieux, fit l'infirmier, on dirait que vous allez faire une balade en ambulance.

Le temps que l'ambulance reparte, Claire bouillonnait de rage. Elle baissa les yeux sur la flaque de sang qui avait gelé sur le trottoir.

— Je ne peux pas croire qu'aucun de vous n'ait essayé de l'aider, dit-elle. Vous êtes tous comme ça ? Tout le monde s'en fout ?

— Ils ont peur, c'est tout, répondit la caissière.

— Vous auriez au moins pu lui protéger la tête, rétorqua Claire. Il n'y a pas de raison d'avoir peur d'une crise d'épilepsie.

— C'est pas de ça qu'on a peur. C'est de lui.

Elle secoua la tête comme si elle n'en croyait pas ses oreilles.

— Vous avez peur d'un vieil homme ? Et qu'avez-vous à craindre de lui ?

Sa question ne reçut aucune réponse. Claire parcourut la foule des yeux, mais personne n'osa soutenir son regard.

Et personne ne lui répondit.

Le temps que Claire arrive à l'hôpital, McNally, le médecin des urgences, avait déjà recousu le crâne de Warren Emerson et inscrivait quelque chose sur un porte-bloc.

— J'ai dû lui faire huit points, dit-il. Et puis il avait des gelures mineures au nez et aux oreilles. Il a dû rester un moment allongé dans le froid.

— Au moins vingt minutes, confirma Claire. Vous voulez le garder en observation ?

— Eh bien, les crises d'épilepsie sont un problème chronique, et il n'a pas l'air d'avoir subi d'atteintes neurologiques. Mais il s'est cogné la tête. Je ne peux pas dire si la perte de conscience est due à la crise ou au choc sur le trottoir.

— Il a un médecin traitant ?

— Pas pour le moment. D'après nos dossiers, sa dernière hospitalisation remonte à 1989. C'est le Dr Pomeroy qui l'avait fait admettre.

McNally signa le compte rendu et regarda Claire.

— Vous voulez assurer le suivi ?

— Je m'apprêtais à vous le suggérer, répondit-elle.

McNally lui tendit le vieux dossier hospitalier.

— Bonne lecture !

Elle trouva dans le dossier le compte rendu de l'hospitalisation d'Emerson en 1989, ainsi que les résumés de ses nombreux passages aux urgences au fil des ans. Elle parcourut le dossier d'admission et le bilan de l'examen physique de l'époque, et reconnut les pattes de mouche du Dr Pomeroy. Le compte rendu était pour le moins succinct et se bornait à un résumé des principaux faits :

... Homme de 57 ans, blanc, s'est blessé accidentellement au pied gauche il y a cinq jours en fendant du bois. La plaie s'est infectée, le pied a enflé, et le patient ne peut plus poser le pied par terre.

Examen physique : température = 37 °C. Le pied gauche présente une lacération de cinq centimètres. Les bords de l'entaille sont rapprochés. La peau environnante est chaude, rouge, sensible à la palpation. Ganglions lymphatiques enflés à l'aine gauche.

Diagnostic : phlegmon.

Traitement recommandé : antibios par voie IV.

Il n'y avait rien sur les antécédents médicaux du patient, rien sur sa situation générale, rien qui permette de penser qu'un être vivant, humain, était attaché à ce pied enflé.

Elle passa aux comptes rendus des urgences. Vingt-cinq feuilles, pour vingt-cinq visites en trente ans, toutes pour la même raison : « Épilepsie chronique avec convulsions... », « crise d'épilepsie, blessure à la tête... », « crise d'épilepsie, entaille à la joue »... Épilepsie, épilepsie, épilepsie... Chaque fois, le Dr Pomeroy s'était contenté de le laisser repartir sans approfondir l'examen. Nulle part elle ne trouva de bilan ou de diagnostic élaboré.

Pomeroy était peut-être apprécié de ses patients, mais dans ce cas, il avait manifestement fait preuve de négligence.

Elle entra dans la salle de soins.

Warren Emerson était allongé sur la table. Au milieu de tout ce matériel étincelant, sa tenue paraissait encore plus négligée, ses vêtements plus usés. On lui avait rasé une bonne partie du cuir chevelu, et la plaie maintenant suturée était couverte d'une gaze. Il entendit Claire entrer dans la pièce et tourna lentement la tête vers elle. Il sembla la reconnaître ; un pâle sourire se forma sur ses lèvres.

— Monsieur Emerson, dit-elle. Je suis le Dr Elliot.

— Vous étiez là.

— Oui, quand vous avez fait votre crise.

— Je voulais vous remercier.

— De quoi ?

— Je n'aime pas me réveiller tout seul. Je n'aime pas quand…

Il se tut et regarda le plafond.

— Je peux rentrer chez moi, maintenant ?

— C'est de ça qu'il faut qu'on parle. Comme le Dr Pomeroy est mort, vous n'avez plus de médecin traitant. Vous voulez que je m'occupe de vous ?

— Je n'ai plus besoin de docteur, maintenant. Personne ne peut rien faire pour moi.

Elle lui pressa l'épaule en souriant. Il semblait momifié sous toutes ces couches de vêtements boueux.

— Moi, je crois que je peux vous aider. Déjà, on peut contrôler ces crises. Vous en avez souvent ?

— Je ne sais pas. Il y a des moments où je me réveille par terre, et je pense que c'est ce qui s'est passé.

— Il n'y a personne chez vous ? Vous vivez tout seul ?

— Oui, madame. Enfin, à part ma chatte, Mona, ajouta-t-il avec l'ombre d'un triste sourire.

— À quelle fréquence pensez-vous avoir ces crises ?

Il hésita. Répondit :

— Quelques-unes par mois.

— Et que prenez-vous comme médicaments ?

— Je n'en prends plus depuis des années. Toutes ces pilules… ça ne me faisait rien.

Elle poussa un soupir exaspéré.

— Monsieur Emerson, vous ne pouvez pas arrêter votre traitement comme ça.

— Mais je n'en ai plus besoin. Je suis prêt à mourir, maintenant.

Il avait dit cela tranquillement, sans crainte, sans la moindre note d'apitoiement sur lui-même. Ce n'était qu'une déclaration d'évidence. *Je vais bientôt mourir, et on ne peut rien y faire.*

Elle avait entendu d'autres patients faire ce genre de pronostic. Ils entraient à l'hôpital dans un état qui était loin d'être fatal, et pourtant ils disaient à Claire avec une calme conviction : « Je sais que je ne rentrerai pas chez moi, cette fois. » Elle essayait de les rassurer, mais ils sentaient déjà le frisson prémonitoire de la mort. Les patients donnaient toujours l'impression de savoir. Quand ils disaient qu'ils allaient mourir, c'était vrai.

Regardant dans les yeux calmes de Warren Emerson, elle sentit ce froid. Elle se secoua et procéda à l'examen clinique.

— Je vais regarder vos yeux, annonça-t-elle en prenant son ophtalmoscope.

Il poussa un soupir résigné et se laissa examiner docilement.

— Vous avez vu un neurologue pour vos crises ? Un spécialiste du cerveau ?

— J'en ai vu un il y a longtemps. Quand j'avais dix-sept ans.

Elle se redressa, surprise, et éteignit l'ophtalmoscope.

— Ça fait près de cinquante ans.

— Il a dit que j'étais épileptique. Que je le serais jusqu'à la fin de mes jours.

— Et vous avez revu un neurologue, depuis ?

— Non, madame. Quand je suis revenu à Tranquility, c'est le Dr Pomeroy qui s'est occupé de moi.

Elle poursuivit son examen, ne trouva aucune anomalie neurologique. Son cœur et ses poumons étaient normaux. Rien à signaler à l'abdomen non plus.

— Le Dr Pomeroy vous a fait passer un scanner du cerveau ?

— Il m'a fait une radio, il y a quelques années, une fois où j'étais tombé et où je m'étais cogné la tête. Il pensait que je m'étais peut-être fendu le crâne, mais non. Je dois avoir la tête trop dure.

— Vous êtes déjà allé dans un autre hôpital ?

— Non, madame. J'ai vécu à Tranquility presque toute ma vie. Je n'ai jamais eu besoin d'aller ailleurs. Et maintenant, ajouta-t-il d'un ton de regret, il est trop tard.

— Trop tard pour quoi, monsieur Emerson ?

— Dieu ne nous donne pas de seconde chance.

Elle n'avait rien remarqué d'anormal. Pourtant, elle n'aimait pas l'idée de le laisser rentrer chez lui, dans sa maison vide.

Et puis ce qu'il avait dit l'ennuyait encore : « Je suis prêt à mourir, maintenant. »

— Monsieur Emerson, dit-elle. Je voudrais vous garder à l'hôpital, cette nuit, et vous faire subir quelques examens. Juste pour m'assurer qu'il n'y a pas de nouvelle cause à ces crises.

— J'en ai depuis presque toujours.

— Mais il y a des années qu'on n'a pas vérifié tout ça. Je voudrais vous redonner un traitement et faire quelques clichés de votre cerveau. Si tout va bien, vous pourrez rentrer chez vous demain.

— Mona va avoir faim, et elle n'aime pas ça.

— Ne vous en faites pas pour votre chat. Tout de suite, c'est de vous qu'il faut vous occuper. De votre santé.

— Je ne lui ai pas donné à manger depuis hier soir. Elle va miauler…

— Je vais m'occuper de votre chat, si ça peut vous convaincre de rester ici. D'accord ?

Il l'observa un moment, essaya de décider s'il pouvait confier le sort de sa meilleure, de sa seule amie, peut-être, à une femme qu'il connaissait à peine.

— Du thon, dit-il enfin. Aujourd'hui, c'était le jour du thon.

— Eh bien, va pour le thon, fit Claire en hochant la tête.

Elle retourna au bureau des infirmières, et son premier coup de fil fut pour la radiologie.

— Je fais admettre un patient du nom de Warren Emerson, et je voudrais lui faire passer un scan crânien.

— Diagnostic ?

— Crises d'épilepsie. Je voudrais exclure une tumeur au cerveau.

Elle rédigeait le dossier de Warren, les antécédents médicaux et le compte rendu de l'examen clinique, quand Adam DelRay s'aventura aux urgences en secouant la tête.

— Je viens de les voir sortir Warren Emerson de l'ascenseur, dit-il à l'une des infirmières. Au nom du ciel, qui a pu le faire admettre ?

Claire leva les yeux. Elle le détestait plus que jamais.

— C'est moi, répondit-elle froidement. Il a fait une crise d'épilepsie, aujourd'hui.

L'autre eut un reniflement.

— Emerson est épileptique. Il y a des années qu'il fait des crises.

— On peut toujours avoir une nouvelle tumeur au cerveau.

— Hé, si vous voulez vous charger de lui, ne vous gênez pas. Pomeroy se plaignait de lui depuis des années.

— Pourquoi ?

— On n'a jamais réussi à lui faire suivre un traitement. C'est pour ça qu'il n'arrête pas de faire des crises. Et c'est l'État qui paye son assurance santé, alors bonne chance pour vos honoraires ! Enfin, on peut toujours se dire qu'il y a pis à faire de nos impôts que de servir un petit déjeuner au lit à ce bon vieil Emerson, lança-t-il en riant.

Sur quoi, il quitta la pièce.

Elle appuya tellement fort sur la plume de son stylo en signant son nom qu'elle manqua crever le papier. Tous les examens qu'elle avait ordonnés, plus la nuit d'hôpital… ça faisait une sacrée addition pour une simple intuition. Après tout, Emerson avait pu l'oublier, mais le Dr Pomeroy lui avait peut-être fait passer récemment un bilan complet ? Non, elle n'y croyait pas. D'après ce qu'elle avait vu de ses dossiers, Pomeroy était un clinicien négligent, plus prompt à prescrire un nouveau médicament qu'à se livrer à des investigations approfondies pour connaître les raisons des symptômes d'un patient.

Elle quitta l'hôpital et repartit pour Tranquility. Mais le temps qu'elle arrive à son bureau, elle n'était concentrée que sur une chose : compléter le dossier médical d'Emerson et se prouver que sa décision de l'admettre était justifiée.

Quand Claire rentra à son cabinet, Véra était au téléphone. Elle agita le combiné et dit :

— Vous avez un appel de Max Tutwiler.

— Je le prends dans mon bureau. Vous pourriez sortir le dossier de Warren Emerson, s'il vous plaît ?

— Warren Emerson ?

— Oui. Je viens de le faire admettre pour ses crises d'épilepsie.

— Pourquoi ?

Claire s'arrêta sur le seuil de son bureau et se retourna pour foudroyer Véra du regard.

— Pourquoi tout le monde, dans cette ville, met-il mon jugement en cause ? C'est quand même formidable !

— Bah, je me demandais, c'est tout, répondit Véra, vexée.

Claire referma la porte et s'affala dans son fauteuil, derrière son bureau. Maintenant, elle n'avait plus qu'à faire des excuses à Véra. Allez, une ligne de plus à ajouter à une interminable liste de mea culpa, se dit-elle. Elle décrocha à regret. Elle n'était vraiment pas d'humeur à bavarder.

— Salut, Max !

— Je ne vous dérange pas ?

— Pff, ce n'est pas la question à poser !

— Oh, alors je vais faire court. Je pensais que vous aimeriez savoir que l'identification de ce champignon bleu est confirmée. Je l'ai envoyé à un mycologue de ma connaissance, et c'est bien un *Clitocybe odora*, ou clitocybe anisé, ou encore clitocybe odorant.

— Il est toxique ?

— À peine. Le faible dosage de muscarine ne provoquerait guère plus qu'un léger dérangement gastro-intestinal.

— Alors, c'est une fausse piste, soupira-t-elle.

— On dirait bien.

— Et les échantillons d'eau du lac ? Vous avez récupéré les résultats ?

— Oui, j'ai reçu certaines conclusions préliminaires. Attendez que je prenne le papier…

Véra frappa à la porte et entra avec le dossier de Warren Emerson. Elle se contenta de laisser tomber la chemise sur le bureau et ressortit sans un mot. Tout en attendant que Max revienne en ligne, Claire ouvrit la chemise et jeta un coup d'œil à la première page. Elle était datée de 1932, l'année de la naissance d'Emerson. Elle décrivait l'accouchement sans complications de Mme Agnes Emerson, et la naissance d'un garçon en bonne santé. Le docteur s'appelait Higgins. Les quelques pages suivantes décrivaient les examens de routine et les maladies infantiles habituelles.

Elle tourna la page. La date du document suivant lui fit froncer les sourcils : 1956. Il y avait un trou de dix ans entre la dernière fiche et celle-ci. Pour la première fois, la signature du Dr Pomeroy apparaissait dans le dossier. Elle s'apprêtait à lire son compte rendu quand Max revint en ligne.

— Les cultures bactériologiques ne sont pas encore revenues, dit-il. Mais je vois des niveaux de dioxine, de plomb et de mercure, tous dans les limites réglementaires…

L'attention de Claire fut soudain attirée par le dernier paragraphe du dossier. Pomeroy avait écrit : « N'a pas commis d'autre acte de violence depuis son arrestation en 1946. »

— ... Enfin, on devrait en savoir plus d'ici la semaine prochaine, poursuivait Max. En attendant, la qualité de l'eau paraît plutôt bonne. Aucun indice de contamination chimique.

— Il faut que je vous laisse, coupa-t-elle. Je vous rappelle.

Elle raccrocha et relut le compte rendu de Pomeroy du début à la fin. Il avait été écrit l'année des vingt-cinq ans de Warren Emerson.

L'année où il était sorti de l'hôpital psychiatrique d'Augusta.

1946. En quel mois Warren Emerson avait-il commis cet acte de violence ?

Claire était dans la pièce des archives, au sous-sol de la *Gazette de Tranquility*, et elle regardait un meuble de bois qui occupait un mur entier. Chaque tiroir était étiqueté par année. Elle ouvrit le tiroir de 1946, de juillet à décembre.

Il s'y trouvait six numéros de la *Gazette*. En 1946, c'était un mensuel. Les pages étaient jaunes, friables, émaillées de réclames montrant des femmes en grandes jupes bouffantes, avec une taille de guêpe et de petits chapeaux impertinents. Elle les feuilleta prudemment jusqu'au numéro de juillet en parcourant les gros titres : « Après un printemps pourri, un été caniculaire », « Record d'affluence touristique cet été », « Invasion de moustiques », « Un jeune pris avec des feux d'artifice illégaux », « Foule record au défilé du 4 Juillet »…

Il semblait que, tous les mois de juillet, les mêmes unes revenaient. L'été avait toujours été la saison des défilés et des invasions de moustiques voraces. Ces gros titres lui rappelaient son premier été dans le Maine. Les petits pois, les épis de maïs qui croquaient sous la dent, l'odeur de la citronnelle sur sa peau… Ç'avait été un bel été. Comme en 1946.

Elle parcourut les numéros d'août et de septembre, où elle retrouva les sempiternelles histoires de bals populaires, de courses de natation dans le lac et de fritures de poissons. Il y avait aussi de mauvaises nouvelles : un accident de voiture impliquant trois véhicules avait envoyé deux touristes à l'hôpital, et une maison avait brûlé à cause d'un feu de cuisine. Des vols à l'étalage avaient coûté très cher aux magasins de la région. La vie n'était pas parfaite au pays des vacances.

Dans le numéro d'octobre, elle tomba sur une manchette en gros caractères : « Un garçon de 15 ans tue ses parents et meurt défenestré. La petite sœur innocentée : un cas de légitime défense. »

L'article ne précisait pas le nom du garçon, mais il y avait des photos des parents assassinés, un jeune et beau couple aux cheveux noirs, souriants, dans leurs vêtements du dimanche. Martha et Frank Keating, d'après la légende de la photo. Ce nom lui disait quelque chose. Il y avait un juge, dans le coin, qui s'appelait Iris Keating. Étaient-ils de la même famille ?

Son regard tomba sur un autre titre, en dessous : « Des bagarres éclatent au réfectoire du lycée. » Puis un autre : « Disparition d'une touriste. Une jeune fille originaire de Boston a été vue pour la dernière fois avec des jeunes de la région. »

Le sous-sol n'était pas chauffé, et elle avait l'impression d'avoir les mains gelées. Mais le froid venait de l'intérieur.

Elle passa au numéro de novembre et ouvrit de grands yeux. Le gros titre semblait la regarder en hurlant : « Un jeune de 14 ans arrêté pour le meurtre de ses parents : les proches atterrés par les crimes d'un "enfant hypersensible". »

Un frisson remonta le long de sa colonne vertébrale.

Elle se dit : Ça recommence.

14

— Pourquoi m'avez-vous caché ça ? Vous auriez pu m'en parler !

Lincoln alla fermer la porte de son bureau et se tourna vers Claire.

— Ça faisait si longtemps… Je ne voyais pas l'intérêt de déterrer de vieilles histoires.

— Mais c'est l'histoire de cette ville ! Et quand on pense à ce qui s'est passé le mois dernier, il me semble que le rapprochement s'impose !

Elle posa sur son bureau les articles de la *Gazette de Tranquility* qu'elle avait photocopiés.

— Regardez : en 1946, sept personnes ont été assassinées, et une fille de Boston a disparu. Il paraît évident qu'il y a un passé de violence dans cette ville. Lincoln, lisez les articles ! fit-elle en tapotant les documents. À moins que vous ne soyez déjà au courant ?

Il se rassit lentement.

— Oui, je suis au courant, dit-il tout bas en regardant les coupures de journaux. Je connais ces histoires.

— Qui vous en a parlé ?

— Jeff Willard. C'était mon chef, quand je suis entré dans la police, il y a vingt-deux ans.

— C'était la première fois que vous en entendiez parler ?

— Oui. Et je suis né ici. Je n'étais au courant de rien jusqu'à ce que le chef Willard me raconte tout. Les gens n'en parlaient pas.

— Ils préféraient faire comme s'il ne s'était rien passé.

— Nous avions aussi une réputation à préserver. C'est une ville touristique, Claire, dit-il en levant enfin les yeux sur elle. Les gens viennent ici pour fuir la grande ville, avec ses crimes. Nous n'avions pas envie de révéler au monde que nous avions aussi nos problèmes. Notre propre épidémie de meurtres.

Elle s'assit à son tour, se retrouvant à son niveau.

— Qui est au courant de cette affaire ?

— Les gens qui vivaient là à l'époque. Les plus vieux, des gens qui ont maintenant entre soixante et soixante-dix ans. Mais leurs enfants, qui sont de ma génération, ne savent rien.

Elle secoua la tête, stupéfaite.

— Ils ont gardé le secret pendant toutes ces années ?

— Vous comprenez pourquoi, non ? Ce n'est pas seulement la ville qu'ils protègent. C'est leur famille. Les gamins qui avaient commis ces crimes étaient tous d'ici. Leurs familles vivaient encore dans le coin, et peut-être qu'ils avaient honte. Qu'ils souffraient toujours des suites de l'affaire.

— Comme Warren Emerson.

— Exactement. Regardez la vie qu'il a eue. Il vit tout seul, il n'a pas d'amis. Il n'a jamais plus commis aucun autre crime, et pourtant tout le monde le fuit comme la peste. Même les enfants, qui n'ont pas idée de la raison pour laquelle ils sont censés l'éviter. Voilà donc l'environnement de votre patient, ajouta-t-il en baissant les yeux sur les coupures de journaux. Warren Emerson est un meurtrier. Et il n'était pas le seul.

— Vous avez dû faire le parallèle, Lincoln.

— D'accord. J'admets qu'il y a des similitudes.

— Il y en a tellement que la liste irait d'ici à Boston.

Elle tendit la main vers les articles, en prit un.

— En 1946, tout a commencé par des bagarres à l'école. Deux gamins ont été renvoyés. Puis il y a eu des bris de vitres en ville, des maisons vandalisées – là encore, on a mis ça sur le dos des adolescents. Pour finir, la dernière semaine d'octobre, un gamin de quinze ans massacre ses parents. Sa sœur cadette le pousse par la fenêtre en état de légitime défense. À partir de là, ça ne fait qu'empirer, conclut-elle en levant les yeux sur lui. Comment expliquez-vous ça ?

— Quand la violence éclate, Claire, il n'est que trop humain de se demander pourquoi. Mais, en réalité, on ne sait pas toujours pour quelle raison les gens s'entretuent.

— Regardez la séquence des événements. La dernière fois, ça a démarré dans une petite ville bien tranquille. Et puis, çà et là, les gamins commencent à déconner. À se faire du mal. Quelques semaines plus tard, ils en sont à s'entretuer. La ville est en révolution, tout le monde exige qu'on fasse quelque chose. Et soudain, tout s'arrête comme par magie. La ville se rendort.

Elle se tut, et son regard retomba sur la coupure de journal.

— Lincoln, il y a une autre bizarrerie, là-dedans. En ville, l'époque la plus dangereuse de l'année, c'est l'été, quand la chaleur fait flamber les passions, y compris la violence. En hiver, quand il fait froid, le taux de criminalité retombe. Dans cette ville, c'est le contraire. Les manifestations de violence démarrent en octobre, avec un pic en novembre. Les deux fois, continua-t-elle en ponctuant ses paroles de tapotements sur les photocopies, les meurtres ont commencé à l'automne.

La tonalité de son bipeur la fit sursauter. Elle jeta un coup d'œil au numéro affiché et décrocha le téléphone de Lincoln.

Un radiologue lui répondit.

— Nous venons d'achever le scan crânien de votre patient, Warren Emerson. Le Dr Chapman vient nous rejoindre pour lire le résultat. Il est en route.

— Vous avez trouvé quelque chose ? demanda Claire.

— Il y a une anomalie, c'est certain.

Le Dr Chapman plaça les radios sur le négatoscope et alluma le tube. La lumière vacilla, puis se stabilisa, et les coupes transversales du cerveau de Warren Emerson apparurent.

— Voilà ce que je voulais vous montrer, dit-il. Là, dans le lobe frontal gauche. Vous voyez ?

Claire se rapprocha. Il y avait, en effet, une petite masse dense, sphérique, localisée sur l'avant du cerveau, juste derrière les sourcils. Ça ne ressemblait pas à un kyste, ça paraissait plutôt solide. Elle jeta un coup d'œil aux clichés suivants, mais ne remarqua rien d'autre. Si c'était une tumeur, elle était très localisée.

— Qu'en pensez-vous ? demanda-t-elle. Un méningiome ?

— Très vraisemblablement, acquiesça-t-il. Vous voyez comme les bords sont lisses ? Bien sûr, la biopsie confirmera l'absence de malignité. La grosseur fait à peu près deux centimètres de diamètre, et elle semble entourée d'une capsule épaisse. Sans doute du tissu fibreux. On devrait pouvoir pratiquer une exérèse complète, sans abandon de tissu résiduel.

— Est-ce que ça pourrait expliquer ses crises d'épilepsie ?

— Depuis combien de temps en a-t-il ?

— Depuis la fin de son adolescence. Ça doit faire pas loin de cinquante ans.

Chapman lui jeta un coup d'œil surpris.

— Et personne n'avait jamais repéré cette tumeur ?

— Non. Il avait des crises depuis toujours, ou à peu près, et Pomeroy n'a pas jugé utile de poursuivre les investigations.

Chapman secoua la tête.

— Ça m'amène à revoir mon diagnostic. D'abord, on voit rarement des méningiomes chez les jeunes adultes. Ensuite, un méningiome n'arrête pas de grossir. Alors, soit ce n'est pas la cause de ses crises, soit ce n'est pas un méningiome.

— Et qu'est-ce que ça pourrait être d'autre ?

— Un gliome. Une métastase d'un autre cancer primaire. Ou bien, fit-il avec un haussement d'épaules, ça pourrait même être un vieux kyste encapsulé.

— Cette grosseur a l'air solide.

— Si c'était une séquelle de tuberculose, par exemple, ou un kyste d'origine parasitaire, le corps aurait déclenché une réaction inflammatoire. Il l'aurait entouré ou isolé par du tissu cicatriciel. Vous avez fait une intradermo-réaction ?

— Le test était négatif il y a dix ans.

— Ce qui nous ramène à un diagnostic pathologique. Ce patient a besoin d'une craniotomie et d'une exérèse de la tumeur.

— Autant dire, je suppose, qu'il va falloir le transférer à Bangor ?

— On ne fait plus de craniotomies dans cet hôpital. Nos médecins adressent généralement les cas de neurochirurgie à Clarence Rothstein, au centre médical d'Eastern Maine.

— C'est ce que vous me conseillez ?

Chapman hocha la tête et éteignit le négatoscope.

— Il a la main très sûre.

Des brocolis à la vapeur, du riz et une petite, une pathétique portion de cabillaud.

Louise Knowlton se demanda combien de temps elle pourrait supporter de voir son fils mourir lentement de faim. Il avait encore perdu un kilo, et elle devinait sa fatigue à sa mine lugubre et à ses accès de mauvaise humeur. Il n'était plus son bon petit Barry si jovial.

Louise regarda son mari, assis en face d'elle, de l'autre côté de la table, et lut la même pensée dans ses yeux : c'est le régime. S'il est comme ça, c'est à cause du régime.

Louise indiqua l'assiette de frites qu'ils partageaient, Mel et elle.

— Barry, mon chéri, tu as l'air tellement affamé ! Prends-en quelques-unes, ce n'est pas si grave !

Barry l'ignora et continua à racler la grosse faïence de son assiette avec sa fourchette, produisant des sons à faire grincer des dents.

— Barry, arrête !

Il leva les yeux. Et ce n'était pas un simple coup d'œil, mais le regard le plus froid, le plus atone qu'elle ait jamais vu.

Les mains tremblantes, Louise lui tendit l'assiette de frites.

— Je t'en prie, Barry, murmura-t-elle. Manges-en une. Mange-les toutes. Tu te sentiras tellement mieux si tu manges un peu.

Elle étouffa un cri de surprise alors que Barry repoussait brusquement sa chaise et se levait. Sans un mot, il sortit de la pièce et s'enferma dans sa chambre dont il claqua la porte. Un instant plus tard, ils entendirent la sempiternelle canonnade d'un jeu vidéo alors que son fils démolissait des hordes d'ennemis virtuels.

— Il est arrivé quelque chose, aujourd'hui ? demanda Mel. Ces sales gosses se sont encore moqués de lui ?

Louise poussa un soupir.

— Je ne sais pas. Je ne sais plus rien.

Ils restèrent assis, à écouter la fusillade dont le rythme allait crescendo. À écouter les cris et les gémissements des victimes pixellisées qui agonisaient dans l'enfer d'une Super Nintendo.

Louise baissa les yeux en frissonnant sur la montagne de frites froides, ramollies et, pour la première fois de sa vie, elle repoussa son assiette sans la finir.

La stéréo de Noah gueulait à plein tube quand Claire rentra à la maison. Le mal de tête qu'elle avait senti monter tout l'après-midi semblait resserrer son étau sur son crâne, enfonçant ses griffes derrière ses yeux. Elle accrocha son manteau et resta un moment debout au pied de l'escalier, à écouter le martèlement lancinant de la batterie, les paroles inintelligibles. *Comment suis-je censée surveiller ce que mon fils écoute quand je ne comprends même pas ce que raconte sa musique ?*

Ça ne pouvait pas continuer. Elle ne supporterait pas ce boucan une seconde de plus, pas aujourd'hui. Elle cria dans l'escalier :

— Noah ! Éteins ça !

La musique continua, toujours aussi forte. Insupportable.

Elle monta l'escalier, son irritation croissant et se muant en colère. La porte de sa chambre était fermée… à clé. Elle tapa sur le panneau en hurlant :

— Noah !

Il la laissa poireauter un moment avant d'ouvrir. Quand il s'encadra enfin dans la porte, en débraillé, sa chemise et son pantalon pendant sur lui telle une tenue de cérémonie dépenaillée, elle se sentit agressée par la musique qui l'envahit comme une marée de bruit.

— Éteins ça ! hurla-t-elle.

Il coupa l'ampli, et la musique s'interrompit subitement. Elle avait encore les oreilles cassées.

— Qu'est-ce que tu essaies de faire ? Tu veux devenir sourd ? Et me rendre complètement dingue au passage ?

— Tu n'étais pas à la maison.

— Si, j'étais là. Et je n'ai pas arrêté de t'appeler, mais tu ne m'entendais pas.

— Bon, je t'entends, maintenant. Et alors ?

— D'ici dix ans, tu n'entendras plus rien si tu continues à écouter de la musique aussi fort. Tu n'es pas seul à vivre ici.

— Ça, aucune chance que je l'oublie, tu n'arrêtes pas de me le rappeler.

Il s'affala dans son fauteuil de bureau et lui tourna ostensiblement le dos.

Elle resta plantée devant la porte de sa chambre, à le regarder. Il feuilletait un magazine, mais elle savait, à la crispation de ses épaules, qu'il ne lisait pas vraiment. Il avait bien trop conscience de sa présence, de la colère qui bouillait en elle.

Elle entra dans sa chambre et se laissa tomber avec lassitude sur le lit. Au bout d'un moment, elle dit :

— Je suis désolée de m'être mise à crier.

— Tu n'arrêtes pas de me crier dessus, de toute façon.

— Vraiment ?

— Ouais.

Il tourna une page.

— Je ne voulais pas, Noah. J'ai tellement de problèmes, il y a tellement de choses qui ne vont pas… Je n'arrive pas à faire face.

— Maman, depuis qu'on s'est installés ici, tout va de travers. Tout.

Il ferma le magazine avec un claquement et laissa tomber sa tête dans ses mains.

— Je ne sais pas ce que je donnerais pour que papa soit encore là, fit-il d'une voix réduite à un soupir.

Ils restèrent un moment silencieux. Elle entendit ses larmes tomber sur la page du magazine. Entendit son inspiration sèche alors qu'il essayait de se dominer.

Elle se leva et posa les mains sur ses épaules. Elle sentit ses muscles noués par l'effort qu'il faisait pour ne pas pleurer. Nous nous ressemblons tellement, se dit-elle, nous nous évertuons à contrôler nos émotions, à nous contrôler tout court. Peter était le gai luron, le joyeux drille de la famille, celui qui hurlait de joie sur les montagnes russes et qui rugissait de rire au cinéma. Celui qui chantait sous la douche et qui déclenchait les sirènes d'incendie quand il faisait la cuisine. Celui qui n'hésitait jamais à dire : « Je t'aime. »

Comme tu serais triste de nous voir maintenant, Peter. Terrifiés à l'idée de nous tendre la main l'un à l'autre. Encore en deuil, éclopés. Ta mort nous a mis du plomb dans l'aile.

— À moi aussi, il me manque, murmura-t-elle.

Elle passa ses bras autour de son fils et posa sa joue sur ses cheveux, inspirant cette odeur de garçon qu'elle aimait tant.

— À moi aussi, il me manque…

En bas, on sonna à la porte.

Oh non, pas maintenant. Pas tout de suite.

Elle resta sans bouger, ignorant cette perturbation, fermée à tout, sauf à la chaleur de son fils dans ses bras.

— Maman, fit Noah en se dégageant. Maman, on a sonné.

Elle le lâcha à regret et se redressa. Le moment, l'occasion s'était enfuie, et ses épaules s'étaient à nouveau raidies.

Elle descendit, furieuse de cette intrusion. Quel était l'importun qui l'éloignait de son fils ? En ouvrant la porte, elle trouva Lincoln planté dans le vent glacé de l'hiver, sa main gantée prête à appuyer à nouveau sur le bouton de sonnette. Il n'était jamais passé chez elle, et elle fut à la fois surprise et intriguée par sa visite.

— Il faut que je vous parle, dit-il. Je peux entrer ?

Elle n'avait pas encore fait de feu dans le salon, et la pièce était d'une obscurité déprimante. Elle alluma rapidement toutes les lampes, mais la lumière ne suffisait pas à chasser le froid.

— Après votre départ, dit-il, j'ai réfléchi à ce que vous m'aviez dit : qu'il y avait un schéma dans la violence de cette ville. Qu'il y avait une sorte de lien entre 1946 et cette année.

Il prit, dans la poche intérieure de sa veste, les photocopies qu'elle lui avait apportées.

— Vous voulez que je vous dise ? Nous avions la réponse sous les yeux.

— Quelle réponse ?

— Regardez la première page. Le numéro d'octobre 1946.

— J'ai déjà lu cet article.

— Non, pas l'histoire du meurtre. L'article en dessous. Il a pu vous échapper.

Elle lissa le papier sur ses genoux. Le bas de l'article auquel il faisait allusion était coupé par la photocopie, mais le titre disait : « La réparation du pont sur la Locust est terminée. »

— Je ne comprends pas où vous voulez en venir, dit-elle.

— Nous avons été obligés de réparer le pont cette année. Vous vous souvenez ?

— Oui.

— Et pourquoi avons-nous dû le réparer ?

— Parce qu'il était endommagé ?

Il passa impatiemment la main dans ses cheveux.

— Enfin, Claire, réfléchissez ! Pourquoi a-t-il fallu faire des travaux sur le pont ? Parce qu'il s'était à moitié effondré. Il y a eu des pluies record, au printemps, et la Locust a débordé. Deux maisons ont été emportées, ainsi que plusieurs piles du pont. J'ai appelé le Bureau de recherches géologiques et minières, qui me l'a confirmé : il n'avait pas plu comme ça depuis cinquante-deux ans.

Elle leva les yeux, se rendant soudain compte de ce qu'il essayait de lui dire.

— Alors, la dernière fois qu'il a plu comme ça…

— C'était au printemps 1946.

Elle s'appuya au dossier de son fauteuil, abasourdie par la coïncidence.

— La pluie, murmura-t-elle. Le sol détrempé. Les bactéries. Les moisissures…

— Les champignons sont des moisissures. Et ces petits champignons bleus ?

Elle secoua la tête.

— Max a eu la confirmation qu'ils ne sont pas très toxiques. Mais des pluies torrentielles peuvent encourager la prolifération d'autres champignons. En réalité, c'est un champignon qui provoquait la danse de Saint-Guy…

— C'est une sorte d'épilepsie ?

— La chorée – c'est le nom savant de la danse de Saint-Guy – est un mouvement saccadé des membres qui évoque une danse. On en signale parfois des manifestations collectives. Il se peut même que ça ait inspiré les accusations de sorcellerie de Salem.

— C'est un trouble médical ?

— Oui. Après un printemps humide et froid, le seigle peut être contaminé par ce champignon. Les gens qui en mangent sont atteints de chorée.

— Vous pensez que nous pourrions avoir affaire à une sorte de danse de Saint-Guy ?

— Non, ce que je veux dire, c'est qu'il y a des exemples, dans l'histoire, d'affections humaines liées au climat. Tout dans la nature est intimement lié. Nous croyons peut-être contrôler notre environnement, mais nous sommes affectés par tellement d'organismes que nous ne voyons pas…

Elle s'interrompit, pensa aux résultats négatifs de Scotty Braxton. Jusque-là, ni les examens microscopiques ni les cultures de ses prélèvements sanguin et cérébro-spinal n'avaient donné quoi que ce soit. Mais il y avait peut-être un foyer d'infection qui lui échappait. Un organisme tellement inhabituel, tellement inattendu que le labo l'aurait éliminé comme étant un artefact, une erreur.

— Il doit y avoir un facteur commun chez tous ces jeunes, dit-elle. Une exposition aux mêmes aliments contaminés, par exemple. Nous n'avons que cette association apparente entre la pluie et la violence. Mais il se pourrait que ce ne soit qu'une coïncidence.

Il resta un moment assis sans rien dire. Elle avait souvent observé son visage, admirant sa calme assurance, la force qu'il exprimait. Aujourd'hui, elle voyait de l'intelligence dans ses yeux. Il avait pris deux éléments d'information rigoureusement disparates et avait reconnu un schéma qui lui avait échappé à elle.

— Alors, dit-il, il n'y a plus qu'à trouver le facteur commun.

Elle hocha la tête.

— Vous pourriez m'emmener au centre de détention pour jeunes délinquants du Maine ? Je voudrais parler à Taylor.

— Ça, ça risque de poser un problème. Vous savez que Paul Darnell vous en veut encore de ce qui est arrivé.

— Mais Taylor n'est pas le seul jeune affecté. Son père ne peut pas me mettre sur le dos tout ce qui va de travers dans cette ville.

— Non, plus maintenant, acquiesça Lincoln en se levant. Claire, nous avons besoin de réponses avant la réunion communale. Je trouverai bien un moyen de vous emmener voir le gamin.

Elle le regarda, par la fenêtre du salon, suivre l'allée verglacée et reprendre son pick-up. Il marchait du pas équilibré d'un homme qui est né dans un climat hostile, les pieds bien à plat sur le sol, les semelles fermement posées pour prendre appui sur la glace. Arrivé à son pick-up, il ouvrit la portière et, pour une raison ou une autre, jeta un coup d'œil en arrière, vers la maison.

L'espace d'un instant, leurs regards se croisèrent.

Et elle se dit, avec une sorte d'émerveillement assez inattendu : Depuis combien de temps suis-je attirée par lui ? Quand est-ce que ça a commencé ? Je ne m'en souviens plus. Et voilà, une complication de plus dans sa vie.

Après son départ, elle resta devant la fenêtre, perdue dans la contemplation du paysage vidé de toute couleur, comme exsangue. La neige, la glace, les arbres dénudés, tout cela se fondait dans la grisaille.

En haut, Noah avait rallumé sa sono.

Elle s'écarta de la vitre et éteignit la lumière dans le salon. Et tout à coup, elle se rappela la promesse qu'elle avait faite à Warren Emerson. Elle poussa un gémissement.

La chatte…

Le temps d'aller jusqu'à Beech Hill et de monter chez Emerson, il faisait nuit noire. Elle s'arrêta à côté du tas de bois, une tour parfaitement circulaire de bûches empilées. Elle pensa aux heures qu'il lui avait fallu pour réaliser cette merveille de précision. Elle le voyait placer chaque bûche avec le soin qu'on met d'ordinaire à construire un mur de pierre. Tout ça pour les prélever, l'une après l'autre, et voir l'hiver consumer son œuvre d'art annuelle.

Elle coupa le moteur et leva les yeux sur le vieux bâtiment de ferme. Toutes les lumières étaient éteintes. Elle alluma sa torche et gravit, en regardant bien où elle mettait les pieds, les marches verglacées du porche. Tout semblait pencher sur le côté, et elle eut l'étrange impression de s'incliner elle-même, de glisser vers le bord. De dériver vers l'oubli. Warren lui avait dit que la porte n'était pas fermée à clé, et elle ne l'était pas. Claire entra, alluma la lumière.

Elle était dans une cuisine au linoléum usé et aux appareils vétustes. Un petit chat gris la regardait, par terre. Ils étaient aussi surpris l'un que l'autre et, l'espace de quelques secondes, ils restèrent là, pétrifiés.

Puis le chat jaillit hors de la pièce et disparut Dieu sait où dans la maison.

— Hé, minou, minou ! Tu veux ta pâtée, hein ? Mona ?

Elle avait envisagé d'amener Mona dans une garderie d'animaux. Warren Emerson avait été transféré au centre médical d'Eastern Maine pour sa craniotomie et resterait hospitalisé au moins une semaine. Claire n'avait pas très envie de faire le trajet jusqu'ici, et retour, tous les jours, rien que pour donner à manger à un chat. Mais il semblait que le chat en question ait une autre idée sur la question.

Sa frustration s'accrut alors qu'elle allait de pièce en pièce à la recherche de la très peu coopérative Mona, allumant les lumières sur son passage. Comme tant d'autres fermes de cette époque, celle-ci avait été construite pour héberger une grande famille, et c'était une succession de petites pièces encombrées de vieilleries. Elle vit des paquets de vieux journaux, de magazines et de sacs d'épicerie, des cartons pleins de bouteilles vides. Dans le couloir, elle dut marcher en crabe pour négocier un étroit passage entre des piles de livres. Ce genre d'accumulation était généralement signe de maladie mentale, mais Warren avait organisé son fouillis selon une certaine logique, les livres séparés des magazines, les sacs de papier marron soigneusement lissés et attachés avec de la ficelle. Ce n'était peut-être que la pingrerie yankee poussée à l'extrême.

En tout cas, ça fournissait toutes les cachettes possibles et imaginables à un chat qui avait décidé de disparaître.

Elle effectua un tour complet du rez-de-chaussée sans repérer Mona. La chatte avait dû se réfugier dans l'une des chambres à l'étage.

Claire commença à monter les marches, puis s'arrêta, les mains soudain moites. En proie à une impression de déjà-vu. J'ai déjà vécu cet instant, se dit-elle. Une maison bizarre, un escalier bizarre. Quelque chose de terrible m'attend dans le grenier…

Mais elle n'était pas chez Scotty Braxton, et tout ce qui l'attendait, tapi à l'étage, était un animal terrifié.

Elle s'obligea à monter l'escalier tout en appelant : « Minou, minou ! » pour se donner du cœur au ventre. Il y avait quatre portes sur le palier du second étage, mais il n'y en avait qu'une d'ouverte. Si le chat était monté au premier, il devait être dans cette pièce.

Claire entra dans la chambre et alluma la lumière.

Son regard fut tout de suite attiré par les photos en noir et blanc – des douzaines de photos encadrées, accrochées aux murs ou posées sur la commode et la table de chevet. Une galerie de souvenirs de Warren Emerson. Sur l'une des photos, trois visages lui souriaient : un couple entre deux âges avec un petit garçon. La femme avait le visage rond et lisse sous son chapeau comiquement incliné comme si elle avait trop bu. L'homme, à côté d'elle, avait les yeux brillants et semblait bien s'amuser aussi. Ils avaient tous les deux la main posée sur les épaules du petit garçon debout entre eux, le réclamant comme leur, un trésor partagé.

Et le garçon avec l'épi dans les cheveux et les dents de devant en moins devait être le jeune Warren rayonnant de la chaleur prodiguée par ses parents.

Elle parcourut les autres photographies : c'étaient les mêmes visages, encore et toujours, à différentes saisons, dans différents endroits. Là, une photo de la mère présentant fièrement une tarte. Là, le père et le fils au bord d'un cours d'eau avec leurs cannes à pêche. Et pour finir, une photo de classe d'une jeune fille, apparemment la petite amie de Warren, parce que, dessous, quelqu'un avait écrit dans un cœur

« Warren et Iris pour la vie ». Les yeux embrumés de larmes, Claire regarda la table de nuit, le verre d'eau encore à moitié plein posé dessus. Le lit, et les cheveux gris sur l'oreiller. Le lit de Warren.

Tous les matins, il se réveillait seul dans cette chambre, en regardant les photos de ses parents. Et tous les soirs, il fermait les yeux en voyant leurs visages, qui lui souriaient.

Elle ne put retenir ses larmes. Des larmes pour l'enfant qu'il avait été jadis. Un petit garçon solitaire piégé dans le corps d'un vieil homme.

Elle redescendit dans la cuisine, au rez-de-chaussée.

Il ne servait à rien de courir après un chat qui ne voulait pas qu'on l'attrape. Elle n'avait qu'à laisser à manger dans l'écuelle, et elle reviendrait un autre jour. Elle ouvrit le placard. Des douzaines de boîtes de pâtée pour chat étaient empilées sur les étagères. Il n'y avait à peu près rien à manger dans la cuisine pour un homme, mais cette chère petite Mona adorée ne risquait pas de mourir de faim.

Aujourd'hui, c'était le jour du thon.

Ce serait donc du thon. Claire ouvrit une boîte et la vida dans l'écuelle du chat, qu'elle reposa par terre, à côté d'une gamelle d'eau. Elle remplit une assiette creuse de croquettes, suffisamment pour plusieurs jours. Elle nettoya la litière. Puis elle éteignit la lumière et sortit.

Assise dans sa voiture, elle jeta un dernier coup d'œil à la maison. Warren Emerson aurait donc vécu quasiment toute sa vie ici, dans ces murs, sans compagnie humaine, sans amour. Il mourrait probablement dans cette maison, tout seul, avec, pour unique témoin de ses derniers instants, un chat.

Elle essuya ses larmes. Fit demi-tour et repartit dans la nuit. Elle avait un bon bout de route à faire.

Ce soir-là, Lincoln la rappela.

— J'ai parlé à Wanda Darnell, dit-il. Je lui ai dit que le comportement de son fils pouvait peut-être s'expliquer par des raisons biologiques. Que d'autres jeunes en ville étaient affectés et que nous essayions de trouver la cause.

— Comment a-t-elle réagi ?

— Je pense qu'elle est soulagée. Ça veut dire qu'on pourrait incriminer une cause extérieure à la famille, et à elle-même.

— Il faut la comprendre.

— Elle vous donne l'autorisation d'interroger son fils.

— Quand ça ?

— Demain. Au centre de détention pour jeunes délinquants du Maine.

Une longue rangée de lits était alignée le long d'un mur du dortoir silencieux. Le gamin était assis sur son lit, les genoux remontés sous le menton, la tête inclinée. Le soleil matinal filtrant par la fenêtre, au-dessus de lui, répandait un carré de lumière sur ses épaules étroites. Ce n'était pas le même gamin qu'elle avait vu quatre semaines plus tôt, qui crachait, jurait et se débattait comme un forcené. C'était un enfant abattu, dont les espoirs et les rêves avaient été réduits à néant. Il ne restait plus de lui qu'une carcasse vide.

Il ne leva pas les yeux quand Claire approcha, ses pas retentissant sur le parquet usé. Elle s'arrêta à côté de son lit.

— Salut, Taylor. Tu veux bien me parler ?

Il haussa une épaule. Enfin, ce n'était pas à proprement parler un haussement d'épaule, plutôt un semblant d'invite.

En cherchant une chaise du regard, elle remarqua le petit meuble de bois blanc, à côté du lit : un bureau qui en avait vu de belles. D'innombrables jeunes résidents avaient gravé leurs initiales et des obscénités sur le dessus. Elle se demanda si Taylor avait déjà imprimé sa marque sur ce palimpseste de désespoir.

Elle approcha la chaise du lit et s'assit.

— Quoi que nous puissions nous dire aujourd'hui, Taylor, ça restera entre nous. D'accord ?

Il haussa les épaules, mais cette fois comme si rien de tout ça n'avait la moindre importance.

— Tu veux bien me parler de ce qui s'est passé ce jour-là, au collège ? Pourquoi as-tu fait ça ?

Il posa sa joue sur son genou, l'air soudain trop épuisé pour supporter sa tête.

— Je ne sais pas pourquoi.

— Tu te souviens de ce jour-là ?

— Hon-hon.

— Tu te souviens de tout ?

Il déglutit péniblement, mais ne répondit rien. Soudain, son visage se crispa, traduisant une sorte de torture intérieure, et il ferma les yeux, si fort que tout son visage sembla s'effondrer sur lui-même. Il inspira profondément, et laissa échapper non point le hurlement de douleur auquel elle s'attendait mais un gémissement lamentable, suraigu.

— Je ne sais pas. Je ne sais pas pourquoi j'ai fait ça.

— Tu as apporté une arme à feu à l'école, ce jour-là.

— Pour leur montrer que j'en avais une. Ils ne me croyaient pas. Ils me traitaient de menteur.

— Qui ça ? Qui disait ça ?

— JD et Eddie. Ils se vantaient toujours que leur papa les laissait tirer avec ses fusils.

Encore les fils de Jack Reid. Wanda Darnell avait laissé entendre qu'ils avaient une mauvaise influence sur Taylor. Elle ne se trompait pas.

— Alors tu es venu avec le pistolet à l'école, reprit Claire. Tu avais l'intention de t'en servir ?

Il secoua la tête.

— Je l'avais dans mon sac à dos. Et Mme Horatio m'a mis un six à mon devoir. Et puis elle s'est mise à me crier dessus à cause de je ne sais quelle connerie de grenouille.

Il se mit à se balancer, les bras passés autour de ses genoux, chaque inspiration s'achevant en sanglot.

— J'ai eu envie de tous les tuer. Je ne pouvais pas m'en empêcher. C'était comme si je voulais leur faire payer ça, à tous.

Il cessa de se balancer et resta parfaitement immobile, les yeux dans le vague, ne voyant rien.

— Je ne leur en veux plus. Mais maintenant, il est trop tard.

— Ce n'est peut-être pas ta faute, Taylor.

— Tout le monde sait que c'est moi qui l'ai fait.

— Mais tu viens de me dire que tu ne te contrôlais plus.

— C'est ma faute quand même…

— Taylor, regarde-moi. Je ne sais pas si quelqu'un t'a dit, pour ton ami, Scotty Braxton.

Le garçon releva lentement les yeux vers elle.

— Il lui est arrivé la même chose. Et maintenant, sa maman est morte.

Elle vit, à son regard chaviré, qu'on ne lui avait pas appris la nouvelle.

— Personne ne peut expliquer pourquoi il a disjoncté. Pourquoi il l'a attaquée. Tu n'es pas le seul à qui c'est arrivé.

— Mon papa m'a dit que c'est parce que vous m'aviez fait arrêter les médicaments.

— Scotty ne suivait aucun traitement. À moins qu'il n'ait pris quelque chose, ajouta-t-elle en le regardant avec insistance, cherchant son regard.

— Non.

— C'est très important. Il faut que tu me dises la vérité, Taylor. L'un de vous deux a-t-il pris une drogue ?

— Je dis la vérité.

Il la regarda sans ciller. Et elle le crut.

— Et Scotty ? demanda-t-il. Scotty va venir ici ?

Soudain, elle sentit des larmes lui picoter les yeux. Elle dit doucement :

— Je suis désolée, Taylor. Je sais que vous étiez bons amis…

— C'est mon meilleur ami.

— Il était à l'hôpital. Et il s'est fait du mal. On a bien essayé de l'aider, mais il n'y avait… on a eu beau faire…

— Il est mort. C'est ça ?

Sa question directe exigeait une réponse honnête.

Elle l'admit tranquillement :

— Oui, avoua-t-elle doucement. Malheureusement. Je suis navrée.

Il laissa tomber son visage entre ses genoux, et les paroles jaillirent de lui, entrecoupées de sanglots.

— Scotty n'a jamais rien fait de mal ! C'était une poule mouillée. C'est comme ça que JD l'appelait toujours : une vraie poule mouillée. Et je n'ai jamais pris sa défense. J'aurais dû intervenir, mais je ne l'ai pas fait…

— Oh, Taylor… Taylor, il faut que je te pose encore une question.

— … j'avais trop peur.

— Vous étiez souvent ensemble, Scotty et toi. Où passiez-vous votre temps, tous les deux ?

Il ne répondit pas ; il se contentait de se balancer sur le lit.

— Il faut vraiment que je le sache, Taylor. Où alliez-vous, tous les deux ?

Il inspira sèchement.

— Avec les autres.

— Où ça ?

— Je ne sais pas ! Partout.

— Dans les bois ? Chez l'un de vous ?

Il cessa de se balancer et, l'espace d'un moment, elle pensa qu'il n'avait pas entendu sa dernière question. Puis il leva la tête et la regarda.

— Au lac.

Le lac Locust. C'était le centre de toutes les activités, à Tranquility, l'endroit où on pique-niquait, où on faisait du bateau, des compétitions de natation, où on pêchait. Sans le lac, il n'y aurait pas de visiteurs, l'été, pas de rentrées d'argent. La ville n'existerait tout simplement pas.

Tout ça avait un rapport avec le lac, se dit-elle. L'eau, et la pluie. Les inondations et les bactéries.

La nuit où l'eau avait brillé…

— Taylor, dit-elle, vous alliez vous baigner dans le lac, Scotty et toi ?

— Tous les jours, répondit-il en hochant la tête.

15

La réunion communale était prévue à sept heures et demie, dans la cafétéria du collège, et à sept heures et quart tous les sièges étaient occupés. Il y avait même des gens debout dans les allées, le long des murs et jusque derrière les portes qui donnaient à l'extérieur, où soufflait un vent glacial. De l'endroit où se tenait Claire, sur le côté de la salle, on voyait bien la table des organisateurs, où siégeaient Lincoln, Fern Cornwallis et le président du comité municipal, Glen Ryder. Les cinq membres du comité étaient assis juste devant eux, au premier rang.

Claire connaissait beaucoup des personnes présentes. La plupart étaient d'autres parents d'élèves, qu'elle avait rencontrés en diverses occasions, au collège. Il y avait aussi un certain nombre de ses collègues du Knox. La douzaine d'adolescents qui avaient décidé de venir étaient serrés les uns contre les autres, au fond de la cafétéria, comme pour faire bloc face aux attaques de leurs aînés.

Glen Ryder donna plusieurs coups de maillet, mais la foule était trop importante, trop agitée pour l'entendre. Frustré, il grimpa sur une chaise et hurla :

— Je réclame le silence ! Tout de suite !

Le brouhaha cessa enfin, et Ryder poursuivit, plus calmement :

— Je sais qu'il n'y a pas assez de chaises pour tout le monde. Il y a des gens, dehors, qui sont mécontents de devoir rester debout dans le froid, alors qu'il fait moins treize. Mais le chef des pompiers dit que nous avons déjà dépassé la capacité d'occupation de cette salle. Nous ne pouvons accueillir une personne de plus, à moins que quelqu'un d'autre ne sorte.

— Certains des jeunes qui sont au fond pourraient sortir pour laisser les adultes entrer, grommela un homme.

L'un des adolescents rétorqua :

— On a bien le droit d'être là, quand même !

— C'est de votre faute, à vous, les jeunes, si on est là, d'abord !

— Si vous voulez parler de nous, alors on veut être là pour entendre ce que vous avez à dire !

Une demi-douzaine de personnes se mirent à parler en même temps.

— Personne ne sera exclu de cette réunion ! gueula Ryder. C'est une réunion publique, Ben, et nous ne pouvons faire de discrimination. Bon, commençons. Chef Kelly, vous pourriez faire le point sur la situation, en ville ?

Lincoln se leva. Ces derniers jours l'avaient beaucoup éprouvé, physiquement et émotionnellement, et on aurait dit qu'il portait tout le poids du monde sur ses épaules.

— Ça n'a pas été un bon mois, commença-t-il, ce qui était le moins que l'on puisse dire, mais Lincoln Kelly pratiquait volontiers l'euphémisme. Il n'est question que des meurtres : la fusillade au collège, le 2 novembre, puis chez les Braxton, le 15 novembre. Deux affaires de meurtre en deux semaines. Mais ce qui m'effraie le plus, c'est que je crains que nous n'ayons pas encore vu le pire. Hier soir, mes hommes ont répondu à huit appels concernant des jeunes coupables d'agression. Je n'ai jamais vu ça. Je suis flic dans cette ville depuis vingt-deux ans. J'ai vu des vagues de délits mineurs qui passaient comme elles étaient venues. Mais ça, des gamins qui essaient de s'estropier, de s'entretuer, de massacrer ceux qu'ils aiment…

Il se tut, secoua la tête et se rassit.

— Mademoiselle Cornwallis ? demanda Ryder.

La directrice du collège se leva. Fern Cornwallis était une belle femme, et elle s'était donné du mal pour paraître à son avantage, ce soir-là. Ses cheveux blonds étaient coiffés en un chignon très glamour, et c'était l'une des rares femmes de l'assistance qui avaient pris la peine de se maquiller. Mais son rouge à lèvres ne faisait que souligner la pâleur de son visage.

— Je ne peux que confirmer les propos du chef Kelly. Ce qui se passe dans cette ville – cette colère, cette violence… Je n'ai jamais vu ça non plus. Et ce n'est pas seulement au collège qu'il y a des problèmes. Il y en a aussi chez nous. Je connais ces enfants ! Je les ai vus grandir. Je les ai vus se promener en ville, dans les couloirs du collège. Ou dans mon bureau, quand l'occasion l'exigeait. Et les fauteurs de troubles ne sont pas des jeunes que j'aurais qualifiés d'enfants à problèmes. Aucun d'eux n'a manifesté, dans le passé, de signes de violence. Et tout à coup, je ne reconnais plus ces gamins. Je ne les reconnais plus.

Elle s'interrompit, la gorge nouée, et conclut tout bas :

— Ils me font peur.

— À qui la faute ? hurla Ben Doucette.

— Il n'est pas question de rejeter la faute sur qui que ce soit en particulier, répondit Fern. Nous essayons juste de comprendre pourquoi ça arrive. Nous avons fait venir d'urgence cinq conseillers d'orientation supplémentaires, qui se partagent entre le collège et le lycée. En outre, au lycée, un psychologue, le Dr Lieberman, travaille en liaison étroite avec notre équipe. Et nous nous efforçons de mettre sur pied un plan d'action.

Ben se leva. C'était un vieux garçon d'une cinquantaine d'années, à l'air aigri. Il avait perdu un bras au Vietnam, et il cramponnait toujours son moignon avec sa main valide comme pour souligner son sacrifice.

— Je peux vous dire d'où vient le problème, dit-il. C'est le même bordel dans tout le pays : y a plus de discipline. Quand j'avais treize ans, vous croyez que j'aurais osé prendre un couteau et menacer ma mère ? Mon vieux m'aurait flanqué une baffe à me décoller la tête.

— Que suggérez-vous, monsieur Doucette ? demanda Fern. Que nous rétablissions la fessée pour les garçons de quatorze ans ?

— Et pourquoi pas ?

— Essayez un peu ! brailla l'un des ados, et ses copains le rejoignirent en un chœur de quolibets : Venez-y donc ! On a hâte de voir ça !

La réunion échappait à tout contrôle. Lincoln se leva et tendit la main afin d'obtenir le silence. Il faut croire qu'il inspirait un certain respect, parce que la foule finit par se taire pour l'écouter.

— Il est temps d'envisager des solutions réalistes, dit-il.

Jack Reid se leva à son tour.

— Comment pouvez-vous envisager des solutions alors que vous avez pas mis le doigt sur le problème ? Mes garçons me disent que c'est les nouveaux venus à l'école, ceux qui viennent d'autres villes, qui provoquent la plupart des incidents. Qui montent des bandes, qui introduisent des drogues.

La réponse de Lincoln se perdit dans un soudain brouhaha. Claire lisait la frustration sur son visage, déjà rouge de colère.

— Le problème ne vient pas de l'extérieur, dit Lincoln. La crise est locale. C'est notre problème et ce sont nos jeunes qui ont un mauvais comportement.

— Mais qui c'est qu'a commencé, hein ? lança Reid. Qui c'est qui vient foutre la merde chez nous ? Y a des gens qui sont pas chez eux, ici !

Glen Ryder frappa la table à coups redoublés avec son maillet, mais sans résultat. C'était comme si Jack Reid avait agité un chiffon rouge devant le nez d'un taureau, et maintenant tout le monde gueulait en même temps.

Une voix de femme perça le tumulte.

— Vous pouvez nous parler de ces rumeurs de culte satanique séculaire ? demanda-t-elle en se levant.

Damaris Horne. Il était difficile de rater cette crinière blonde, léonine. Difficile aussi de rater les regards intéressés que les hommes jetaient dans sa direction.

— Tout le monde est au courant de ces vieux ossements qu'on a déterrés près du lac. J'ai entendu dire qu'il y avait eu un meurtre collectif. Peut-être même un assassinat rituel.

— Ça s'est passé il y a plus de cent ans, intervint Lincoln. Ça n'a absolument aucun rapport.

— Peut-être que si. Il y a un long historique de cultes sataniques en Nouvelle-Angleterre.

— Le seul culte qu'il y ait dans le coin, répliqua Lincoln, perdant patience, c'est celui que vous avez inventé pour votre torchon de merde !

— Alors peut-être que vous allez m'expliquer les rumeurs troublantes que j'ai entendues, insista Damaris, dont le calme contrastait avec l'énervement de Lincoln. Par exemple, le nombre 666 peint sur le mur du collège.

Lincoln jeta un regard étonné à Fern. Claire se rendit aussitôt compte de ce que ce regard signifiait. Ils étaient manifestement surpris, tous les deux, que la journaliste soit informée de ce détail – réel, au demeurant.

— Le mois dernier, on a trouvé une mare de sang dans une grange, reprit Damaris. Vous êtes au courant, quand même ?

— Ce n'était pas du sang, c'était un pot de peinture rouge.

— Et ces lumières qui vacillent, la nuit, sur Beech Hill ? Beech Hill qui ne serait qu'un parc naturel, à ce qu'il paraît.

— Ça, je peux vous l'expliquer tout de suite ! coupa Lois Cuthbert, l'un des membres du comité municipal. C'est ce biologiste, le Dr Tutwiler, qui ramassait des salamandres. J'ai failli le renverser avec ma voiture, il y a quelques semaines, alors qu'il redescendait de la colline en pleine nuit.

— Très bien, convint Damaris. Oublions les lumières sur Beech Hill. Mais je persiste à dire qu'il se produit dans cette ville des tas d'événements bizarres et inexpliqués. Si quelqu'un veut m'en parler plus tard, je suis prête à l'écouter.

Elle se rassit.

— Je suis d'accord avec elle, fit une voix trémulante.

La voix d'une femme qui était debout au fond de la salle, une petite femme au visage livide, aux mains crispées sur le devant de son manteau.

— Il y a quelque chose qui ne va pas dans cette ville. Il y a longtemps que je le sens. Vous aurez beau dire, chef Kelly, tout ce qui se passe ici, c'est l'expression du mal. Je ne dis pas que c'est Satan. Je ne sais pas ce que c'est. Mais je sais que je ne peux plus habiter ici. J'ai mis ma maison en vente, et je pars la semaine prochaine. Avant qu'il n'arrive malheur à ma famille.

Elle tourna les talons et quitta la réunion. On aurait entendu une mouche voler dans la salle.

La vibration stridente du bipeur de Claire troua le silence : l'hôpital tentait de la joindre. Elle se fraya un chemin dans la foule et sortit pour appeler sur son portable.

Après la cafétéria surchauffée, le vent paraissait d'un froid particulièrement mordant, et elle se recroquevilla sur elle-même en grelottant, se plaquant contre le bâtiment en attendant que quelqu'un décroche.

— Oui, Clive, du labo… ?

— C'est le Dr Elliot. Vous m'avez bipée.

— Oui ! Merci de me rappeler. Je ne sais pas si ça vous intéresse toujours, puisque le patient est décédé. Mais j'ai le résultat des analyses de Scotty Braxton.

— Oui, oui, et comment que ça m'intéresse !

— D'abord, j'ai la synthèse finale du laboratoire Anson Biologicals, concernant la recherche de drogues et de toxiques. On n'a rien trouvé dans le sang du gamin.

— Il n'y a rien qui corresponde au pic remarqué à la chromatographie ?

— Pas dans ce compte rendu.

— Il doit y avoir une erreur. Il y a forcément quelque chose.

— Tout ce que ça veut dire, c'est qu'ils n'ont détecté aucun des toxiques répertoriés. Nous avons aussi le résultat de la culture des sécrétions nasales du gamin. La liste des bactéries est assez longue, puisque vous vouliez une identification exhaustive, mais on trouve surtout les parasites habituels, des staphylos et des streptocoques, je vous fais grâce des détails. Bref, des organismes qu'on ne prend même pas la peine de signaler, ordinairement.

— La culture ne révèle rien d'anormal ?

— Si. Des *Vibrio fischeri*.

Elle nota l'information sur un bout de papier.

— Jamais entendu parler.

— Nous non plus. C'est la première fois qu'on en trouve dans une culture, ici. Ça doit être une contamination.

— Mais j'ai recueilli le spécimen à partir des muqueuses nasales du patient !

— Eh bien, je doute que la contamination provienne de notre laboratoire. Ce n'est pas le genre de bactérie qu'on trouve en milieu hospitalier.

— Et qu'est-ce que c'est ? Où la trouve-t-on normalement ?

— J'ai vérifié auprès de la biologiste de Bangor, où ils ont effectué les cultures. D'après elle, c'est un parasite habituel des invertébrés comme les vers marins ou les calmars, avec lesquels ils établissent une relation symbiotique. L'hôte invertébré offre un environnement sûr à la bactérie.

— Et ce *Vibrio*, que fait-il en échange ?

— Il alimente en énergie l'organe lumineux de l'hôte.

Il lui fallut quelques secondes pour enregistrer la signification de cette information.

— Vous voulez dire que cette bactérie est bioluminescente ? demanda-t-elle avidement.

— Ouais. Le calmar la confine dans un sac translucide. Il profite de la luminosité de la bactérie pour attirer ses congénères. C'est le principe des enseignes lumineuses des sex-shops.

— Il faut que j'y aille, coupa-t-elle. Je vous rappelle !

Elle regagna précipitamment la cafétéria du collège.

Glen Ryder essayait toujours de calmer l'assistance, mais le bruit de son maillet heurtant inefficacement la table ne pouvait lutter contre la cacophonie ambiante. Il regarda avec surprise Claire fendre la foule et s'approcher de la table des organisateurs.

— J'ai une annonce à faire, dit-elle. Je voudrais mettre la population en garde contre un risque biologique.

— Ce n'est pas vraiment le sujet de cette réunion, docteur Elliot.

— Je crois que c'est lié. Je voudrais prendre la parole, s'il vous plaît.

Il hocha la tête et se remit à jouer du marteau, avec une énergie renouvelée.

— Le Dr Elliot a une annonce à faire !

Claire se tourna vers l'assistance, bien consciente que tous les regards convergeaient vers elle. Elle inspira profondément et commença :

— Ces agressions nous font peur à tous, elles nous font montrer du doigt nos voisins, l'école. Les gens qui ne sont pas d'ici. Mais je crois qu'il y a une explication médicale. Je viens d'avoir le laboratoire de l'hôpital et je commence à avoir une idée de ce qui se passe. Nous avons recueilli dans le mucus nasal de Scotty Braxton une bactérie appelée *Vibrio fischeri*, dit-elle en levant le bout de papier sur lequel elle avait noté le nom. Ce à quoi nous assistons en ce moment – le comportement agressif de nos enfants – pourrait être un symptôme d'infection par *Vibrio fischeri*. Ce microbe provoquerait des méningites que nos tests habituels ne permettraient pas de détecter. Il pourrait aussi déclencher ce qu'on appelle en médecine une « réaction de voisinage » – une infection des sinus, qui remonterait jusqu'au cerveau…

— Attendez un peu, fit Adam DelRay en se levant. Il y a dix ans que je pratique la médecine ici, et je n'ai jamais rencontré une infection provoquée par ce… comment dites-vous, déjà ?

— *Vibrio fischeri*. Ce n'est pas un parasite habituel de l'être humain. Mais le labo l'a identifié comme un parasite infectant mon patient.

— Et où votre patient a-t-il ramassé ce microbe ?

— Je pense que c'est dans le lac. Scotty Braxton et Taylor Darnell se sont baignés presque tous les jours, cet été. De même que beaucoup d'autres enfants de la ville. S'il y a une importante prolifération de *Vibrio* dans le lac, ça pourrait expliquer le mode de contamination.

— Je suis allée nager, cet été, dit une femme. Comme beaucoup d'adultes. Pourquoi les jeunes seraient-ils seuls à être infectés ?

— Ça dépend peut-être de la partie du lac où vous êtes allée. La méningite amibienne présente un schéma infectieux similaire. C'est une infection cérébrale provoquée par les amibes qu'on trouve dans l'eau douce. Les enfants et les adolescents y sont plus vulnérables que les adultes. Quand ils nagent dans de l'eau contaminée, les amibes pénètrent dans leur muqueuse nasale. À partir de là, elles atteignent le cerveau en franchissant une barrière poreuse appelée la lame criblée. Les adultes sont moins fréquemment atteints parce que leur lame criblée est plus épaisse, ce qui protège leur cerveau. Les enfants n'ont pas cette protection.

— Alors comment traitez-vous ce problème ? À coups d'antibiotiques ?

— Je suppose, en effet.

Adam DelRay laissa échapper un rire incrédule.

— Vous préconisez que nous donnions des antibiotiques à tous les jeunes colériques de la ville ? Vous n'avez même pas la preuve de la contamination !

— Nous avons une culture de cette bactérie.

— Une culture ! Elle ne provient pas du liquide cérébro-spinal, alors comment pouvez-vous dire que c'est une méningite ? Je puis vous assurer, poursuivit-il en prenant l'assistance à témoin, qu'il n'y a pas d'épidémie dans cette ville. Le mois dernier, le centre pédiatrique de Two Hills a participé à une étude sur la numération globulaire et le taux d'hormones des jeunes. Ils ont fait des prises de sang à tous les adolescents de la région. S'ils avaient eu une infection, on l'aurait vu.

— De quelle étude parlez-vous ? demanda Claire.

— Le laboratoire Anson Biologicals a subventionné une étude destinée à confirmer certaines données statistiques de base. Il n'en est rien ressorti d'extraordinaire. Votre théorie est la plus belle dinguerie qu'il m'ait été donné d'entendre, ajouta-t-il en secouant la tête, et vous n'avez pas un poil de preuve pour l'étayer. Vous ne savez même pas si votre *Vibrio* est présent dans le lac.

— Je sais qu'il l'est, dit Claire. Je l'ai vu.

— Vous avez vu une bactérie ? Un organisme microscopique ? Et puis quoi encore ?

— *Vibrio fischeri* est bioluminescent. Il luit dans le noir ; et j'ai observé un phénomène de bioluminescence sur le lac Locust.

— Où sont les cultures pour appuyer vos dires ? Vous avez prélevé des échantillons d'eau ?

— J'ai fait cette observation juste avant que le lac ne gèle. Il fait probablement trop froid maintenant pour prélever des échantillons d'eau. Ce qui veut dire que nous n'en aurons pas la confirmation avant le printemps. Ces bactéries mettent du temps à proliférer. Il se pourrait que nous soyons obligés d'attendre des semaines ou des mois avant d'obtenir des cultures viables. J'avoue que je ne vous le suggère pas de gaieté de cœur, poursuivit-elle après une hésitation, mais tant que nous n'aurons pas éliminé la possibilité de contamination du lac par cette bactérie, je vous recommande d'empêcher vos enfants de s'y baigner.

Le tumulte fut immédiat, mais elle n'en fut pas surprise.

— Vous êtes dingue ! On ne peut pas diffuser une information pareille !

— Et les touristes ? Vous allez faire fuir les touristes !

— Merde alors ! Comment vous voulez qu'on gagne notre vie ?

Glen Ryder était debout et tapait sur la table à coups redoublés.

— Du calme ! Du calme ! Si vous ne vous taisez pas, je fais évacuer la salle ! Docteur Elliot, reprit-il en se tournant vers Claire, la face écarlate, ce n'est ni le moment ni l'endroit de proposer une mesure aussi radicale. Le comité municipal doit en discuter.

— C'est un problème de santé publique, repartit Claire. La décision incombe au ministère de la Santé. Pas à des politiques.

— Il n'est pas indispensable de faire intervenir l'État dans cette histoire !

— Il serait irresponsable de ne pas le faire.

Lois Cuthbert se leva d'un bond.

— Je vais vous dire ce qui est irresponsable. C'est de venir raconter sans aucune preuve, dans cette salle pleine de journalistes, qu'il y a des bactéries mortelles dans notre lac. Vous voulez foutre cette ville en l'air !

— S'il y a un risque pour la santé, nous n'avons pas le choix.

Lois se tourna vers Adam DelRay.

— Quel est votre avis, docteur DelRay ? Il y a un risque pour la santé ?

DelRay eut un ricanement hargneux.

— Le seul risque que je vois, c'est que nous allons être la risée générale si nous répandons cette information. Des bactéries qui brillent dans le noir ? Elles chantent et elles dansent, aussi, peut-être ?

Il y eut un éclat de rire général, et Claire s'empourpra.

— Je sais ce que j'ai vu, insista-t-elle.

— C'est génial, docteur Elliot ! Des bactéries psychédéliques, maintenant !

Soudain, la voix de Lincoln se fit entendre parmi les rires.

— Je l'ai vu, moi aussi.

Tout le monde se tut alors qu'il se levait. Surprise, Claire se retourna pour le regarder, et il esquissa un sourire entendu, qui voulait dire : Autant nous serrer les coudes.

— J'étais ce soir-là avec le Dr Elliot, dit-il. Nous avons bien vu briller quelque chose sur le lac. Je ne peux pas vous dire ce que c'était. Ça n'a duré que quelques minutes, et puis ça a disparu. Mais il y avait bel et bien une lueur.

— J'ai vécu au bord de ce lac toute ma vie, dit Lois Cuthbert. Je n'ai jamais rien vu briller, ni dedans ni dessus.

— Moi non plus !

— … Ni moi !

— Hé, chef, vous sniffez le même truc, la toubib et vous ?

Il y eut de nouveaux rires, et cette fois ils étaient dirigés contre eux deux. L'agressivité s'était muée en moquerie. Mais Lincoln ne pipa mot. Il encaissa les railleries avec équanimité.

— Il se peut que ce soit un phénomène épisodique, reprit Claire. Un événement qui ne se produit pas tous les ans. Qui pourrait être lié aux conditions météorologiques. Les inondations de printemps, ou un été particulièrement chaud – nous avons eu les deux, cette année. Les mêmes circonstances, exactement, qu'il y a cinquante-deux ans. Je sais qu'il y a des gens, dans cette salle, qui se souviennent de ce qui s'est passé à l'époque.

Elle s'interrompit et promena un regard de défi sur l'assistance.

Et la foule se tut.

Le journaliste du *Portland Press Herald* l'interpella :

— Et que s'est-il passé, il y a cinquante-deux ans ?

Glen Ryder se leva d'un bond, brusquement.

— Le comité municipal va se réunir et délibérer. Merci, docteur Elliot.

— Il faudrait prendre des mesures immédiates, insista Claire. Il faudrait appeler le ministère de la Santé pour tester l'eau…

— Le comité en discutera lors de sa prochaine réunion, répéta fermement Ryder. Ce sera tout, docteur Elliot.

Les joues brûlantes, elle s'éloigna de la table des officiels.

La réunion se poursuivit sur le mode de l'échange hargneux. Il n'y eut plus aucune allusion à sa théorie ; ils l'avaient unanimement rejetée comme si elle ne méritait pas un instant de réflexion. Quelqu'un suggéra d'établir un couvre-feu : plus un gamin dehors après vingt et une heures.

Les gamins élevèrent aussitôt des protestations véhémentes :

— Et nos droits de l'homme, merde, alors !

— Vous n'avez aucun droit civique, rétorqua Lois. Pas tant que vous n'aurez pas appris à vous responsabiliser !

Et à partir de là, la situation ne cessa de dégénérer.

À dix heures du soir, tout le monde avait la voix éraillée à force de crier, et Glen Ryder finit par lever la réunion.

Claire resta plantée sur un côté de la salle tandis que la foule sortait. Les gens défilèrent devant elle sans lui accorder un regard. J'ai cessé d'exister dans cette ville, se dit-elle avec amertume, sauf comme objet de mépris. Elle aurait voulu remercier Lincoln de l'avoir soutenue, mais elle vit qu'il était assailli par les membres du comité municipal, qui l'accablaient de questions et de récriminations.

— Docteur Elliot ! appela Damaris Horne. Que s'est-il passé, il y a cinquante-deux ans ?

Claire battit précipitamment en retraite, Damaris et les autres journalistes lui filant le train, et gagna la sortie en répétant comme un perroquet :

— Pas de commentaire, pas de commentaire.

Elle constata avec soulagement que personne ne la suivait au-dehors. Mais son soulagement fut de courte durée. Le vent semblait traverser son manteau, et sa voiture était garée assez loin du collège. Elle partit la récupérer, aussi vite que le permettait la route verglacée, les poings enfoncés dans les poches, en plissant les yeux pour ne pas se faire aveugler par les phares des voitures. Arrivée à sa voiture, elle avait déjà ses clés à la main et s'apprêtait à ouvrir sa portière quand elle se rendit compte qu'il y avait un détail qui clochait.

Elle fit un pas en arrière et regarda, choquée, les crêpes de caoutchouc qu'étaient devenus ses pneus. Ils avaient été lacérés, tous les quatre. Elle flanqua rageusement un coup sur la portière, puis deux.

De l'autre côté de la route, un homme qui reprenait sa propre voiture se retourna, surpris. C'était Mitchell Groome.

— Vous avez un souci, docteur Elliot ? appela-t-il.

— Regardez mes pneus !

Il laissa passer une voiture et traversa la route pour la rejoindre.

— Seigneur, murmura-t-il. Il y a quelqu'un qui ne vous aime vraiment pas.

— Ils les ont déchiquetés, tous les quatre !

— Je vous aiderais bien à les changer, mais je doute que vous ayez quatre roues de rechange.

Elle n'apprécia pas sa médiocre tentative d'humour. Elle lui tourna le dos et regarda ses pneus crevés. Le vent lui mettait le visage à vif, et le froid qui montait du sol gelé semblait traverser la semelle de ses bottes. Il était trop tard pour appeler le garage de Joe Bartlett. Elle n'était même pas sûre qu'il ait quatre pneus neufs pour le lendemain matin. Elle était échouée là, furieuse, et elle avait de plus en plus froid à chaque minute.

Elle se tourna vers Groome.

— Vous pourriez me ramener chez moi ?

Elle passait un marché avec le diable, elle le savait. Un journaliste, c'était fait pour poser des questions. Ils n'étaient pas partis depuis dix secondes qu'il attaquait, comme de bien entendu :

— Alors, qu'est-ce qui s'est passé dans cette ville, il y a cinquante-deux ans ?

Elle détourna le regard.

— Écoutez, je ne suis vraiment pas d'humeur.

— Ça, je veux bien le croire. Mais on finira par le savoir. Damaris Horne le découvrira, d'une façon ou d'une autre.

— Cette femme n'a aucune éthique professionnelle.

— Peut-être pas, mais elle est bien renseignée.

— Vous voulez dire qu'elle a une source d'information au sein de la police ? fit Claire en le regardant.

— Vous êtes déjà au courant, à ce que je vois…

— Je ne connais pas le nom du flic. Qui est-ce ?

— Dites-moi ce qui s'est passé en 1946.

Elle regarda à nouveau devant elle.

— C'est dans les archives du journal local. Vous n'avez qu'à chercher vous-même.

Il conduisit un instant en silence.

— Ce qui se passe dans cette ville… C'est déjà arrivé, hein ? reprit-il. Les meurtres…

— Oui.

— Et vous croyez qu'il y a une raison biologique à ça ?

— Ça a un rapport avec ce lac. C'est une sorte de phénomène naturel. Une bactérie ou une algue.

— Et ma théorie ? Que ça ressemble à ce qui s'est passé à Flanders, dans l'Iowa.

— Ce n'est pas un problème de drogue, Mitchell. Je pensais que nous avions trouvé quelque chose dans le sang des deux gamins – un stéroïde anabolisant ou une substance de ce genre. Mais les analyses toxicologiques sont revenues négatives pour les deux garçons. Et Taylor dit qu'il ne s'est jamais drogué.

— Les jeunes ne disent pas toujours la vérité.

— Mais les analyses de sang, si.

Il s'engagea dans l'allée devant chez elle et se tourna pour la regarder.

— Vous livrez un combat difficile, docteur Elliot. Vous n'avez peut-être pas senti l'intensité de la colère dans cette salle, mais moi si.

— Non seulement je l'ai sentie, mais j'ai quatre pneus en lambeaux pour en témoigner. Merci de m'avoir raccompagnée, dit-elle en descendant de voiture. Maintenant, vous avez une dette envers moi.

— Vraiment ? Et que puis-je faire pour vous ?

— Me dire quel est le flic qui renseigne Damaris Horne.

Il eut un haussement d'épaules et répondit, d'un ton de regret :

— Je ne connais pas son nom. Tout ce que je peux vous dire, c'est que je les ai vus ensemble en… disons, en contact rapproché. Des cheveux noirs, taille moyenne. Il travaille dans l'équipe de nuit.

Elle hocha la tête d'un air morne.

— Je finirai bien par trouver.

Lincoln gravit, plus épuisé à chaque marche, l'escalier qui menait au perron de la belle maison victorienne. Il était bien plus de minuit. Il avait encore perdu des heures à une réunion impromptue du comité municipal, qui s'était tenue chez Glen Ryder, où il s'était entendu dire sans ambiguïté qu'il était sur la sellette. C'était le comité qui l'avait embauché ; un mot de travers, et il était viré. Il était un employé de la ville de Tranquility, et donc chargé de défendre ses intérêts. Comment pouvait-il soutenir la suggestion du Dr Elliot d'interdire l'accès au lac ?

« Je me contente de dire honnêtement ce que je pense », leur avait-il répondu.

Mais dans le cas présent, l'honnêteté n'était apparemment pas la meilleure politique.

On l'avait ensuite gratifié d'une litanie soporifique de statistiques économiques, débitée par le trésorier de la commune. Combien d'argent entrait dans les caisses, tous les ans, grâce aux touristes. Combien d'emplois en dépendaient. Combien de métiers locaux n'existaient que par et pour le tourisme.

Et d'où venait le salaire de Lincoln.

Tout, en ville, la vie et la mort, tournait autour du lac Locust, et il n'y aurait ni interdiction d'accès ni alerte sanitaire. La perspective même de débat public était hors de question.

Il avait quitté la réunion en se demandant s'il avait encore un travail. Et s'il en voulait toujours. Il avait repris sa voiture de patrouille, et il était à mi-chemin de chez lui quand il avait reçu un message du répartiteur l'informant que quelqu'un voulait le voir cette nuit même.

Il sonna à la porte et jeta un coup d'œil dans la rue. Il n'y avait pas une lumière aux fenêtres. Partout les rideaux étaient tirés pour protéger leurs occupants du froid et de la nuit.

Le juge Iris Keating vint ouvrir en personne.

— Merci d'être venu, Lincoln.

Il entra et eut aussitôt une impression d'étouffement, de manque d'air.

— Vous avez dit que c'était urgent.

— Vous avez revu le comité municipal ?

— J'en sors.

— Et ils ne veulent pas entendre parler d'interdire l'accès au lac, n'est-ce pas ?

Il lui adressa un sourire résigné.

— Vous en doutiez ?

— Je ne connais que trop bien cette ville ; je sais ce qui se passe dans la tête des gens, de quoi ils ont peur, et jusqu'où ils sont capables d'aller pour protéger leurs proches.

— Alors vous savez à quoi je suis confronté.

Elle l'invita, d'un geste, à entrer dans la bibliothèque.

— Asseyez-vous, Lincoln. J'ai une histoire à vous raconter.

Un feu mourait derrière une grille. Seules quelques flammes résignées montaient encore d'une montagne de cendres, et pourtant, il faisait trop chaud dans la pièce. Lincoln se laissa sombrer dans un fauteuil trop moelleux en se demandant s'il arriverait à rester éveillé. S'il trouverait l'énergie de se relever et de ressortir dans le froid. Iris s'assit en face de lui, le visage illuminé par la lueur du feu mourant. La lumière tamisée était indulgente pour ses traits, approfondissait son regard, lissait ses rides, les fondait en une ombre veloutée. Elle avait soixante-six ans, mais seules ses mains fines, nouées par l'arthrite, trahissaient son âge.

— J'aurais dû prendre la parole à la réunion, ce soir, mais je n'en ai pas eu le courage, avoua-t-elle.

— Le courage de dire quoi ?

— Quand Claire Elliot a parlé du lac – de la nuit où elle a vu quelque chose briller sur l'eau –, j'aurais dû appuyer ses dires.

Lincoln se pencha en avant, la portée de ces paroles ayant finalement raison de sa fatigue.

— Vous l'avez vu, vous aussi.

— Oui.

— Quand ça ?

Elle baissa les yeux sur ses mains, saisit les accoudoirs de son fauteuil et se cala contre son dossier, ses cheveux faisant comme un halo argenté sur le tissu noir du siège.

— C'était la fin de l'été. J'avais quatorze ans. Nous avions une maison près des Rochers. Elle a disparu, maintenant. Elle a été détruite il y a des années, dit-elle, et son regard dériva vers le feu, se perdit dans la contemplation des flammes crachotantes. Je me souviens de cette nuit-là. Il pleuvait à verse. C'est le tonnerre qui m'a réveillée. Je suis allée regarder par la fenêtre, et il y avait comme une lumière dans l'eau. Une lueur. Ça n'a duré que quelques minutes, et puis… Et puis, poursuivit-elle d'une voix étouffée, le temps que je réveille mes parents, ça avait disparu, et l'eau était à nouveau toute noire. Évidemment, conclut-elle en secouant la tête, ils ne m'ont jamais crue.

— Vous avez revu cette lueur ?

— Une fois. Deux ou trois semaines plus tard, au cours d'une autre nuit d'orage. Un bref vacillement, et puis plus rien.

— La nuit où nous avons assisté à ce phénomène, Claire et moi, il pleuvait aussi.

Elle releva les yeux vers Lincoln.

— Pendant toutes ces années, j'ai cru que c'était l'orage. Ou une illusion d'optique. Et ce soir, pour la première fois, j'ai appris que je n'étais pas seule à l'avoir vu.

— Pourquoi n'avez-vous rien dit ? Vous, la ville vous aurait écoutée.

— Et les gens auraient posé toutes sortes de questions. Quand je l'ai vue, en quelle année…

— Et en quelle année était-ce, juge Keating ?

Elle détourna le regard, mais il eut le temps de voir les larmes dans ses yeux.

— En 1946, répondit-elle dans un murmure. C'était l'été 46.

Cette année-là, les parents d'Iris Keating étaient morts, tués par son frère de quinze ans. Cette année-là, Iris avait tué aussi, mais en état de légitime défense. Elle avait poussé son propre frère par la fenêtre de sa chambre dans la tourelle, et il s'était tué en tombant.

— Vous comprenez maintenant pourquoi je n'ai rien dit, soupira-t-elle.

— Il n'est pas trop tard pour le faire.

— Personne ne veut en entendre parler. Et moi, je n'ai pas envie de revenir là-dessus.

— C'était il y a si longtemps. Cinquante-deux ans…

— Cinquante-deux ans, ce n'est rien ! Regardez comment ils traitent encore Warren Emerson. Je suis tout aussi coupable que lui. Quand nous étions jeunes, nous étions tellement proches, lui et moi. Je pensais qu'un jour nous…

La voix lui manqua. Elle se perdit dans la contemplation du feu, à présent réduit à des braises rougeoyantes.

— Pendant toutes ces années, je l'ai évité. J'ai fait comme s'il n'existait pas. Et maintenant, j'apprends que, si ça se trouve, ce n'était pas sa faute du tout, que c'était une maladie. Une infection du cerveau. Mais il est trop tard pour réparer le mal que je lui ai fait.

— Il n'est jamais trop tard. Warren s'est fait opérer, la semaine dernière. Il va bien. Vous pourriez aller le voir.

— Je ne sais pas ce que je pourrais bien lui dire après toutes ces années. Je ne suis pas sûre qu'il ait envie de me voir.

— Laissez-le en décider.

Elle réfléchit à la question, les yeux brillants dans la lueur crépusculaire des braises. Puis elle se leva avec raideur.

— Je crois que le feu est bien mort, dit-elle.

Sur ces mots, elle se détourna et quitta la pièce.

Une voiture était garée dans l'allée, devant chez Lincoln.

Il s'arrêta derrière avec un gémissement. Il n'était pas rentré chez lui de la journée, mais il y avait de la lumière dans le salon, et il savait ce qui l'attendait à l'intérieur. Oh non, se dit-il. Ça ne va pas recommencer. Pas aujourd'hui.

Il monta les marches du porche comme si chacun de ses pieds pesait une tonne. Il avait verrouillé la porte derrière lui en partant. Quand Doreen lui avait-elle fauché sa nouvelle clé ?

Il la trouva endormie dans le canapé. Environnée par une forte odeur d'alcool. S'il la réveillait maintenant, il y aurait encore une scène d'ivrognerie, un concert de pleurs et de grincements de dents qui ameuterait les voisins. Mieux valait la laisser cuver son vin. Il s'en occuperait demain matin, quand elle aurait dessoûlé et qu'il ne serait plus mort de fatigue. Il resta un moment debout au-dessus d'elle, contemplant avec un triste étonnement la femme qu'il avait épousée. Ses cheveux roux, maintenant pleins de fils gris, étaient tout emmêlés. Elle dormait la bouche ouverte, dans une cacophonie de sifflements et de grommellements. Pourtant, il n'éprouvait pas de dégoût. Plutôt de la pitié, de l'incrédulité à l'idée d'avoir un jour été amoureux d'elle.

Et puis, aussi, il se sentait responsable d'elle, de son bien-être, et c'était un sentiment étouffant. Il n'en voyait pas le bout.

Une couverture… Il allait lui chercher une couverture dans le placard de l'entrée quand le téléphone sonna. Il se précipita pour répondre, de crainte que la sonnerie ne réveille Doreen, donnant le coup d'envoi à la scène qu'il redoutait.

C'était Pete Sparks.

— Désolé de vous appeler si tard, dit-il, mais le Dr Elliot a vraiment insisté. Elle vous aurait appelé elle-même si je ne l'avais pas fait.

— C'est à propos de ses pneus crevés ? Mark m'a déjà prévenu.

— Non, c'est autre chose.

— Quoi encore ?

— Je suis à son cabinet médical. Quelqu'un a cassé toutes ses fenêtres.

16

Muette de stupeur, Claire allait et venait de la salle d'attente à son bureau. La vitre au-dessus du bureau de Véra avait aussi été fracassée, et le clavier de l'ordinateur était jonché d'éclats brillants, échardes de verre et stalactites de glace mêlées. Il y avait des bouts de verre partout, sur le tapis, la table basse et le canapé de la salle d'attente. Des tourbillons de neige entraient par les vitres brisées dans la pièce offerte à l'air glacial de la nuit, formant comme une fine dentelle sur les meubles. Le vent faisait voltiger les papiers et la neige dans toute la pièce, tel un blizzard de blancheur qui fondrait bientôt sur le tapis.

Les bouts de verre craquèrent sous les bottes de Lincoln.

— Bon, Claire, on va vous mettre du contreplaqué pour boucher les fenêtres. On annonce une nouvelle chute de neige, alors je vais faire obturer les ouvertures ce soir même.

Elle regardait sans la voir la neige qui s'accumulait sur son tapis.

— C'est à cause de ce que j'ai dit à la réunion de ce soir, hein ?

— Ce n'est pas la seule maison qui a été vandalisée. Il y en a eu plusieurs, cette semaine.

— Non, mais c'est la seconde fois, ce soir, que je suis personnellement visée. D'abord on crève les pneus de ma voiture, et puis ça. Vous n'allez quand même pas me dire que c'est une coïncidence !

Pete Sparks entra dans la pièce.

— Ah, Lincoln. Les voisins ne nous ont pas été très utiles. Ils ont appelé la police en entendant les bruits de verre brisé, mais ils n'ont pas vu qui a fait ça. Ça ressemble à ce qui s'est passé au garage Bartlett, la semaine dernière. Ils ont tout cassé et pris la fuite.

— Joe Bartlett n'a eu qu'une vitre brisée, objecta Claire. Alors qu'ils ont fracassé toutes les miennes. Je ne pourrai pas rouvrir le cabinet avant des semaines.

— Le remplacement des vitres ne devrait pas prendre plus de quelques jours, répondit Sparks d'un ton rassurant.

— Et mon ordinateur ? La moquette fichue ? La neige est entrée partout ! Il va falloir reconstituer les dossiers médicaux et tout mon fichier clientèle. Je ne sais même pas si ça en vaut la peine. Je ne suis pas sûre d'avoir envie de tout recommencer.

Elle se détourna et quitta le cabinet.

Elle s'était réfugiée dans son pick-up quand Lincoln et Sparks sortirent, un peu plus tard. Ils échangèrent quelques mots, puis Lincoln traversa la rue, s'approcha du pick-up et vint s'asseoir à côté d'elle.

Ils restèrent un moment sans parler. Elle était là, le regard rivé devant elle, les larmes brouillant sa vue, réduisant à un doux brouillard palpitant les flashs éclatants du véhicule de Sparks. D'un revers de main rageur, elle s'essuya les yeux.

— Ça y est, j'ai reçu le message cinq sur cinq. Cette ville ne veut pas de moi.

— Pas toute la ville, Claire. Un vandale. Une personne…

— Qui parle probablement pour beaucoup d'autres gens. Je ferais aussi bien de plier bagage ce soir. Avant qu'ils ne décident de brûler ma maison.

Il ne répondit pas.

— C'est ce que vous pensez, hein ? dit-elle en se tournant enfin vers lui. Vous pensez que je n'ai aucune chance de réussir à m'installer ici.

— Vous n'y êtes pas allée de main morte, ce soir, quand vous avez parlé d'interdire l'accès au lac. Beaucoup de gens se sont sentis menacés.

— Ça m'apprendra à ouvrir ma gueule.

— Non, vous avez eu raison de parler, Claire. Vous avez fait ce qu'il fallait, et je ne suis pas le seul à le penser.

— Personne n'est venu me serrer la main.

— Croyez-moi sur parole. Il y en a d'autres qui s'en font à cause du lac.

— Mais ils ne sont pas disposés à en interdire l'accès, hein ? Ils ne peuvent pas se le permettre. Alors ils préfèrent me faire taire, moi, comme ça. En essayant de me chasser de la ville. Eh bien, ils ont réussi, fit-elle en regardant l'immeuble.

— Il n'y a même pas un an que vous êtes ici. Il faut du temps…

— Combien de temps faut-il pour se faire accepter, dans cette ville ? Cinq ans ? Dix ans ? Une vie entière ?

Elle mit le contact et sentit la bouffée d'air froid qui accompagnait la mise en route du chauffage.

— On remettra votre bureau en état.

— Ouais, les bâtiments, ça se répare sans problème.

— Tout peut être remplacé. Les vitres, l'ordinateur.

— Et mes patients ? Je doute qu'il m'en reste un seul après ce soir.

— Vous n'en savez rien. Vous n'avez pas donné sa chance à Tranquility.

— Ah bon ? Vous trouvez ? fit-elle en se cabrant rageusement. J'y ai consacré neuf mois de ma vie ! Depuis neuf mois, je me ronge les sangs à chaque instant, à cause de ma clientèle, de mon carnet de rendez-vous qui est toujours à moitié vide. Pourquoi me déteste-t-on au point d'envoyer des lettres anonymes à mes patients ? Il y a des gens ici qui veulent que je me plante, qui font tout ce qu'ils peuvent pour me chasser de la ville. J'ai mis longtemps à me rendre compte que ça ne s'arrangerait jamais. Tranquility ne veut pas de moi, Lincoln. Ils veulent un autre Dr Pomeroy, ou peut-être le Dr Ross et John Carter réunis. Mais ils ne veulent pas de moi.

— Il faut laisser le temps au temps, Claire. Vous n'êtes pas d'ici, et les gens ont besoin de s'habituer à vous, de se dire qu'ils peuvent avoir confiance en vous, que vous n'allez pas les abandonner. C'est l'avantage d'Adam DelRay : il est du coin, et on peut penser qu'il va rester. Le dernier docteur qui est venu ici d'un autre État est parti au bout de dix-huit mois. Il ne pouvait pas supporter l'hiver. Le docteur avant lui était resté moins d'un an. La ville ne pense pas que vous allez tenir le coup. Ils sont dans l'expectative, ils attendent de voir si vous allez supporter l'hiver. Ou si vous allez laisser tomber et partir comme les deux autres.

— Ce n'est pas l'hiver qui me chasse. Le froid, le noir, je peux les supporter. Ce que je ne peux pas supporter, c'est l'impression de ne pas être ici chez moi. Et que je n'y serai jamais chez moi.

Elle poussa un profond soupir, et sa colère se dissipa soudainement, laissant place à une immense lassitude.

— Je ne sais pas ce qui m'a permis d'espérer que ça marcherait. Noah n'avait pas envie de s'installer ici, mais je l'y ai forcé. Je comprends maintenant à quel point c'était stupide… débile…

— Pourquoi êtes-vous venue ici, Claire ?

Il avait posé cette question si doucement qu'elle se perdit presque dans le souffle d'air chaud du chauffage.

C'était une question qu'il ne lui avait jamais posée, une information élémentaire qu'elle ne lui avait jamais livrée. *Pourquoi je suis venue à Tranquility.* Et tandis qu'il attendait sa réponse, le silence s'étira entre eux, soulignant sa réticence. Elle hésitait à se confier à lui.

Il sentit son malaise et détourna le regard vers la rue, respectant son intimité. Lorsqu'il reprit la parole, ce fut un peu comme s'il ne s'adressait pas à elle mais qu'il exprimait ses pensées tout haut.

— La plupart du temps, j'ai l'impression que les gens qui viennent s'installer ici, qui viennent d'ailleurs… On dirait qu'ils fuient quelque chose. Un boulot qu'ils détestent, un ex-mari. Une ex-femme. Une tragédie qui a bouleversé leur vie.

Elle se tassa sur elle-même et sentit la vitre glacée contre sa joue. Comment le sait-il ? se demanda-t-elle. Qu'a-t-il deviné ? De quoi est-il au courant au juste ?

— Tous ces gens viennent ici en croyant avoir trouvé le paradis. Peut-être qu'ils sont venus en vacances, l'été ; ou alors ils sont passés par ici en voiture, et le nom de l'endroit les a frappés. Tranquility. Ça sent la petite ville calme et sûre, un havre de paix où on court se réfugier. Ils s'arrêtent à l'agence immobilière locale, ils regardent les photos dans la vitrine. Les fermes à vendre, les cottages le long du lac.

C'était la photo d'une ferme toute blanche, avec, dans le jardin, devant la maison, des jonquilles bercées par la brise et un érable qui commençait juste à bourgeonner. Je n'avais jamais eu de maison avec un érable ; je n'avais jamais vécu dans une ville où je pouvais regarder le ciel, la nuit, et voir les étoiles au lieu du halo de l'éclairage public.

— Ils se demandent à quoi peut bien ressembler la vie dans une petite ville, poursuivait Lincoln. Un endroit où personne ne verrouille sa porte, où les voisins vous accueillent en vous apportant de bons petits plats. Un endroit virtuel plus que réel, parce que la petite ville qu'ils imaginent n'existe pas. Mais le problème qu'ils essayaient de fuir les suit dans leur nouvelle maison. Et dans la suivante…

Noah m'avait dit qu'il ne voulait pas venir. Il m'avait dit qu'il me détesterait si je l'obligeais à quitter Baltimore, à quitter tous ses amis. Mais on ne peut pas laisser gouverner sa vie par un adolescent de quatorze ans. J'étais sa mère. L'adulte responsable. Je savais ce qui était bon pour lui, bon pour nous deux.

Enfin, je croyais le savoir.

— … Pendant un moment, peut-être, ça a l'air de marcher, reprenait-il. Une nouvelle maison, une nouvelle vie, ça vous change les idées, ça vous fait oublier ce à quoi vous vouliez échapper. Tout le monde espère prendre un nouveau départ, repartir sur de nouvelles bases. Et on se dit : quel meilleur moment, quel meilleur endroit pour refaire sa vie qu'un été près du lac ?

— Il a volé une voiture, dit-elle.

Il ne répondit pas. Elle se demanda ce qu'elle lirait dans ses yeux si elle se tournait et le regardait, maintenant. Sûrement pas de la surprise ; d'une façon ou d'une autre, il savait déjà, ou il avait deviné que, si elle était venue à Tranquility, c'était poussée par le désespoir.

— Ce n'était pas la première fois qu'il faisait une bêtise, évidemment. Quand il s'est fait arrêter, j'ai appris tous les autres délits qu'il avait commis : les vols dans les magasins. Les graffitis. Une fois, ils ont braqué l'épicerie du coin. Ils faisaient ça en bande, Noah et ses copains. Trois petits cons qui s'ennuyaient et avaient décidé de mettre un peu d'animation dans leur vie. Et dans celle de leurs parents.

Elle se cala contre son dossier, et son regard se perdit dans le vide. La neige commençait à tomber, et les flocons fondaient et glissaient sur le pare-brise comme des larmes sur le verre.

— Le pire, c'est que je ne me doutais vraiment de rien. C'est dire à quel point on se parlait peu : j'avais complètement perdu le contact avec mon propre fils.

» Quand la police m'a appelée, ce soir-là, et m'a dit qu'il y avait eu un accident et que Noah était dans une voiture volée, je leur ai dit que c'était une erreur. Mon fils ne ferait jamais une chose pareille. Il passait la nuit chez un ami. Sauf qu'en réalité il était aux urgences, avec le crâne fendu. Et l'un de ses copains était dans le coma. J'imagine que je devrais m'estimer heureuse que mon fils n'ait jamais oublié de boucler sa ceinture de sécurité. Même quand il volait une voiture.

Elle secoua la tête.

— Les autres parents étaient aussi choqués que moi, poursuivit-elle avec un sourire d'autodérision. Ils ne pouvaient pas croire que leurs garçons puissent faire une chose pareille. Ils pensaient que c'était Noah qui les avait entraînés. Qu'il avait une mauvaise influence sur eux. Que voulez-vous, aussi : un gamin qui n'avait pas de père, hein ?

» Peu importait pour eux que mon fils soit le plus jeune des trois. Je l'élevais seule, et j'étais trop prise par mon travail, trop occupée par les problèmes des autres pour m'intéresser à ceux de ma propre famille.

Dehors, la neige tombait de plus en plus fort, obstruant le pare-brise, masquant la rue.

— Et le plus grave, c'est que j'étais d'accord avec eux. J'avais dû rater je ne sais quoi, lui manquer d'une façon ou d'une autre. Et tout ce que j'arrivais à me dire, c'était : comment puis-je reprendre la situation en main ?

— Prendre ses cliques et ses claques est une mesure assez radicale.

— J'étais à la recherche d'un miracle. D'une solution magique. C'en était arrivé au point où nous nous haïssions, tous les deux. Je ne pouvais plus contrôler les endroits où il allait ou ce qu'il faisait. Et surtout, je ne connaissais même pas ses amis. Je voyais bien où tout ça menait. D'autres vols de voiture, d'autres arrestations. Et de nouvelles tournées de conseillers psychologiques.

Elle inspira profondément. Le pare-brise disparaissait maintenant sous la neige. Elle se sentait enfouie, enterrée avec cet homme à côté d'elle.

— Alors, dit-elle, nous sommes venus ici, à Tranquility, en visite. Un week-end, en automne. Il y a un peu plus d'un an. La plupart des touristes étaient repartis, mais il faisait encore beau. C'était l'été indien. Nous avons loué un cottage sur le lac, Noah et moi. Tous les matins, quand je me réveillais, j'entendais les oiseaux. Les oiseaux et rien d'autre. Le silence. C'est ce qui m'a le plus enchantée pendant ce week-end. L'impression de paix complète. Pour une fois, nous ne nous sommes pas disputés. Nous avons même apprécié d'être ensemble. C'est là que j'ai su que je voulais quitter Baltimore... Enfin, soupira-t-elle en secouant la tête, je crois que vous m'avez bien jaugée, Lincoln. Je suis comme tous les gens qui viennent d'ailleurs et s'installent dans cette ville pour fuir une autre vie, avec son fardeau de problèmes. Je n'étais pas fixée sur un endroit précis. Tout ce que je savais, c'est que je ne pouvais pas rester où j'étais.

— Et maintenant ?

— Je ne peux pas rester ici non plus, répondit-elle d'une voix brisée.

— Il est trop tôt pour prendre cette décision, Claire. Vous n'avez pas eu le temps de vous constituer une clientèle.

— J'ai eu neuf mois. Tout l'été et tout l'automne, je suis restée assise dans mon bureau à attendre les patients. Je n'ai pratiquement vu que des touristes. Des estivants qui venaient pour une cheville foulée ou des maux d'estomac. À la fin de l'été, ils sont tous rentrés chez eux. Et je me suis rendu compte du petit nombre de patients que j'avais en ville. J'ai cru que j'arriverais à tenir, que les gens apprendraient à me faire confiance. Ça aurait pu arriver, d'ici un an ou deux. Mais après cette soirée, il n'y a plus aucune chance que ça se passe comme ça. J'ai dit ce que j'avais à dire à cette réunion, et ça n'a pas plu aux gens de cette ville. Maintenant, ce que j'ai de mieux à faire, c'est de remballer mes affaires et de repartir. En espérant qu'il n'est pas trop tard pour retourner à Baltimore.

— Vous renonceriez si facilement ?

C'était une déclaration faite pour provoquer. Furieuse, elle se tourna vers lui.

— Si facilement ? Ah bon ? Et qu'est-ce qu'il faudrait pour que vous trouviez ça difficile ?

— Je vous l'ai dit, Claire, vous n'avez pas toute la ville contre vous. Seulement quelques individus détraqués. Vous avez plus d'alliés que vous ne le pensez.

— Où sont-ils, mes alliés ? Pourquoi personne ne s'est-il levé pour me soutenir, à la réunion ? Vous avez été seul à lc fairc.

— Certains se posent des questions. Ou ils ont peur de se manifester.

— Ben voyons ! Je comprends qu'ils n'aient pas envie qu'on leur lacère leurs pneus, à eux aussi, dit-elle d'un ton sarcastique.

— C'est une toute petite ville, Claire. Ici, les gens croient se connaître, mais quand on va au fond des choses, on ne sait pas vraiment qui est qui. Chacun garde ses secrets. On balise son territoire et on ne laisse pas les autres y pénétrer. Prendre la parole à une réunion publique, c'est s'ouvrir aux autres. La plupart préfèrent ne rien dire du tout, même s'ils sont d'accord avec vous.

— Ce n'est pas leur soutien silencieux qui m'aidera à gagner ma vie.

— Ça non.

— Je doute qu'un seul patient pousse la porte de mon cabinet, maintenant.

— C'est un pari à prendre, en effet.

— À quoi bon, de toute façon ? Pourquoi faudrait-il que je reste dans cette ville ? Donnez-moi une seule raison de rester.

— Parce que je ne veux pas que vous partiez.

Ce n'était pas la réponse à laquelle elle s'attendait. Elle le regarda en essayant de déchiffrer son expression dans l'obscurité.

— Cette ville a besoin de quelqu'un comme vous, poursuivit-il. Quelqu'un qui secouera un peu tout le monde. Qui nous amènera à nous poser des questions que nous n'avons jamais eu le cran de nous poser. Ce serait une perte irréparable si vous nous quittiez, Claire. Une perte pour nous tous.

— Parce que vous parlez au nom de cette ville ?

— Oui. Et, ajouta-t-il doucement, au bout d'un moment, pour moi, aussi.

— Je ne suis pas sûre de comprendre.

— Je n'en suis pas sûr, moi non plus. Je ne sais même pas pourquoi je vous dis ça. Ça ne nous fait de bien ni à l'un ni à l'autre.

Il saisit brusquement la poignée de la portière et s'apprêtait à sortir quand elle se pencha et posa sa main sur son bras. Il se figea, la main sur la portière, prêt à sortir dans le froid.

— Je pensais que vous ne m'aimiez pas beaucoup, dit-elle.

Il la regarda, étonné.

— C'est l'impression que je vous ai donnée ? J'ai dit quelque chose qui…

— Non. Ce serait même plutôt le contraire. Nous n'avions jamais d'échange personnel. Comme si vous teniez à ce que je ne sache rien sur vous. Bon, je n'y attachais pas plus d'importance que ça. J'en étais arrivée à penser que c'était comme ça, ici, que les gens ne se confiaient pas, vous pas plus que les autres. Et puis, au bout d'un moment, quand nous avons appris à nous connaître, comme ce mur invisible semblait encore se dresser entre nous, je me suis dit que ce n'était peut-être pas seulement parce que j'étais une étrangère. Que c'était peut-être à cause de moi, de ce que j'étais.

— C'était à cause de vous, Claire.

Elle marqua une pause.

— Je vois.

— Je savais ce qui arriverait si je ne maintenais pas ce mur entre nous. Avec le temps, on s'habitue à tout, même au désespoir, dit-il, et ses épaules s'affaissèrent, comme si elles ployaient sous un fardeau de malheur. Je crois que je suis marié avec Doreen depuis tellement longtemps que j'ai fini par penser qu'on ne pouvait plus rien y changer. Je me suis trompé, mais j'assume mes responsabilités et je me contente de faire au mieux.

— Vous n'allez pas gâcher votre vie pour une erreur.

— Quand on risque de faire du mal à quelqu'un, il n'est pas facile de se montrer égoïste, de ne penser qu'à soi. Il est presque plus facile de ne rien faire et de laisser aller. Et une nouvelle strate d'insensibilité s'ajoute aux précédentes.

Une bourrasque balaya le pare-brise, déposant des traînées de neige fondue sur la vitre. Un tourbillon de neige fraîche effaça de sa blancheur la nuit fugitivement entrevue.

— S'il vous a semblé, Claire, que je vous manifestais de la froideur, reprit-il, c'est seulement parce que je me donnais beaucoup de mal pour ne pas être plus chaleureux.

Il se retourna vers la portière.

Elle l'arrêta à nouveau d'une main posée sur son bras, mais cette fois elle l'y laissa.

Il la regarda. Ils se regardèrent ainsi pendant un long moment, les yeux dans les yeux.

Puis il prit son visage dans sa main en coupe et l'embrassa. Elle ne lui laissa pas le temps de s'éloigner ou de regretter cette impulsion. Elle se pencha vers lui et répondit à son baiser par un autre.

Le goût de ses lèvres, de sa bouche, était nouveau. Inconnu. Le baiser d'un étranger. Un homme dont le désir, si longtemps étouffé, le brûlait maintenant comme une fièvre. Une fièvre qui l'embrasait elle aussi. Elle sentait la même chaleur empourprer son visage, tout son corps, alors qu'il la serrait contre lui. Il murmura son nom, une fois, deux fois, avec une sorte d'étonnement, comme s'il n'en revenait pas de la tenir dans ses bras.

Une soudaine lumière creva la couche de neige qui tapissait le pare-brise. Des phares. Ils s'écartèrent l'un de l'autre et se figèrent dans un silence coupable. Un bruit de pas s'approcha. Quelqu'un tapa sur la vitre, côté passager. Lincoln baissa la vitre. Des flocons de neige voletèrent à l'intérieur.

L'inspecteur Mark Dolan jeta un coup d'œil dans le pick-up. Vit Lincoln et Claire. Dit : « Oh. » Et cette syllabe en disait plus long qu'un roman.

— Je… euh… j'ai vu que le moteur du véhicule tournait et je me suis demandé si tout allait bien, expliqua Dolan. Vous savez, l'asphyxie par le monoxyde de carbone et tout ça…

— Tout va bien, lui assura Lincoln.

— Ouais. Bon, ben, alors, c'est parfait, bredouilla Dolan en reculant. Bonne nuit, Lincoln.

— Bonne nuit.

Après que Dolan se fut éloigné, Claire et Lincoln restèrent un moment silencieux. Puis Lincoln dit :

— Demain, toute la ville ne parlera que de ça.

— C'est sûr. Je suis désolée.

— Pas moi. La vérité, Claire, fit-il avec un rire léger en descendant du pick-up, c'est que je me fous complètement de ce qu'on peut raconter. Tout ce qui est allé de travers dans ma vie a été de notoriété publique dans cette ville. Pour une fois qu'il m'arrive quelque chose de bien, autant qu'on se le dise haut et fort !

Elle mit les essuie-glaces en marche. À travers l'espace dégagé, elle le vit faire un geste de la main, qui devait vouloir dire bonne nuit, puis il regagna sa propre voiture. L'inspecteur Dolan était encore garé non loin de là, et Lincoln s'arrêta pour lui parler.

Elle s'éloignait au volant de son pick-up quand, soudain, elle repensa à ce que Mitchell Groome lui avait dit plus tôt, ce soir-là, sur l'informateur de Damaris Horne.

Un homme aux cheveux noirs, de taille moyenne, et qui travaillait dans l'équipe de nuit.

Mark Dolan, se dit-elle.

Le lendemain matin, Lincoln prit la route qui descendait vers le sud, en direction d'Orono. Il n'avait pas bien dormi. Il était resté des heures, les yeux grands ouverts dans le noir, à ruminer les événements de la soirée. La réunion communale. Sa conversation avec Iris Keating. Le saccage du cabinet de Claire. Et Claire elle-même.

Surtout Claire.

À sept heures, il s'était levé plus fatigué qu'en se couchant et il était descendu au rez-de-chaussée. Doreen dormait toujours sur le canapé du salon. En la voyant, il eut l'impression que la réalité lui flanquait une claque glacée. Elle gisait là, la bouche entrouverte, un bras pendant sur le côté, dans un nuage de cheveux roux, ternes, gras. Il resta là un moment, à la regarder en se demandant comment la convaincre de déguerpir en lui arrachant un minimum de pleurs et de hurlements, mais il était trop fatigué pour régler le problème tout de suite. Il avait consacré assez d'énergie à se tracasser pour elle. Le seul fait de la voir semblait l'entraîner vers le bas, comme si Doreen et la pesanteur étaient intimement liées.

— Désolé, chérie, dit-il doucement, mais je continue ma route. La vie m'attend.

Il passa un coup de fil et sortit de chez lui en laissant Doreen ronfler sur le canapé. Au fur et à mesure qu'il s'éloignait au volant de sa voiture, il paraissait se dépouiller de couches de déprime successives, un peu comme les pelures d'un oignon. Le chasse-neige avait déblayé la route ; les trottoirs étaient sablés. Il appuya sur l'accélérateur, et plus il accélérait, plus il avait l'impression d'éliminer de couches. Peut-être que s'il allait assez vite, assez loin, le vrai Lincoln, celui qu'il était avant, finirait par émerger à nouveau, tout propre et tout neuf. Une renaissance. Il passa très vite devant des champs de neige fraîche, immaculée, qui voltigea comme du sucre glace. *Continue, ne t'arrête pas, ne regarde pas en arrière.* Il avait une destination en tête, il y avait un but à cette journée, mais, pour le moment, il n'éprouvait que la joie de la course, de la fuite.

En arrivant au campus de l'université du Maine, une heure plus tard, il se sentait revigoré, régénéré, comme s'il avait passé une bonne nuit de sommeil dans un lit confortable. Il gara sa voiture et traversa le campus dans la fraîcheur matinale, vivifiante, cristalline.

Lucy Overlock était dans son bureau du département d'anthropologie physique. Avec sa grande carcasse d'un mètre quatre-vingt-cinq, son sempiternel jean et son éternelle chemise à carreaux, elle ressemblait plus à un bûcheron qu'à une prof de fac.

Elle le salua d'un hochement de tête, lui serra la main avec sa grosse patte calleuse et retourna s'asseoir à son bureau. Même assise, c'était une femme imposante. Une véritable amazone.

— Vous m'avez dit au téléphone que vous aviez des questions à me poser au sujet des restes humains du lac Locust.

— Je voudrais que vous me disiez ce que vous savez sur la famille Gow. Comment ils sont morts, et qui les a tués.

Elle haussa un sourcil.

— Vous arrivez cent ans trop tard pour arrêter le ou les auteurs de cette tuerie.

— Ce sont les circonstances de leur mort qui m'intéressent. Vous n'avez pas trouvé de nouveaux articles à propos de ces meurtres ?

— Vince en a trouvé. Mon étudiant. Il fait sa thèse de doctorat sur l'affaire Gow. Une reconstitution d'un ancien meurtre, basée sur des vestiges. Il lui a fallu plusieurs semaines pour trouver un compte rendu dans la presse. Tous les vieux journaux n'ont pas été archivés, vous comprenez. La région était si peu peuplée à l'époque que les événements n'étaient guère couverts par les médias.

— Alors, comment la famille Gow est-elle morte ?

Elle secoua la tête.

— Bah, toujours la même histoire. La violence familiale n'est malheureusement pas un phénomène moderne.

— C'est le père qui les a tués ?

— Non. Le fils de dix-sept ans. On l'a retrouvé quelques semaines plus tard. Pendu à un arbre. Un suicide, vraisemblablement.

— Quel était son mobile ? Le gamin était perturbé ?

Lucy s'appuya au dossier de son fauteuil, et son visage buriné se retrouva dans la lumière qui tombait de la fenêtre. Des années de travail en plein air lui avaient abîmé la peau, et la lumière hivernale faisait ressortir ses taches de rousseur, accentuait ses rides.

— Nous n'en savons rien. La famille vivait apparemment dans un isolement relatif. Selon les plans cadastraux de l'époque, toutes les terres qui s'étendaient sur la rive sud du lac appartenaient aux Gow. Si ça se trouve, il n'y avait pas un seul voisin dans le coin qui connaissait vraiment bien le gamin.

— La famille était donc riche ?

— Riche, je ne sais pas, mais il y avait du bien au soleil. D'après Vince, la famille Gow serait entrée en possession de ces terres à la fin du XVIIIe siècle et les aurait conservées jusqu'à… jusqu'à l'événement. Après quoi elles auraient été divisées en lots, sur lesquels on a construit.

— Vince… C'est le gamin mal lavé, avec la queue-de-cheval ?

Elle éclata de rire.

— Tous mes étudiants sont mal lavés. C'est presque une condition sine qua non d'obtention du diplôme.

— Et on peut le trouver où, ce Vince ?

— À neuf heures, il devrait être dans son bureau. Au sous-sol du musée. Je vais l'appeler et le prévenir que vous voulez le voir.

Lincoln reconnut la salle du sous-sol, sauf que, cette fois, la grande table de bois n'était pas couverte de restes humains mais de fragments de poterie, et que les fenêtres étaient obstruées par la neige. Avec cette lumière crépusculaire, ces marches de pierre humide, Lincoln avait l'impression d'être descendu dans une immense caverne. Il s'avança dans un labyrinthe de rayonnages, passa devant des piles impressionnantes de cartons de spécimens aux étiquettes veloutées par la moisissure. Sur l'une des étiquettes, il distingua l'inscription « Mâchoire humaine, sexe masc. » et se dit qu'un carton était un triste lieu de repos pour les restes de ce qui avait jadis été un homme. Il s'enfonça dans le labyrinthe, la gorge déjà enflammée par la poussière et l'odeur de moisi, et le nez chatouillé par une certaine fumée qui se précisa alors qu'il avançait dans les profondeurs ombreuses du sous-sol. *De l'herbe.*

— Monsieur Brentano ? appela-t-il.

— Je suis là, chef Kelly, répondit une voix. Tournez à gauche à la chouette empaillée.

Quelques pas plus loin, Lincoln arriva à un gigantesque chat-huant naturalisé, dans une vitrine de verre. Il tourna donc à gauche.

Le « bureau » de Vince Brentano consistait en une table et une armoire de classement coincées entre des étagères couvertes d'échantillons. Il n'y avait pas de cendrier en vue, mais une forte odeur de hasch planait dans l'air, et le jeune homme, manifestement mal à l'aise, avait pris une posture défensive, barricadé derrière sa table, les bras croisés face au policier. Lincoln lui tendit la main en le regardant bien en face.

Après une hésitation, Vince lui serra la main. Ils comprenaient tous les deux le sens de ce geste : ils venaient de conclure un marché.

— Asseyez-vous, proposa Vince. Vous pouvez poser le carton par terre, mais faites attention, la chaise est un peu branlante. Tout, ici, est un peu branlant. Comme vous pouvez le constater, c'est le grand luxe.

Lincoln prit le carton qui était sur la chaise et le posa par terre. Le contenu émit un bruit inquiétant.

— Des ossements, dit Vince.

— Humains ?

— De gorille des forêts tropicales. Je les utilise pour mes cours, à titre de comparaison. Je les donne aux étudiants et je leur demande leur diagnostic, mais je ne leur dis pas que ce sont des os non humains. Vous devriez entendre certaines des réponses que j'obtiens. C'est dingue ! Ça va de l'acromégalie à la syphilis !

— C'est une question piège, aussi.

— Bah, tout est comme ça, dans la vie. Tenez, j'imagine que vous êtes plus ou moins venu me poser des questions pièges. Je doute que la police perde souvent son temps à résoudre des crimes vieux de cent ans.

Il se cala contre son dossier et regarda pensivement Lincoln.

— J'ai des raisons particulières de m'intéresser au massacre de la famille Gow.

— Lesquelles ?

— Je crois qu'il pourrait y avoir un rapport avec les problèmes actuels de Tranquility.

— Avec les meurtres de ces jours-ci ? avança Vince, intrigué.

— Ils ont été commis par des ados rigoureusement normaux en dehors de ça. Des adolescents qui ont pété les plombs et tué. Des pédopsychiatres s'entretiennent actuellement avec tous les jeunes de la ville, mais ils n'ont aucune explication à proposer. Alors je me demande ce qui est arrivé aux Gow. J'essaie d'établir des parallèles.

— Vous voulez dire, avec les tueurs adolescents ? fit Vince en haussant les épaules. Un ado ne peut pas supporter éternellement qu'on lui casse les pieds. Quand la pression devient trop forte, quand le joug de l'autorité se met à peser trop lourdement, les jeunes se révoltent. Ça arrive sans arrêt.

— Ce n'est pas de révolte qu'il s'agit. Il s'agit de gamins qui perdent vraiment les pédales, qui tuent leurs amis et leur famille. La même chose est arrivée il y a cinquante-deux ans, ajouta-t-il après une pause.

— Quoi donc ?

— En 1946, à Tranquility. Sept meurtres ont été commis au cours du mois de novembre.

— Sept ? fit Vince en ouvrant de grands yeux derrière ses lunettes à monture métallique. Dans un bled de combien d'habitants ?

— En 1946, la population de Tranquility était de sept cents personnes. Et c'est la même crise qui se répète aujourd'hui.

Vince eut un rire surpris.

— Mon vieux, oh pardon ! chef, il y a manifestement un problème sociologique majeur dans votre ville. Mais ne mettez pas ça sur le dos des gamins. Cherchez du côté des adultes. Quand les enfants grandissent dans la violence, ils en viennent à croire que la violence est le seul moyen de régler les problèmes. Papa adore le dieu fusil, il massacre des bêtes pour le plaisir. Junior reçoit le message : tuer est un jeu qui procure du plaisir.

— C'est un peu simpliste, comme explication.

— Notre société glorifie la violence ! Et nous mettons des flingues dans les mains de nos jeunes ! Parlez-en à n'importe quel sociologue.

— Je ne pense pas que l'explication relève de la sociologie.

— D'accord. Alors, quelle est votre explication, chef Kelly ?

— La pluie.

Il y eut un long silence.

— Pardon ?

— En 1946 et cette année, le même schéma météorologique s'est répété. Pour commencer, en avril, il y a eu un véritable déluge. Le pont a été emporté, le bétail s'est noyé.

Vince leva les yeux au ciel.

— Un déluge… comme dans la Bible ?

— Écoutez, je ne suis pas croyant…

— Moi non plus, chef Kelly. Je suis un scientifique.

— D'accord. Alors, vous cherchez toujours des schémas dans la nature ? Des corrélations ? Eh bien, voilà le schéma que je discerne, cette année comme en 1946 : en avril et en mai, notre ville a connu des pluies diluviennes. La Locust a débordé, causant des dégâts importants dans les maisons, le long du fleuve. Après, il a cessé de pleuvoir et, en juillet et en août, il n'est pas tombé une goutte d'eau. Il a même fait une chaleur exceptionnelle, digne du *Livre des records*. Les deux années, dit-il avec une profonde inspiration. Et puis, en novembre, ça a commencé.

— Quoi donc ?

— Les meurtres.

Vince ne répondit pas. Il l'écoutait, le visage fermé.

— Je sais que ça paraît dingue, reprit Lincoln.

— Je ne vous le fais pas dire.

— Mais la corrélation existe. Le Dr Elliot pense qu'il pourrait s'agir d'un phénomène naturel. D'une nouvelle bactérie, ou d'une algue, qui provoquerait des troubles de la personnalité. J'ai lu qu'un phénomène comparable s'était produit dans les cours d'eau du Sud. Les poissons mouraient par millions, tués par un micro-organisme qui sécrétait une toxine également nocive pour les êtres humains. Elle perturbe leur concentration, provoquant parfois des accès de rage.

— Vous voulez sûrement parler du *Pfiesteria*, un dinoflagelle.

— Oui. On pourrait établir un parallèle avec ce qui se passe ici. C'est pour ça que je voudrais en savoir plus long sur la famille Gow. Je voudrais surtout savoir s'il a beaucoup plu l'année de leur mort. Les statistiques météorologiques fédérales ne remontent pas jusque-là. J'ai besoin d'informations complémentaires.

Vince finit par comprendre.

— Vous voudriez que je vous montre mes coupures de journaux.

— L'information que je cherche s'y trouve peut-être.

— Une inondation…

Vince s'appuya à son dossier en fronçant les sourcils comme si un souvenir venait de lui revenir.

— C'est bizarre… ça me dit quelque chose…

Il fit pivoter son fauteuil vers l'armoire de classement, ouvrit un tiroir et fouilla dans des dossiers suspendus.

— Où est-ce que j'ai vu ça ? Voyons… voyons…

Il tira un dossier étiqueté « Novembre 1887, *Two Hills Herald* », qui contenait des photocopies d'articles.

— Il aurait commencé à pleuvoir au printemps, reprit Lincoln. Vous ne pouvez pas trouver l'information dans les journaux de novembre.

— Non, je cherche un document en rapport avec l'affaire Gow. Je me rappelle l'avoir noté…

Il feuilleta les photocopies, s'arrêta, regarda une page un peu chiffonnée.

— Voilà, c'est cet article, là, daté du 23 novembre : « Un jeune de 17 ans assassine sa propre famille. Cinq morts. » Les victimes sont citées : M. et Mme Theodore

Gow, leurs enfants, Jennie et Joseph, et la mère de Mme Gow, Althea Frick.

Il reposa le papier.

— Ça y est, ça me revient. C'était dans la rubrique nécrologique.

— Quoi donc ?

Vince chercha une autre photocopie.

— La notice nécrologique de la mère de Mme Gow : « Les funérailles d'Althea Frick, 62 ans, assassinée au début de la semaine dernière, ont été célébrées le 18 novembre lors d'une cérémonie collective organisée pour la famille de Theodore Gow. Née à Two Hills, Althea était la fille de Petras et Maria Gosse. Elle fut une épouse aimante et dévouée, et la mère de deux enfants. Elle a été mariée quarante et un ans à Donat Frick, qui est mort noyé au printemps…

Vince laissa sa phrase en suspens, et releva les yeux, surpris, sur Lincoln, avant de poursuivre :

—… lors de l'inondation de la Locust.

Ils se regardèrent, abasourdis par cette confirmation. Aux pieds de Vince ronflait un appareil de chauffage aux éléments d'un orange flamboyant. Mais rien ne pouvait chasser le froid que Lincoln éprouvait à cet instant ; il se demandait s'il réussirait jamais à se réchauffer.

— Il y a quelques semaines, reprit-il, vous avez parlé des Indiens Penobscot. Vous avez dit qu'ils refusaient de s'installer à proximité du lac Locust.

— Oui. Toute la région était taboue, comme le bas de Beech Hill, qui est irrigué par la Meegawki. Ils considéraient la région comme maléfique.

— Et vous savez pourquoi ?

— Non.

Lincoln rumina un instant l'information.

— La Meegawki… Je suppose que c'est un nom penobscot ?

— Oui. C'est une altération de *Sankade'lak Migah'ke*, le nom qu'ils donnent à la région. *Sankade'lak* veut plus ou moins dire « fleuve ».

— Et que veut dire l'autre mot ?

— Attendez que je regarde…

Vince pivota à nouveau sur son fauteuil et prit, sur une étagère, un exemplaire écorné du dictionnaire penobscot. Il le feuilleta et s'arrêta à une page.

— D'accord. *Sankade'lak* est bien le mot penobscot qui veut dire « fleuve » ou « rivière ».

— Et l'autre mot ? Comment, déjà… ?

— *Migah'ke.* Ça veut dire « se battre » ou…

Vince s'interrompit, releva les yeux sur Lincoln.

— « Tuer ». « Massacrer ».

Ils se regardèrent un moment.

— Ça expliquerait le tabou, dit doucement Lincoln.

Vince déglutit.

— Oui. C'est la rivière du Massacre.

17

— Gras-double, dit, dans un souffle qui portait loin, JD Reid, de la section trombones. Gras-double, Barry ! Gras-double !

Noah leva les yeux de sa partition et coula un regard à son partenaire de pupitre, Barry Knowlton. Ce pauvre gros patapouf était cramponné à son saxophone et essayait de se concentrer pour rester en mesure, mais il était devenu tout rouge, et il suait à grosses gouttes, comme toujours quand il était stressé. Barry Knowlton suait à la gym ; il suait quand on lui demandait de réciter la conjugaison des verbes en cours de français. Il suait même quand une fille lui adressait la parole ! Il commençait par rougir, puis de petites gouttelettes perlaient sur son front et ses tempes, et vous n'aviez pas le temps de dire *ouf* qu'il dégoulinait comme une glace un jour de canicule.

— Mon vieux, il a le cul si gros que si on pouvait le propulser dans l'espace, ça ferait une nouvelle lune !

Une goutte de sueur coula sur la joue de Barry et tomba avec un petit *plop !* sur son saxo. Il avait les mains tellement crispées sur son instrument qu'il en avait les doigts tout blancs. On aurait dit les os d'un squelette.

Noah se retourna et dit :

— Fous-lui la paix, JD.

— Voyez-vous ça ! On dirait que petit-cul-de-moineau est jaloux ! Ben dis donc ! J'ai une sacrée vue, d'ici : gras-double et petit-cul-de-moineau assis côte à côte, ça paye !

— Je te le répéterai pas : fous-lui la paix !

L'orchestre venait de s'arrêter de jouer, et le « fous-lui la paix » de Noah sembla tonitruer dans le silence soudain.

— Noah, qu'est-ce qui se passe ?

Noah se retourna vers M. Sanborn qui le regardait en fronçant les sourcils. M. Sanborn était du genre cool. C'était même l'un des professeurs préférés de Noah, mais quant à ce qui se passait dans sa propre classe, il n'y voyait que du feu.

— Monsieur, Noah cherche la bagarre, dit JD.

— Quoi ? C'est lui qui cherche la bagarre ! protesta Noah.

— Même pas vrai, fit JD avec un sourire mauvais.

— Il ne veut pas nous ficher la paix ! Il n'arrête pas de faire des réflexions stupides !

M. Sanborn croisa les bras et dit avec lassitude :

— Je peux savoir quelles remarques ?

— Il a dit… Il a dit…

Noah s'interrompit et regarda Barry. On aurait dit une bombe sur le point d'exploser.

— Il profère des insultes.

À la surprise générale, Barry balança soudain un furieux coup de pied dans le pupitre à musique, le flanquant par terre, éparpillant les partitions.

— Il m'a traité de gras double ! Voilà ce qu'il m'a dit !

— Hé, si c'est vrai, c'est pas une insulte, hein ? répliqua JD.

Des rires éclatèrent dans la salle de musique.

— Taisez-vous ! hurla Barry. Arrêtez de vous moquer de moi !

— Barry, je t'en prie, calme-toi.

Barry se tourna vers M. Sanborn.

— Et vous, vous ne dites rien ! Personne ne fait jamais rien ! Il n'arrête pas de m'emmerder et tout le monde s'en fout !

— Barry, calme-toi. Va décompresser dans le couloir. Tu reviendras quand tu auras lâché la vapeur.

Barry flanqua son saxophone sur sa chaise.

— Merci bien, monsieur Sanborn, dit-il avant de sortir de la pièce.

— Oooh, la pleine lune qui s'éloigne, murmura JD.

Noah finit par craquer à son tour.

— Ferme-la ! hurla-t-il. T'as compris ? Ferme-la !

— Noah ! fit M. Sanborn en tapotant sur son pupitre avec sa baguette.

— C'est de sa faute, pas celle de Barry ! JD n'arrête pas de le faire chier ! Tout le monde le fait chier ! s'écria-t-il en promenant un regard accusateur sur ses camarades de classe. Vous n'arrêtez pas de vous payer la tête de Barry !

La baguette de Sanborn frappait maintenant furieusement le pupitre à musique.

— Vous êtes tous des cons ! lança Noah.

— C'est un spécialiste qui nous parle ! s'esclaffa JD.

Noah se leva d'un bond, tous les muscles tendus, et se jeta sur JD. *Je vais le tuer !*

— Ça suffit ! hurla M. Sanborn en retenant Noah par l'épaule. Noah, je vais m'occuper de JD ! Toi, tu vas reprendre ton calme dans le couloir !

Noah se dégagea d'une brusque secousse, le corps vibrant de colère, mais il réussit à se maîtriser. Il jeta à JD un regard éloquent : Toi, si tu me cherches, tu vas me trouver, et il quitta la salle.

Il trouva Barry debout devant les vestiaires, transpirant et reniflant, alors qu'il se débattait avec la combinaison de son cadenas. De frustration, Barry donna un coup de poing dans le placard, puis il se retourna et s'effondra contre la porte, menaçant d'enfoncer le métal sous son poids.

— Je vais le tuer, dit-il.

— On va le tuer tous les deux, répondit Noah.

— Non, je vais vraiment le faire, fit Barry en le regardant, et Noah comprit soudain qu'il le pensait.

La cloche sonna, marquant la fin de l'heure de cours. Une marée humaine surgit des classes, se déversa dans les couloirs. Noah resta planté là à regarder Barry s'éloigner, boule de graisse suante et transpirante bientôt avalée par la foule. Il ne remarqua Amelia que lorsqu'elle fut juste à côté de lui. Elle lui effleura le bras.

Il sursauta, surpris, et la regarda.

— J'ai entendu parler de ce qui s'est passé avec JD, dit-elle.

— Alors tu es au courant que c'est moi qui me suis fait virer de la classe.

— JD est un con. Mais c'est la première fois que quelqu'un ose lui tenir tête.

— Ouais, eh bien, maintenant, je regrette de l'avoir fait.

Il déverrouilla le cadenas de son vestiaire. La porte, ouverte à la volée, heurta bruyamment le vestiaire voisin.

— J'ai eu tort de ne pas fermer ma grande gueule.

— Non, tu as bien fait. Si seulement tout le monde en avait le courage…

Elle baissa la tête, ses cheveux de miel coulant sur sa joue. Elle se détourna.

— Amelia ?

Elle le regarda. Il lui avait jeté tant de regards furtifs, avant cela, juste pour le plaisir de contempler son visage. Il s'était si souvent demandé quel effet cela ferait de caresser son visage, ses cheveux. De l'embrasser. Il en avait eu maintes occasions, mais il n'avait jamais trouvé le courage de le faire. Et voilà qu'elle le regardait avec une si calme intensité qu'il ne put se retenir. La porte de son casier, grande ouverte, les cachait au reste du couloir. Il tendit la main, prit la sienne et l'attira doucement contre lui.

Elle s'approcha docilement, et ses joues rosirent délicatement alors qu'elle se penchait vers lui, les yeux presque écarquillés. Leurs lèvres s'effleurèrent à peine, presque comme s'il ne s'était rien passé. Ils se regardèrent, confirmation muette que ça n'avait pas duré assez longtemps, qu'ils étaient tous les deux prêts à réessayer.

Ils échangèrent un autre baiser. Plus appuyé, plus profond, trouvant un mutuel courage dans les lèvres l'un de l'autre. Il la serra contre lui, et elle était aussi douce qu'il l'imaginait, comme du satin, et elle sentait si bon… Alors elle passa son bras autour de lui à son tour, posant sa main sur sa nuque, le faisant sien.

Soudain, la porte du casier s'ouvrit en grand, et quelqu'un d'autre fut là, à côté d'eux.

— Quelle scène touchante ! lança JD d'un vilain ton railleur.

Amelia fit un bond en arrière et regarda son demi-frère en ouvrant de grands yeux.

— Espèce de sale petite allumeuse ! tempêta JD en lui donnant une bourrade.

Amelia réagit violemment, d'une bourrade équivalente.

— Ne me touche pas !

— Ah ouais ! Tu préfères que ce soit Noah Elliot qui te tripote, hein ?

— Exactement ! fit Noah.

Il s'approcha de JD, le poing serré. Puis il se figea. M. Sanborn venait de sortir de la salle de musique, il était debout dans le couloir et les regardait tous les deux.

— Dehors, souffla JD, les yeux brillants. Le parking. *Tout de suite*.

Fern Cornwallis se précipita hors du bâtiment et courut vers le parking. Elle enfonçait jusqu'aux chevilles dans la neige. Le temps qu'elle arrive auprès des gamins qui braillaient, ses chaussures neuves étaient complètement fichues, et elle ne sentait plus ses doigts de pied. Ce qui n'était pas fait pour la mettre de bonne humeur. Elle fendit la foule et empoigna l'un des gamins par son blouson. Noah Elliot ! Encore lui, pensa-t-elle furieusement en l'éloignant de JD Reid. JD soufflait comme un taureau furieux. Il flanqua un coup d'épaule dans la poitrine de Noah, qui perdit l'équilibre, envoyant valdinguer Fern.

Elle se releva tant bien que mal en se mettant à genoux, déchirant son collant. Et son joli tailleur de laine qui était plein de gadoue... Elle se sentit envahie par une colère incontrôlable et retourna bille en tête dans la mêlée, prenant cette fois JD par le col. Elle le tira en arrière si brutalement qu'il devint violet et se mit à gargouiller comme s'il s'étouffait, mais il continua à agiter les bras, tendant ses poings pareils à des enclumes dans la direction de Noah.

Deux professeurs se précipitèrent au secours de Fern, la prenant chacun par un bras, tandis que d'autres entraînaient JD à reculons à travers le parking.

— Elliot, j'te préviens, si tu touches encore à ma sœur... !

— Je n'y ai jamais touché, à ta sœur ! rétorqua Noah.

— C'est pas c'que j'ai vu !

— Alors non seulement t'es con, mais en plus t'es aveugle !

— J'vous revois ensemble, tous les deux, et j'vous fous mon pied au cul !

Amelia vint s'interposer entre les deux garçons.

— Arrêtez, vous deux ! s'écria-t-elle. Tu es vraiment un gros nul, JD !

— Vaut mieux être nul que d'être la pute du bahut !

Amelia devint toute rouge.

— Tais-toi !

— Putain ! cracha JD. Putain, putain !

Noah se dégagea et flanqua son poing dans la bouche de JD. Le *chtonk* sourd de l'os sur la chair résonna dans l'air glacé, aussi surprenant qu'un coup de feu.

Des fleurs de sang rougirent la neige.

— Franchement, Fern, nous ne pouvons pas rester les bras croisés, dit Mme Lubec, la prof d'histoire des cinquièmes. Nous ne pouvons pas passer notre temps à éteindre de petits foyers d'incendie pendant que toute la forêt prend feu autour de nous.

Fern sirotait une tasse de thé, blottie dans un jogging d'emprunt. Elle était bien consciente que tous les regards étaient braqués sur elle, et que ses collègues attendaient une décision. Eh bien, qu'ils aillent se faire foutre ! Ils attendraient qu'elle se soit un peu réchauffée, que ses pieds gelés, à présent enroulés dans une serviette éponge, sous la table de réunion, aient retrouvé leur sensibilité. Le jogging sentait la transpiration et le mauvais parfum. L'odeur de sa propriétaire, ce petit pot à tabac de Mlle Boodles, la prof de gym. Le pantalon n'avait plus de forme et faisait des plis sur son ventre. Fern réprima un frisson de dégoût et se concentra sur les cinq personnes assises autour de la table. D'ici deux heures, elle devait rencontrer le recteur de l'académie et lui présenter un nouveau plan d'action. Mais pour ça, elle avait besoin de la coopération de son équipe.

Laquelle équipe comprenait la surveillante générale, deux professeurs, la conseillère d'éducation et le psychologue, le Dr Lieberman. Lieberman était le seul homme présent dans la salle de réunion, et il adoptait l'attitude supérieure caractéristique de certains hommes quand ils sont le seul coq dans le poulailler.

La prof d'anglais des sixièmes dit :

— Je crois qu'il est temps de leur serrer un peu la vis. Il faut nous montrer draconiens. S'il faut mettre des hommes armés dans les couloirs et exclure définitivement les fauteurs de troubles, eh bien, allons-y.

— Ce n'est pas l'approche que je choisirais, fit le Dr Lieberman, en ajoutant avec une note de feinte humilité : Mais ce n'est que mon avis.

— Nous avons essayé l'approche préventive, remarqua Fern. Nous avons essayé les séances de résolution de conflit, les mises à pied, les colles. Nous avons essayé de les raisonner. Nous avons même supprimé le dessert des menus de cantine afin de diminuer l'apport en sucre dans leur alimentation. Ces gamins échappent à tout contrôle, et je ne sais pas qui ou quoi incriminer. Mais ce que je sais, c'est que mes équipes n'en peuvent plus, et je suis prête à faire appel à la cavalerie. Où est le chef Kelly ? demanda-t-elle avec un coup d'œil à la surveillante générale. Il ne devait pas nous rejoindre ?

— J'ai laissé un message au poste. Le chef Kelly a été retardé, ce matin.

— Encore une de ces inspections de véhicules de fin de soirée, sans doute, lança finement Mme Lubec.

— De quoi s'agit-il ? demanda Fern.

— Une histoire que j'ai entendue chez Monaghan. Les Dinosaures ne parlaient que de ça.

— Quelle histoire ? questionna Fern plus sèchement qu'elle n'aurait voulu, en s'efforçant de garder son empire sur elle-même, de s'empêcher de rougir.

— Oh, le chef Kelly et ce Dr Elliot faisaient beaucoup de vapeur sur les vitres de sa voiture, hier soir. Enfin, le pauvre homme n'a pas volé de prendre un peu de bon temps après toutes ces années…

Mme Lubec laissa sa phrase en suspens lorsqu'elle vit le visage défait de Fern.

— Bon, on ne pourrait pas revenir au problème qui nous occupe ? coupa Lieberman.

— Oui, absolument, murmura Fern.

Ce ne sont que des ragots. Lincoln défend cette femme publiquement ; que vouliez-vous qu'il arrive ? La ville pense qu'ils couchent ensemble. Quelques mois auparavant, c'était de Fern elle-même que la rumeur publique faisait la maîtresse de Lincoln. Encore de fausses rumeurs, basées sur les longues heures qu'ils passaient à travailler ensemble sur le programme de sensibilisation aux dangers de la drogue. Elle s'obligea à chasser Claire Elliot de son esprit et concentra son agacement sur Lieberman, qui essayait de prendre le contrôle de sa réunion.

— L'autorité brutale ne marche pas sur ce groupe d'âge, disait-il. À ce stade de développement, l'autorité est précisément ce qui cristallise leur révolte. En serrant la vis à ces gamins, en affirmant notre pouvoir sur eux, nous ne leur envoyons pas le bon message.

— Eh bien, moi, j'en suis au stade où je me fiche pas mal du message qu'on envoie à ces gamins, coupa Fern. Ma responsabilité est de les empêcher de s'entretuer.

— Alors, menacez-les de les priver de quelque chose qui compte pour eux. De sport, de voyages scolaires. Et la fête de l'école que vous aviez prévue ?

C'est un événement social assez important pour eux, non ?

— Nous avons déjà annulé deux fois le bal d'Automne, répondit Fern. La première fois à cause de Mme Horatio, la deuxième fois à cause de toute cette violence.

— Mais vous ne voyez pas que c'est au contraire une récompense à leur faire miroiter, une carotte s'ils se conduisent bien ? Je ne le supprimerais pas. Quelles sont les autres incitations possibles ?

— La menace de mort… ? murmura la prof d'anglais.

— L'incitation positive, insista Lieberman. C'est le mantra que nous devons garder à l'esprit. Il faut positiver, il faut positiver.

— Le bal pourrait tourner au désastre, fit Fern. Cent cinquante jeunes dans un gymnase bondé. Il suffirait d'une bagarre pour que nous nous retrouvions avec une foule enragée.

— Eh bien, éliminez par avance les fauteurs de troubles. C'est ce que j'entends par « incitation positive ». Si un des jeunes fait un pas de travers, il sera privé de fête. Les deux gamins qui se sont bagarrés, aujourd'hui…

— Noah Elliot et JD Reid.

— Commencez par faire un exemple avec eux.

— Ils sont déjà suspendus jusqu'à la fin de la semaine, répondit Fern. Leurs parents vont venir les chercher tout à l'heure.

— Si j'étais vous, je ferais comprendre à toute l'école que ces élèves seront privés de bal et que le même sort attend tous les fouteurs de merde. Faites-en des exemples de ce qu'il ne faut pas faire.

Il y eut un silence prolongé. Tout le monde regardait Fern, dans l'attente de sa décision. Elle en avait assez d'être la responsable, celle qui se faisait taper sur les doigts quand ça tournait mal. Et voilà que ce Dr Lieberman se pointait et lui disait ce qu'elle avait à faire, et que, pour un peu, elle se serait réjouie de pouvoir s'en remettre à son jugement. De se décharger de ses responsabilités sur quelqu'un d'autre.

— Bon, le bal est remis au programme, décréta-t-elle.

On frappa à la porte. Le pouls de Fern s'accéléra alors que Lincoln Kelly entrait dans la pièce. Il n'était pas en uniforme ; il portait un jean et une vieille veste de chasse, il apportait avec lui l'odeur de l'hiver, et des flocons de neige scintillaient sur ses cheveux. Il avait l'air fatigué, mais la lassitude ne faisait qu'accentuer son charme. Ce qui l'amena à se dire, comme tant de fois auparavant : Il faudrait une femme bien pour s'occuper de toi.

— Désolé d'être en retard, dit-il. Je viens seulement de rentrer en ville.

— Nous venons de terminer la réunion, répondit Fern. Mais il faut que je te parle, si tu as le temps, tout de suite.

Elle se leva et se sentit aussitôt embarrassée quand elle le vit jeter un coup d'œil étonné à sa dégaine inhabituelle.

— J'ai dû m'interposer dans une nouvelle bagarre, je me suis retrouvée par terre et j'ai été obligée de me changer, fit-elle en tiraillant sur son sweat-shirt. Ce n'est pas exactement la couleur qui me flatte le plus.

— Tu n'as pas été blessée, j'espère ?

— Non. Mais ça me fait mal de penser que j'ai gâché une bonne paire de chaussures italiennes.

Il eut un sourire. Elle prit cela pour la confirmation que, malgré sa tenue inélégante, elle rayonnait encore de charme et d'esprit, et pouvait se faire apprécier de cet homme.

— Je t'attends dans le bureau à côté, dit-il en ressortant.

Elle ne pouvait lever la réunion et le rejoindre comme ça. Ç'aurait été trop cavalier. Elle devait d'abord faire la sortie pleine de grâce et de majesté qui s'imposait. Le temps qu'elle réussisse à se dégager, cinq minutes plus tard, Lincoln n'était plus seul dans le bureau voisin.

Claire Elliot était avec lui.

Ils ne semblèrent pas remarquer l'arrivée de Fern. Ils étaient trop exclusivement absorbés par leur mutuelle contemplation. Ils ne se touchaient pas, mais Fern lut sur le visage de Lincoln une intensité vibrante qu'elle n'y avait jamais vue auparavant. C'était comme s'il s'était soudain réveillé après une longue hibernation, pour rejoindre le monde des vivants.

Elle éprouva à cet instant une souffrance presque physique. Elle fit un pas vers eux et se rendit compte qu'elle n'avait rien à leur dire. Que peut-il bien voir en elle qu'il n'a jamais vu en moi ? se demanda-t-elle en regardant Claire. Pendant toutes ces années, elle avait regardé le couple de Lincoln se détériorer, elle s'était dit qu'en fin de compte le temps travaillait pour elle. Doreen sortirait du tableau et Fern viendrait combler le vide. Et voilà qu'une étrangère, une femme à l'air tellement ordinaire avec ses grosses bottes et son pull à col roulé marron, était sortie de nulle part. Tu n'as rien à faire ici, pensa Fern avec mépris alors que Claire se tournait vers elle. Et tu ne t'intégreras jamais.

— Mary Delahanty m'a appelée, fit Claire. J'ai cru comprendre que Noah avait été mêlé à une autre bagarre.

— Votre fils a été suspendu, répondit Fern sans prendre de gants.

Elle n'avait qu'une envie, faire du mal à cette femme, et elle fut contente de voir Claire accuser le coup.

— Que s'est-il passé ?

— Il s'est battu pour une fille. Apparemment, Noah a eu les mains baladeuses, et le frère de la fille est intervenu pour protéger sa sœur.

— J'ai du mal à le croire. Mon fils ne m'a jamais parlé d'une fille…

— Les jeunes d'aujourd'hui ont du mal à communiquer. Leurs parents sont tellement pris par leur travail…

Fern voulait blesser Claire Elliot, et elle y était apparemment arrivée à en juger par la rougeur qui envahit les joues de cette dernière. Fern savait exactement où taper pour faire mal à un parent d'élève, elle connaissait les points faibles provoqués par les responsabilités écrasantes et le sentiment de culpabilité.

— Fern… dit Lincoln d'un ton nettement réprobateur.

Elle se tourna vers lui et se sentit soudain profondément honteuse. Elle avait passé les bornes, elle s'était abandonnée à la colère, révélant son plus mauvais côté et laissant le beau rôle à Claire : celui de la pauvre victime innocente.

D'une voix radoucie, elle reprit :

— Votre fils est dans la salle de colle ; vous pouvez le remmener chez vous.

— Quand sera-t-il autorisé à reprendre les cours ?

— Je ne l'ai pas encore décidé. Je dois consulter ses professeurs. La punition doit être assez sévère pour qu'il y réfléchisse à deux fois avant de recommencer. Ce n'est pas la première fois qu'il s'attire des ennuis, je crois ? fit-elle en regardant Claire comme si elle en savait déjà long à son sujet.

— Il y a eu cet incident avec le skateboard…

— Non, je veux dire, avant, à Baltimore.

Claire la regarda, abasourdie. C'était donc vrai, se dit Fern avec satisfaction. Le gamin a déjà eu des problèmes.

— Mon fils, dit Claire d'un ton de tranquille défi, n'est pas un garçon difficile.

— Et pourtant il a un dossier de délinquant juvénile.

— Comment le savez-vous ?

— J'ai reçu des articles d'un journal de Baltimore.

— Qui vous les a envoyés ?

— Je ne sais pas. C'est sans importance.

— Bien sûr, que c'est important ! Quelqu'un essaie de nuire à ma réputation, de me faire quitter la ville. Et maintenant, on s'attaque à mon fils !

— Mais les coupures de journaux disent vrai, n'est-ce pas ? Il a bien volé une voiture.

— C'est arrivé juste après la mort de son père. Vous avez une idée de ce que c'est pour un gamin de douze ans de voir son père mourir à petit feu ? Vous ne comprenez pas que ça puisse lui briser le cœur ? Noah ne s'en est jamais remis. Oui, il est plein de chagrin et de colère. Mais je le connais, et je vous le dis, ce n'est pas un mauvais garçon.

Fern retint une réplique. Il n'y avait pas moyen de discuter avec une mère enragée. Il était évident pour elle que le Dr Elliot était aveugle, aveuglée par l'amour.

— Qui était l'autre garçon ? demanda Lincoln.

— Quelle importance ? rétorqua Fern. Noah doit affronter les conséquences de son comportement personnel.

— Tu as pourtant laissé entendre que c'était l'autre garçon qui avait provoqué la bagarre.

— Oui, pour protéger sa sœur.

— Tu as parlé avec la fille ? Vérifié qu'elle avait besoin d'être défendue ?

— A quoi bon ? J'ai vu deux garçons en train de se battre. J'y ai mis bon ordre, et j'ai été poussée à terre. Ce qui s'est passé là-bas était moche. Violent. Je ne peux pas croire que tu prennes la défense d'un garçon qui m'a agressée…

— Agressée ?

— Il m'est tombé dessus. Me projetant à terre.

— Tu veux porter plainte ?

Elle ouvrit la bouche pour dire oui, puis s'arrêta au dernier moment. Porter plainte impliquait de prêter serment devant un tribunal. Et que dirait-elle sous serment ? Elle avait vu de la colère sur le visage de Noah, elle savait qu'il avait eu envie de la frapper. Le fait qu'il n'ait pas vraiment levé la main contre elle n'était qu'un détail. Ce qui comptait, c'était l'intention, la violence qu'elle avait vue dans ses yeux. Mais quelqu'un d'autre l'avait-il vue ?

— Non, je ne veux pas porter plainte, dit-elle avant d'ajouter, magnanime : je lui laisse une dernière chance.

— Je suis sûr que Noah t'en sera reconnaissant, Fern, dit-il.

Et elle pensa, misérablement : Ce n'est pas de la reconnaissance de ce petit con que j'ai envie. C'est de la tienne.

— Tu veux en parler ? demanda Claire.

Pour toute réponse, Noah se rétracta comme une amibe, se recroquevilla aussi loin d'elle que possible, dans son coin de la voiture.

— Écoute, chéri, il faudra bien qu'on finisse par en parler à un moment ou à un autre.

— Pour quoi faire ?

— Eh bien, tu as été suspendu. On ne sait pas encore quand, ni même si tu pourras retourner au collège.

— Et même si je n'y retourne pas, quelle importance ? Je n'y apprenais rien, de toute façon.

Il regarda ostensiblement par la vitre, l'excluant de son monde.

Elle conduisit ainsi pendant deux kilomètres, en silence, le regard fixé sur la route, sans vraiment la voir. Elle ne voyait qu'une image de son fils quand il était un petit garçon de cinq ans, roulé en boule, muet, sur le canapé, trop malheureux pour lui parler des moqueries qu'il avait endurées ce jour-là, à l'école. Il n'avait jamais été très communicatif, songea-t-elle. Il s'était toujours réfugié dans le silence, et maintenant le silence s'était densifié, était devenu plus impénétrable.

— J'ai réfléchi à ce qu'on devrait faire, Noah, dit-elle enfin. J'ai besoin que tu me dises ce que tu veux. Si tu penses que je fais ce qu'il faut. Tu sais que mon cabinet ne marche pas très bien. Et maintenant, avec ces vitres cassées, avec la moquette qui est fichue, tout ça, je ne pourrai pas recevoir de clients avant des semaines. Et encore… à condition qu'ils veuillent bien venir me voir… Tout ce que j'essayais de faire, continua-t-elle avec un soupir, c'était de trouver un endroit où tu t'intégrerais, où on s'intégrerait tous les deux. Mais on dirait que j'ai loupé mon coup.

Elle tourna dans l'allée devant chez eux et coupa le moteur. Ils restèrent assis là sans parler pendant un moment. Et puis elle le regarda et dit, dans un soupir :

— Tu n'as pas besoin de me raconter tout de suite ce qui s'est passé. Mais il faudra quand même qu'on en parle. On a des décisions à prendre.

— À quel sujet ?

— Est-ce qu'on doit retourner à Baltimore ou non.

— Quoi ? fit-il en relevant le menton, tournant enfin son regard vers elle. Tu veux repartir ?

— Tu me répètes depuis des mois que tu veux retourner en ville. J'ai appelé grand-mère Elliot, ce matin. Elle dit que tu pourrais rentrer avant moi et habiter chez elle. Je te rejoindrais plus tard, quand j'aurais tout réglé ici et revendu la maison.

— Voilà que tu recommences ! Tu décides de ma vie.

— Non, je te demande de m'aider à décider.

— Tu ne me demandes pas mon avis. Ta décision est déjà prise.

— Ce n'est pas vrai. J'ai déjà fait cette erreur une fois et je ne recommencerai pas.

— Alors, maintenant, tu as envie de partir ! Tous ces mois, j'ai eu envie de retourner à Baltimore et tu ne m'as pas écouté. Et maintenant tu décides que le moment est venu pour toi et tu me fais le coup du : « Qu'est-ce que tu préfères, Noah ? ».

— Je te pose la question parce que c'est important pour moi ! Ce que tu veux a toujours compté pour moi.

— Et si je te disais que je veux rester ? Si je te disais que j'ai une amie qui compte vraiment pour moi et qu'elle est ici ?

— Tout ce que tu m'as dit depuis neuf mois, c'est que tu détestais cet endroit.

— Et tu t'en fichais, à ce moment-là.

— Qu'est-ce que tu veux ? Qu'est-ce que je peux faire pour te rendre heureux ? Est-ce qu'il y a quelque chose qui pourrait te rendre heureux ?

— Et voilà : tu recommences à me crier dessus !

— Je fais tout ce que je peux, et tu n'es jamais content !

— Arrête de me crier dessus !

— Tu crois que c'est un plaisir, d'être ta mère, en ce moment ? Tu crois que tu serais plus heureux avec une autre mère ?

Il flanqua un coup de poing sur le tableau de bord, et un autre, et puis encore un autre, et il recommença en rugissant :

— Arrête-de-me-crier-dessus !

Elle le regarda, frappée par l'intensité de sa colère. Et par la goutte de sang rouge qui suinta soudain de ses narines. Une goutte qui tomba, s'écrasa sur le devant de sa veste.

— Tu saignes…

Il porta machinalement le doigt à sa lèvre supérieure et regarda son doigt taché de sang. Une autre goutte coula de ses narines et fit une seconde tache, d'un rouge éclatant, sur sa veste.

Il ouvrit la portière et courut se réfugier dans la maison.

Elle le suivit et se rendit compte qu'il s'était enfermé dans la salle de bains.

— Noah, laisse-moi entrer.

— Fiche-moi la paix !

— Je veux arrêter le saignement.

— C'est déjà fini.

— Je peux regarder ? Tu vas bien ?

— Et merde ! hurla-t-il, et elle entendit un affreux bruit de verre cassé, comme si un objet s'écrasait par terre. Tu ne peux pas me foutre la paix ?

Elle regarda la porte fermée, priant silencieusement pour qu'elle s'ouvre, sachant que ça n'arriverait pas. Il y avait déjà trop de portes closes entre eux, et celle-là, elle ne pouvait pas espérer la franchir.

Le téléphone sonna. Elle se précipita vers la cuisine pour répondre en se demandant, épuisée : dans combien de directions peut-on me pousser à la fois ?

Au téléphone, une voix familière bredouilla, paniquée :

— Toubib, il faut que vous veniez tout de suite ! Il faut que vous vous occupiez d'elle !

— Elwyn ? fit Claire. C'est Elwyn Clyde ?

— Oui, m'dame. Je suis chez Rachel. Elle veut pas aller à l'hôpital, alors je me suis dit que j'allais vous appeler…

— Que s'est-il passé ?

— Je ne sais pas très bien. Mais vous feriez mieux de venir en vitesse, parce qu'elle est blessée. Il y a du sang plein la cuisine.

18

Le crépuscule tombait quand Claire arriva chez Rachel Sorkin. Elwyn Clyde l'attendait sur le porche en regardant ses chiens courir dans le jardin, devant la maison.

— Sale affaire, marmonna-t-il sombrement alors que Claire montait les marches.

— Comment va-t-elle ?

— Oh, elle est d'une humeur massacrante. Elle s'est mise à me gueuler de sortir alors que j'essayais seulement de l'aider. J'voulais juste l'aider, vous comprenez, et elle m'a dit : « Dehors, Elwyn, vous empuantissez ma cuisine. »

Il baissa les yeux, et son visage quelconque s'assombrit encore.

— Elle a toujours été gentille avec moi, reprit-il. Elle a été gentille de s'occuper de mon pied et tout ça, et je voulais lui rendre la pareille, quoi.

Claire lui tapota l'épaule. On aurait dit un fagot de brindilles sous le manteau pelé.

— C'est ce que vous avez fait, dit-elle. Allez, je vais voir ce qu'elle a.

Dans la cuisine, son regard tomba tout de suite sur le mur du fond. Du sang, se dit-elle machinalement en voyant les éclaboussures écarlates. Puis elle lut les mots barbouillés sur les portes des placards : « Putain de Satan. »

— Je savais que ça me pendait au nez, dit doucement Rachel.

Elle était assise à la table de cuisine et elle tenait un sac en plastique plein de glace sur sa tête. Le sang avait séché sur sa joue et collait ses cheveux noirs. Le sol, à ses pieds, était jonché de verre brisé.

— Ce n'était qu'une question de temps, je le savais.

Claire tira une chaise et s'assit à côté d'elle.

— Laissez-moi voir votre tête.

— Les gens sont tellement ignares. C'est incroyable. Il suffit d'un imbécile pour les exciter, et ça devient un… une chasse à la sorcière, dit-elle avec un rire étouffé.

Claire souleva doucement la poche de glace. La blessure n'était pas profonde, mais le cuir chevelu saignait beaucoup, et il faudrait lui faire au moins une demi-douzaine de points de suture.

— Vous vous êtes coupée avec le verre brisé ?

Rachel hocha la tête et esquissa une grimace, ce simple mouvement ayant déclenché de nouveaux élancements douloureux.

— Je n'ai pas vu venir la pierre. J'étais tellement furieuse à cause de cette inscription à la peinture, et de tout le bordel qu'ils avaient fichu ici… Je ne me suis pas rendu compte qu'ils étaient dehors et qu'ils me regardaient rentrer chez moi. J'étais là, à contempler le désastre, quand la pierre a volé à travers le carreau. C'est Elwyn qui a condamné la fenêtre, fit-elle avec un geste en direction de la vitre brisée, maintenant aveuglée par des planches.

— Vous avez eu de la chance qu'il passe justement par ici.

— Oh, cet idiot d'Elwyn traverse toujours mon jardin avec ses satanés chiens. Il a vu la vitre cassée et il est entré voir si ça allait.

— C'était gentil de sa part. Vous auriez pu tomber sur un plus mauvais voisin.

— Ça, c'est sûr, répondit Rachel dans un grognement. Il faut lui laisser ça, il a du cœur.

Claire ouvrit sa trousse et sortit le kit de suture. Elle commença à tamponner la plaie avec de la Bétadine.

— Vous avez perdu connaissance ?

— Je ne me souviens plus.

— Vous n'en êtes pas sûre ?

— Je pense que j'ai été un peu sonnée. Je me suis retrouvée assise par terre, mais je ne me souviens pas d'être tombée.

— Vous devriez rester en observation, ce soir. Si vous avez un épanchement sous-dural…

— Je ne peux pas aller à l'hôpital. Je n'ai pas d'assurance.

— Vous ne pouvez pas rester toute seule ici. Je peux vous faire admettre immédiatement.

— Mais je n'ai pas d'argent, docteur Elliot. Je ne peux pas me payer l'hôpital.

Claire la regarda un instant en se demandant si elle devait insister.

— D'accord. Mais si vous restez chez vous cette nuit, il faut qu'il y ait quelqu'un avec vous.

— Il n'y a personne.

— Un ami ? Un voisin ?

— Je ne vois personne.

Ils entendirent frapper fermement à la porte.

— Hé ! appela Elwyn à travers le panneau. Je peux entrer ? J'voudrais aller aux toilettes !

— Vous en êtes absolument sûre ? demanda Claire avec un regard significatif en direction de la porte.

Rachel ferma les yeux et soupira.

Le gyrophare d'une voiture de police trouait l'obscurité quand Claire ressortit de chez Rachel. Elle regarda, avec Elwyn, le policier descendre de sa voiture, traverser le jardin et venir vers eux. Il entra dans la lumière, et elle reconnut Mark Dolan. Elle fut un peu étonnée, parce qu'il travaillait normalement dans l'équipe de nuit. Elle n'avait jamais aimé Dolan et elle était d'autant moins bien disposée à son égard qu'elle n'avait pas oublié ce que Mitchell Groome lui avait raconté.

— Il y a eu des problèmes, ici ? demanda-t-il.

— Il y a plus d'une heure que je vous ai appelé, maugréa hargneusement Elwyn.

— Ouais, eh ben, des appels, on en a par-dessus les oreilles. Le vandalisme n'est pas prioritaire. Alors, qu'est-ce qui s'est passé ? Quelqu'un a cassé un carreau ?

— Ce n'est pas une simple affaire de vandalisme, déclara Claire. C'est un crime de haine. Ils ont lancé une pierre par la fenêtre, et Rachel Sorkin a été atteinte à la tête. Elle aurait pu être gravement blessée.

— Qu'est-ce qui fait de ça un crime de haine ?

— Ils l'ont attaquée pour ses opinions religieuses.

— Quelle religion ?

Elwyn explosa :

— C'est une sorcière, espèce de crétin ! Tout le monde le sait !

— Elwyn, ce n'est pas très gentil de votre part de dire ça, le gourmanda Dolan avec un sourire condescendant.

— Je ne vois pas ce qu'il y a de mal à dire que c'est une sorcière, si c'est ce qu'elle est ! Si ça lui plaît, moi j'ai rien contre, merde ! J'dirais que c'est moins grave d'être une sorcière que d'être végétarienne. Sauf que j'lui reproche pas ça non plus.

— Je ne qualifierais pas vraiment ses croyances de religion.

— Peu importe comment vous appelez ça. C'est pas parce qu'une femme croit à des trucs bizarroïdes qu'on a le droit de lui jeter des pierres !

— C'est bien un cas de violence motivée par la haine, insista Claire. Ne faites pas passer ça pour du simple vandalisme.

Le sourire de Dolan s'était réduit à une mince fente.

— Ça recevra l'attention que ça mérite, répondit-il.

Il monta les marches du porche et entra dans la maison.

Claire et Elwyn restèrent un moment plantés là, en silence.

— Elle mérite mieux que ça, dit enfin Elwyn. C'est une femme bien, et elle mérite mieux que la façon dont cette ville la traite.

Claire le regarda.

— Et vous êtes un homme bien, Elwyn. Merci de rester avec elle, cette nuit.

— Ouais, eh ben, c'est devenu une sorte d'opération commando, pas vrai ? marmonna-t-il en descendant les marches. Pour commencer, j'vais ramener ces chiens à la maison, vu qu'ils la mettent sur les nerfs. Et je ferais aussi bien de m'débarrasser d'cette stupide affaire dont elle m'a demandé aussi de m'occuper. Puisque je le lui ai promis.

— Quelle stupide affaire ?

— Prendre un bain, grommela-t-il, et il s'éloigna vers les bois, ses chiens sur les talons.

Il était tard, ce soir-là, et Noah dormait quand Lincoln finit par l'appeler.

— J'ai pris le téléphone une douzaine de fois pour composer votre numéro, dit-il, mais chaque fois j'ai été interrompu. On a dû doubler les équipes, ici, rien que pour répondre à tous les appels.

— Vous avez appris que Rachel Sorkin avait été agressée ?

— Mark l'a mentionné en passant.

— Vous a-t-il dit aussi qu'il s'était comporté comme le dernier des abrutis ?

— Qu'est-ce qu'il a fait ?

— Disons plutôt qu'est-ce qu'il n'a pas fait. Il n'a pas pris l'agression au sérieux. Il la considère comme du simple vandalisme.

— Il m'a dit que c'était juste une fenêtre cassée.

— Les vandales ont laissé une inscription à la peinture dans sa cuisine. Une inscription disant « Putain de Satan ».

Il y eut un silence. Quand il reprit la parole, elle entendit la colère à peine contenue dans sa voix.

— Ces rumeurs de satanisme sont allées beaucoup trop loin. Il va falloir que je prenne Damaris Horne entre quat'z-yeux avant qu'elle ne commence à écrire des conneries sur les malédictions des Indiens Penobscot.

— Vous ne lui avez pas parlé de votre conversation avec Vince, j'espère ?

— Bon Dieu ! Non. Je fais tout ce que je peux pour l'éviter.

— Si l'occasion se présente, vous pourriez l'interroger sur son bon copain, l'inspecteur Dolan.

— Ça veut dire ce que je pense ?

— C'est ce que m'a laissé entendre un autre journaliste, Mitchell Groome. Il les a vus ensemble.

— J'ai déjà demandé à Mark si c'était lui qui la renseignait. Il a formellement démenti. Je ne peux rien entreprendre contre lui sans preuves.

— Vous avez confiance en lui ?

Un silence.

— Franchement, Claire, je ne sais pas, soupira-t-il enfin. J'ai appris, ces derniers temps, sur mes voisins, sur mes amis, des choses que je ne savais pas auparavant. Et que j'aurais préféré ignorer. Mais je ne vous appelais pas pour vous parler de Mark Dolan, continua-t-il d'une voix radoucie.

— Alors, pourquoi m'appelez-vous ?

— Pour vous parler de ce qui s'est passé hier soir. Entre vous et moi.

Elle ferma les yeux et se raidit, s'apprêtant à entendre des paroles de regret. Une partie d'elle-même souhaitait être rejetée, libérée. Pour pouvoir quitter cette ville sans un regard en arrière, sans être tiraillée entre plusieurs décisions possibles.

Mais une autre partie d'elle-même, plus importante, le voulait, lui.

— Vous avez réfléchi à ce que je vous ai dit ? demanda-t-il. Quand je vous ai demandé si vous alliez rester ?

— Vous me le demandez à nouveau ?

— Oui.

Il avait répondu sans hésitation. Il ne la rejetait pas, et elle en éprouvait à la fois de la joie et de l'appréhension.

— Je ne sais pas, Lincoln. Je n'arrête pas de penser à toutes les raisons qui me pousseraient à quitter cette ville.

— Et toutes les raisons qui vous pousseraient à rester ?

— En dehors de vous, quelle autre raison aurais-je ?

— On pourrait en parler. Je pourrais venir vous voir tout de suite.

Elle mourait d'envie de lui dire de venir, mais elle avait peur des conséquences. Peur de prendre une décision prématurée, peur que sa seule présence se révèle l'argument qui la convaincrait de rester à Tranquility alors que tant de choses l'en chassaient. Rien que de regarder par la fenêtre, de voir les ténèbres impénétrables de cette nuit de novembre et de penser au froid mortel…

— Je peux être là dans dix minutes.

Elle retint son souffle. Eut un hochement de tête que sa chambre vide fut seule à voir.

— D'accord.

À la seconde où elle raccrochait, elle fut prise d'une intense panique. Était-elle présentable ? Assez bien coiffée ? La maison était-elle en ordre ? Elle reconnut ces pensées éparses pour ce qu'elles étaient : le désir bien féminin d'impressionner son amoureux, et elle s'étonna de l'éprouver à ce stade tardif de sa vie. Être entre deux âges, se dit-elle avec un sourire mélancolique, ne vous garantissait pas automatiquement la dignité.

Elle évita délibérément de se regarder dans la glace et descendit au salon, où elle s'obligea à meubler l'attente en faisant du feu dans la cheminée. Si Lincoln tenait à lui rendre visite à cette heure tardive, il faudrait qu'il se contente de ce qu'il trouvait. Une femme aux mains noires de suie et aux cheveux parfumés au feu de bois. La vraie Claire Elliot, au naturel, et peu soucieuse de séduire. Qu'il me voie telle que je suis, se dit-elle dans un accès de rébellion, et on verra bien s'il veut toujours de moi.

Elle disposa des journaux chiffonnés, le petit bois, le bois, et craqua une allumette. Le feu partit tout de suite. Il flamberait sans qu'on ait besoin de s'en occuper, mais elle resta auprès de la cheminée, à regarder avec une satisfaction primitive le petit bois prendre feu, puis les bûches. Le bois était bien sec, et il brûlerait vite, avec une flamme claire. Elle était comme ce bois, on l'avait laissée sécher sans la toucher pendant trop longtemps. C'était à peine si elle se souvenait de ce que c'était que de s'embraser.

La sonnerie de la porte la changea instantanément en une boule de nerfs. Elle tapa l'une contre l'autre ses mains pleines de suie et les essuya sur ses hanches, ne réussissant qu'à transférer la suie de ses mains sur son pantalon.

Qu'il voie la vraie Claire. Qu'il décide si c'est ça qu'il veut.

Elle alla dans l'entrée, prit le temps de se ressaisir et ouvrit la porte.

— Entrez, dit-elle.

— Bonsoir, Claire, répondit-il, tout aussi visiblement à court de mots.

Ils se regardèrent pendant une seconde, puis détournèrent le regard, leurs yeux dérivant en territoire plus sûr. Elle le fit entrer et elle vit que sa veste était couverte de neige poudreuse. L'obscurité, au-dehors, était un tourbillon de blancheur impalpable, comme du brouillard.

Elle referma la porte.

— J'ai fait du feu, à côté. Je peux vous débarrasser ?

Il lui tendit sa veste. Elle la mit sur un cintre. La doublure avait conservé la chaleur de son corps. Ils s'étaient souvent rencontrés, et parlé, et pourtant c'était la première fois que la conscience qu'elle avait de lui s'étendait à tous ses sens, à la chaleur de son corps qui s'attardait dans sa veste, à son odeur de feu de bois et de neige fondue ; à la certitude, alors même qu'elle lui tournait le dos, qu'en cet instant précis son regard était rivé sur elle.

Elle l'invita à passer au salon.

Le feu ronflait et crépitait farouchement, projetant un cercle de lumière vive qui repoussait bravement l'obscurité. Claire s'assit dans le canapé et éteignit la lampe, sur la table, à côté d'elle. Elle cherchait refuge dans l'ombre, et le feu donnait assez de lumière. Lincoln s'assit à côté d'elle, à une distance confortable, déclaration de neutralité qui ne prenait pas parti entre l'amitié, l'amour ou la simple convivialité.

— Comment va Noah ? demanda-t-il enfin, conférant la même parfaite neutralité à la conversation.

— Il est allé se coucher fâché. D'une certaine façon, il n'est pas mécontent de se retrouver dans le rôle de la victime, comme si le monde entier était contre lui. Et je ne peux rien faire pour changer son état d'esprit.

Elle poussa un soupir et appuya sa tête sur sa main.

— Pendant neuf mois, il m'a fait passer pour la mégère qui l'avait obligé à s'installer ici. Cet après-midi, quand je lui ai parlé de la possibilité de retourner à Baltimore, il a explosé. Il m'a dit que je ne pensais pas à lui, à ce qu'il voulait, à ses besoins, ses désirs. Quoi que je fasse, j'ai tort. J'ai beau faire, il n'est jamais content.

— Eh bien, vous n'avez qu'à faire ce qui vous plaît à vous.

— Ça paraît un peu égoïste.

— Vraiment ?

— J'aurais l'impression de ne pas être une bonne mère.

— Vous vous donnez tellement de mal, Claire. Plus de mal que n'importe quel parent. Et là, soupira-t-il après une pause, j'imagine que je ne fais qu'ajouter une complication dans votre vie, à un moment où vous n'en avez vraiment pas besoin. Je le sais, Claire, mais je n'aurai pas de seconde chance. Il fallait que je vous le dise avant que vous ne preniez votre décision. Avant que vous ne quittiez Tranquility. Et qu'il ne soit trop tard pour que je puisse vous parler, tout simplement, ajouta-t-il doucement.

Elle le regarda enfin. Il était assis, les yeux baissés, la tête posée sur une main, l'air bien las.

— Je ne peux pas vous en vouloir d'avoir envie de partir, reprit-il. Cette ville n'est pas très accueillante pour les étrangers, elle ne leur fait pas facilement confiance. Et quelques-uns de ses citoyens sont franchement des fumiers. Mais, pour la plupart, les gens sont comme partout ailleurs. Certains sont même incroyablement généreux. Vous n'en trouverez pas de meilleurs…

Il laissa sa phrase en suspens, comme s'il n'avait rien à ajouter.

Un ange passa.

— Lincoln, vous parlez encore pour le compte de toute la ville ou pour vous-même ?

Il secoua la tête.

— Ce n'est pas tout à fait comme ça que je voulais le dire. Je suis venu pour vous parler, et je suis là, à tourner autour du pot. Je pense beaucoup à vous, Claire. À vrai dire, je pense constamment à vous. Je ne suis pas sûr de ce qu'il faut en conclure, parce que c'est une expérience nouvelle pour moi. Marcher la tête dans les nuages…

Elle eut un sourire. Il y avait si longtemps qu'elle voyait en lui le Yankee stoïque, terre à terre, qui parlait simplement et sans détour, qui avait les deux pieds si fermement ancrés au sol qu'elle avait du mal à l'imaginer la tête dans les nuages.

Il se leva et alla se mettre, l'air incertain, devant le feu.

— C'est tout ce que je suis venu vous dire. C'est vrai qu'il y a des complications. Doreen, surtout. Et je ne sais pas ce que c'est que d'être père. Mais j'ai toute la patience du monde quand il s'agit de choses qui comptent vraiment pour moi. Je vais m'en aller, ajouta-t-il en s'éclaircissant la gorge.

Il était déjà devant la porte du placard et s'apprêtait à récupérer sa veste quand elle le rattrapa dans l'entrée. Elle mit la main sur son épaule et il se retourna vers elle. Sa veste glissa du cintre et tomba par terre sans qu'ils y fassent attention.

— Revenez vous asseoir auprès de moi, murmura-t-elle.

Et cette demande, le sourire sur ses lèvres étaient toute l'invitation dont il avait besoin. Il lui caressa le visage, effleura ses joues. Elle avait oublié l'effet que faisait le contact d'une main d'homme sur sa peau. Cette simple sensation éveilla son désir, un désir tellement puissant, si profond et inattendu qu'elle poussa un soupir et ferma les yeux. Elle soupira à nouveau quand il l'enlaça étroitement et l'embrassa.

Ils regagnèrent le salon, leurs lèvres toujours scellées, et ils s'embrassaient encore lorsqu'ils se laissèrent tomber sur le canapé. Dans la cheminée, une bûche tomba, et une gerbe d'étincelles et de flammes jaillit avec un éclat renouvelé. Le bois qui a longtemps attendu lance les flammes les plus ardentes. La chaleur de leur propre feu les consumait, à présent, réduisant toute résistance en cendres. Ils s'allongèrent sur le canapé, leurs corps pressés l'un contre l'autre, leurs mains s'explorant, se découvrant. Elle glissa ses mains sous sa chemise, lui caressa le dos. Il avait la peau étonnamment fraîche, comme si toute sa chaleur rayonnait vers elle, irradiait dans ses baisers, dans ses lèvres qui lui mangeaient le visage, la gorge. Elle déboutonna sa chemise, s'enivra de son odeur. Ces trop brèves bouffées de lui qu'elle avait glanées au cours des semaines s'étaient comme gravées au fer rouge dans son souvenir, et son odeur lui paraissait à la fois familière et enivrante.

— Si on ne doit pas aller jusqu'au bout, souffla-t-il, il vaudrait mieux qu'on arrête maintenant.

— Je n'ai pas envie qu'on s'arrête.

— Je ne suis pas prêt… Je veux dire, je ne m'attendais pas…

— C'est bien. Tout est bien…

Elle s'entendit répéter ces paroles, sans savoir, sans se préoccuper de savoir si tout était vraiment bien, tellement elle avait faim de lui, d'être là, tout contre lui.

— Noah, dit-il. Et si Noah se réveille…

À ces mots, elle ouvrit les yeux et songea que c'était la première fois qu'elle le voyait ainsi, son visage proche à le toucher, éclairé par la lueur du feu, son regard avide de désir.

— Là-haut, dit-elle. Dans ma chambre.

Il eut un lent, un très lent sourire.

— La porte ferme à clé ?

Ils firent l'amour trois fois, cette nuit-là. La première fois, ce fut une collision aveugle de corps, de membres enlacés, et puis une explosion frémissante, venue du plus profond d'eux-mêmes. La deuxième fois, ce fut le rapprochement plus lent des amants, le regard perdu dans les lacs noirs des yeux de l'autre, les courbes et l'odeur de l'autre maintenant familières.

La troisième fois qu'ils firent l'amour, ce fut pour se dire au revoir.

Ils s'étaient réveillés dans les heures qui précèdent l'aube et se cherchèrent sciemment dans le noir. Ils ne se parlèrent pas, leurs corps se rejoignant d'un même accord, deux moitiés se rapprochant, formant un tout. Quand, en silence, il explosa en elle, ce fut comme s'il versait des larmes de joie et de tristesse mêlées. La joie de l'avoir trouvée. La tristesse de ce qu'ils allaient maintenant devoir affronter. La colère de Doreen. La résistance de Noah. Et une ville qui ne l'accepterait peut-être jamais.

Il ne voulait pas que Noah les trouve au lit ensemble, le lendemain matin. Ni Claire ni lui n'étaient prêts à affronter les conséquences. Il faisait encore noir quand Lincoln se rhabilla et quitta la maison.

De la fenêtre de sa chambre, elle le regarda s'éloigner, au volant de son pick-up. Elle entendit le craquement sourd de la glace sous ses roues, elle sut que la nuit avait été plus froide que les précédentes et que, ce matin-là, le seul fait de respirer l'air glacé serait pénible. Pendant un long moment, bien après que les lumières de ses feux arrière eurent disparu, elle resta à la fenêtre, à regarder à travers les glaçons argentés par la lumière de la lune. Son absence lui pesait déjà. Et elle éprouvait aussi un autre sentiment, à la fois troublant et inattendu : la culpabilité d'une mère qui assouvissait égoïstement ses propres besoins, ses propres passions.

Elle alla dans le couloir, vers la porte de Noah. Il n'y avait pas un bruit à l'intérieur. Elle savait qu'il avait le sommeil profond, et elle était sûre qu'il n'avait rien entendu de ce qui s'était passé cette nuit-là dans sa chambre. Elle entra dans la chambre de son fils et alla, dans l'obscurité, s'agenouiller auprès de son lit.

Quand il était encore tout petit, elle s'était souvent approchée de son fils endormi, lui caressant les cheveux, s'enivrant de son odeur. Il sentait le savon, le tissu chaud. Il permettait si peu de contacts entre eux, maintenant ; elle avait presque oublié l'effet que ça faisait de le toucher sans se faire automatiquement rembarrer. *Si seulement tu voulais bien revenir.* Elle se pencha et l'embrassa sur le front. Il eut un gémissement et se retourna, lui présentant son dos. Même dans son sommeil, se dit-elle, il s'éloigne de moi.

Elle était sur le point de se relever quand elle se figea brusquement, le regard rivé sur son oreiller. Sur la trace verte, phosphorescente, à l'endroit où le visage de Noah reposait sur la taie d'oreiller.

Incrédule, elle palpa la trace et sentit qu'elle était humide et chaude, comme une trace de larmes. Elle regarda ses doigts.

Ils brillaient dans le noir d'une lueur spectrale.

19

— J'ai besoin de savoir ce qui infeste ce lac, Max. Et c'est tout de suite que j'ai besoin de le savoir.

Max lui fit signe d'entrer et ferma précipitamment la porte du cottage derrière elle. Un vent mauvais soufflait en rafales, ce matin-là.

— Comment va Noah ?

— Je l'ai examiné de la tête aux pieds et, à part qu'il a le nez bouché, il m'a l'air en parfaite santé. Je l'ai laissé au lit avec du jus de fruit et des décongestionnants.

— Et la matière phosphorescente ? Vous l'avez mise en culture ?

— Oui. J'ai immédiatement envoyé le prélèvement au labo.

Elle secoua son manteau. Max avait réussi à faire du feu dans son poêle et la chaleur était suffocante. Elle préférait presque le vent qui vous glaçait jusqu'à la moelle, au-dehors. Ici, entre le désordre indescriptible et l'air chargé de fumée, elle crut qu'elle allait étouffer.

— Je viens juste de faire du café, dit-il. Asseyez-vous. Enfin, si vous arrivez à trouver une chaise libre.

Elle parcourut du regard le bazar qui régnait dans la pièce et le suivit plutôt dans la cuisine.

— Dites-moi, les échantillons d'eau que vous avez prélevés avant que le lac ne gèle, vous les avez fait analyser… Alors ?

— Les résultats sont arrivés ce matin.

— Pourquoi ne m'avez-vous pas appelée tout de suite ?

Il se mit à fouiller dans une pile de papiers posée sur le comptoir de la cuisine.

— Parce qu'il n'y a pas grand-chose à raconter. Là, dit-il en lui tendant un tirage d'imprimante. Le compte rendu du labo.

Elle parcourut du regard la longue liste de micro-organismes.

— Je n'en reconnais presque aucun, dit-elle.

— C'est parce qu'ils ne sont pas pathogènes. Ils ne provoquent aucune maladie chez les êtres humains. On ne trouve sur cette liste que des bactéries et des algues communes dans toutes les étendues d'eau douce de l'hémisphère Nord. Bon, les coliformes sont à la limite haute, ce qui peut indiquer que le système d'épandage de quelqu'un fuit au bord du lac ou dans l'un des cours d'eau qui l'alimentent. Mais l'un dans l'autre, le spectre bactérien est on ne peut plus banal.

— Pas de *Vibrio* phosphorescent ?

— Non. S'il y a jamais eu des *Vibrio* dans ce lac, alors ils n'ont pas survécu très longtemps, ce qui en fait une source improbable de contamination. Il est plus vraisemblable que ce *Vibrio* n'est pas un pathogène mais une bactérie incidente. Inoffensive, comme toutes les autres bactéries que nous hébergeons dans notre organisme.

Elle poussa un soupir.

— C'est ce qu'on m'a dit aux Services de santé du Maine.

— Vous les avez appelés ?

— À la première heure, ce matin. J'étais tellement paniquée au sujet de Noah.

Il lui tendit une tasse de café. Elle en prit une gorgée et la reposa en se demandant si Max avait utilisé de l'eau en bouteille pour le faire, ou s'il avait pris, sans réfléchir, de l'eau du robinet.

Du lac.

Son regard dériva vers la fenêtre et l'étendue de blancheur immaculée qu'était le lac. Par bien des façons, cette vaste étendue d'eau définissait le cours de leur vie quotidienne. En été, ils se baignaient et nageaient dedans, ils en tiraient des poissons tout frétillants. En hiver, quand il était gelé, ils patinaient dessus, isolaient leurs maisons contre les vents implacables qui balayaient sa surface glacée. Sans le lac Locust, Tranquility n'existerait pas, ce ne serait qu'une vallée parmi tant d'autres, dans une sombre étendue de forêt.

Son bipeur sonna. Sur l'écran digital s'afficha un numéro qu'elle ne connaissait pas, avec un préfixe de Bangor.

Elle appela depuis le téléphone de Max, et une infirmière du centre médical d'Eastern Maine lui répondit.

— Docteur Elliot, le Dr Rothstein nous a demandé de vous appeler à propos de M. Emerson, le patient à la craniotomie que vous nous avez adressé la semaine dernière.

— Warren ! Oui, en effet. Comment va-t-il depuis l'opération ?

— Eh bien, le psychiatre et l'assistante sociale sont allés le voir plusieurs fois, mais rien n'y fait. C'est pour ça que nous vous appelons. Nous nous sommes dit que, comme c'était votre patient, vous pourriez peut-être l'aider.

— Comment ça ? Que se passe-t-il ?

— M. Emerson refuse toute médication. Plus grave encore, il ne s'alimente plus. Il ne prend que de l'eau.

— Il a donné une raison ?

— Oui. Il a dit qu'il était temps pour lui de mourir.

Warren Emerson semblait avoir rétréci depuis la dernière fois qu'elle l'avait vu. On aurait dit qu'il laissait la vie fuir lentement de lui comme l'air d'un ballon. Il était assis dans un fauteuil près de la fenêtre, le regard rivé au parking, en contrebas, où les voitures couvertes de neige étaient alignées comme des petits pains doux et ronds. Il ne tourna même pas la tête quand elle entra dans sa chambre ; il continua à regarder par la fenêtre. Un homme fatigué, dans la lumière grisâtre d'une triste journée, et voilà tout. Elle se demanda s'il s'était rendu compte qu'elle était là quand il dit :

— Ça ne sert à rien, vous savez. Vous feriez mieux de me laisser. Quand notre heure arrive, elle arrive.

— Mais votre heure n'est pas encore venue, monsieur Emerson, répondit Claire.

Il se retourna enfin et, s'il fut surpris de la voir, il n'en montra rien. Il donnait l'impression d'être au-delà de la surprise. Au-delà du plaisir ou de la douleur. Il la regarda avec une indifférence totale s'approcher de lui.

— Votre opération a parfaitement réussi, dit-elle. Votre tumeur cérébrale a été enlevée, et tout va bien : elle était bénigne. Vous avez toutes les chances de vous remettre complètement. Et de mener une vie normale.

Ses paroles n'eurent aucun effet apparent sur lui. Il se contenta de se retourner vers la fenêtre.

— Un homme comme moi ne peut pas avoir une vie normale.

— Mais on peut contrôler les crises. Peut-être même les supprimer totalement…

— Ils ont tous peur de moi.

Cette déclaration, émise avec une telle résignation, expliquait tout. C'était une maladie à laquelle il n'y avait pas de remède, dont il ne se remettrait jamais. Elle n'avait pas de traitement, pas d'opération à proposer pour éradiquer la peur et la révulsion qu'il inspirait à ses voisins.

— Je le vois dans leurs yeux, dit-il. Je le vois quand je les croise dans la rue ou quand je passe auprès d'eux à l'épicerie. C'est comme s'ils avaient peur d'être brûlés par un acide. Personne ne veut me toucher. Il y a trente ans que personne ne m'a touché. A part les docteurs et les infirmières. Des gens qui ne peuvent pas faire autrement. Je suis empoisonné, vous comprenez. Je suis dangereux. Tout le monde m'évite. Je suis le monstre de la ville.

— Non, monsieur Emerson. Vous n'êtes pas un monstre. Vous vous en voulez de ce qui s'est passé il y a je ne sais combien d'années, mais je ne crois pas que c'était votre faute. C'était une maladie. Vous n'aviez aucun contrôle sur vos actes.

Il ne la regarda pas, et elle se demanda s'il l'avait seulement entendue.

— Monsieur Emerson ?

— Docteur Elliot, c'est gentil d'être passée me voir, murmura-t-il, toujours perdu dans la contemplation du parking. Mais vous n'avez pas besoin de me raconter d'histoires. Je sais ce que j'ai fait.

Il inspira profondément et relâcha lentement sa respiration, et ce fut comme si ce soupir le vidait encore de sa substance.

— Je suis tellement fatigué. Toutes les nuits, quand je m'endors, je m'attends à ne pas me réveiller. C'est ce que j'attends. Et tous les matins, quand j'ouvre les yeux, je suis déçu. Les gens pensent qu'il faut se battre pour rester en vie. Mais vous savez, c'est le plus facile. Ce qui est difficile, c'est de mourir.

Elle n'avait rien à répondre. Elle baissa les yeux sur le plateau-repas qui était resté intact, près de la fenêtre. Un blanc de poulet dans de la sauce figée, un monticule de riz, aux grains luisants comme de petites perles. Et du pain, l'étoffe de la vie. Une vie que Warren Emerson n'avait plus envie de vivre, de supporter. Je ne peux pas te donner envie de continuer à vivre, se dit-elle. Je pourrais t'alimenter de force en te mettant un tuyau dans le nez et en t'envoyant de la nourriture dans l'estomac, mais je ne pourrai jamais insuffler de la joie dans tes poumons.

— Docteur Elliot ?

Claire se retourna et vit une infirmière dans l'encadrement de la porte.

— J'ai le Dr Clevenger, de la pathologie, au téléphone. Il voudrait vous parler. Sur la trois.

Claire quitta la chambre de Warren Emerson et prit la ligne, au bureau des infirmières.

— Ici Claire Elliot…

— Ah, je suis content d'arriver à vous joindre, dit Clevenger. Le Dr Rothstein m'avait prévenu que vous seriez là dans l'après-midi, et je me suis dit que vous pourriez peut-être passer à la pathologie, jeter un coup d'œil à certaines coupes. Rothstein nous rejoint.

— Quelles coupes ?

— Celles de la tumeur cérébrale de M. Emerson, votre patient à la craniotomie. J'ai mis une semaine à fixer complètement les tissus. Je viens de récupérer les lames aujourd'hui.

— C'est un méningiome.

— Rien à voir.

— Alors, qu'est-ce que c'est ?

— Ça, répondit-il avec une pointe d'excitation dans la voix, il va falloir que vous le voyiez pour le croire.

Fern Cornwallis leva les yeux vers la bannière qui pendouillait des poutres du gymnase et elle poussa un soupir. « Collège Knox. On ait les meilleurs » !!!

Quels petits crétins… Ces enfants s'étaient donné du mal pour préparer cette banderole, ils avaient grimpé à des échelles d'une hauteur vertigineuse pour l'accrocher à ces poutres, et ils n'avaient même pas été foutus d'orthographier correctement trois mots de suite. Ça la fichait vraiment mal pour le collège, pour les profs, et pour Fern elle-même, mais il aurait été trop compliqué de descendre le calicot maintenant pour corriger cette affreuse faute d'orthographe. De toute façon, personne ne la remarquerait une fois que les lumières seraient éteintes, dans la musique assourdissante et l'air changé en une drogue par les hormones qui bouillonnaient dans les veines de tous ces ados.

— La météo annonce de la neige pour ce soir, dit Lincoln. Tu es sûre que tu ne veux pas annuler la fête ?

À propos d'hormones… Fern se retourna et elle éprouva un pincement au creux de l'estomac, comme toujours quand elle le regardait. Comment faisait-il pour ne pas voir le désir dans ses yeux ? Les hommes sont tellement aveugles…

— On l'a déjà reculée deux fois, répondit-elle. Ces gosses ont besoin d'une espèce de récompense, après ce terrible mois.

— Ils prévoient dix à quinze centimètres de neige, qui devrait tomber vers minuit.

— La fête sera finie, à cette heure-là. Tout le monde sera rentré.

Lincoln haussa les épaules, mais il regarda, manifestement mal à l'aise, le gymnase décoré de ballons argentés et de guirlandes de papier crépon bleu et blanc. Les couleurs froides de l'hiver. Une demi-douzaine de filles – pourquoi étaient-ce toujours les filles qui se tapaient tout le boulot ? – dressaient les tables, disposaient le bol à punch, les plateaux de biscuits, les assiettes en carton et les serviettes en papier. Dans le coin opposé, un étudiant hirsute branchait la sono, tirant de l'ampli des stridences à vous arracher les oreilles.

— Baissez ça, s'il vous plaît ! s'écria Fern en se plaquant les mains sur les oreilles. Ces gamins vont me rendre sourde !

— Ce serait peut-être une bénédiction, compte tenu du genre de musique qu'ils apprécient.

— Ouais, du rap urbain dans les bois… Je les vois d'ici se désarticuler dans les feuilles mortes !

— Tu sais combien ils seront, ce soir ?

— Le premier bal de l'année ? Je m'attends à ce que ce soit plein. Quatre classes complètes, moins les trente-huit fouteurs de merde qui ont été suspendus.

— Tant que ça, déjà ?

— J'applique une discipline de fer, Lincoln. Un mot de travers et ils sont exclus pour une semaine. Ils ne sont même pas autorisés à se présenter sur le périmètre de l'école.

— Ça va me faciliter la tâche. J'amène Dolan et Sparks en patrouille, ce soir, alors nous serons au moins deux pour veiller au bon déroulement de la fête.

Le bruit soudain d'un plateau s'écrasant au sol les fit se retourner, et ils virent des biscuits en miettes éparpillés par terre. Une fille blonde regardait le désastre, sidérée. Elle se redressa et s'en prit à une fille aux cheveux noirs qui se tenait non loin de là.

— Tu m'as fait un croche-pied !

— Mais non, voyons !

— Tu n'as pas arrêté de me marcher sur les pieds tout l'après-midi !

— Écoute, Donna, ce n'est quand même pas ma faute si tu ne tiens pas debout !

— Ce coup-ci, ça suffit ! lança Fern. Vous nettoyez ces saletés ou vous êtes suspendues, toutes les deux !

Deux visages furieux la regardèrent. Presque simultanément, elles dirent :

— Enfin, mademoiselle Cornwallis, c'est elle qui…

— Vous avez entendu ce que j'ai dit ?

Les filles échangèrent des regards meurtriers et Donna sortit du gymnase comme un vent de tempête.

— Et voilà à quoi j'en suis réduite ! soupira Fern. Voilà à quoi je suis confrontée en permanence !

Elle leva les yeux vers les fenêtres, dans les hauteurs du gymnase. Le jour déclinait.

Les premiers flocons de neige avaient commencé à tomber.

La tombée de la nuit était le moment de la journée que Doreen Kelly redoutait le plus, parce que c'était avec la baisse de la luminosité que toutes ses peurs semblaient se déchaîner, tels des démons surgissant du cachot où ils étaient enfermés. Le jour, en pleine lumière, il lui arrivait encore de sentir vaciller l'espoir, un espoir ténu mais qui palpitait comme les ailes d'une libellule et, bien qu'il soit tout aussi impalpable, elle pouvait échafauder des scénarios de rêve où elle était à nouveau jeune et charmante, et tellement irrésistible qu'elle réussirait sûrement à attirer Lincoln qui reviendrait à la maison, vers elle. Elle l'avait déjà fait une douzaine de fois. La clé de tout, c'était qu'elle ne devait plus boire. Oh, elle avait essayé de suivre le programme ! Elle avait souvent réussi à convaincre Lincoln que, cette fois, c'était la bonne, elle ne buvait plus une goutte d'alcool. Et puis, elle éprouvait cette soif familière, comme une sorte de grattouillis au fond de la gorge, elle finissait par relâcher sa volonté, un tout petit peu, il y avait le goût suave de la liqueur de café sur sa langue, et c'était la spirale infernale. Elle descendait la pente, et elle était incapable de freiner sa chute. En fin de compte, ce qui lui faisait le plus mal, ce n'était pas l'impression d'échec ou le manque de dignité. C'était de voir ce regard résigné dans les yeux de Lincoln.

Reviens-moi. Je suis encore ta femme, et tu avais promis de m'aimer et de me chérir. Reviens-moi juste une fois.

Dehors, la lueur grise de l'après-midi déclinait, et avec elle les espoirs qu'elle avait nourris tout l'après-midi. Les espoirs qu'elle savait, dans ses moments de lucidité, être fallacieux. Avec la tombée du jour venait la lucidité.

Et le désespoir.

Elle s'assit à la table de la cuisine et se versa le premier verre. Dès que la liqueur de café arriva dans son estomac, elle sentit sa chaleur courir dans ses veines, lui apportant un bienheureux engourdissement. Elle s'en octroya un autre verre, laissant l'insensibilité gagner ses lèvres puis tout son visage. Ses craintes.

Au quatrième verre, elle ne souffrait plus, elle n'était plus désespérée. Ou plutôt, elle devenait plus sûre d'elle à chaque gorgée. La confiance en bouteille. Elle avait réussi à se faire aimer de lui, autrefois ; elle pourrait recommencer. Elle avait toujours une silhouette du tonnerre. Et c'était un homme, non ? Elle pouvait l'enjôler. À elle de savoir saisir un moment de faiblesse.

Elle se leva en titubant et enfila son manteau.

Dehors, la neige qui commençait à tomber, doucement, faisait comme une dentelle de flocons sur le ciel noir. La neige était son amie ; quel meilleur ornement pouvait-elle souhaiter pour ses cheveux que quelques flocons étincelants ? Elle arriverait chez lui, ses longs cheveux défaits, les joues joliment rougies par le froid. Il l'inviterait à entrer – il ne pourrait pas faire autrement –, et peut-être qu'une étincelle de désir passerait de l'un à l'autre. Oui, oui, voilà ce qui arriverait quand elle aurait des flocons dans les cheveux.

Mais il habitait trop loin pour qu'elle aille chez lui à pied. Elle devait emprunter une voiture.

Elle remonta la rue qui allait chez Cobb et Morong. Une heure avant la fermeture, c'était toujours la ruée : les gens allaient chercher, avant de rentrer chez eux, la bouteille de lait ou le paquet de sucre oubliés. Comme prévu, plusieurs voitures étaient garées devant le magasin. Il arrivait que les conducteurs ne coupent pas le moteur, en descendant, pour laisser le chauffage allumé. Il n'y avait rien de plus désespérant que de reprendre sa voiture en sortant du magasin, dans la nuit glaciale, pour découvrir que le moteur ne voulait pas redémarrer.

Doreen longea les voitures garées le long du trottoir en faisant son choix. Voyons, pas le pick-up… Non, pas assez féminin. Pas la Volkswagen ; elle n'allait pas s'emmerder à manier un changement de vitesse, même au plancher.

Ah, la conduite intérieure verte. Exactement ce qu'il lui fallait.

Elle s'assura que personne ne sortait du magasin et se glissa rapidement au volant. Le siège était bien chaud, et des bouffées d'air tiède lui réchauffaient agréablement les genoux. Elle passa en prise et déboîta rapidement. Il y eut un bruit d'objets en verre entrechoqués dans le coffre.

Au moment où elle s'éloignait, une voix, dans la rue, se mit à hurler :

— Hé, mais c'est ma voiture ! Hé ! Revenez ! Au voleur !

Elle tripota les commandes sur quelques pâtés de maisons et réussit enfin à allumer les phares, puis à mettre les essuie-glaces en marche. Ah, au moins, elle voyait la route. Elle accéléra, et la voiture fit des embardées sur la chaussée rendue glissante par la neige. À chaque virage, elle entendait des choses brinquebaler dans le coffre, comme des bouteilles qui roulaient. Arrivée devant chez Lincoln, elle s'arrêta en dérapage dans son allée.

Tout était éteint dans la maison.

Elle descendit de voiture, tituba jusqu'au porche et tapa sur la porte d'entrée.

— Lincoln ! Lincoln ! Faut que j'te parle ! J'suis encore ta femme !

Elle tapa sur la porte à coups redoublés, mais les lumières ne s'allumèrent pas, et la porte était verrouillée. Il lui avait repris sa clé, le salaud, et elle ne pouvait pas entrer.

Elle retourna dans la voiture et resta assise là un long moment, en laissant tourner le moteur pour ne pas couper le chauffage. La neige tombait toujours, un saupoudrage papillonnant sans bruit sur le pare-brise. Lincoln n'avait pas pour habitude de travailler le samedi soir, alors où était-il ? Elle passa en revue tous les endroits où il pouvait être, et les possibilités la rongèrent avec leurs dents cruelles. Elle n'était pas idiote ; elle savait que Fern Cornwallis avait toujours jeté sur Lincoln un regard de prédatrice. Et il devait y avoir d'autres femmes, des dizaines de femmes qui trouvaient irrésistible un flic en uniforme. En proie à une tension croissante, Doreen commença à se balancer d'avant en arrière sur son siège en gémissant.

— Reviens, reviens, reviens-moi.

Même à fond, le chauffage ne suffisait pas à chasser le froid qui envahissait ses os, son âme. Elle aurait donné n'importe quoi pour sentir la chaleur de l'alcool, sa merveilleuse irruption dans ses veines. Puis elle repensa aux bruits de verre dans le coffre. Pourvu que le contenu vaille la peine d'être bu, que ce ne soient pas de stupides bouteilles de soda…

Elle sortit de la voiture, alla vers l'arrière d'une démarche titubante et ouvrit le coffre. Elle mit un moment à faire le point, et même quand elle réussit à y voir clair, elle se demanda si ce n'était pas une hallucination. Elles étaient d'un si beau vert… On aurait dit des bouteilles d'émeraudes luisant dans les ténèbres. Elle tendait la main pour en prendre une quand un bruit de moteur attira son attention. Elle se retourna.

Des phares approchaient. Aveuglée, elle leva la main pour se protéger les yeux.

Une silhouette descendit de voiture.

Le Dr Francis Clevenger était un homme miniature, avec une ossature fine, un visage d'alouette, une blouse de labo qui pendait sur ses frêles épaules comme un imperméable d'adulte trop grand pour lui. Avec son visage absolument glabre, il faisait beaucoup plus jeune que son âge. On aurait plutôt dit un pâle adolescent qu'un pathologiste diplômé d'État. Avec une grâce rapide, il se leva de sa chaise pour accueillir Claire et le Dr Rothstein, le neurochirurgien de Warren Emerson.

— Ces coupes sont tellement… super ! s'exclama Clevenger. Si je m'attendais à voir ça ! Allez, jetez-y un coup d'œil ! dit-il en les invitant à se pencher sur un microscope binoculaire à deux places destiné à l'enseignement.

Claire et Rothstein s'assirent chacun d'un côté du microscope et regardèrent dans les oculaires.

— Alors, qu'est-ce que vous voyez ? demanda Clevenger, tout excité, en effectuant une sorte de danse à côté d'eux.

— Un mélange de cellules, répondit Rothstein. Des astrocytes, très nets. Et puis… Je ne sais pas, mais pour moi, on dirait un lacis de tissu cicatriciel.

— C'est un début. Docteur Elliot, il n'y a rien qui vous frappe ?

Claire régla son oculaire et regarda le champ cellulaire. Ses souvenirs de l'école de médecine, et surtout des cours d'histologie, étaient relativement anciens, mais elle pouvait identifier la plupart des cellules : des astrocytes en forme d'étoile et des macrophages – les équipes de nettoyage dont la fonction était de faire le ménage après une infection. Elle reconnut aussi ce que Rothstein avait décrit : des tourbillons de tissu granulé, ou cicatriciel, peut-être consécutif à une inflammation aiguë.

Elle tourna la mollette qui déplaçait la lame afin de modifier le cadrage et d'observer de nouvelles cellules. Son regard tomba sur un schéma non familier : une virgule de matière fibreuse de plusieurs cellules d'épaisseur, qui formait un anneau de tissu microscopique.

— Là, je vois… une encapsulation, dit-elle. Une couche de tissu cicatriciel. Un kyste, peut-être ? Une sorte de processus infectieux que le système immunitaire aurait réussi à murer, à circonscrire ?

— Vous chauffez. Vous vous souvenez du scan cérébral ?

— Oui. On aurait dit qu'il avait une tumeur cérébrale qui présentait des calcifications.

— On lui a fait une IRM après son admission, dit Rothstein. Elle a fait apparaître à peu près la même chose. Une lésion discrète, encapsulée, avec calcification.

— Exactement, confirma Clevenger. Et ce que le Dr Elliot vient d'identifier est la paroi du kyste. Le tissu cicatriciel formé par le système immunitaire pour entourer et circonscrire l'infection.

— Une infection par quel organisme ? demanda Rothstein en relevant la tête pour regarder Clevenger.

— Eh bien, c'est ça le mystère, hein ?

Claire déplaça lentement la lame sous l'objectif du microscope, et ce qui lui apparut tout à coup était tellement surprenant qu'elle se figea, stupéfaite.

— Qu'est-ce que ça peut bien être que ça ?

Clevenger émit un gloussement de délectation presque enfantin.

— Vous l'avez trouvé !

— Oui, mais je n'ai pas idée de ce que ça peut être !

Rothstein colla son œil à l'oculaire.

— Ça alors ! Je me demande bien ce que c'est !

— Docteur Elliot, décrivez-nous ce que vous voyez, demanda Clevenger.

Claire ne répondit pas tout de suite. Elle tournait la mollette qui faisait avancer et reculer la lame, et balayait lentement le champ. Ce qu'elle voyait formait une étrange architecture contournée, partiellement calcifiée.

— On dirait du tissu dégradé. Je ne sais pas si c'est une sorte d'artefact ou… ou si c'est un organisme recroquevillé sur lui-même, comme un accordéon, et qui se serait pétrifié.

— Bien ! Bien ! s'exclama Clevenger. J'adore cette description. Pétrifié : comme un fossile.

— Oui, mais un fossile de quoi ?

— Reculez, regardez l'image d'ensemble.

Elle réduisit le grossissement afin d'obtenir une vue générale. Le phénomène prit forme, devint une spirale qui se serait refermée sur elle-même. En prenant conscience de ce qu'elle voyait, elle se redressa, ébahie, et regarda Clevenger comme si elle n'en croyait pas ses yeux.

— C'est une sorte de parasite, dit-elle.

— Ouais ! C'est cool, hein ?

— Mais au nom du ciel, qu'est-ce qu'un parasite fait dans la tête de mon patient ? demanda Rothstein.

— Il y était probablement depuis des années. Il a dû investir la matière grise, provoquant une encéphalite temporaire, et le système immunitaire a déclenché une réaction inflammatoire. C'est le schéma classique : un afflux de globules blancs, des éosinophiles, tout ce que l'hôte peut mobiliser pour combattre l'invasion. Pour finir, l'hôte gagne, et l'organisme circonscrit la créature, l'enclot dans du tissu de granulation, formant une sorte de kyste. Le parasite meurt. Une partie se calcifie – se pétrifie, comme vous l'avez très bien dit. Et des années plus tard, voilà ce qui reste, fit-il avec un hochement de menton en direction du microscope. Un parasite mort, piégé dans une enveloppe de tissu cicatriciel. C'est probablement la raison de ses crises. L'effet de cette petite masse de ver mort et de cicatrice.

— Mais de quel parasite s'agit-il ? demanda Claire. À ma connaissance, le seul qui envahit le cerveau est le *Cysticercus*.

— Exactement. Je ne peux pas identifier son espèce avec certitude. Il est trop dégradé. Mais c'est probablement la maladie appelée cysticercose, provoquée par la larve du *Taenia solium*. Le ver solitaire du porc.

Rothstein le regarda, incrédule.

— Je pensais qu'on ne trouvait plus le *Taenia solium* que dans les pays sous-développés, objecta-t-il, dubitatif.

— Pas uniquement. On le trouve au Mexique, en Amérique du Sud et même en Europe. Mais trouver un cas de cysticercose ici, dans le nord du Maine, c'est incroyable ! C'est pour ça que j'étais tellement excité quand j'ai vu cette lame. Ça mérite définitivement une publication dans le *Journal de médecine de Nouvelle-Angleterre*. Reste à découvrir où et quand le patient a été exposé à des œufs de ver solitaire du porc.

— Rien dans son dossier n'indique qu'il soit allé à l'étranger, reprit Claire. Il m'a dit qu'il avait vécu toute sa vie dans le Maine.

— Ce qui en fait un cas vraiment atypique. Je vais lui faire passer des tests de dépistage pour confirmer le diagnostic. Si c'est bien un *Taenia solium*, on aura un test Elisa positif pour son sérum et son liquide céphalorachidien. Y a-t-il dans son dossier quoi que ce soit qui évoque une réaction inflammatoire initiale ? Des symptômes qui pourraient nous dire quand il a été contaminé pour la première fois ?

— Quels symptômes, au juste ? demanda Rothstein.

— Un tableau clinique dramatique, comme une méningite en bonne et due forme, une encéphalite ou un nouvel accès d'épilepsie.

— Il a eu ses premières crises avant l'âge de dix-huit ans.

— C'est un indice.

— Quels autres symptômes faudrait-il chercher ?

— Des signes plus subtils. Qui pourraient peut-être faire penser à une tumeur au cerveau ou accompagner toute une variété de désordres psychiatriques.

Claire eut soudain l'impression que ses cheveux se dressaient sur sa tête.

— Un comportement violent ? avança-t-elle.

— Peut-être, répondit Clevenger. Je n'ai pas trouvé cette mention particulière dans la littérature, mais ça pourrait être un signe de maladie aiguë.

— Quand Warren Emerson avait quatorze ans, dit Claire, il a tué ses parents.

Les deux hommes la regardèrent.

— Je l'ignorais, dit Rothstein. Vous ne me l'aviez pas dit.

— Ça n'avait aucun rapport avec son état médical. Ou du moins, je ne le pensais pas.

Elle baissa les yeux vers le microscope. L'image du parasite était toujours présente à son esprit. Une infection initiale par des œufs parasites, suivie par des symptômes d'encéphalite. De l'irritabilité. Voire de la violence.

— De l'eau a coulé sous les ponts depuis que j'ai quitté l'école de médecine, poursuivit-elle. J'avoue que je ne me souviens pas bien du *Taenia solium*. Quel est le cycle de vie de cet organisme ?

— *Taenia solium* est un cestode, dit Clevenger. Un ver parasite qui vit normalement dans le tube digestif de son hôte. On l'attrape en mangeant de la viande de porc mal cuite, préalablement infectée par des larves. Les larves ont des ventouses qui s'accrochent sur la paroi de l'intestin grêle de l'homme. Elles y élisent domicile et se nourrissent. Les vers peuvent vivre là pendant des dizaines d'années sans provoquer de symptômes. On en a vu qui mesuraient jusqu'à trois mètres de long. Il leur arrive d'être expulsés. Vous imaginez l'effet que ça peut faire de se réveiller un matin et de trouver une de ces créatures dans les draps, à côté de soi ?

Rothstein et Claire échangèrent un coup d'œil légèrement nauséeux.

— Faites de beaux rêves, murmura Rothstein.

— Alors, comment la larve atteint-elle le cerveau ? demanda Claire.

— La migration se produit lors d'une autre phase du cycle vital du parasite. Une fois que le ver a atteint l'âge adulte – la maturité – dans l'intestin grêle, il commence à pondre des œufs. Et quand ces œufs sont éjectés, ils contaminent le sol et les sources d'alimentation. Les gens les ingèrent, les œufs éclosent, traversent la paroi intestinale et sont emportés par le flux sanguin vers un certain nombre d'organes, dont le cerveau. Là, au bout de quelques mois, ils se développent et donnent des larves. Mais c'est un cul-de-sac, parce qu'ils ne peuvent pas croître dans cet espace confiné, et sans nourriture. Alors ils meurent, formant de petites poches kystiques dans le cerveau. Elles sont à l'origine des crises d'épilepsie de ce patient.

— Vous avez dit que ces œufs contaminaient le sol, dit Claire. Combien de temps peuvent-ils vivre en dehors d'un hôte ?

— Disons quelques semaines.

— Et dans l'eau ? Ils pourraient rester en vie dans un lac, par exemple ?

— Je ne suis pas tombé sur cette information dans mes ouvrages de référence, mais j'imagine que ça doit être possible.

— Le test Elisa pour le *Taenia solium* permettrait-il de diagnostiquer l'infection ? Parce que, dans ce cas, je souhaiterais y soumettre un autre patient. Un garçon qui se trouve au centre de détention du Maine.

— Vous pensez qu'il y aurait un autre cas dans cet État ?

— Peut-être même un certain nombre d'autres cas à Tranquility. Ça expliquerait pourquoi tant de nos enfants manifestent soudain un comportement violent.

— Une épidémie de cysticercose dans le Maine ? fit Rothstein avec scepticisme.

Claire sentait monter son excitation.

— La numération globulaire des deux gamins que j'ai admis présentait la même anomalie : un pourcentage élevé de cellules éosinophiles. Sur le coup, j'ai attribué ça à de l'asthme ou à une allergie. Je me rends compte, maintenant, qu'il y avait une autre explication.

— Une infection parasitaire se traduit en effet par une élévation des éosinophiles, confirma Rothstein.

— Exactement. Et Warren Emerson pourrait être la source de la contamination. S'il a hébergé pendant des années un ver de trois mètres de long dans son intestin, alors il a peut-être évacué des œufs parasites. Il suffirait que sa fosse septique ait une fuite pour que le sol et la nappe phréatique soient souillés et que les œufs se retrouvent dans le lac. À partir de là, tous ceux qui s'y baignaient et qui avalaient un peu d'eau sans même s'en rendre compte risquaient d'être contaminés.

— Ça fait beaucoup de suppositions, remarqua Clevenger. Vous extrapolez…

— Même le schéma temporel colle ! Les gamins auraient été infectés pendant l'été, en se baignant dans le lac. Vous dites que les œufs mettent plusieurs mois à donner des larves. Maintenant, on est en automne, et les symptômes commencent juste à apparaître. C'est un syndrome du mois de novembre. Quand même, je ne m'explique pas pourquoi on ne voit rien au scanner, conclut-elle en fronçant les sourcils.

— Peut-être était-ce trop tôt, s'ils en étaient au stade primitif de l'infection, répondit Clevenger. Pendant les phases aiguës, les larves peuvent être trop petites pour être détectées. Et il n'y a pas encore de formation kystique.

— Eh bien, il y a un moyen simple de détecter le parasite, ajouta Rothstein. Le test Elisa.

Claire hocha la tête.

— Si quelqu'un présente des anticorps au *Taenia solium*, alors cette théorie ne sera pas une simple extrapolation.

— On pourrait commencer par le faire passer à Warren Emerson, dit Rothstein. Et à ce gamin, au centre de détention. S'ils reviennent tous les deux négatifs, ça tuera votre théorie dans l'œuf, si j'ose me permettre. Mais s'ils sont positifs…

À cette seule évocation, Clevenger, qui n'était pas un savant pour rien, se frotta avidement les mains.

— Alors, les gars, nous n'avons plus qu'à sortir les garrots et les seringues, dit-il. Parce que ça va faire un tas de bras à piquer !

20

JD lui balançait des grosses vannes derrière la porte de sa chambre, la traitant de pute, de pouffiasse, de traînée. Amelia était assise sur son lit et se bouchait les oreilles à deux mains pour ne pas entendre les invectives de son demi-frère, sachant qu'en lui répondant elle ne ferait qu'aggraver les choses. JD en voulait à tout le monde, ces jours-ci. Il cherchait la bagarre avec tous ceux qui passaient à sa portée.

La veille, quand il avait été renvoyé du collège, elle avait commis l'erreur de le traiter de salaud. Il lui avait flanqué une telle claque qu'elle en avait eu les oreilles qui sonnaient pendant des heures. Elle avait couru en sanglotant se réfugier auprès de sa mère, mais, évidemment, elle n'en avait reçu aucun soutien.

« Tu sais comment il est, lui avait répondu Grace d'un ton qui voulait dire “Chacun sa merde”. Évite-le, c'est tout. »

Toute la journée, Amelia avait gardé ses distances en s'enfermant dans sa chambre. Elle avait essayé de se concentrer sur ses devoirs, mais là ce n'était vraiment plus possible. Un peu plus tôt dans la journée, elle avait entendu JD foutre le bordel en bas, s'en prendre à Eddie, crier après sa mère, s'engueulant même avec Jack. Un de ces jours, JD et Jack allaient finir par s'entretuer. Pas un pour racheter l'autre. Elle ne risquait pas de les regretter.

Seulement, maintenant, JD était dans le couloir, et il l'insultait à travers la porte.

— T'aimes les petites bites, hein ? C'est pour ça que tu t'envoies en l'air avec ce minus de Noah Elliot ? Tu veux pas plutôt voir comment c'est fait, une grosse queue ? J'vais t'en montrer une, moi ! Mais tu préfères peut-être le vermicelle de Noah !

Il éclata d'un rire de bûcheron et commença à chanter sur l'air des lampions : « Mi-nus ! Ver-mi-celle ! Mi-nus ! Ver-mi-celle ! » jusqu'à ce que même Jack en ait marre et se mette à brailler dans l'escalier :

— Ta gueule, JD ! J'essaie de regarder la télé !

Sur quoi JD dévala les escaliers et alla en découdre avec Jack. Amelia les entendait dans le salon, leurs voix montant crescendo et devenant de véritables hurlements. Une grande et heureuse famille. Ensuite, les choses commencèrent à valser dans tous les sens. Elle entendit des bruits de meubles renversés, de verre brisé. Seigneur, jusqu'à quel point la situation pouvait-elle dégénérer ? Sa mère participait au chaos, maintenant, se lamentant sur sa chère lampe cassée. Amelia regarda les livres de classe étalés sur son lit, la liste de devoirs qu'elle espérait faire d'ici lundi et qu'elle ne pourrait pas finir, elle le savait. J'aurais mieux fait d'aller à la fête du collège, se dit-elle. Tant qu'à ne pas faire mes devoirs, autant m'amuser un peu ce soir.

Sauf qu'elle ne se serait peut-être pas beaucoup amusée au bal non plus, puisque Noah Elliot n'y était pas.

Elle entendit une autre lampe s'écraser par terre et sa mère gémir :

— Pourquoi tu ne fais rien, Jack ? Pourquoi tu ne fais jamais rien ?

Il y eut une claque retentissante, et les sanglots de Grace redoublèrent.

Dégoûtée, Amelia fourra ses livres dans son sac à dos, prit sa veste et quitta sa chambre. Ils ne s'aperçurent même pas qu'elle descendait l'escalier. En passant devant le salon, elle vit qu'il y avait du verre cassé partout, JD le visage écarlate, soufflant comme un taureau furieux, affrontant son père et sa belle-mère.

Amelia sortit par la porte de devant et se retrouva dans la nuit de neige.

Elle marcha vers Toddy Point Road sans se demander, au départ, où elle allait, cherchant seulement à prendre le large. Le temps qu'elle ait passé la rampe à bateaux, elle commençait à sentir le froid à travers ses vêtements, et la neige fondue dégoulinait sur son visage. Il fallait qu'elle aille quelque part ; marcher sans but par une nuit pareille était stupide et dangereux. Mais il n'y avait qu'un endroit où elle avait vraiment envie d'aller, une maison où elle savait qu'elle serait la bienvenue.

Cette pensée lui gonfla le cœur d'espérance. Elle pressa le pas.

Depuis quand les écolières s'exhibent-elles publiquement en dessous provocants ? se demanda Lincoln en regardant les élèves se trémousser sur la piste de danse. Il se rappelait les bals de sa propre jeunesse, les filles avec leurs cheveux brillants, leurs robes pastel et leurs minijupes en satin. Ce soir-là, les filles ressemblaient à un ramassis de traînées déguisées en vampires avec leurs dentelles noires et leurs bretelles filiformes. Quelques-unes avaient même du rouge à lèvres noir. Elles avaient perdu les belles couleurs de l'été, et, avec leur peau blanche, Lincoln trouvait qu'on aurait dit des cadavres errant dans un gymnase ténébreux. Quant aux garçons, eh bien, ils étaient aussi nombreux que les filles à porter des boucles d'oreilles.

Pete Sparks, planté à côté de lui, dit :

— Moi, j'aurais peur qu'elles attrapent une pneumonie, attifées comme ça. Pas vous ? Je n'arrive pas à croire que leurs mères les laissent sortir dans cet accoutrement.

— Je doute qu'elles soient au courant, répondit Lincoln.

Il avait vu beaucoup de ces filles arriver habillées d'une façon on ne peut plus classique, filer aux toilettes et en ressortir vêtues du strict minimum.

Les haut-parleurs crachèrent une musique assourdissante sur un rythme haletant. Au bout de quelques minutes de ce boucan, Lincoln n'avait qu'une envie : déguerpir.

Il franchit les doubles portes du gymnase et se retrouva dans la paix relative d'une nuit glaciale.

La neige tombait doucement. Ce n'était qu'un papillonnement argenté, de l'autre côté du lampadaire. Debout sous l'auvent du bâtiment, il releva le col de sa veste et inspira avec soulagement l'air pur et glacé.

Derrière lui, la porte s'ouvrit et se referma, et il entendit Fern dire :

— Toi non plus, tu ne supportes pas ?

— Il fallait que je sorte respirer un peu.

Elle s'approcha de lui. Elle portait son manteau, ce qui voulait dire qu'elle était sortie avec l'intention de rester un moment.

— Tu n'as jamais l'impression que c'est trop de responsabilités, Lincoln ? L'impression que ça suffit, que tu vas dire « pouce » et tout plaquer ?

Il eut un rire attristé.

— Au moins deux fois par jour.

— Et pourtant, tu es toujours là.

— Toi aussi, fit-il en la regardant.

— Pas de gaieté de cœur. C'est parce que je ne vois pas d'autre solution.

Elle leva les yeux vers la neige qui tombait et dit doucement :

— Doreen ne te mérite pas. Elle ne t'a jamais mérité.

— Le problème n'est pas de savoir si les gens méritent d'avoir de la chance ou non, Fern.

— Quand même, tu mérites mieux. Pendant toutes ces années, j'ai vu à quel point elle te rendait malheureux et je n'ai pas arrêté de me dire que ce n'était pas juste. À quel point elle était égoïste. La vie n'a pas à être injuste. Il n'y a pas de mal à choisir d'être heureux.

Elle marqua une pause, comme si elle prenait son courage à deux mains pour lui vider son sac. Il savait ce qu'elle avait à lui dire ; il l'avait toujours su et il avait toujours fait en sorte de ne pas l'entendre le lui dire à haute voix, parce qu'il savait que les conséquences seraient humiliantes pour elle et pénibles pour lui.

— Il n'est pas trop tard pour nous, dit-elle.

— Fern… commença-t-il avec un soupir de regret.

— On pourrait repartir de là où on s'était arrêtés. Avant Doreen.

Il secoua la tête.

— Ce n'est pas possible.

— Pourquoi pas ?

Et sa voix charriait un tel besoin, un tel désespoir qu'il se força à rencontrer son regard.

— Il y a quelqu'un d'autre qui compte beaucoup pour moi.

Elle fit un pas en arrière, se réfugiant dans les ombres, mais il eut le temps de voir ses yeux trop brillants. De larmes.

— Quelque part, je le savais déjà.

— Je regrette.

— Non, non. Ne t'excuse pas. C'est l'histoire de ma vie, fit-elle en riant, secouant la tête.

Il la regarda se retourner vers le bâtiment. Se redresser, carrer les épaules, retrouvant sa fierté. Pourquoi pas Fern ? Pourquoi avait-il fallu que c'en soit une autre ? se demanda-t-il. S'il avait été amoureux d'elle, ils se seraient mariés, leur union aurait pu être relativement heureuse. Elle était assez séduisante, assez intelligente ; et pourtant, il aurait toujours manqué quelque chose entre eux. Une magie.

Il la regarda, chagriné, repartir vers le gymnase et ouvrir la porte. À cet instant, un bruit de cavalcade se fit entendre.

— Qu'est-ce qui se passe, là-dedans ? demanda Fern, et elle entra en courant dans le bâtiment, Lincoln sur ses talons.

À l'intérieur du gymnase, c'était la panique générale. Le bol de punch avait été renversé, et une mare de liquide rose framboise était répandue par terre. La moitié des élèves vibrionnaient, affolés, le long d'un mur. D'autres étaient massés autour de la sono d'où émanaient des *boum-boum* toujours aussi assourdissants. Lincoln ne voyait pas ce qui se passait au milieu de ce groupe, mais il entendit un haut-parleur tomber et Pete Sparks et les surveillants hurler :

— Écartez-vous, reculez ! Reculez !

Au moment où Lincoln jouait des coudes pour aller voir ce qui se passait, un autre ampli bascula dans la mare de punch. Il y eut un bruit strident, dissonant, la foule se plaqua les mains sur les oreilles et recula, apeurée, devant un jaillissement d'étincelles.

L'instant d'après, la musique cessait et la lumière s'éteignait dans le gymnase.

L'obscurité ne dura que quelques secondes, mais, pendant le bref instant qui précéda l'allumage de l'éclairage d'urgence, la foule fut prise de panique. Lincoln fut bousculé par des gamins hurlants qui se ruaient vers les sorties. Il ne voyait pas qui lui rentrait dedans, il n'entendait qu'un bruit de pas précipités. Il sentit quelqu'un tomber à ses pieds, et il se baissa, tendit les mains à l'aveuglette et repêcha une fille en la tirant par sa robe.

L'éclairage d'urgence prit enfin le relais, un spot malencontreusement situé dans le coin opposé du gymnase. La lumière permettait tout juste de distinguer un chaos ténébreux de silhouettes qui couraient, de gamins qui tombaient et se redressaient tant bien que mal.

Puis Lincoln remarqua une scène qui lui glaça les sangs. Pete Sparks était tombé à genoux et semblait trop abasourdi pour repérer le gamin debout à côté de lui. Un gamin obèse, qui se pencha et enleva l'arme du holster de Pete.

Lincoln était trop loin pour le désarmer en se jetant sur lui. Il avait à peine fait deux pas dans sa direction lorsqu'il s'arrêta net : l'autre se tournait vers lui, les yeux brûlants de rage. Lincoln le reconnut. C'était Barry Knowlton.

— Pose ça, mon garçon, dit calmement Lincoln. Pose ce flingue par terre.

— Non. Non, j'en ai marre qu'on se foute tout le temps de moi !

— On va en parler. Mais d'abord, il faut que tu poses ça.

— Comme si on se donnait jamais la peine de me parler !

Barry se retourna et parcourut le gymnase d'un regard affolé.

— Vous, les filles, vous ne vous intéressez pas à moi. Vous vous contentez de vous payer ma tête ! Tout le temps, je n'entends que ça, des moqueries ! Et toi, l'étalon du bahut ! lança-t-il en regardant une autre partie de la salle. Comment tu m'as appelé, déjà ? Gras-double ? Répète-le, maintenant ! Allez, vas-y, redis-le !

— Pose ce flingue, répéta Lincoln en portant lentement la main à sa propre arme.

C'était une solution désespérée ; il n'avait pas envie de tirer sur ce gosse. Il devait l'amadouer. Négocier. Empêcher à tout prix les balles de voler. Il y eut un bruit de pas qui détalaient dans l'obscurité, et il entrevit les cheveux blonds de Fern alors qu'elle incitait un groupe d'élèves à sortir. Mais des dizaines de personnes étaient encore piégées contre le mur du fond, incapables de s'enfuir.

Il fit un pas en avant. Le gamin se tourna aussitôt vers lui.

— On a compris le message, Barry. On va aller ailleurs pour discuter, d'accord ?

— Il m'a traité de gras double.

La voix du gamin trahissait une angoisse mortelle, le désespoir de celui qui se sent exclu.

— On va en parler, tous les deux, dit Lincoln.

Le gamin se tourna vers les élèves piégés, recroquevillés le long du mur.

— Non. C'est moi qui mène le bal, maintenant !

Claire revenait de Bangor, la radio éteinte, le silence seulement troublé par le balayage des essuie-glaces sur le pare-brise. Elle roulait depuis une heure sous la neige poudreuse, absorbée dans ses pensées, et le temps qu'elle arrive à Tranquility, elle avait assemblé les pièces du puzzle. Sa théorie reposait sur Warren Emerson.

La ferme d'Emerson était située au pied de la colline de Beech Hill, à moins d'un kilomètre en amont du lac. Elle était évidemment trop loin pour être reliée au système de tout-à-l'égout, et ses eaux usées se déversaient dans un champ d'épandage. Si son tube digestif avait hébergé un parasite, il aurait constitué une source continue d'œufs pathogènes. Il suffisait d'une fuite dans sa fosse septique, qui devait être bien vétuste, et d'une année de grosses pluies, entraînant des inondations, pour que ces œufs soient emportés jusqu'à la rivière Meegawki, toute proche.

Dans la rivière, puis dans le lac.

Une explication élégamment logique, se dit-elle. Ce n'était pas une épidémie de folie. Ce n'était pas non plus une malédiction séculaire sur la ville. C'était un micro-organisme, une larve parasite qui se logeait dans le cerveau humain et provoquait toutes sortes de désastres en croissant et en prospérant. Ils n'avaient plus qu'à confirmer le diagnostic par une analyse de sang et un test Elisa positif. D'ici vingt-quatre heures, ils en auraient le cœur net.

Une sirène l'avertit qu'une voiture de police approchait. Elle vit un gyrophare dans son rétroviseur. C'était une voiture de patrouille de Two Hills, qui la doubla à toute vitesse et fonça vers Tranquility. Un instant plus tard, une deuxième voiture passait, suivie par une ambulance.

Et tous ces véhicules prenaient, gyrophare allumé et sirène hurlante, la route qui menait au collège.

Elle les suivit.

C'était une réédition de la scène d'épouvante à laquelle elle avait assisté un mois auparavant : des véhicules d'urgence étaient garés dans tous les sens devant le gymnase, des grappes de jeunes éplorés, serrés les uns contre les autres, au milieu de la route. Mais cette fois, il faisait nuit, la neige tombait par paquets, et les lumières éblouissantes des véhicules étaient voilées, comme vues à travers une gaze blanche.

Claire saisit sa trousse médicale et se précipita vers le bâtiment. L'agent Mark Dolan, qui avait revêtu un gilet pare-balles, l'arrêta sur le chemin du gymnase. Le regard qu'il braqua sur elle lui confirma ce qu'elle soupçonnait depuis longtemps : il la détestait cordialement. Eh bien, c'était réciproque.

— Restez en arrière, comme tout le monde, dit-il. On a une prise d'otages.

— Il y a des blessés ?

— Pas encore, et on préférerait éviter qu'il y en ait.

— Où est Lincoln ?

— Il essaie de calmer le gamin. Maintenant, docteur Elliot, je dois vous demander de reculer. Éloignez-vous du bâtiment.

Claire se rapprocha de la foule massée un peu plus loin. Elle vit que Dolan repartait discuter avec le chef de la police de Two Hills. Les hommes en uniforme géraient la situation ; elle n'était qu'une civile, enquiquinante comme tous les civils.

— Lincoln est tout seul, dit Fern. Et ces héros à la mie de pain ne font rien pour l'aider.

Claire se retourna. Fern était toute décoiffée. La neige s'accumulait dans les mèches de son chignon défait et fondait sur ses joues brûlantes, y laissant des traînées pareilles à des larmes.

— Je l'ai laissé là-dedans, poursuivit-elle tout bas en regardant le bâtiment. Je n'ai pas pu faire autrement. Il fallait que je fasse sortir les enfants…

— Qui est à l'intérieur ?

— Plusieurs dizaines d'enfants. Et Lincoln. Mais il est armé. Pourquoi ne fait-il pas usage de son arme ?

Claire ramena son attention vers le bâtiment. La situation lui apparaissait avec une clarté limpide. Un gamin instable. Une salle avec des dizaines d'otages. Lincoln n'aurait pas de mauvais réflexe, il ne tuerait pas un gamin de sang-froid s'il pouvait faire autrement.

Le fait qu'il n'y ait pas eu de coup de feu voulait dire qu'on pouvait encore espérer éviter une effusion de sang.

Elle regarda ensuite les policiers embusqués derrière leurs voitures de patrouille, et elle reconnut leur agitation, l'excitation de leur voix. C'étaient des flics de petite ville, confrontés à une crise de grande ville, et ils se disputaient la vedette, c'est-à-dire l'occasion d'entrer en action, n'importe quelle action.

Mark Dolan fit signe aux deux hommes qui avaient déjà pris position de chaque côté des portes du gymnase. Son chef étant enfermé à l'intérieur, Dolan prenait la direction des opérations – ou plutôt la testostérone prenait l'initiative.

Claire courut dans la neige vers les voitures de patrouille. Dolan et le chef de la police de Two Hills la regardèrent avec surprise s'accroupir à côté d'eux.

— Vous deviez rester en arrière ! protesta Dolan.

— Ne me dites pas que vous allez envoyer des hommes armés là-dedans !

— Le gamin a une arme à feu !

— Dolan, vous allez provoquer un massacre !

— C'est si on ne fait rien qu'il va y avoir un massacre, répliqua le chef de la police de Two Hills.

Il fit signe aux trois flics tapis derrière la voiture de patrouille voisine, et Claire les regarda, affolée, crapahuter vers le bâtiment et prendre position près de la porte.

— Ne faites pas ça, dit-elle à Dolan. Vous ne connaissez pas la situation à l'intérieur…

— Alors que vous, si, peut-être ?

— Il n'y a pas encore eu de coup de feu. Laissez à Lincoln une chance de parler avec le gamin.

— Docteur Elliot, ce n'est plus Lincoln le chef. Maintenant, tirez-vous d'ici, que je ne vous voie plus, ou je vous fais arrêter.

La neige tombait de plus en plus fort, voilant le bâtiment, et à travers ce rideau impalpable de blancheur, les policiers ressemblaient à des silhouettes fantomatiques flottant vers l'entrée du gymnase.

L'un d'eux tendit la main vers la poignée de la porte.

Lincoln et le gamin avaient atteint une situation de blocage. Ils se tenaient de part et d'autre du gymnase plongé dans l'ombre, seule la lueur distante du boîtier d'éclairage d'urgence trouant l'obscurité. Le garçon tenait toujours son pistolet, mais jusque-là, il s'était contenté de l'agiter devant les élèves recroquevillés près du mur, leur arrachant des cris terrifiés. Il n'avait encore visé personne, pas même Lincoln, qui avait la main sur sa propre arme et était prêt à dégainer. Le gamin était juste devant deux filles, et il aurait été risqué de tirer. Lincoln se fiait maintenant à son seul instinct, et il lui disait qu'il avait encore une chance de se faire entendre de ce gamin. Il était fou de rage, mais une partie de lui-même s'efforçait de reprendre le dessus, et il n'avait besoin que d'une voix calme pour l'y amener.

Lentement, Lincoln éloigna la main de son holster. Il était debout devant le jeune, les bras maintenant pendant sur les côtés, dans une attitude neutre. Confiante.

— Je ne veux pas te faire de mal, mon garçon. Et je ne crois pas que tu veuilles faire du mal à qui que ce soit. Tu es au-dessus de ça. Tu vaux mieux que ça.

Le garçon hésita. Il fit mine de s'agenouiller, de poser l'arme par terre, puis il se ravisa et se redressa. Il se retourna vers ses camarades de classe qui s'efforçaient de disparaître dans les ombres.

— Je ne suis pas comme vous. Je ne suis comme aucun de vous.

— Alors, prouve-le, fiston, reprit Lincoln. Pose cette arme par terre.

Le garçon le dévisagea. À cet instant, sa colère sembla retomber, s'apaiser. Il oscillait entre rage et raison, et cherchait désespérément un ancrage dans le regard de Lincoln.

Lincoln s'approcha de lui et tendit la main.

— Je vais le prendre, maintenant, dit-il calmement.

Le garçon hochait la tête, lorsque, soudain, une galopade se fit entendre. Lincoln discerna un mouvement confus : des hommes faisaient irruption dans la salle, par tous les côtés à la fois. Des élèves coururent se mettre à l'abri en poussant des cris stridents. Et dans le faisceau étroit comme une lame de baïonnette projeté par l'éclairage de secours se tenait un Barry Knowlton pétrifié, tel un lapin pris dans les phares, le bras toujours tendu, brandissant son arme. Dans cette fraction de seconde, Lincoln vit avec une clarté nauséeuse ce qui allait se passer. Il vit le garçon se tourner vers les flics, la main crispée sur son pistolet. Il vit les hommes, shootés à l'adrénaline, lever leurs armes.

— Ne tirez pas ! hurla Lincoln.

Mais sa voix fut couverte par une fusillade assourdissante.

Le tonnerre de coups de feu paralysa momentanément la foule, au-dehors. Puis tout le monde réagit en même temps, les spectateurs en poussant des cris hystériques, les flics en se précipitant vers le bâtiment.

Un professeur sortit du gymnase en hurlant :

— Faites venir une ambulance !

Pour entrer dans le bâtiment, Claire dut remonter un flot de gamins terrifiés qui s'échappaient en courant. D'abord, elle ne vit qu'une confusion de silhouettes, des hommes protégés derrière des boucliers, et des guirlandes de papier crépon qui flottaient, fantomatiques, dans les ombres, au-dessus. L'obscurité sentait la sueur et la peur.

Et le sang. Elle manqua glisser dans une mare de sang alors qu'elle se frayait, tant bien que mal, un chemin vers un attroupement de flics. Lincoln se trouvait au centre, accroupi par terre, serrant un garçon inerte dans ses bras.

— Qui a donné l'ordre de tirer ? demanda-t-il d'une voix étranglée par la rage.

— Le sergent Dolan. Il s'est dit que…

— Mark ? insista Lincoln en regardant Dolan.

— C'était une décision collective, répondit Dolan. Le chef Orbison et moi… on savait que le garçon était armé…

— Il était sur le point de se rendre !

— On pouvait pas le deviner !

— Foutez le camp d'ici ! fit Lincoln. Foutez le camp ! Je ne veux plus vous voir !

Dolan bouscula Claire en retournant vers la porte.

Elle s'agenouilla à côté de Lincoln.

— L’ambulance est arrivée.

— Il est trop tard, dit-il.

— Laisse-moi voir. Je peux peut-être l’aider !

— On ne peut plus rien faire pour lui.

Il la regarda, les yeux brillant de larmes.

Elle tendit la main vers le poignet du gamin et ne trouva pas son pouls. Puis Lincoln ouvrit les bras, et elle vit la tête du garçon. Ou ce qui en restait.

21

Cette nuit-là, il eut besoin d'elle. Quand le corps de Barry Knowlton eut été emmené, après les conversations éprouvantes avec les parents effondrés, Lincoln s'était trouvé pris sous les feux des projecteurs et les flashs des médias. Par deux fois, il craqua et se mit à pleurer devant les caméras de télévision. Il n'avait pas honte de ses larmes, et il ne se gêna pas pour condamner en termes furibonds la façon dont la crise avait été résolue. Il savait qu'il jetait les bases d'un procès perdu d'avance contre son propre employeur, la ville de Tranquility. Il s'en foutait. Tout ce qu'il savait, c'était qu'un gamin avait été abattu comme un cerf à l'ouverture de la chasse, et que quelqu'un devait payer pour ça.

Il conduisait à travers une galaxie de neige tombante lorsqu'il se rendit compte qu'il ne pouvait supporter l'idée de rentrer chez lui, de passer cette nuit, comme tant d'autres nuits, tout seul.

Alors, il alla chez Claire.

Il descendit de voiture dans la neige, où il enfonçait jusqu'à la cheville. Il se faisait l'impression d'être un malheureux pèlerin s'efforçant de gagner un sanctuaire. Il gravit péniblement les marches du porche et frappa à la porte. N'obtenant pas de réponse, il eut soudain le cœur étreint par le désespoir à la pensée qu'elle n'était pas chez elle. Il n'y avait personne. Il allait affronter le reste de la nuit sans elle.

Puis une lumière s'alluma à l'étage, son halo chaleureux filtrant à travers le rideau de neige. Un instant plus tard, la porte s'ouvrait et elle était là, devant lui.

Il entra. Ils ne dirent rien, ni l'un ni l'autre. Elle lui ouvrit simplement ses bras, l'accueillant. Il était couvert de neige, que sa chaleur fit couler en ruisselets glacés, trempant le tissu de sa chemise de nuit. Elle se contenta de le serrer contre elle, alors que la neige fondue formait une mare par terre, autour de ses pieds nus.

— Je t'attendais, dit-elle enfin.

— Je ne pouvais pas supporter l'idée de rentrer chez moi.

— Alors reste ici. Reste avec moi.

Dans sa chambre, ils se déshabillèrent et se glissèrent dans les draps qui avaient conservé la chaleur de son corps endormi. Il n'était pas venu faire l'amour ; il était seulement venu chercher du réconfort. Elle lui donna les deux, lui offrant un bienheureux épuisement qui l'amena au sommeil.

Lorsqu'il se réveilla, la fenêtre encadrait un rectangle de ciel d'un bleu si vif qu'il lui blessa les yeux. Claire dormait encore, roulée en boule à côté de lui, ses boucles désordonnées étalées sur l'oreiller. Il voyait des fils argentés dans le brun, et ce premier signe du passage du temps lui parut si inexplicablement touchant qu'il battit des cils pour refouler ses larmes. Une moitié de vie sans te connaître, se dit-il. Une moitié de vie pour rien. Jusqu'à maintenant.

Il l'embrassa doucement sur la tête, sans la réveiller.

Il s'habilla tout en regardant par la fenêtre le monde que la tempête de la nuit avait métamorphosé. Sa voiture disparaissait sous un manteau de neige qui gommait ses formes, la changeant en un monticule indistinct. Les branches des arbres ployaient sous leur blanc fardeau, et à la place de la pelouse s'étendait maintenant un champ de diamants qui étincelaient au soleil.

Un pick-up approchait sur la route et tourna chez Claire. Un chasse-neige était monté à l'avant. Lincoln pensa d'abord que c'était quelqu'un que Claire avait appelé pour déblayer son allée, puis le conducteur descendit du véhicule, et Lincoln reconnut l'uniforme d'un policier de Tranquility. C'était Floyd Spear.

Floyd s'approcha du monticule qui était le véhicule de Lincoln, dégagea la neige qui recouvrait la plaque d'immatriculation et leva un regard interrogateur vers la maison. *Maintenant, toute la ville va savoir où j'ai passé la nuit.*

Lincoln descendit au rez-de-chaussée et ouvrit la porte au moment où Floyd levait sa main gantée et s'apprêtait à frapper.

— Bonjour, dit Lincoln.

— Euh… bonjour.

— Tu me cherchais ?

— Ouais, je… je suis allé chez toi, mais tu n'étais pas là.

— Mon bipeur était allumé.

— Je sais. Mais je… Enfin, je ne voulais pas t'annoncer la nouvelle par téléphone.

— Quelle nouvelle ?

Floyd baissa les yeux sur la pointe de ses bottes encroûtées de neige.

— Une mauvaise nouvelle, Lincoln. Je suis vraiment désolé. C'est Doreen.

Lincoln ne répondit pas. Et, curieusement, il n'éprouvait rien. C'était comme si l'air glacé qu'il respirait lui avait d'une certaine façon engourdi le cœur, et le cerveau aussi. La voix de Floyd semblait provenir de si loin que ses paroles lui parvenaient estompées, en pointillé.

— … retrouvé son corps sur Slocum Road. On ne sait pas comment elle a atterri là. On pense que ça a dû se produire au début de la soirée, à peu près au même moment que toutes ces histoires à l'école. Mais c'est au légiste de le déterminer.

Lincoln eut du mal à se sortir les mots de la gorge.

— Comment… comment est-ce arrivé ?

Floyd hésita, leva les yeux, puis les rabaissa sur la pointe de ses bottes.

— Pour moi, elle a été renversée par un chauffard. La police de l'État est en route vers le lieu de l'accident.

Il y eut un silence, et Lincoln comprit que Floyd ne lui avait pas tout dit. Il releva enfin les yeux et articula péniblement la suite, avec une sorte de répugnance :

— Hier soir, vers neuf heures, le répartiteur a reçu un appel signalant qu'une conductrice ivre roulait en zigzag sur Slocum Road. Le secteur où on a retrouvé Doreen. Mais on était tous au collège, et on n'a pas pu y aller sur le coup…

— Le témoin a relevé un numéro d'immatriculation ?

Floyd hocha la tête. Et ajouta misérablement :

— C'était le véhicule du Dr Elliot.

Lincoln sentit le sang quitter son visage. *La voiture de Claire ?*

— D'après le central, l'immatriculation correspond à un pick-up Chevrolet marron.

— Mais elle ne conduisait pas le pick-up ! Je l'ai vue, hier soir, au collège. Elle avait sa vieille Subaru, une conduite intérieure.

— Tout ce que je dis, Lincoln, c'est que le témoin a fourni le numéro de plaque du Dr Elliot. Alors peut-être… Je ferais peut-être bien de jeter un coup d'œil au pick-up ?

Lincoln sortit en manches de chemise, mais c'est à peine s'il sentit le froid. Il alla vers la grange, plongea le bras jusqu'au coude dans la neige, trouva la poignée et releva la porte basculante.

À l'intérieur, les deux véhicules de Claire étaient garés côte à côte, le pick-up sur la droite. La première chose que Lincoln remarqua fut la flaque de neige fondue sous les deux moteurs. Tous les deux avaient été conduits à un moment ou à un autre au cours des deux derniers jours, assez récemment en tout cas pour que les flaques de neige n'aient pas eu le temps de s'évaporer.

Son engourdissement laissa rapidement place à une vertigineuse impression de menace. Il fit le tour du pick-up pour regarder l'avant. Le pare-chocs était maculé de sang. Ce fut à cet instant comme si le monde se dérobait sous ses pieds, s'écroulait sous son poids.

Il se retourna sans un mot et ressortit de la grange.

Debout dans la neige jusqu'aux chevilles, il regarda la maison où Claire et son fils dormaient. Il ne voyait pas comment lui éviter l'épreuve à venir, comment lui épargner la douleur qu'il allait maintenant être obligé de lui infliger. Il ne pouvait pas faire autrement. Elle comprendrait sûrement. Peut-être même qu'elle arriverait à lui pardonner, un jour.

Mais aujourd'hui, aujourd'hui, elle allait le haïr.

— Tu sais, il va falloir que tu prennes tes distances, dit doucement Floyd. Ouais, merde, il va falloir que tu restes à des kilomètres de tout ça. Doreen était ta femme. Et tu viens de passer la nuit avec…

La voix lui manqua.

— L'affaire relève de la police de l'État, Lincoln, reprit-il. Ils vont vouloir vous parler. À tous les deux.

Lincoln inspira profondément et accueillit presque avec soulagement la douleur âpre, la souffrance physique provoquée par l'arrivée de l'air glacé dans ses poumons.

— Alors appelle-les, dit-il. Il faut que je parle à Noah.

Et il repartit vers la maison comme s'il montait à l'échafaud.

Elle ne comprenait pas comment ça avait pu arriver. Elle s'était réveillée dans un univers parallèle où les gens qu'elle connaissait, qu'elle aimait, se comportaient d'une façon incompréhensible. Noah était avachi sur une chaise, dans la cuisine, plein d'une rage telle que l'air autour de lui semblait chargé d'une vibration électrique. Et Lincoln, sinistre et distant, lui posait question sur question. Aucun des deux ne la regardait ; il était évident qu'ils auraient préféré l'un comme l'autre qu'elle soit hors de la pièce, mais personne ne lui avait demandé de sortir. De toute façon, elle aurait refusé ; elle voyait la direction que prenaient les questions de Lincoln, et elle comprenait les conséquences possibles du drame qui se déroulait en ce moment précis dans sa cuisine.

— Je veux que tu me dises la vérité, fiston, dit Lincoln. Je ne cherche pas à te piéger. Je ne suis pas là pour te coincer. Je veux juste savoir où tu es allé hier soir avec le pick-up, et ce qui s'est passé.

— Qui dit que je l'ai pris pour aller quelque part ?

— Le pick-up est manifestement sorti de la grange. Il y a de la neige fondue dessous.

— Maman…

— Noah, ta maman a pris la Subaru, hier soir. Elle le confirme.

Le regard de Noah passa sur Claire. Un regard accusateur : Tu es de son côté.

— Et même si j'ai fait un tour avec, qu'est-ce que ça peut vous foutre ? lança Noah. Je l'ai ramené intact, non ?

— Oui, tu l'as ramené intact.

— Alors j'ai conduit sans permis, bon, et alors ? Vous allez m'envoyer sur la chaise électrique pour ça ?

— Où es-tu allé avec le pick-up, Noah ?

— Bof, par là.

— Où ça ?

— Dans le coin, ça va !

— Pourquoi toutes ces questions ? demanda Claire. Qu'est-ce que tu essaies de lui faire dire ?

Lincoln ne répondit pas ; son attention resta concentrée sur son fils. Voilà à quel point il s'est éloigné de moi, pensa-t-elle. Fallait-il que je le connaisse peu…

Allez, vive les matins qui déchantent, la dure lumière des regrets.

— Ce n'est pas une simple histoire de conduite sans permis, hein ? dit-elle.

Lincoln daigna enfin la regarder.

— Il y a eu un accident mortel, hier soir. Un chauffard a renversé quelqu'un et ne s'est pas arrêté. Il se pourrait que ton pick-up soit impliqué.

— Comment le sais-tu ?

— Un témoin a vu le pick-up slalomer sur la route et appelé la police. C'était sur la route où on a retrouvé le corps.

Elle s'appuya au dossier de sa chaise comme si elle avait reçu un coup. *Un corps. Quelqu'un a été tué.*

— Noah, où es-tu allé, hier soir, avec le pick-up ? demanda Lincoln.

Soudain, Noah eut l'air terrifié.

— Au lac, dit-il, si bas que c'est à peine s'ils l'entendirent.

— Et puis ?

— Juste au lac. Toddy Point Road. Je me suis arrêté un moment sur la rampe à bateaux. Puis il a commencé à neiger trop fort, et on voulait pas rester coincés là, alors je... je suis rentré à la maison. J'étais dans ma chambre quand maman est rentrée à son tour.

— On ? Tu viens de dire « *on* ne voulait pas rester coincés ».

— Enfin, je ne voulais pas rester coincé, bredouilla Noah, l'air confus.

— Qui était avec toi, Noah ?

— Personne.

— Noah, il faut dire la vérité. Qui était avec toi quand tu as écrasé Doreen ?

— Qui ça ?

— Doreen Kelly.

La femme de Lincoln ? Claire se leva si brusquement qu'elle renversa sa chaise.

— Arrête. Arrête de l'interroger !

— Noah, on a retrouvé son corps ce matin, poursuivit Lincoln comme si Claire n'avait rien dit, et son ton calme, monotone, dissimulait mal sa douleur. Elle était sur le bas-côté de la route de Slocum. Pas loin de l'endroit où le témoin t'a vu conduire hier soir. Tu aurais pu t'arrêter pour lui venir en aide. Tu aurais pu appeler des secours, n'importe qui. Noah, elle ne méritait pas de mourir comme ça, toute seule, dans le noir.

Claire entendit plus que de la douleur dans sa voix. Il s'en voulait, aussi. Son mariage était peut-être mort, mais Lincoln n'avait jamais cessé de se sentir responsable de Doreen. Sa mort faisait peser sur lui un nouveau fardeau de culpabilité.

— Noah ne l'aurait pas laissée là, dit Claire. Je sais qu'il ne l'aurait pas fait. Je le connais, quand même.

— Tu crois le connaître.

— Lincoln, je comprends ta souffrance. Je comprends que tu sois bouleversé. Mais là, tu te défoules sur le premier venu, tu essaies de rejeter la faute sur n'importe qui.

Lincoln regarda Noah.

— Tu avais déjà fait des bêtises, avant ça, hein ? Tu avais volé des voitures.

Les mains de Noah se crispèrent, formèrent des poings.

— Vous étiez au courant ?

— Oui, je suis au courant. L'inspecteur Spear a appelé ton contrôleur judiciaire, à Baltimore.

— Alors pourquoi me posez-vous toutes ces questions ? Vous avez déjà décidé que j'étais coupable !

— Je veux entendre ta version des faits.

— Je vous l'ai donnée, ma version des faits !

— Tu as dit que tu avais fait le tour du lac. Tu es aussi passé sur Slocum Road, hein ? Tu ne t'es pas rendu compte que tu avais heurté quelqu'un ? Putain, tu n'as jamais pensé à descendre de voiture et à jeter un coup d'œil ?

— Arrête, dit Claire.

— Il faut que je sache.

— Je ne veux pas qu'un flic interroge mon fils sans assistance juridique !

— Ce n'est pas le flic qui pose ces questions.

— Mais tu es flic ! Et il n'y aura plus de questions !

Elle alla se planter derrière son fils, les mains sur ses épaules, et dit, en regardant Lincoln bien en face :

— Il n'a plus rien à te dire.

— Écoute, Claire, il faudra bien qu'il fournisse des explications. La police de l'État lui posera toutes ces questions, et bien d'autres.

— Noah ne leur répondra pas davantage. Pas hors de la présence d'un avocat.

— Claire, dit-il d'une voix vibrant de souffrance. C'était ma femme. J'ai besoin de savoir.

— Est-ce que tu arrêtes mon fils ?

— Ce n'est pas moi qui décide…

Les mains de Claire se refermèrent sur les épaules de Noah.

— Si tu ne l'arrêtes pas et si tu n'as pas de mandat, je te demande de sortir de chez moi. Je veux que vous quittiez ma propriété, l'inspecteur Spear et toi.

— Il y a des preuves matérielles. Si Noah voulait bien me parler franchement et admettre…

— Quelles preuves matérielles ?

— Du sang. Sur ton pick-up.

Elle le regarda, le choc lui étreignant la poitrine comme un étau.

— Quelqu'un a conduit ton pick-up, récemment. Le sang sur le pare-chocs avant…

— Tu n'avais pas le droit. Tu n'avais pas de mandat de perquisition.

— Je n'avais pas besoin de mandat.

La signification de ses paroles lui apparut aussitôt avec une clarté éblouissante.

Il était chez moi, hier soir. Je lui ai donné implicitement la permission d'être là. De fouiller ma maison. Je l'ai invité chez moi comme amant, et il s'est retourné contre moi.

— Je veux que tu sortes, dit-elle.

— Claire, je t'en prie…

— Sors de chez moi !

Lincoln se leva lentement. Il n'y avait pas de colère dans son expression, juste une profonde tristesse.

— Ils vont venir l'interroger, dit-il. Je ne sais pas quelles chances tu as de trouver un avocat un dimanche matin, mais je te suggère d'en appeler un au plus vite…

Il baissa les yeux sur la table, les releva sur elle.

— Je suis navré, ajouta-t-il. Si je savais comment arranger les choses… Si je connaissais un moyen de faire en sorte que les choses s'arrangent…

— Je dois penser à mon fils. En ce moment précis, c'est ma seule préoccupation.

Lincoln se tourna vers Noah.

— Si tu as fait quelque chose de mal, ça se saura. Et tu paieras pour ça. Je n'aurai pas la moindre indulgence pour toi, pas un poil. Je suis seulement désolé que ça brise le cœur de ta mère.

Les hommes ne partaient pas. Claire était debout dans le salon et elle regardait par la fenêtre Lincoln et Floyd qui s'attardaient au bout de son allée. Ils ne veulent pas nous laisser sans surveillance, pensa-t-elle. Ils ont peur que Noah ne s'enfuie.

Lincoln se retourna vers la maison, et Claire fit un pas en arrière. Elle ne tenait pas à ce qu'il la voie, elle préférait éviter tout contact visuel. Rien ne serait plus jamais possible entre eux. La mort de Doreen avait tout changé.

Elle retourna dans la cuisine, où Noah était assis, et se laissa tomber sur la chaise devant lui.

— Raconte-moi ce qui s'est passé, Noah. Raconte-moi tout.

— Je t'ai tout dit.

— Tu as pris le pick-up, hier soir. Pourquoi ?

Il haussa les épaules.

— Tu l'avais déjà fait ?

— Non.

— Je veux savoir la vérité, Noah.

Il darda sur elle un regard noir de colère.

— Tu me traites de menteur. Exactement comme lui !

— J'essaie d'obtenir de toi une réponse franche.

— Je t'ai répondu franchement, et tu ne m'as pas cru. D'accord, très bien, crois ce que tu veux. Je prends le pick-up tous les soirs pour faire la fête. Je parcours des milliers de kilomètres, tu ne l'avais pas remarqué ? Mais quand t'en serais-tu aperçue ? Tu n'es jamais à la maison avec moi, de toute façon !

Claire fut stupéfaite par la colère de sa voix. C'est vraiment comme ça qu'il me voit ? se demanda-t-elle. La mère qui n'est jamais là, jamais à la maison pour son fils unique ? Elle ravala sa douleur, s'obligeant à se concentrer sur les événements de la nuit dernière.

— Très bien, je te crois sur parole. C'est la seule fois que tu as pris le pick-up. Mais tu ne m'as toujours pas dit pourquoi tu l'avais pris.

Le regard de Noah repassa sur la table, indication manifeste du fait qu'il allait éluder la question.

— Comme ça.

— Tu es allé au débarcadère et tu t'es arrêté là ?

— Ouais.

— Tu as vu Doreen Kelly ?

— Je ne sais même pas à quoi elle ressemble !

— Tu n'as vu personne ?

Une pause.

— Je n'ai pas vu de femme appelée Doreen. C'est un nom idiot.

— Ce n'était pas qu'un nom. C'était une personne, et elle est morte. Si tu sais quelque chose…

— Non.

— Lincoln semble penser que tu pourrais savoir quelque chose.

Encore une fois ce regard noir de colère dériva vers elle.

— Et c'est lui que tu crois, hein ?

Il repoussa sa chaise et se leva.

— Assieds-toi.

— Ce n'est pas moi que tu as envie de voir ici. C'est plutôt ton chouchou de flic.

Elle vit briller des larmes dans ses yeux alors qu'il se tournait vers la porte de la cuisine.

— Où vas-tu ?

— Qu'est-ce que ça peut te faire ?

Il sortit, en claquant la porte derrière lui.

Elle le suivit au-dehors. Il s'engageait déjà tant bien que mal dans les bois, à travers la neige. Il n'avait pas de veste, rien que son jean élimé et une chemise en coton, à manches longues, mais il n'avait pas l'air de sentir le froid. Sa colère et sa souffrance le lui faisaient oublier.

— Noah ! hurla-t-elle.

Arrivé au bord du lac, il tourna à gauche, le long du rivage, et s'enfonça dans les bois de la propriété voisine.

— Noah !

Elle s'élança après lui dans la neige. Il était déjà loin, et chacun de ses pas furieux augmentait la distance qui les séparait. *Il ne fera pas demi-tour.* Elle se mit à courir en criant son nom.

C'est alors que deux silhouettes attirèrent son regard sur sa gauche. Lincoln et Floyd avaient entendu ses cris et le poursuivaient aussi. Ils avaient presque rattrapé Claire lorsque Noah jeta un coup d'œil par-dessus son épaule et les aperçut.

Il se mit à courir vers le lac.

— Ne lui faites pas de mal ! hurla Claire.

Floyd l'empoigna alors qu'il arrivait à la limite de la glace et le tira en arrière. Ils tombèrent dans la neige épaisse. Noah se releva à grand-peine, avant Floyd, flanqua des coups de poing dans sa direction, en proie à une rage incontrôlable. Il balançait furieusement les bras, les poings fermés, et se mit à hurler, lorsque Lincoln l'attrapa par-derrière et le plaqua à terre.

Floyd se releva et tira son arme.

— Non ! s'écria Claire, terrorisée, avant de se jeter à plat ventre dans la neige.

Elle rejoignit son fils juste au moment où Lincoln lui menottait les poignets dans le dos.

— Noah ! Arrête de te battre ! implora-t-elle. Arrête ! Ça ne sert à rien !

Noah se tortilla pour la regarder, et le visage qu'il tourna vers elle était tellement déformé par la haine qu'elle ne le reconnut pas. Qui est ce garçon ? se demanda-t-elle, horrifiée. Je ne sais plus qui il est.

— Laissez-moi partir ! hurla-t-il.

Une goutte de sang vermeil coula de sa narine et s'écrasa dans la neige.

Elle regarda, affolée, la tache rouge qui maculait la neige, puis regarda son fils qui haletait comme une bête à bout de forces, son souffle fumant dans l'air glacé. Un mince filet de sang brillait sur sa lèvre supérieure.

De nouvelles voix se firent entendre dans le lointain. Claire se retourna et vit des hommes qui s'approchaient d'eux. Lorsqu'ils furent assez près, elle reconnut leurs uniformes.

La police de l'État.

22

Le bruit la rendait dingue. Amelia Reid posa les coudes sur son bureau et se prit la tête à deux mains dans le vain espoir d'étouffer tous les bruits agressifs provenant de différentes parties de la maison. Dans la pièce voisine retentissait la musique atroce de JD avec ses *boum-boum-boum* qui martelaient le mur de sa chambre comme les battements d'un cœur démoniaque. Et du salon, en bas, montait le hurlement de la télévision, dont le volume était monté au maximum. La musique, elle pouvait la supporter ; ce n'était que du bruit, un bruit exaspérant, certes, mais il n'empiétait que de façon marginale sur son attention. Alors que la télé constituait une invasion de son esprit. Avec tous ces gens qui parlaient, leurs voix, leurs paroles, elle n'arrivait pas à se concentrer sur sa lecture.

Excédée, elle referma brutalement son livre et descendit au rez-de-chaussée. Elle trouva Jack dans sa position rituelle de début de soirée : vautré dans le fauteuil club recouvert d'un plaid, une bière à la main. Sa Majesté, pétant sur son trône. Quel insondable désespoir avait pu pousser sa mère à épouser *ça* ? Amelia ne pouvait s'imaginer un jour réduite à une telle extrémité. Elle ne pouvait même pas envisager l'avenir sous le toit d'un homme de cette espèce, qui rotait à table et abandonnait ses chaussettes puantes sur le tapis du salon.

Et la nuit, se retrouver au lit avec lui, sentir ses mains sur sa peau… Elle ne put retenir un grognement de dégoût.

Jack dressa l'oreille. Il détourna son attention du journal télévisé pour la regarder, et son expression atone se changea en un air intéressé, peut-être même appréciatif. Elle en connaissait la raison et ne put s'empêcher de croiser les bras sur sa poitrine.

— Tu ne pourrais pas baisser le son ? demanda-t-elle. Je n'arrive pas à faire mes devoirs.

— Eh bien, ferme ta porte.

— J'ai fermé ma porte, mais le son est trop fort.

— Je suis chez moi. T'as de la chance que je te laisse habiter ici, tu sais. Je travaille dur toute la journée. J'ai pas volé de me détendre un peu.

— Je n'arrive pas à me concentrer. Je ne peux pas faire mes devoirs.

Jack laissa échapper un bruit qui tenait du rire et du rot.

— Une fille comme toi n'a pas besoin de se griller les neurones. Elle n'a même pas besoin de cerveau.

— Qu'est-ce que ça veut dire ?

— Trouve un mec plein aux as, agite tes jolis cheveux et t'auras à bouffer jusqu'à la fin de tes jours.

Elle retint une réplique cinglante. Jack l'asticotait. Elle le voyait à ce retroussis des lèvres, souligné par cette moustache répugnante. Il prenait plaisir à la faire bisquer. À la pousser à bout. Il n'arrivait pas à attirer son attention par d'autres moyens, et Amelia savait qu'il était titillé par toutes les émotions, si fugitives soient-elles, qu'elle lui inspirait, même si ce n'était que de la colère.

Avec un haussement d'épaules, elle feignit de s'intéresser à la télévision. Le retrait glacial était le seul comportement possible face à Jack. Qu'on puisse ne manifester aucune colère, aucun sentiment, ça le rendait fou. C'était bien la preuve qu'il n'était qu'un moins que rien. Une quantité négligeable. Regardant l'écran, elle se sentit reprendre un peu d'ascendant sur lui. Qu'il aille au diable ! Il était sans prise, sans pouvoir sur elle. Elle ne se laisserait pas faire.

Son cerveau mit quelques secondes à enregistrer les images qui défilaient sur l'écran : un pick-up marron qu'une voiture de remorquage de la police emmenait, le visage flou d'un jeune homme au visage couvert, qu'on faisait monter dans une voiture de la police de Tranquility. Quand elle finit par comprendre ce qu'elle voyait, Jack lui sortit complètement de la tête.

— … Le jeune homme, âgé de quatorze ans, est actuellement interrogé par la police. Le corps d'une femme de quarante-trois ans, Doreen Kelly, a été trouvé ce matin sur un tronçon peu fréquenté de Slocum Road, à l'est de Tranquility. D'après un témoin qui a préféré conserver l'anonymat, le pick-up du suspect a été vu en train de louvoyer de façon erratique sur ce tronçon de route vers neuf heures, hier soir, et des preuves matérielles non précisées ont conduit la police à mettre le jeune homme en garde à vue. La victime, la femme du chef de la police de Tranquility, a un long et pénible passé d'alcoolique, selon plusieurs habitants de la ville…

Apparut ensuite sur l'écran une femme qu'Amelia reconnut : une caissière de chez Cobb et Morong.

— Doreen était un personnage assez pathétique. On la connaissait bien, par ici. Elle n'aurait pas fait de mal à une mouche, et je n'arrive pas à croire que quelqu'un ait pu lui faire ça. Il faut être un monstre pour l'avoir laissée mourir comme ça…

Puis la télévision montra un brancard sur lequel était étendu un corps recouvert d'un linceul, qu'on enfournait dans une ambulance.

— Dans une communauté déjà ébranlée par la mort tragique d'un adolescent, hier soir, lors de la fête du collège, ce nouveau drame n'est qu'un malheur de plus pour une ville paradoxalement appelée Tranquility…

— Mais de quoi parlent-ils ? demanda Amelia. Que s'est-il passé ?

Une vilaine lueur d'amusement brilla dans les yeux incolores de Jack.

— On ne parlait que de ça, en ville, aujourd'hui, répondit-il. Il est cuit, le gamin du docteur !

Noah ? Il ne pouvait pas s'agir de Noah…

— Il a renversé la femme du chef de la police, hier soir, sur Slocum Road. Un témoin l'a vu.

— Qui l'a vu ?

L'amusement de Jack s'étendait à tout son visage, tordant ses lèvres en un sourire hideux.

— Ah, c'est la vraie question, hein ? Qui c'est qui l'a vu, hein ?

Il haussa les sourcils, feignant la surprise.

— Ah, mais oui ! J'oubliais ! C'est le garçon pour qui t'avais le béguin, hein ? Celui que tu trouvais pas comme les autres. Eh ben, faut croire que t'avais raison. Il sera vraiment pas comme les autres quand il sera en taule.

Il ramena son regard sur la télévision et éclata de rire.

— Va te faire foutre ! lança Amelia.

Elle quitta la pièce en courant et remonta l'escalier quatre à quatre.

— Hé là ! Tu reviens ici tout de suite et tu m'fais des putains d'excuses ! hurla Jack. Un peu d'respect, quand même !

Ignorant ses braillements, elle fonça dans la chambre de sa mère et ferma la porte. *S'il pouvait seulement me foutre la paix cinq minutes, s'il pouvait me laisser passer ce coup de fil…*

Elle décrocha le téléphone et appela la maison de Noah Elliot.

À son grand désespoir, au bout de quatre sonneries, un répondeur prit l'appel et la voix de la mère de Noah dit :

— Vous êtes bien chez le Dr Elliot. Je ne peux pas vous répondre actuellement, mais vous pouvez me laisser un message et je vous rappellerai dès que possible. En cas d'urgence, vous pouvez me joindre à l'hôpital Knox, au…

Au bip, Amelia bredouilla :

— Docteur Elliot, c'est Amelia Reid. Ce n'est pas Noah qui a renversé cette femme ! Il n'a pas pu le faire, parce qu'il était avec…

La porte de la chambre s'ouvrit en coup de vent.

— Bordel de merde ! Mais qu'est-ce que tu fous dans ma chambre, espèce de petite traînée ? rugit Jack.

Amelia raccrocha précipitamment et se retourna vers lui.

— Tu me fais des excuses ! dit Jack.

— Pour quoi ?

— Pour m'avoir insulté, putain !

— Pour t'avoir dit d'aller te faire foutre, tu veux dire ?

Il lui flanqua une claque qui manqua lui retourner la tête. Elle porta la main à sa joue brûlante, puis elle le regarda fixement, dans les yeux, et ce fut, à cet instant, comme si, tout au fond d'elle-même, un noyau d'acier en fusion se solidifiait enfin. Et lorsqu'il leva à nouveau la main pour lui flanquer une autre gifle, elle ne cilla même pas. Elle se contenta de le regarder, et il dut lire dans ses yeux que, s'il la frappait une fois de plus, il le regretterait. Amèrement.

Le coup ne tomba jamais. Il baissa lentement la main, et lorsqu'elle sortit et retourna dans sa propre chambre, il n'essaya pas de l'arrêter. Il était toujours planté là, immobile, quand elle referma la porte derrière elle.

Claire et Max Tutwiler étaient devant le bureau de Lincoln et n'avaient pas l'air décidés à s'en aller. Ils étaient arrivés ensemble au poste de police, Max avait ouvert sa mallette et déroulé une carte topographique qu'il étalait sur le bureau de Lincoln, stupéfait.

— Qu'est-ce que je suis censé voir ? demanda-t-il.

— C'est l'explication de la maladie de mon fils. Et de ce qui se passe dans cette ville, répondit Claire d'un ton pressant. Noah a besoin d'être hospitalisé. Il faut le remettre en liberté.

Lincoln releva les yeux sur elle avec gêne. Il n'y avait pas douze heures de cela, ils faisaient l'amour. Et maintenant il avait du mal à soutenir son regard.

— Il ne m'a pas paru malade, à moi, Claire. En fait, ce matin, il courait plus vite que nous !

— C'est son cerveau qui est atteint. Par un parasite appelé *Taenia solium.* Le ténia, ou ver solitaire du porc. Au premier stade de la contamination, il peut provoquer des changements de personnalité. Si Noah est contaminé, il faut le soigner. Les kystes du ténia provoquent un œdème du cerveau et des symptômes comparables à ceux de la méningite. Symptômes que j'ai observés chez lui, ces derniers jours. L'irritabilité, la colère… Si je n'arrive pas à le faire admettre à l'hôpital, s'il a un kyste, et s'il se rompt…

Elle s'interrompit, luttant pour retenir ses larmes.

— Par pitié, murmura-t-elle. Je ne veux pas perdre mon fils.

— Ce que ça veut dire, reprit Max, c'est qu'il n'est pas responsable de ses actes. Et les autres enfants non plus.

— Mais comment les jeunes ont-ils attrapé ce kyste ? demanda Lincoln.

— C'est probablement Warren Emerson qui a contaminé tout le monde, dit Claire. Un pathologiste du centre médical d'Eastern Maine est à peu près certain que sa lésion cérébrale a été provoquée par un ténia. Emerson doit être atteint depuis des années. Ce qui veut dire qu'il est aussi porteur de la maladie.

— Et voilà comment les jeunes ont été contaminés, reprit Max.

Il lissa la carte topographique qu'il avait étalée sur le bureau de Lincoln.

— Claire a échafaudé une théorie. Cette carte montre le cours inférieur de la Meegawki. Les courbes de niveau, les zones inondables, même les parties souterraines de son cours.

— Et je suis censé en déduire quoi ?

— Regardez ça, fit Max en indiquant un point de la carte. La ferme de Warren Emerson doit se trouver à peu près là, à un kilomètre et demi, à vol d'oiseau, en amont du lac. Altitude : soixante-cinq mètres. La Meegawki passe juste devant sa propriété, près du bac déverseur de sa fosse septique. La fosse doit être archaïque. Vous comprenez ce qu'implique la localisation de sa ferme ? demanda Max en relevant les yeux sur Lincoln.

— Une contamination du fleuve ?

— Exactement. Au printemps dernier, il y a eu des pluies record, et le fleuve a probablement débordé jusqu'au champ d'épandage d'Emerson. Les eaux ont dû emporter les œufs de parasites dans le fleuve et les emmener jusqu'au lac.

— Bon, et comment ces œufs seraient-ils arrivés dans le champ d'épandage ?

— C'est Warren Emerson lui-même qui les y a mis, répondit Claire. Il a probablement été contaminé il y a des années, en mangeant du porc mal cuit contenant des larves de ver solitaire. Les larves vivent et se développent dans le tube digestif de l'homme, parfois pendant des dizaines d'années. Et elles pondent des œufs.

— Si Emerson hébergeait un ver parasite dans son intestin, reprit Max, alors il a rejeté des œufs parasites dans sa fosse septique. Une fuite dans la fosse, une inondation importante, et les œufs ont pu être emportés par le fleuve qui alimente le lac. Et se retrouver dans le lac proprement dit. La concentration devait être particulièrement forte ici, à l'endroit où la Meegawki se déverse dans le lac, fit Max en indiquant les Rochers. Exactement à l'endroit où les jeunes du coin aiment se baigner. J'ai raison ?

L'attention de Lincoln fut soudain attirée par une grande agitation, quelque part dans le bâtiment. Ils se retournèrent tous de concert alors que la porte s'ouvrait et qu'un Floyd Spear paniqué passait la tête par la porte.

— Le gamin a des convulsions ! On a appelé l'ambulance.

Claire jeta un regard affolé à Lincoln et sortit du bureau en courant. L'un des flics de la police du Maine essaya de la retenir, mais Lincoln lança :

— Elle est docteur ! Laissez-la passer !

Claire fit irruption dans le couloir menant aux cellules.

La porte de la première cellule était ouverte. Deux policiers étaient accroupis à l'intérieur. Elle ne voyait que les jambes de son fils qui s'agitaient, comme secouées par des spasmes électriques. Puis elle remarqua la flaque rouge, par terre, près de sa tête. Il avait la moitié du visage barbouillé de sang.

— Qu'est-ce que vous lui avez fait ? s'écria-t-elle.

— Rien du tout ! On l'a trouvé comme ça. Il a dû se cogner la tête par terre…

— Poussez-vous ! Laissez-moi passer !

Les flics s'écartèrent et Claire se laissa tomber à genoux à côté de Noah, en proie à une panique paralysante. Elle dut s'obliger à réfléchir, à écarter l'idée terrifiante que son fils, son enfant unique, était peut-être en train de mourir sous ses yeux. *Une crise d'épilepsie. Respiration erratique*. Elle entendait les fluides qui gargouillaient dans sa gorge, et sa poitrine était contractée par des spasmes violents alors qu'il se débattait pour faire entrer l'air dans ses poumons avides.

Il ne faut pas qu'il reste sur le dos ! Il ne faut pas qu'il s'étouffe !

Elle le prit par une épaule. Une autre paire de mains vint à son aide. C'était Lincoln, qui s'était agenouillé à côté d'elle. Ensemble, ils roulèrent Noah sur le côté, comme une bûche. Il convulsait toujours, se cognant la tête sur le sol.

— Donnez-moi quelque chose pour l'empêcher de se fracturer le crâne ! hurla-t-elle.

Max, qui avait suivi les autres dans la cellule, arracha la couverture de la couchette et la lui lança. Elle souleva doucement la tête de Noah et glissa la couverture dessous. Combien de fois, quand il était enfant, l'avait-elle trouvé endormi sur le canapé, et combien de fois lui avait-elle glissé un oreiller sous la tête ? Mais ce n'était pas la tête d'un enfant endormi ; à chaque nouvelle convulsion, son cou se raidissait, ses muscles se tendaient, se nouaient comme des cordes. Et le sang… d'où venait le sang ?

Elle entendit à nouveau le gargouillis et vit sa poitrine se soulever alors qu'un filet de sang rouge, frais, suintait de sa narine. Il ne s'était donc pas coupé ; il saignait à nouveau du nez. Était-ce le sang qu'elle entendait gargouiller dans sa gorge ? Elle lui tourna le visage vers le sol, en espérant lui vider la bouche du sang qu'elle contenait, mais il n'en suinta qu'un mince filet, mêlé de salive. Les convulsions diminuaient d'intensité, à présent, ses membres ne s'agitaient plus avec la même violence, mais les râles d'étouffement s'intensifiaient.

La manœuvre de Heimlich. Avant qu'il ne s'étouffe.

Le laissant allongé sur le côté, elle posa une main sur le haut de son abdomen, positionna son autre main dans son dos et lui appliqua une forte poussée sur le ventre, dirigée vers le haut, vers la cage thoracique.

Un souffle d'air sifflant s'échappa de sa gorge. L'obstruction n'était pas complète, se dit-elle avec soulagement. Ses poumons recevaient encore de l'air.

Elle répéta la manœuvre, le talon de sa main appuyé contre le ventre de son fils, et appliqua une forte poussée. Elle entendit l'air s'échapper de ses poumons, entendit le sifflement s'atténuer. Ce qui lui obstruait la gorge s'en était soudain trouvé expulsé et lui sortait par une narine. Lorsqu'elle vit ce que c'était, elle eut un sursaut d'horreur.

— Putain de merde ! hoqueta le flic du Maine. Mais qu'est-ce que c'est que ça !

Le ver remuait, s'agitait spasmodiquement dans une mousse rosâtre de sang et de mucus. Mais il en venait toujours, un ver interminable qui enroulait frénétiquement ses boucles luisantes pour se dégager. Claire était tellement choquée qu'elle ne pouvait que regarder cette horreur sortir en se tortillant du nez de son fils et glisser à terre. Puis le ver s'enroula sur lui-même, un bout se relevant comme un cobra, comme pour humer l'air.

L'instant d'après, il se cambrait et, tel un coup de fouet, il disparaissait sous la couchette, juste à côté.

— Où est-il passé ? Retrouvez-le ! hurla Claire.

Max s'était déjà mis à quatre pattes et essayait de voir ce qui se passait sous la couchette.

— Je ne le vois pas…

— Il faut qu'on le fasse analyser !

— Là, je le vois, dit Lincoln, qui s'était laissé tomber à genoux à côté de Max. Il remue encore…

La sirène d'une ambulance tira Claire de la stupeur où cette abomination l'avait plongée. Elle jeta un coup d'œil en direction des voix qui approchaient et du bruit métallique, brinquebalant, d'un chariot qu'on roulait vers la cellule. Noah respirait déjà mieux, sa poitrine se soulevait et retombait régulièrement, son pouls était rapide mais régulier.

Claire s'écarta pour laisser passer les infirmiers, qui s'affairèrent aussitôt, posant une voie intraveineuse, un masque à oxygène.

— Claire, dit Lincoln, tu devrais regarder ça.

Elle s'agenouilla, scrutant l'espace exigu situé sous la couchette. La cellule était mal éclairée, et il était difficile de distinguer beaucoup de détails dans l'ombre de la paillasse. À l'endroit où un rayon de lumière filtrait sous le bord, elle distingua quelques moutons de poussière, un bout de chiffon et, dans le coin le plus éloigné, une ligne vert vif qui se déplaçait, traçant des hiéroglyphes hallucinants dans le noir.

— C'est phosphorescent, Claire, dit Lincoln. C'est ce que nous avons vu. Cette nuit-là, sur le lac.

— Un phénomène de bioluminescence, confirma Max. Certains vers ont cette faculté.

Claire entendit un bruit de courroies qu'on attache. Elle se retourna et constata que les urgentistes avaient sanglé Noah sur le chariot et le transportaient hors de la cellule.

— Il a l'air stable, dit l'infirmier. On l'emmène aux urgences du Knox.

— Je vous suis, dit-elle avant de jeter un coup d'œil à Max. J'ai besoin de ce spécimen.

— Allez avec Noah, répondit Max. J'apporte le ver au service de pathologie.

Elle hocha la tête et suivit son fils hors du bâtiment.

Claire était au service de radiologie et regardait le négatoscope.

— Qu'est-ce que vous en pensez ? demanda-t-elle, les sourcils froncés.

— Son scan crânien a l'air absolument normal, répondit le Dr Chapman, le radiologue. Les hémisphères cérébraux paraissent parfaitement symétriques. Je ne vois pas de tumeur, pas de kyste. Aucun signe d'épanchement sanguin dans le cerveau.

Il leva les yeux alors que le Dr Thayer, le neurologue à qui Claire avait demandé de suivre Noah, entrait dans la pièce.

— Nous regardions le scan crânien. Je ne constate aucune anomalie.

Thayer mit ses lunettes et observa les clichés.

— Je suis d'accord, dit-il. Qu'en pensez-vous, Claire ?

Claire faisait confiance à ces deux hommes, mais c'était de son fils qu'ils parlaient, et elle ne pouvait pas s'en remettre complètement à eux. Ils le comprenaient et veillaient à lui faire connaître les résultats de tous les examens de sang et de toutes les radios. Maintenant, ils partageaient aussi son étonnement. Elle le voyait sur le visage de Chapman, alors qu'il observait à nouveau les images du cerveau de son fils. Le négatoscope projetait les reflets jumeaux des clichés sur ses lunettes, dissimulant ses yeux, mais son froncement de sourcils traduisait sa perplexité.

— Je ne vois rien qui explique les crises, dit-il.

— Ni aucune contre-indication à une ponction lombaire, ajouta Thayer. Compte tenu du tableau clinique, je dirais qu'il faut absolument l'effectuer.

— Je ne comprends pas, fit Claire. J'étais absolument sûre du diagnostic. Vous ne voyez aucun symptôme de cysticercose ?

— Non, répondit Chapman. Pas de kyste larvaire. Comme je vous l'ai dit, le cerveau a l'air parfaitement normal.

— Comme les résultats de l'analyse de sang, dit Thayer. Il n'y a rien, en dehors d'une légère élévation du taux de globules blancs, qui pourrait être due au stress.

— La formule n'était pas normale, objecta Claire. Le taux d'éosinophiles était anormalement élevé, ce qui pourrait révéler une infection parasitaire. Les autres jeunes avaient aussi un taux élevé d'éosinophiles. Sur le coup, je n'y ai pas fait attention. Maintenant, je pense que je suis passée à côté d'un indice crucial.

Elle regarda à nouveau le scan crânien.

— J'ai vu ce parasite de mes propres yeux. Je l'ai vu sortir de la narine de mon fils. Il n'y a plus qu'à l'identifier.

— Ça n'avait peut-être rien à voir avec ses crises, Claire. Il se pourrait que ce parasite n'ait aucun rapport et que ce ne soit qu'une banale infection par l'ascaris. Susceptible de survenir n'importe où dans le monde. J'ai vu un gamin, au Mexique, expulser un de ces vers par la narine. L'ascaris ne provoque pas de symptômes neurologiques.

— Contrairement au ténia.

— Ont-ils identifié le parasite de Warren Emerson ? demanda Chapman. C'était bien *Taenia solium* ?

— On devrait avoir les résultats de son test Elisa d'ici demain. S'il met en évidence des anticorps, on saura à quel parasite on a affaire.

Thayer, qui regardait toujours les radios, secoua la tête.

— Ce scan crânien ne montre aucun symptôme de kyste larvaire. D'accord, il est peut-être à un stade trop primitif pour qu'on le visualise. Mais, entre-temps, nous devons éliminer d'autres possibilités. Une encéphalite. Une méningite. Il est temps de procéder à la ponction lombaire.

Il levait la main et éteignait le négatoscope quand une technicienne de radiologie passa la tête dans la pièce.

— Docteur Thayer, j'ai la pathologie en ligne pour vous.

Thayer décrocha le téléphone mural. Un instant plus tard, il raccrochait et disait à Claire :

— Eh bien, nous avons la réponse concernant le ver que le Dr Tutwiler a apporté. Celui que votre fils a expulsé.

— Ils l'ont déjà identifié ?

— Ils en ont envoyé des photos et des coupes microtomiques par Internet à Bangor. Un parasitologue du centre médical d'Eastern Maine vient de confirmer que ce n'était pas un *Taenia solium*.

— Ce serait donc un ascaris ?

— Non plus ; c'est un ver de la famille des annélidés. Ça doit être une erreur, fit-il en secouant la tête, perplexe. Ils l'ont mal identifié, c'est évident.

Claire fronça les sourcils, déconcertée.

— Un annélidé. Qu'est-ce que c'est ?

— Ce n'est qu'un vulgaire ver de terre.

23

Claire était assise dans la pénombre, au chevet de Noah, qui se tournait et se retournait sur son lit d'hôpital. Depuis la ponction lombaire, un peu plus tôt dans la soirée, il n'arrêtait pas de tirer sur ses sangles comme s'il espérait se libérer. Il avait délogé deux aiguilles de perfusion. Thayer avait fini par accéder aux exigences des infirmières et les avait autorisées à lui administrer un sédatif. Pourtant, même sous sédation, même toutes lumières éteintes, il ne dormait pas. Il continuait à s'agiter en jurant. Rien que d'écouter son combat lancinant l'épuisait.

Peu après minuit, Lincoln passa les voir. La porte de la chambre s'ouvrit, la lumière du couloir se déversa dans la pièce, et elle reconnut sa silhouette alors qu'il hésitait sur le seuil de la chambre. Il entra et s'assit dans le fauteuil en face du sien.

— J'ai parlé à l'infirmière, commença-t-il. Elle dit qu'il est stable.

Stable. Claire secoua la tête. Sans changement, c'était tout ce que ça voulait dire. Pas d'évolution, bonne ou mauvaise. Un état désespéré pouvait être considéré comme stable.

— Il a l'air plus calme, dit Lincoln.

— Ils l'ont bourré de calmants. Ils y ont été obligés, après la ponction lombaire.

— Les résultats sont revenus ?

— Ce n'est pas une méningite. Ce n'est pas une encéphalite. Rien dans le scan crânien n'explique ce qui lui est arrivé. Et la théorie parasitaire vient aussi de s'effondrer.

Elle s'appuya à son dossier, appuya sa tête en arrière, le corps accablé de fatigue, et poussa un petit rire étonné.

— Personne n'a d'explication à ce qui s'est passé. Comment un ver de terre a-t-il pu se retrouver dans ses sinus ? Ça n'a aucun sens, Lincoln. Les vers de terre ne brillent pas dans le noir. Ils n'utilisent pas les êtres humains comme hôtes. Il doit y avoir une erreur quelque part…

— Tu devrais rentrer, dit-il. Tu as besoin de dormir.

— Non, c'est de réponses que j'ai besoin. De mon fils. Qu'il redevienne tel qu'il était avant la mort de son père, avant tous ces problèmes, quand il m'aimait encore.

— Mais il t'aime, Claire.

— Je n'en sais plus rien. J'ai l'impression contraire depuis si longtemps… Depuis que nous avons emménagé ici.

Elle n'arrêtait pas de regarder Noah, de songer à toutes les fois où elle l'avait regardé dormir quand il était petit. Quand elle l'aimait d'un amour presque obsessionnel. Quasi désespéré.

— Tu ne l'as pas connu avant, reprit-elle. Tu l'as vu sous son plus mauvais jour. Dans ce qu'il avait de pire. Accusé de meurtre… Tu n'imagines pas comme il pouvait être affectueux, aimant, quand il était petit. C'était mon meilleur ami…

Elle leva la main et s'essuya les yeux. Elle se réjouissait qu'il fasse noir dans la pièce.

— J'attends seulement que ce gamin me revienne.

Lincoln se leva et s'approcha d'elle.

— Je sais que tu penses que c'est ton meilleur ami, Claire. Mais ce n'est pas le seul.

Il la prit par les épaules et elle se laissa faire, se laissa embrasser sur le front, tout en se disant : Je ne peux plus te faire confiance, je ne peux plus compter sur toi. Je n'ai plus personne, maintenant. Que moi-même. Et mon fils.

Il parut sentir la barrière qui se dressait entre eux car il se détacha lentement d'elle et quitta la pièce sans ajouter un mot.

Elle resta toute la nuit auprès de Noah, somnolant sur sa chaise, se réveillant chaque fois qu'une infirmière entrait vérifier ses signes vitaux.

Lorsqu'elle rouvrit les yeux, un jour nouveau, d'une luminosité stupéfiante, s'était levé, et elle se rendit compte que ses pensées s'étaient en quelque sorte ordonnées. Noah dormait plus ou moins calmement. Elle avait un peu dormi, elle aussi, mais son cerveau n'avait pas cessé de fonctionner. En réalité, il avait travaillé toute la nuit, essayant de comprendre comment ce ver de terre avait pu se retrouver dans le corps de son fils. Maintenant, debout devant la vitre, elle regardait la neige en se demandant comment une réponse aussi évidente avait pu lui échapper.

Du bureau des infirmières, elle appela le centre médical d'Eastern Maine et demanda à parler au Dr Clevenger, le pathologiste.

— J'ai essayé de vous appeler, hier soir, dit-il. J'ai laissé un message chez vous.

— À propos du test Elisa de Warren Emerson ? C'est justement pour ça que je vous téléphone.

— Oui, on a eu les résultats. Je suis navré de vous décevoir. Mais il est négatif. Pour le *Taenia solium.*

Elle marqua une pause.

— Je vois.

— Vous n'avez pas l'air étonnée. Moi, je le suis.

— Se pourrait-il que ce soit un faux négatif ?

— C'est toujours possible, mais très improbable. Enfin, juste pour en être sûr, nous avons aussi fait passer un test Elisa à ce garçon, Taylor Darnell.

— Et il est négatif aussi.

— Oh, alors vous êtes déjà au courant.

— Non, je n'étais pas au courant. C'est une simple déduction.

— Eh bien, le château de cartes que nous avions édifié l'autre jour vient de s'écrouler. Aucun des deux patients n'a d'anticorps au ver solitaire du porc. Je ne vois pas ce qui explique que ces gamins aient pété les plombs. Je sais que ce n'est pas un cas de cysticercose. Je ne peux pas non plus expliquer ce qui a provoqué ce kyste dans le cerveau de M. Emerson.

— Mais vous pensez que c'était une sorte de larve ?

— Sinon, c'est un sacré artefact de coloration.

— Se pourrait-il que ce soit un autre parasite que le ténia ?

— Quel genre de parasite ?

— Un parasite qui envahirait son hôte par les voies respiratoires. Qui pourrait se lover dans l'un des sinus et y rester indéfiniment caché, jusqu'à sa mort, ou son expulsion. Les toxines biologiques sécrétées seraient absorbées directement par les membranes des sinus dans le circuit sanguin de l'hôte.

— Mais ça apparaîtrait sur les scans crâniens, non ?

— Pas forcément. Pas s'il avait l'air rigoureusement inoffensif. Comme un simple kyste mucoïde.

Comme celui du scan crânien de Scotty Braxton.

— S'il était enroulé dans un sinus, comment serait-il remonté dans le cerveau de Warren Emerson ?

— La réponse est anatomique : le cerveau est séparé du sinus frontal par une fine couche osseuse. Le parasite aurait pu se frayer un chemin à travers.

— C'est une théorie merveilleuse, vous savez. Sauf qu'il n'y a aucun parasite qui corresponde à ce tableau clinique. En tout cas, je n'en ai pas trouvé dans la documentation.

— Et si ce n'était pas dans la documentation ?

— Vous voulez dire, si c'était un parasite rigoureusement nouveau ? s'esclaffa Clevenger. Je voudrais bien ! Là, je toucherais le jackpot scientifique. Une découverte pareille me permettrait d'immortaliser mon nom. *Taenia clevengeria.* Ça sonne bien, hein ? Mais tout ce que j'ai, c'est une larve dégradée, non identifiée, sur des lames de microscope. Et aucun spécimen vivant à montrer pour étayer ma théorie.

Juste un ver de terre.

Elle ne cessa de réfléchir tout le long du chemin de retour à Tranquility. Il lui manquait encore un certain nombre de pièces du puzzle. Elle allait obliger Max Tutwiler à les lui fournir. Elle lui donnerait l'occasion de s'expliquer en privé. Il avait été son ami, elle devait lui laisser le bénéfice du doute. Elle avait été mariée à un chercheur comme lui, elle connaissait la fièvre qui les consumait parfois, l'intense exaltation qui s'emparait d'eux quand ils flairaient une découverte. Oui, elle comprenait que Max ait pu dissimuler le spécimen et le remplacer par un autre. Elle comprenait pourquoi il aurait pu garder le silence sur la découverte en attendant d'être en mesure d'affirmer que c'était une espèce nouvelle. Mais ce qu'elle ne pouvait pas comprendre, et ce qu'elle ne pourrait jamais lui pardonner, c'était qu'il leur ait caché l'information, à elle et aux médecins de Noah. Une information qui aurait pu se révéler vitale pour son fils.

Elle sentait la colère monter en elle à chaque kilomètre.

Parle-lui d'abord, se rappela-t-elle. Et si tu te trompais ? Max n'a peut-être rien à voir là-dedans.

Le temps qu'elle arrive à Tranquility, elle était trop énervée pour repousser la rencontre. Il fallait qu'elle ait une explication avec lui sur-le-champ.

Elle alla directement au cottage de Max.

Sa voiture n'était pas là. Elle se gara sur son allée et elle s'approchait de son porche lorsqu'elle remarqua, sur la droite de la maison, des empreintes de pas qui s'éloignaient. Elle les suivit jusqu'aux bois tout proches, où elles s'arrêtaient devant une zone de neige mêlée de terre retournée. Elle s'accroupit et dégagea, avec ses mains gantées, la neige piétinée. À une quinzaine de centimètres de profondeur, elle atteignit une couche de terre meuble et de feuilles mortes. Elle ramassa une poignée de terre et vit une petite chose brillante qui bougeait dans le creux de sa main. Un ver de terre. Elle l'enterra à nouveau et ressortit des bois comme elle était venue.

Sur le porche, elle chercha des yeux la pelle qu'elle savait y trouver. Elle la repéra, à côté d'une pioche, appuyée sur le tas de bois. La lame était encore encroûtée de terre gelée.

La porte n'était pas verrouillée. Claire comprit tout de suite en entrant pourquoi Max n'avait pas pris la peine de fermer sa porte à clé. La maison avait été presque complètement vidée. Les meubles, les ustensiles de cuisine restants appartenaient probablement au propriétaire du cottage. Elle fit le tour des pièces avant de revenir dans la cuisine. Elle n'avait trouvé que très peu de choses : un carton de livres, un panier plein de linge sale, quelques restes dans le réfrigérateur. Et sa carte topographique de la Meegawki, punaisée au mur. Il reviendra chercher ses affaires, se dit-elle. Elle allait l'attendre.

Son regard tomba sur le carton de livres. Et sur l'étiquette d'expédition encore fixée au revers du carton, l'étiquette d'un laboratoire : « Anson Biologicals ».

C'était le laboratoire de référence qui avait analysé le sang de Scotty et de Taylor, et qui avait renvoyé des rapports négatifs sur leurs deux recherches de toxiques. Des résultats falsifiés ? se demanda-t-elle. Mais dans ce cas, qu'essayaient-ils de cacher ? C'était le même labo qui avait récemment accordé une subvention au groupe pédiatrique de Two Hills afin de faire des prises de sang à tous les jeunes de la région. Pourquoi Anson s'intéressait-il aux jeunes de Tranquility ?

Elle appela, sur son portable, Anthony au labo de l'hôpital Knox.

— Que savez-vous sur Anson Biologicals ? demanda-t-elle. Comment se fait-il que ce soit devenu le labo officiel du Knox ?

— Eh bien, c'est marrant que vous me demandiez ça. On envoyait tous nos couplages chromatographie en phase gazeuse-spectrométrie de masse à Blood-Tek, à Portland. Et puis, il y a deux mois, on est subitement passés chez Anson.

— Qui a pris la décision ?

— Le chef de la pathologie de chez nous. Le changement avait un sens, dans la mesure où Anson nous faisait un rabais sur ses prestations. L'hôpital n'a pas pu résister. Ça représente probablement une économie de plusieurs dizaines de milliers de dollars.

— Vous pourriez vous renseigner un peu sur eux ? Le plus vite possible, s'il vous plaît. Vous pouvez me joindre sur mon portable ou me biper.

— Que voulez-vous savoir au juste ?

— Tout. Si ce n'est vraiment qu'un simple labo d'analyses. Et quels autres liens il pourrait avoir avec Tranquility.

— Je vais tâcher d'en savoir un peu plus.

Elle raccrocha. Même avec le chauffage électrique poussé au maximum, il ne faisait pas chaud dans la pièce. Elle fit du feu dans le poêle et se prépara un petit déjeuner à partir des maigres provisions de Max. Du café, des toasts beurrés et une pomme un peu flétrie. Le temps qu'elle ait fini de manger, le poêle à bois chauffait tellement fort qu'elle commençait à avoir la tête qui tournait. Elle rappela l'hôpital pour prendre des nouvelles de Noah, puis elle s'assit auprès de la fenêtre pour attendre Max.

Il ne pouvait éternellement l'éviter.

Elle eut l'impression qu'un instant seulement avait passé quand elle se réveilla en sursaut dans son fauteuil, avec un torticolis parce qu'elle avait somnolé dans une mauvaise position. Il était trois heures, et le soleil matinal avait laissé place aux rayons obliques de l'après-midi.

Elle se leva et se massa le cou en faisant le tour du cottage. Elle ne tenait plus en place. Elle alla dans la chambre, retourna dans la cuisine. Où pouvait-il bien être passé ? Il n'avait pas abandonné son linge sale, quand même ?

Dans le salon, son regard s'arrêta sur la carte topographique punaisée au mur. Elle s'en approcha, se concentrant soudain sur Beech Hill. Qu'avait donc dit Lois Cuthbert, à la réunion communale, quand il avait été question des lumières qui brillaient, la nuit, en haut de la colline, et des rumeurs de cultes sataniques auxquels on se serait livré dans les bois ?

Lois avait expliqué les lumières : « C'est ce biologiste, le Dr Tutwiler, qui ramassait des salamandres. J'ai failli le renverser avec ma voiture, il y a quelques semaines, alors qu'il redescendait de la colline en pleine nuit. »

Claire n'avait plus qu'une heure de jour devant elle ; elle en aurait besoin pour trouver ce qu'elle cherchait. Enfin, elle savait maintenant par où commencer.

Elle sortit du cottage et récupéra sa voiture.

La neige faciliterait ses recherches. Elle prit la route de Beech Hill. Elle ralentit en se rapprochant de la propriété d'Emerson, et observa que l'allée de sa maison n'avait pas été déblayée. Il avait neigé depuis la dernière fois qu'elle y était retournée pour donner à manger au chat et il n'y avait pas de nouvelles traces de pneus. Elle ne s'arrêta pas et poursuivit son chemin vers le haut de la colline. Il n'y avait pas d'autres maisons après celle-ci, et la route laissait place à une piste de terre battue. Les chasse-neige de la ville ne l'avaient pas dégagée, et elle avait le plus grand mal à l'emprunter avec sa Subaru. Un autre véhicule était passé par là avant elle, depuis la dernière chute de neige. Elle suivit ses traces de pneus.

Quelques centaines de mètres après la propriété d'Emerson, les traces quittaient la piste et s'arrêtaient dans un bouquet de pins. Il n'y avait pas de véhicule en vue pour le moment ; celui qui était venu là était reparti depuis. Mais il avait laissé de profondes empreintes de pas. Il devait enfoncer dans la neige jusqu'aux chevilles.

Elle descendit de sa voiture pour étudier les empreintes. Elles avaient été faites par de grosses bottes – d'une pointure indéniablement masculine. Elles allaient vers les arbres et revenaient plusieurs fois.

Elle avait souvent entendu dire que la neige était la meilleure amie du chasseur. Elle était une chasseresse, à présent, et elle suivait une piste bien nette dans la forêt. Elle ne risquait pas de se perdre. Elle avait son téléphone portable dans sa poche, les empreintes pour retrouver sa voiture, et sa lampe, au cas où la nuit tomberait avant qu'elle l'ait reprise. Sur la droite, elle entendait un bruit d'eau et elle se rendit compte que le fleuve était tout proche. Les empreintes suivaient une piste parallèle au fleuve et qui montait légèrement vers un amas de gros blocs de roche arrondis.

Elle s'arrêta et ouvrit de grands yeux. La neige fondue avait coulé et aussitôt gelé à nouveau, formant une sculpture dégoulinante, une cascade bleutée, figée à la base de cet antique glissement de terrain. Elle s'interrogea sur la soudaine disparition des empreintes. Max avait-il escaladé ces blocs de pierre ? Le vent avait poli la glace, lui conférant une surface implacablement lisse et dure. L'escalade serait d'une difficulté traîtresse.

Le bruit d'eau attira à nouveau son attention. Elle baissa les yeux sur l'endroit où le courant avait dissous la neige et repéra une légère marque de talon dans la boue. Il s'était engagé dans la rivière. Mais pourquoi ses empreintes ne réapparaissaient-elles pas sur la rive opposée ?

Elle fit un pas dans le cours d'eau, et l'eau glacée s'infiltra dans ses chaussures. Elle fit un autre pas, et l'eau lui monta jusqu'aux chevilles, mouillant le bas de son pantalon. C'est alors qu'elle vit l'ouverture entre les roches.

La faille était partiellement protégée par un buisson qui devait être couvert d'un épais feuillage à la belle saison. Pour atteindre l'ouverture, elle dut patauger jusqu'aux mollets dans le cours d'eau. Elle se hissa sur une lèvre de roche, puis se coula sous l'entrée, très basse, et pénétra dans la chambre plus vaste qui se trouvait derrière.

Elle avait juste la place de se tenir debout. La maigre lueur qui s'insinuait par l'étroite ouverture, dans son dos, ne suffisait pas à expliquer qu'elle arrive à distinguer de vagues détails de ce qui l'entourait. Elle entendait un bruit d'eau qui gouttait et voyait la trace brillante de filets d'eau ruisselant sur les parois. Le soleil devait filtrer à l'intérieur par un autre trou. Y avait-il un passage au-dessus ? Derrière les vagues contours d'une arcade, une faible lumière semblait briller. Dans une autre salle.

Elle se faufila sous l'arcade… et tomba de la corniche où elle se trouvait. Elle roula, roula, roula, et finit par atterrir rudement, beaucoup plus bas, sur la pierre mouillée. Elle resta là quelques instants, à moitié assommée, le crâne tintant comme une cloche, attendant de retrouver ses esprits et que les éclairs lumineux cessent enfin de clignoter devant ses yeux. Des formes papillotèrent au-dessus de sa tête et s'enfuirent dans un battement d'ailes frénétique. *Des chauves-souris.*

Lentement, le battement du sang à ses tempes se réduisit à un sourd mal de tête, mais les lumières étaient toujours là. Elles formaient des traînées palpitantes, d'un vert psychédélique. Un symptôme de décollement de la rétine, se dit-elle, angoissée. Avec la cécité à la clé.

Elle se leva lentement, tendant la main vers la paroi de la grotte pour se stabiliser. Au lieu de toucher la pierre, sa main tomba sur une surface visqueuse, qui cédait sous la pression. Elle poussa un hurlement et s'écarta d'un bond, provoquant un grand envol d'ailes hors de la grotte.

Ça bouge. La paroi bouge.

Ce qu'elle avait senti sur la paroi était humide et grouillant, et ce n'était pas la fourrure d'une chauve-souris ; elle sentait encore l'humidité sous ses doigts. Elle eut un frisson rétrospectif. Elle s'essuyait la main sur son pantalon quand elle remarqua la lueur. Elle adhérait à sa peau, soulignant la forme de sa main dans l'obscurité. Stupéfaite, elle leva les yeux vers le plafond de la grotte et vit une multitude de points lumineux pareils à de petites étoiles diffuses dans le ciel nocturne. Sauf que ces étoiles bougeaient, se déplaçaient d'avant en arrière en douces vaguelettes.

Elle fit un pas, mettant les pieds dans une mare, s'avança vers le centre de la grotte… et dut fermer les yeux un instant. La palpitation des étoiles au-dessus de sa tête lui donnait l'impression que le sol oscillait sous ses pieds.

La provenance, se dit-elle, sidérée. Max avait trouvé la provenance du parasite. La grotte hébergeait probablement cette espèce depuis des millénaires. La chaleur dégagée par la décomposition d'organismes à sang chaud, par la putréfaction de centaines de chauves-souris, devait préserver la pérennité de ce monde, alors que les saisons décrivaient leur cycle à la surface.

Elle dirigea le faisceau lumineux de sa lampe vers un amas d'étoiles vertes, sur la paroi. Dans le cercle de lumière qui étouffait la pâle clarté de ces étoiles, elle vit, à la place, un amas de vers. On aurait dit une méduse aux multiples tentacules qui remuaient doucement sur la pierre luisante. Elle éteignit sa lampe. Dans les ténèbres revenues, les étoiles reparurent, joignant leur lueur à cette vaste galaxie verte.

Un phénomène de bioluminescence. Les vers utilisaient la bactérie *Vibrio fischeri* comme source lumineuse. Quand la grotte était inondée, le mélange de vers, de larves et de *Vibrio* était emporté dans le fleuve. Et dans le lac Locust. Nous ne sommes que des hôtes accidentels, se dit-elle. En été, les jeunes piquaient une tête dans le lac, ingurgitaient un peu d'eau sans s'en rendre compte, et voilà comment une larve se frayait un chemin dans le conduit nasal d'un hôte humain. La larve hébergée dans l'un de ses sinus croissait et prospérait, libérant une hormone, et finissait par mourir. D'où le pic qu'ils avaient remarqué à la chromatographie dans le sang de Taylor Darnell et de Scotty Braxton : c'était l'hormone sécrétée par ce parasite.

Tutwiler et peut-être Anson Biologicals étaient au courant de l'existence de ces vers et de cette hormone, et pourtant ils ne lui en avaient pas parlé. Ils leur avaient fait vivre un enfer, à son fils et à elle.

Furieuse, elle se pencha, ramassa une pierre et la lança sur les étoiles vertes. La pierre heurta la voûte de la grotte et retomba avec un claquement sourd. Une nouvelle frénésie de chauves-souris jaillit de la salle dans un grand bruit d'ailes.

Elle resta un instant immobile et essaya de décrypter les sons qu'elle avait entendus. En se déplaçant précautionneusement dans l'obscurité, elle s'avança vers le bout de la salle où elle avait entendu tomber la pierre. Il y avait moins de vers à cet endroit, et hors de leur lumière, les ténèbres semblaient s'épaissir et devenir presque palpables.

Elle ralluma sa lampe et promena le faisceau par terre. Il y eut un reflet. Elle se pencha pour voir ce qui l'avait provoqué et vit une chope de métal, comme on en utilise pour le camping.

Et juste à côté, il y avait le bout d'une botte d'homme.

Elle recula précipitamment en étouffant un hoquet de terreur. Le rayon de sa lampe zigzagua follement et tomba sur les yeux de Max Tutwiler, qui ne verraient plus jamais rien. Il était affalé par terre, le dos appuyé à la paroi de la grotte, les jambes écartées devant lui. Une sorte d'écume avait coulé de sa bouche et dégouliné sur le devant de sa veste. Rejoignant une tache plus noire : le sang, qui avait coulé du trou rond percé par une balle dans sa gorge.

Elle recula à l'aveuglette, se retourna, et s'affala à genoux dans une flaque d'eau.

Courir. Courir.

Un instant plus tard, elle s'était relevée et remontait tant bien que mal, complètement affolée, la pente qui menait vers la sortie. Des chauves-souris voletaient, lui frôlant les cheveux. Elle se contorsionna pour repasser sous l'arcade et roula dans la première salle. Les parois lui renvoyèrent l'écho de sa respiration entrecoupée. Elle se précipita à quatre pattes, comme un insecte paniqué, vers l'ouverture.

La faille se rapprochait, de plus en plus lumineuse.

Elle passa enfin la tête dans la lumière. Elle inspira profondément, désespérément, et leva les yeux, juste au moment où le coup s'écrasait sur son crâne.

24

— Non, chef Kelly, on n'a pas vu le Dr Elliot de la journée, répondit l'infirmière de nuit. À vrai dire, on commence même à s'inquiéter.

— Quand lui avez-vous parlé pour la dernière fois ?

— D'après l'équipe de jour, elle a téléphoné vers midi pour savoir comment allait Noah, et depuis plus rien. Il y a des heures qu'on la bipe en vain, et quand on appelle chez elle, on tombe sur son répondeur. C'est vraiment bizarre qu'elle ne soit pas revenue. Son fils la réclame.

Il y avait quelque chose qui clochait, se dit Lincoln en prenant le couloir qui menait à la chambre de Noah. Claire ne serait pas restée aussi longtemps sans prendre des nouvelles de son fils. Elle aurait au moins téléphoné. Il était passé chez elle, plus tôt dans la soirée, et sa voiture n'était pas là. Il en avait déduit qu'elle était à l'hôpital.

Mais elle n'y avait pas mis les pieds de la journée.

Il salua d'un hochement de tête l'agent de police du Maine qui montait la garde devant la porte et entra dans la chambre de Noah.

À la lumière du tube allumé au-dessus de son lit, le visage du garçon lui parut pâle, vidé. En entendant la porte se refermer, Noah leva les yeux vers lui, et Lincoln vit la déception voiler son regard. La colère était retombée, constata-t-il, et le contraste était surprenant. Trente-six heures plus tôt, Noah était complètement hors de lui, possédé par une telle fureur, une telle force qu'il avait fallu deux hommes pour le maîtriser. Et maintenant, ce n'était plus qu'un gamin épuisé. Terrifié.

— Où est ma mère ? demanda-t-il dans un souffle.

— Je ne sais pas, fiston.

— Appelez-la. Je vous en prie, vous pouvez l'appeler ?

— On essaie de la joindre.

Ses paupières papillotèrent et il leva les yeux vers le plafond.

— Je voudrais lui dire que je suis désolé. Je voudrais lui dire…

Il cilla de plus belle, puis détourna la tête et poursuivit d'une voix presque étouffée par l'oreiller :

— Je voudrais lui dire la vérité.

— Sur quoi ?

— Sur ce qui s'est passé. Cette nuit-là…

Lincoln ne dit rien. Cet aveu ne pouvait lui être extorqué ; il devait le faire de lui-même.

— J'ai pris le pick-up pour reconduire une amie chez elle. Elle était venue chez moi à pied, et on avait attendu maman pour qu'elle la ramène. Mais il commençait à se faire tard, et maman ne rentrait pas. Et puis il s'est mis à neiger vraiment fort, alors…

— Alors tu as ramené la fille chez elle tout seul ?

— Ce n'était qu'à trois kilomètres. Ce n'était pas comme si je n'avais jamais conduit de ma vie.

— Et que s'est-il passé, Noah ? En cours de route ?

— Rien du tout. J'ai fait l'aller et retour en vitesse, par le même chemin, et c'est tout. Je le jure.

— Tu es passé sur Slocum Road ?

— Non, monsieur. Je n'ai pas quitté Toddy Point Road. Je l'ai laissée au bout de son allée, pour que son père ne me voie pas. Et je suis rentré tout de suite.

— Quelle heure était-il ?

— Je ne sais pas. Dix heures, par là.

Une heure après que le témoin anonyme avait vu le pick-up de Claire zigzaguer sur Slocum Road.

— Ça ne colle pas avec les faits, fiston. Ça n'explique pas comment le sang est arrivé sur ton pare-chocs.

— Je ne sais pas ce qui s'est passé.

— Tu ne dis pas toute la vérité.

— Mais si, je vous assure !

Le garçon se tourna vers lui, sa frustration montant, se muant en rage. Sauf que, cette fois, sa colère était d'une nature un peu différente. Elle semblait motivée par une vertueuse indignation.

— Si tu dis vrai, reprit Lincoln, la fille confirmera ton témoignage. Qui est-ce ?

Noah détourna les yeux et regarda à nouveau le plafond.

— Je ne peux pas vous le dire.

— Pourquoi pas ?

— Son père la tuerait. Voilà pourquoi. Je ne peux pas le dire.

— Elle pourrait te disculper d'un mot.

— Elle a peur de lui. Je ne veux pas lui attirer d'ennuis.

— C'est toi qui as des ennuis, Noah.

— Il faut que je lui parle d'abord. Pour la prévenir de…

— De quoi ? De ce qu'elle doit dire ?

Ils se regardèrent en silence, Lincoln attendant une réponse, le garçon refusant de la lui fournir.

À travers la porte fermée, Lincoln entendit une annonce au haut-parleur :

— Docteur Elliot, veuillez rappeler le poste 7133. Docteur Elliot…

Lincoln quitta la chambre de Noah et composa le 7133 depuis le bureau des infirmières.

Anthony, du labo, décrocha tout de suite.

— Docteur Elliot ?

— C'est le chef Kelly. Depuis combien de temps essayez-vous de joindre le Dr Elliot ?

— J'ai essayé tout l'après-midi. Je l'ai bipée, mais elle a dû éteindre son pager. Personne ne répond chez elle, alors je me suis dit que j'allais faire une annonce générale, au cas où elle serait à l'hôpital.

— Si elle vous appelle, vous pouvez lui dire que j'essaie aussi de la joindre ?

— Bien sûr. Je trouve un peu bizarre qu'elle ne m'ait pas rappelé.

— Rappelé… ? releva Lincoln. Comment ça ? Vous lui avez déjà parlé, aujourd'hui ?

— Oui, monsieur. Elle m'a demandé de lui trouver certaines informations.

— Quand ça ?

— Vers midi. Elle avait l'air assez pressée d'avoir la réponse. Je m'étonne qu'elle ne m'ait pas recontacté depuis.

— Que vous a-t-elle demandé ?

— Elle m'a interrogé sur le laboratoire Anson Biologicals.

— Qu'est-ce que c'est que ça ?

— Eh bien, c'est la filiale « recherche et développement » de Sloan-Routhier. Le groupe pharmaceutique. Mais je ne sais pas pourquoi elle s'intéressait à eux.

— Elle vous appelait d'où quand elle vous a posé cette question ?

— Ça, chef Kelly, je n'en ai aucune idée.

Lincoln raccrocha. Personne n'avait parlé à Claire depuis midi. Ce qui faisait neuf heures, maintenant.

Il récupéra son véhicule de patrouille. La journée avait été belle, il n'avait pas neigé et les voitures étaient couvertes d'une fine couche de givre. Il explora le parking, rangée après rangée, à la recherche de la Subaru de Claire. Elle n'était pas là.

Elle a quitté l'hôpital, et après ? Où a-t-elle bien pu aller ?

Il retourna vers Tranquility en proie à une appréhension croissante. La chaussée avait été déblayée, il n'y avait pas de verglas, mais il conduisait lentement, en scrutant la neige sur les bas-côtés de la route, à la recherche des éventuelles traces de pneu montrant qu'une voiture avait dérapé. Il passa devant chez Claire juste pour s'assurer qu'elle n'était pas rentrée.

Son appréhension se changeait peu à peu en angoisse.

De chez lui, il passa une rafale de coups de fil, à l'hôpital, chez Max Tutwiler, au répartiteur du poste de police. Claire était introuvable.

Il s'assit dans le salon, chez lui, en regardant le téléphone, sentant son angoisse se muer en une véritable panique. Vers qui avait-elle pu se tourner ? Elle n'avait plus confiance en lui, et c'était ce qui lui faisait le plus mal. Il se prit la tête à deux mains, en s'efforçant de comprendre où elle avait bien pu passer.

Elle était folle d'inquiétude pour Noah. Elle aurait fait n'importe quoi pour lui.

Noah. Ça avait un rapport avec Noah.

Il tendit à nouveau la main vers le téléphone et appela Fern Cornwallis.

Elle avait à peine décroché qu'il lui demandait :

— La fille pour qui Noah Elliot s'était bagarré, qui était-ce ?

— Lincoln ? Mais quelle heure est-il ?

— Donne-moi juste son nom, Fern. Je veux le nom de la fille.

Fern poussa un soupir las.

— C'était Amelia Reid.

— La fille de Jack Reid ?

— Sa belle-fille. Reid est son beau-père.

Il y avait du sang sur la neige.

Comme Lincoln tournait dans la cour, devant la bicoque des Reid, les rayons de ses phares balayèrent une tache sombre, inquiétante, sur la neige d'une blancheur autrement virginale. Il freina brusquement, s'arrêta net, le regard rivé sur la tache sanglante, la peur s'enroulant tel un serpent glacé au creux de son estomac. Le pick-up de Jack Reid était garé dans l'allée, mais la maison était plongée dans le noir. La famille dormait-elle ?

Il descendit lentement de voiture et braqua le rayon de sa lampe vers le sol. Au début, il ne vit qu'une grande éclaboussure d'un rouge éclatant. Un sanglant test de Rorschach. Puis il vit les autres éclaboussures, toute une série, qui menaient sur le côté de la maison, accompagnées par des empreintes d'homme et de chien. En les voyant, il se dit abruptement : Où sont les chiens ? Il savait que Jack Reid en avait deux, des pitbulls, de sales bêtes vicieuses habituées à déchiqueter les chats du voisinage quand ils avaient le malheur de passer par là. Ces taches de sang étaient-elles tout ce qui restait d'une infortunée créature qui avait eu la désastreuse idée de s'aventurer dans cette cour ?

Il s'agenouilla pour regarder ça de plus près et distingua, mêlée à la neige piétinée, une touffe de poils sombres, auxquels était encore attaché un lambeau de chair sanglante. Bon, ce n'était qu'un animal mort – un chat ou un raton laveur, se dit-il, sentant sa tension se relâcher, mais pas complètement soulagé. Ces pitbulls pouvaient être encore en liberté quelque part dans le coin, et peut-être même l'observaient-ils ?

Soudain, l'impression qu'un regard pesait sur lui devint si forte qu'il se redressa rapidement et balaya les environs avec le rayon de sa lampe torche, découpant un cercle dans les ténèbres. Le faisceau lumineux passa sur le tronc d'un érable, et juste après il repéra une seconde touffe de poils, plus grosse, celle-ci, et bien reconnaissable. Il s'en approcha et fut envahi par une nouvelle vague de terreur, chacun de ses nerfs vibrant comme la corde d'un piano. Les clous du collier d'acier brillaient à la lumière, tout comme les dents d'un blanc éclatant visibles dans la mâchoire ouverte, sans vie. *L'un des pitbulls. Ou du moins la moitié*. Son collier était encore accroché à la chaîne. L'animal n'avait pas pu fuir, il n'avait pas pu échapper au massacre.

Il ne se souvenait pas d'avoir dégainé son arme ; il savait seulement qu'il l'avait tout à coup en main, en proie à une peur tellement intense qu'elle lui nouait physiquement la gorge. Il fit décrire à sa lampe un cercle plus large autour de la cour et trouva l'autre moitié du chien. Ses entrailles étaient répandues auprès des marches du porche. Il s'approcha de la sinistre dépouille et s'obligea à poser son doigt dessus. Les viscères étaient froids mais pas encore gelés. L'animal était mort depuis moins d'une heure. Ce qui l'avait déchiqueté, quoi que ce fût, était peut-être encore tapi dans les parages.

Un bruit assourdi de verre cassé lui fit faire volte-face, le cœur battant à se rompre. Le bruit venait de l'intérieur de la maison. Lincoln leva les yeux vers les fenêtres obscures. Cinq personnes vivaient là, dont une gamine de quatorze ans. Qu'avait-il bien pu leur arriver ?

Il gravit les marches du porche et tourna la poignée de la porte. Elle n'était pas verrouillée – autre détail alarmant. Le faisceau de sa lampe éclaira un tapis élimé et plusieurs paires de chaussures en vrac dans l'entrée. Rien d'extraordinaire de ce côté-là. Il appuya sur l'interrupteur. Pas de lumière. Le courant était-il coupé ?

Il hésita un instant près de la porte d'entrée, se demandant s'il ne serait pas plus prudent d'annoncer sa présence. Il savait que Jack Reid avait un fusil et qu'il n'hésiterait pas à s'en servir s'il pensait qu'un rôdeur était entré chez lui. Lincoln inspira profondément et s'apprêtait à crier « Police ! » quand son regard tomba sur un détail qui étouffa instantanément son cri dans sa gorge.

Une empreinte de main sur le mur.

Son arme lui parut soudain visqueuse entre ses doigts. Il s'approcha. C'était bien du sang. Et il y avait d'autres traces sanglantes sur le mur, vers la cuisine.

Mais où pouvaient bien être les cinq habitants de cette maison ?

Il trouva le premier dans la cuisine. Jack Reid. Il gisait par terre, la gorge tranchée d'une oreille à l'autre. Le jaillissement de sang artériel avait éclaboussé les quatre murs de la pièce. Il tenait toujours son fusil.

Un objet tomba à terre, roula un instant. Lincoln leva instantanément son arme, le sang battant à ses oreilles. Le bruit venait d'en dessous. De la cave.

Il se dirigea, en soufflant comme une forge, vers la porte de la cave, s'arrêta le temps de compter jusqu'à trois, son cœur accélérant ses battements, ses doigts moites serrés comme un étau autour de son arme. Il inspira profondément et, d'un bon coup de pied, enfonça la porte.

Le panneau s'ouvrit brutalement, heurtant le mur.

Une volée de marches descendait dans le noir. L'obscurité semblait chargée d'énergie. Il y avait quelqu'un, en bas, au pied de l'escalier ; quelqu'un qui le lorgnait. Il sentait sa présence. Il balaya rapidement la cave avec le rayon de sa lampe. Il entrevit un mouvement furtif. Une ombre se glissait dans le noir, sous les marches.

— Police ! hurla Lincoln. Sortez, que je vous voie !

Il maintint fermement sa lampe, son arme dirigée vers le bas des marches.

— Allez ! Montrez-vous, tout de suite !

Lentement, de l'obscurité émergea une forme. Un bras se matérialisa dans le cercle de lumière. Puis un visage sortit timidement de sous l'escalier, braquant sur lui de grands yeux terrifiés. C'était un garçon.

— Ma mère, geignit Eddie Reid. Je vous en prie, aidez ma mère à sortir d'ici.

C'est alors qu'une voix de femme murmura, dans l'obscurité :

— Aidez-nous ! Dieu du ciel, aidez-nous !

Lincoln descendit les marches et braqua sa lampe sur la femme. Grace Reid. Son visage d'une pâleur spectrale exprimait une terreur surhumaine.

— Éteignez ! implora-t-elle. Éteignez la lumière ou il va nous trouver !

Elle recula. Derrière elle, le tableau électrique était ouvert. Elle avait actionné le disjoncteur, coupant le courant dans la maison.

Eddie tira sa mère vers l'escalier.

— Maman, ça va, maintenant. Il faut qu'on sorte d'ici. Je t'en prie, je t'en supplie, *viens* !

Elle se dégagea, refusant de bouger, secouant la tête dans une attitude de refus presque violente.

— Non, non, il nous attend ! JD ! Il est là-haut.

Eddie empoigna brusquement le bras de sa mère et la tira vers les marches.

— Allez, maman ! Viens !

— Attendez, coupa Lincoln. Et Amelia ? Madame Reid, où est Amelia ?

Grace le regarda en ouvrant de grands yeux.

— Amelia ? murmura-t-elle comme si elle venait seulement de repenser à sa fille. Dans sa chambre.

— On va faire sortir ta maman de la maison, dit Lincoln à Eddie. Ma voiture de patrouille est garée juste dehors.

— Mais… Et… ?

— Je vais chercher ta sœur. Mais d'abord je vais vous emmener tous les deux dans la voiture, et j'appellerai des secours par radio. Maintenant, allons-y. Restez juste derrière moi.

Il commença à monter lentement l'escalier. Il entendait Grace et Eddie qui le suivaient, la respiration de Grace réduite à des gémissements entrecoupés, Eddie chuchotant des paroles d'encouragement.

JD. Ils avaient tous les deux peur de JD.

Lincoln arriva en haut de l'escalier. Il n'y avait pas moyen d'y couper, il était obligé de les faire passer par la cuisine éclaboussée de sang, et devant le corps de Jack Reid. Si Grace devait s'effondrer ou piquer une crise, ce serait là.

Loué soit Eddie… Il prit sa belle-mère par les épaules, lui cacha le visage contre sa poitrine.

— Allez-y, chef Kelly, murmura-t-il d'un ton pressant. Je vous en prie, sortons d'ici.

Lincoln leur fit traverser la cuisine, puis l'entrée. Là, il s'arrêta, chaque fibre de son être lui envoyant des signaux d'alarme, de panique. À la lumière de sa lampe torche, il vit que la porte de devant était ouverte. *Je ne l'avais pas refermée quand je suis entré dans la maison ?*

— Attendez ici, murmura-t-il.

Il s'approcha précautionneusement de la porte d'entrée et jeta un coup d'œil au-dehors. La neige argentée brillait sous la lune. Sa voiture de patrouille était garée à une vingtaine de mètres de là. Tout était silencieux, aussi calme que l'air piégé sous une cloche à melon.

Il y a quelque chose qui ne va pas. On nous observe. On nous traque.

Il se tourna vers Eddie et Grace, et chuchota :

— Courez vers la voiture. Tout de suite !

Mais Grace ne se mit pas à courir. Au contraire : elle recula, et, alors qu'elle passait en titubant devant une fenêtre baignée par le clair de lune, Lincoln vit qu'elle regardait vers le haut. Vers l'escalier.

Il se retourna. Au même instant, une ombre fondit sur lui. Il fut projeté en arrière si violemment qu'il en eut le souffle coupé. Une douleur lui embrasa la joue. Il fit un écart, juste à temps pour éviter le couteau qui retombait sur lui et qui se planta profondément dans le mur de bois à côté de sa tête. Il avait lâché son arme lorsque son agresseur s'était jeté sur lui. Il la chercha frénétiquement par terre, à tâtons.

Il entendit le crissement du couteau qu'on libérait, se retourna d'un bloc et vit l'ombre se précipiter sur lui. Il leva le bras gauche alors que le couteau s'abattait à nouveau. L'acier heurta l'os, et son propre hoquet de douleur lui fit l'effet d'un bruit lointain, étranger.

Il réussit à saisir le poignet du garçon avec sa main droite et à lui faire lâcher son arme. Il l'entendit heurter le sol. Le gamin se libéra et tomba à la renverse.

Lincoln se baissa précipitamment et récupéra le couteau. Mais la victoire fut de courte durée.

Le garçon s'était relevé, lui aussi. Sa silhouette était encadrée par la fenêtre. Il tenait le pistolet de Lincoln. Il le promena autour de lui comme un missile en phase d'acquisition de cible et pointa le canon sur Lincoln.

Une détonation assourdissante fit exploser la fenêtre, les éclats projetés vers l'extérieur retombant en pluie sur le porche.

Mais Lincoln ne sentait rien. Pourtant, il aurait dû éprouver une douleur intense…

Paralysé de stupeur, il vit JD Reid, qui se détachait en ombre chinoise sur le rectangle clair de la fenêtre brisée, tomber au ralenti. Un bruit de pas fit craquer le parquet derrière lui, puis il entendit la voix tremblante d'Eddie demander :

— Je l'ai tué ?

— Pour te le dire, il faudrait que j'y voie un peu plus clair, répondit Lincoln.

Eddie s'aventura, à tâtons, dans la cuisine et descendit l'escalier de la cave. Quelques secondes plus tard, il dut appuyer sur le bouton du disjoncteur, car la lumière revint.

Un coup d'œil suffit à Lincoln pour s'assurer que JD était mort.

Eddie ressortit de la cuisine, tenant toujours le fusil de Jack Reid, et s'approcha de sa belle-mère. Ils ne pouvaient détacher leur regard du cadavre. Ils restaient là, incapables d'émettre un son, alors que la terrible vision de JD Reid gisant dans une mare de sang se gravait pour toujours, comme au fer rouge, dans leur mémoire.

— Amelia, dit Lincoln en se tournant vers le palier, en haut de l'escalier. Quelle est sa chambre ?

Eddie releva sur lui des yeux hantés.

— La deuxième. Sur la droite…

Lincoln monta l'escalier quatre à quatre. Dès qu'il aperçut la porte de la chambre d'Amelia, il eut la confirmation de ses pires craintes. La porte avait été défoncée à coups de hache, et des échardes de bois jonchaient le sol du couloir. La fille avait dû essayer d'empêcher JD d'entrer en s'enfermant à clé, mais quelques coups de hache avaient pulvérisé le panneau de bois. Redoutant la scène qu'il savait trouver à l'intérieur, il entra dans la chambre.

Il vit la hache, enfoncée dans une chaise, la fendant presque en deux. Il vit le miroir brisé, les robes déchirées, la porte du placard qui pendait de guingois sur une charnière, l'autre ayant été arrachée. Puis il regarda le lit de la fille.

Il était vide.

Mitchell Groome descendait lentement Beech Hill au volant de la Subaru de Claire Elliot. Il avait attendu minuit, pensant qu'à cette heure tardive tout le monde serait couché, mais le ciel était malencontreusement dégagé ; avec la lune qui se réfléchissait sur la neige, on y voyait comme en plein jour, et il se sentait vulnérable, exposé à la vue de tous. Pleine lune ou non, il devait finir ce soir. Trop de choses avaient déjà foiré, et il avait été forcé de prendre des mesures plus radicales que prévu.

Sa mission était pourtant simple, au départ. Il devait tenir le Dr Tutwiler à l'œil, suivre ses travaux et poser des questions en se faisant passer pour un journaliste, afin d'estimer discrètement, sans éveiller les soupçons, la progression d'une infection parasitaire chez les jeunes de Tranquility. Sa tâche s'était soudain trouvée compliquée par Claire Elliot, dont les hypothèses s'étaient dangereusement rapprochées de la vérité. Et puis, il y avait eu Doreen Kelly. Encore une complication. Bien pire.

Il aurait des explications à fournir en rentrant à Boston.

Il devrait arriver à trouver une justification à la disparition de Max Tutwiler. Parce qu'il se voyait mal raconter la vérité à ses supérieurs du labo Anson Biologicals : que Max avait voulu laisser tomber quand il avait appris comment Doreen Kelly était morte. « J'ai été embauché pour vous dénicher des vers, avait-il protesté. D'après Anson, ce n'était qu'une chasse au trésor biologique. Personne ne m'avait parlé de meurtre, et tout ça pour quoi ? Pour que la découverte de cette espèce reste secrète ? »

Ce que Max ne voulait pas comprendre, c'était que la mise au point d'une nouvelle molécule était tout à fait comparable à la recherche d'une mine d'or. Le secret était primordial. On ne pouvait pas laisser la concurrence savoir qu'on avait trouvé le filon.

Le filon, dans ce cas précis, était une hormone produite par un invertébré unique en son genre, et qui avait pour effet d'augmenter l'agressivité. Il suffisait d'une dose minime pour accroître la violence d'un soldat au combat. C'était une potion meurtrière, dotée d'applications militaires évidentes.

Deux mois auparavant, le laboratoire Anson Biologicals, filiale du groupe Sloan-Routhier Pharmaceuticals, avait eu vent de l'existence des vers quand les enfants adolescents d'un couple de Virginie avaient été admis dans le service psychiatrique d'un hôpital militaire. L'un des gamins avait expulsé un ver – une espèce bioluminescente que les pathologistes de l'armée n'avaient pas réussi à identifier.

La famille avait passé le mois de juillet dans un cottage au bord d'un lac du Maine.

Groome tourna dans Toddy Point Road. Sur le siège à côté du sien, Claire gémit et tourna la tête. Il espérait pour elle qu'elle ne reprendrait pas complètement conscience, parce que la fin qui l'attendait ne serait pas agréable. Encore une triste nécessité. C'était à peine si la mort de la pitoyable Doreen Kelly avait provoqué quelques haussements de sourcils en ville.

Mais un médecin local ne pouvait pas disparaître comme ça sans qu'on se pose des questions. Il était important que, lorsqu'on retrouverait son corps, les autorités concluent à une mort accidentelle.

La route montait et descendait plus doucement, à présent, et elle était déserte à cette heure de la nuit. La lumière rasante des phares écrêtait un macadam noir, croûté de verglas et de sable. Le faisceau des phares était juste assez large pour laisser deviner les arbres qui bordaient les deux côtés. Un tunnel noir, dont la seule ouverture était une traînée d'étoiles au-dessus de la voiture.

Il prit un virage en épingle à cheveux, freina et s'arrêta en haut de la rampe à bateaux.

Claire gémit à nouveau lorsqu'il la tira du siège passager et l'installa derrière le volant. Il boucla sa ceinture de sécurité. Puis, sans couper le moteur, il enclencha une vitesse, relâcha le frein à main et claqua la portière.

La voiture commença à descendre la rampe à bateaux en pente douce.

Resté sur le côté de la route, Groome regarda la voiture arriver au bord du lac et continuer à rouler. Il y avait de la neige sur la glace, et les pneus patinèrent un peu, le pinceau des phares frémissant sur l'étendue dégagée. Dix mètres. Vingt. Quelle distance la voiture devrait-elle parcourir avant d'arriver à l'endroit où il n'y avait qu'une fine couche de glace ? Ce n'était que la première semaine de décembre ; le lac n'avait pas dû geler sur une profondeur suffisante pour supporter le poids d'une voiture.

Trente mètres. Soudain, Groome entendit un *crac !* aussi sonore qu'un coup de feu. L'avant de la voiture s'enfonça, ses phares soudain avalés par la neige et la glace fracturée. Un autre *crac !* et la voiture bascula complètement, la lumière rouge de ses feux arrière pointant vers le ciel. Puis la glace claqua, se désintégra sous les roues arrière, et la voiture plongea à travers. Ensuite, il dut y avoir un court-circuit, parce que la lumière des phares mourut tout à fait.

La fin se joua à la lueur du clair de lune, dans un paysage argenté par la blancheur éclatante de la neige. La voiture remonta et redescendit pendant un instant, le moteur s'emplissant d'eau, après quoi elle fut attirée vers le fond par les ténèbres glacées qui réclamaient leur proie. Il y eut un grand bruit d'éclaboussures, un énorme tourbillon comme la voiture s'abîmait dans les profondeurs et se retournait, ses pneus la faisant flotter. Elle sombra à l'envers, le toit reposant sur la boue, et Groome imagina les remous de vase noire assombrissant le clair de lune liquide qui filtrait d'en haut.

Demain, se dit-il, quelqu'un repérerait le trou dans la glace et additionnerait deux et deux. Pauvre Dr Elliot qui rentrait chez elle dans le noir, et si fatiguée ; elle avait raté le virage et pris la rampe à bateaux… Une tragédie, vraiment.

Il entendit le gémissement d'une sirène de police qui se rapprochait, et attendit, le cœur battant, le souffle coupé, que la voiture passe et disparaisse dans le lointain. La police avait été appelée ailleurs ; personne n'avait assisté à son crime.

Il s'engagea d'un bon pas sur la route qui remontait vers les ténèbres de Beech Hill. Il y avait cinq kilomètres jusqu'à la grotte, et sa tâche n'était pas achevée.

25

Elle se sentit assaillie par les ténèbres, perçut l'étreinte mortelle de l'eau glacée qui s'emparait d'elle, et se réveilla en sursaut dans une réalité infiniment plus horrible que n'importe quel cauchemar.

Elle était piégée dans le noir, dans un espace clos, pareil à un cercueil, et complètement désorientée. Elle ne distinguait même pas le haut du bas. Tout ce qu'elle savait, c'était que l'eau s'insinuait autour d'elle en un flot glacial qui lui léchait la taille, puis la poitrine, l'engourdissant. Elle agita les bras, paniquée, tordant instinctivement le cou pour garder la tête au-dessus de l'eau, et se rendit compte qu'elle était attachée. Elle tira sur ses liens, mais n'arriva pas à se libérer. L'eau lui arrivait maintenant au cou. Sa respiration se mua en violents hoquets entrecoupés de sanglots.

Puis tout se renversa.

Elle eut le temps d'inspirer profondément, une fois, avant de sentir qu'elle basculait sur le côté, avant que l'eau se rue par-dessus sa tête, lui entrant dans les narines.

La nuit qui l'engloutissait était totale, un monde d'obscurité liquide. Elle se débattait, bloquée la tête en bas sous l'eau, en s'efforçant de retenir cette dernière inspiration dans ses poumons douloureux.

Elle tira encore et encore sur une lanière qui lui barrait la poitrine, mais elle ne voulait pas se détendre, ne voulait pas céder. *De l'air. J'ai besoin d'air !* Le sang battait à ses oreilles et des traînées de lumière explosaient dans son cerveau, les éclairs annonciateurs d'un manque d'oxygène. Déjà ses membres commençaient à perdre leur force, ses efforts se réduisaient à tirer vainement sur la sangle qui la retenait. À travers des couches de confusion, elle se rendit compte qu'elle avait la main crispée dans une étreinte mortelle sur une courroie qu'elle reconnut à ses contours. Sa ceinture de sécurité. Elle était dans sa voiture. Attachée dans sa voiture.

Des milliers de fois, elle avait débouclé cette ceinture, et ses doigts trouvèrent automatiquement le bouton de déblocage. La ceinture se détacha enfin.

Elle agita les bras et les jambes, heurtant les parois de l'habitacle. Aveuglée, désorientée par l'eau, par l'obscurité, elle ne savait même pas où étaient le haut et le bas. Ses doigts griffaient frénétiquement le volant, le tableau de bord.

DE L'AIR !

Incapable d'endiguer plus longtemps la rébellion de ses poumons, elle commençait à inspirer la bouffée d'eau fatale quand son visage creva subitement la surface, trouvant une poche d'air. Elle aspira une bouffée, puis une autre, et une troisième. La poche d'air devait faire quelques dizaines de centimètres de hauteur, et se remplissait rapidement. Encore quelques hoquets, et elle n'aurait plus rien à respirer.

Avec l'afflux frais d'oxygène, son cerveau se remit à fonctionner. Elle se força à chasser la panique, à réfléchir. La voiture était retournée. Elle devait trouver la poignée de la portière, et l'ouvrir.

Elle bloqua sa respiration et replongea dans l'eau. Elle repéra rapidement la poignée, tira dessus. Elle sentit que le mécanisme cédait, mais la portière ne s'ouvrit pas. Le toit du véhicule était trop profondément enfoncé dans la boue, engluant la portière, la bloquant.

Elle était à bout de souffle ! Elle devait respirer.

Elle remonta vers la poche d'air et la trouva réduite à quelques centimètres tout au plus. Alors qu'elle inspirait les dernières bribes d'oxygène, elle essaya telle une forcenée de se réorienter dans un monde sens dessus dessous. *La vitre. Baisse la vitre.*

Une dernière bouffée d'air, une dernière chance.

Elle replongea sous l'eau, cherchant furieusement, à tâtons, la poignée de la vitre. Elle avait les doigts tellement engourdis par le froid que c'est à peine si elle sentit la manivelle, quand elle la trouva enfin. Chaque tour de manivelle lui sembla prendre une éternité, mais la vitre descendait bel et bien. Le temps qu'elle ait réussi à l'ouvrir complètement, sa soif d'air était devenue désespérée. En se tortillant, elle passa la tête puis les épaules par l'ouverture… et soudain, elle se trouva bloquée.

Sa veste ! Elle était coincée !

Elle eut beau se débattre, essayer de se faufiler le plus loin possible, elle était à nouveau piégée, à moitié dans la voiture, à moitié dehors. Elle chercha frénétiquement la fermeture Éclair de sa veste, l'ôta.

Tout d'un coup, elle se libéra, et monta comme une fusée vers la surface, vers la faible lumière, au-dessus de sa tête.

Elle surgit à l'air libre, dans un geyser d'eau qui étincela comme un million de diamants au clair de lune, et se raccrocha à la plus proche plaque de glace. Elle s'y cramponna un instant, en grelottant et en soufflant dans la nuit glaciale. Elle ne sentait déjà plus ses jambes, et ses mains étaient tellement engourdies qu'elle arrivait tout juste à se maintenir au bord de la plaque de glace.

Elle essaya de se hisser dessus, réussit à soulever ses épaules de quelques centimètres, mais retomba aussitôt dans l'eau. Elle n'avait rien à quoi s'agripper, aucune prise sur la glace lisse, saupoudrée de neige. Ses ongles grattaient inutilement la surface glissante.

Elle essaya à nouveau de s'arc-bouter sur la glace, retomba en arrière dans une gerbe d'eau qui l'engloutit entièrement. Elle refit surface en crachotant, en toussant, les jambes presque paralysées.

Elle n'y arriverait pas ; elle ne sortirait jamais de là.

Elle fit encore une demi-douzaine de tentatives, mais ses vêtements trempés l'entraînaient vers le bas, vers les profondeurs, et elle tremblait si fort qu'elle ne pouvait même plus se cramponner à la glace. Une profonde léthargie s'emparait de ses membres, les raidissant comme des bouts de bois mort. Elle se sentit replonger, absorbée par l'obscurité qui l'accueillait dans un sommeil glacé. Elle était vidée de toute énergie. À bout.

Elle s'enfonça, dériva plus profondément, l'épuisement s'emparant de son corps. Elle leva les yeux, vit avec un étrange détachement le vacillement du clair de lune, au-dessus d'elle, tandis que l'obscurité l'attirait vers le fond, dans son étreinte. Elle ne sentait même plus le froid ; elle n'éprouvait qu'une immense lassitude, un sentiment d'inéluctabilité.

Noah.

Dans le cercle de lumière vacillante, au-dessus d'elle, elle crut reconnaître son visage quand il était enfant. L'appelant, tendant vers elle ses bras avides. Il avait besoin d'elle. Le cercle de lumière sembla éclater en mille échardes d'argent.

Noah. Pense à Noah.

Elle n'avait plus de forces, mais elle tendit quand même la main vers le haut, vers cette main fantôme. Elle se dissipa comme un liquide sous sa poigne. *Tu es trop loin. Je ne peux pas t'atteindre.*

Elle glissa à nouveau vers le bas, engloutie par les profondeurs. Les bras de Noah reculèrent, mais sa voix l'appelait toujours. Elle leva une dernière fois la main vers lui et vit le disque lumineux devenir plus éclatant, un halo d'argent, juste à sa portée. Si j'arrive à le toucher, se dit-elle, j'atteindrai le ciel. J'atteindrai mon bébé.

Elle se démena pour remonter, luttant de tous ses membres contre l'attraction des ténèbres, tous les muscles tendus vers la lumière.

Son bras creva la surface, la rompant en fragments kaléidoscopiques, puis sa tête émergea à son tour. Elle happa une goulée d'air. Eut un bref aperçu de la lune, si belle, si brillante qu'elle lui fit mal aux yeux. Et sombra pour la dernière fois, le bras toujours tendu vers le ciel.

C'est alors qu'une main attrapa la sienne. Une vraie main, solidement refermée sur son poignet. *Noah. J'ai retrouvé mon fils.*

La main la tira vers le haut, hors de ce froid glauque. Sa tête fendit la surface. Elle regarda, émerveillée, s'épanouir la lumière, plus vive que jamais, et elle vit le visage penché sur elle. Ce n'était pas Noah, mais une fille. Une fille aux longs cheveux pareils à une coulée d'argent au clair de lune.

Mitchell Groome versa un demi-bidon d'essence sur le corps de Max Tutwiler. Oh, ce n'était pas que la destruction de son cadavre ait une grande importance. Personne n'avait mis les pieds dans cette grotte depuis des milliers d'années ; il y avait peu de chances qu'on le retrouve jamais. Enfin, tant qu'à détruire la colonie de vers, autant s'en débarrasser du même coup.

Portant un masque à gaz pour se protéger des fumées et une lampe frontale pour éclairer la grotte obscure, il vida consciencieusement les trois jerrycans d'essence. Il n'avait aucune raison de se presser ; la voiture engloutie du docteur ne serait pas retrouvée avant le lever du jour, et, même si on la repérait, personne ne ferait le lien avec Groome. Si quelqu'un devait susciter la méfiance, ce serait Max, dont la soudaine disparition ne ferait que donner corps aux soupçons. Groome détestait l'improvisation. Il n'avait pas prévu que les opérations se dérouleraient ainsi. Il n'avait l'intention de tuer personne. Mais il ne pouvait pas supposer non plus que Doreen Kelly lui volerait sa voiture.

Et puis, un meurtre en entraînant un autre, n'est-ce pas...

Il finit d'asperger les parois et jeta le dernier jerrycan vide dans la petite mare d'essence qu'il avait formée au centre de la grotte, juste en dessous de l'endroit où la colonie de vers était la plus dense. On aurait dit qu'ils sentaient le désastre imminent, parce qu'ils se tortillaient frénétiquement dans les vapeurs qui montaient vers eux. Les chauves-souris avaient fui depuis longtemps, abandonnant leurs compagnons invertébrés aux flammes. Groome promena un dernier regard sur la grotte, s'assurant qu'il n'avait oublié aucun détail. La dernière boîte de spécimens et les carnets scientifiques de Max étaient dans le coffre de sa voiture, garée au bout de la piste de terre battue. Il n'avait plus qu'à craquer une allumette et tout, dans cette grotte, disparaîtrait dans les flammes.

Ce serait l'extinction minute d'une espèce. À l'exception, bien sûr, des spécimens survivants qui prospéraient actuellement dans les labos d'Anson Biologicals. L'hormone sécrétée par ces vers leur rapporterait une fortune en contrats avec le ministère de la Défense. À condition que les concurrents d'Anson ne mettent pas la main dessus.

Après la destruction de cette grotte, Anson serait seul détenteur de l'espèce. Pour le reste du monde, la raison de cette épidémie de violence, et de toutes celles qui l'avaient précédée, resterait à jamais inexpliquée.

Il rampa à reculons le long du boyau qui menait à la sortie, faisant couler une fine ligne de poudre noire sur son passage. S'accroupissant à l'entrée de la salle, il craqua une allumette et caressa le sol avec la flamme. Une langue de feu courut tout le long de la galerie, puis il y eut un *whoosh !* et la grotte du dessous s'embrasa. Groome sentit l'appel d'air alors que l'oxygène était aspiré, nourrissant la conflagration. Il éteignit sa lampe frontale et contempla un instant le reflet des flammes, imaginant les vers qui se calcinaient, les petites masses noires qui tombaient de la voûte. Et il pensa au cadavre de Max, réduit à un tas de cendres et d'os impossible à identifier.

Il sortit de la grotte à reculons, pataugea dans le courant glacé et ramena des branches devant l'entrée. Les bois étaient épais, et la lueur de l'incendie qui embrasait la grotte devait être invisible du dehors. Il marcha un instant dans le cours d'eau et remonta sur la berge. Ses yeux ne s'étaient pas réadaptés à l'obscurité. Encore aveuglé par les flammes, il ralluma sa lampe frontale pour éclairer le chemin qui le ramènerait vers la voiture.

C'est alors seulement, alors qu'il rallumait sa lampe, qu'il vit les policiers déployés entre les arbres, le canon de leur arme braqué vers lui.

L'attendant.

Warren Emerson ouvrit les yeux et se dit : Enfin. Je suis enfin mort. Mais pourquoi suis-je au ciel ? C'était une sacrée surprise, parce qu'il avait toujours pensé que, s'il y avait une vie après la mort, il se retrouverait dans un endroit sombre et terrible. Une vie après la mort qui ne serait qu'une extension de son existence désespérante dans cette vallée de larmes.

Or il y avait des fleurs. Une profusion de fleurs, dans des vases, derrière la vitre.

Il y avait des roses rouge sang. Des orchidées pareilles à des papillons blancs aux ailes frémissantes. Et des lis, au parfum plus suave qu'aucun de ceux qu'il avait jamais respirés. Il n'en croyait pas ses yeux. Il n'avait jamais rien vu d'aussi beau.

Puis il entendit une chaise grincer à côté de son lit, alors il tourna la tête et il vit une femme qui lui souriait. Une femme qu'il n'avait pas vue depuis des années.

Elle avait les cheveux poivre et sel, avec plus de sel que de poivre. Et l'âge avait gravé son empreinte sur son visage. Mais il ne vit rien de tout cela. Ses yeux ne voyaient qu'une fille de quatorze ans qui riait aux éclats. La fille qu'il avait toujours aimée.

— Bonjour, Warren, murmura-t-elle.

Iris Keating. Elle se pencha vers lui, prit sa main entre les siennes.

— Je suis vivant, dit-il.

C'était plus une question qu'une affirmation. Alors elle répondit dans un sourire :

— Ça oui. Pour être vivant, tu es vivant.

Il baissa les yeux vers ses mains qui tenaient la sienne. Se rappela comment leurs doigts s'enlaçaient jadis, il y avait tant d'années, quand ils étaient jeunes tous les deux et qu'ils venaient s'asseoir au bord du lac. Tant de choses ont changé, se dit-il. Nos mains ne sont plus pareilles. Les miennes sont maintenant comme du cuir et couturées de cicatrices. Les siennes sont nouées par l'arthrite. Mais nous sommes là et nous nous tenons par la main, et elle est toujours mon Iris.

À travers ses larmes, il la regarda. Et décida qu'il n'était pas prêt pour mourir, tout compte fait.

Lincoln savait où il la trouverait. Elle était bien là, en effet. Au chevet de son fils. Au cours de la nuit, Claire avait quitté son propre lit d'hôpital et suivi le long couloir, en pantoufles et chemise de nuit, jusqu'à la chambre de Noah. Et maintenant, elle était assise là, enroulée dans une couverture, l'air très pâle et très fatiguée dans le froid soleil de l'après-midi. Dieu garde celui qui oserait s'interposer entre une louve et son petit, se dit Lincoln.

Il s'assit en face d'elle et leurs regards se croisèrent au-dessus de la forme endormie de Noah. Il voyait bien qu'elle se méfiait encore de lui, qu'elle n'avait pas retrouvé confiance en lui, et il en souffrait, mais il la comprenait. Il y avait une journée, à peine, il menaçait de lui enlever l'être qu'elle aimait le plus au monde. Et maintenant, il lisait dans ses yeux un mélange de crainte et de défi.

— Ce n'est pas mon fils qui a fait ça. Il me l'a dit, ce matin. Il me l'a juré, et je sais qu'il dit la vérité.

Il hocha la tête.

— J'ai parlé à Amelia Reid. Ils étaient ensemble, ce soir-là, jusque bien après dix heures. Et puis il l'a ramenée chez elle.

Et à ce moment-là, Doreen était déjà morte.

Claire poussa un profond soupir et sembla enfin se détendre. Elle se laissa aller dans son fauteuil et posa une main protectrice sur la tête de Noah. Au contact de ses doigts caressant ses cheveux, il ouvrit les yeux et la regarda. Ni la mère ni le fils ne dirent un mot ; leurs sourires silencieux étaient plus éloquents qu'un discours.

J'aurais pu leur épargner cette épreuve à tous les deux, pensa Lincoln. Si seulement il avait su la vérité. Si seulement Noah avait dit tout de suite qu'il avait passé la soirée avec Amelia... Mais il voulait la protéger de la colère de son beau-père. Lincoln connaissait le mauvais caractère de Jack Reid ; il comprenait qu'Amelia ait eu peur de lui.

Terrorisée ou non, elle ne demandait qu'à dire la vérité à Claire. La nuit précédente, juste avant que la colère de JD ne tourne à la folie meurtrière, Amelia s'était faufilée hors de chez elle pour aller, dans la nuit glacée, jusque chez Claire. En passant par Toddy Point Road.

Et devant la rampe à bateaux.

Le hasard avait voulu qu'elle prenne ce chemin, à ce moment précis. C'est ce qui avait sauvé la vie de Claire. Lui sauvant la vie à elle aussi, par la même occasion.

Noah s'était rendormi.

Claire regarda Lincoln.

— La parole d'Amelia suffira-t-elle ? Quelqu'un croira-t-il une gamine de quatorze ans ?

— Moi, je la crois.

— Hier, tu disais qu'il y avait des preuves matérielles. Le sang...

— On en a trouvé aussi dans la voiture de Mitchell Groome. Dans le coffre.

Elle prit le temps d'enregistrer la signification de ce fait.

— Le sang de Doreen ? demanda-t-elle doucement.

Il hocha la tête.

— Je pense que ce n'est pas Noah mais toi que Groome voulait impliquer quand il a maculé ton pare-chocs de sang. Il ne savait pas quel véhicule tu conduirais ce soir-là.

Ils restèrent un moment sans parler, et il se demanda si c'était comme ça que ça finirait entre eux, dans le silence, elle se taisant, lui attendant. Il avait encore tellement à lui raconter : les autres choses qu'ils avaient trouvées dans le coffre de la voiture de Mitchell Groome, les bocaux de spécimens, les carnets de notes prises de la main de Max. Anson Biologicals et Sloan-Routhier avaient nié toute accointance avec les deux hommes, et Groome, révolté, menaçait d'entraîner le géant de la recherche pharmaceutique dans le scandale. Lincoln était venu raconter ça, et bien plus, à Claire, mais il n'arrivait pas à parler. Le malheur pesait sur lui comme une chape de plomb, si lourde que le seul fait de respirer lui était une souffrance.

— Claire ? demanda-t-il enfin d'un ton plein d'espoir.

Elle croisa son regard et, cette fois, elle ne détourna pas les yeux.

— Je ne peux pas remonter le temps, dit-il. Je n'ai pas de gomme à effacer le passé. Je t'ai fait du mal, et tout ce que je peux dire, c'est que je regrette. Je voudrais bien pouvoir revenir en arrière, à… revenir comme on était avant, conclut-il en secouant la tête.

— Je ne suis pas sûre de comprendre, Lincoln. Comme on était avant… ?

Il réfléchit un instant.

— Eh bien, d'abord, dit-il, on était amis.

— C'est vrai, admit-elle.

— De bons amis, même. Hein ?

— Assez bons pour coucher ensemble, en tout cas, convint-elle avec un petit sourire.

Il se sentit rougir.

— Ce n'est pas de ça que je voulais parler ! Il ne s'agit pas seulement de faire l'amour. C'est… c'est de savoir qu'il y a un avenir possible pour nous, poursuivit-il en cherchant ses mots comme s'il s'efforçait à une honnêteté absolue. Une possibilité de te voir tous les matins en me réveillant. Je saurai attendre, Claire. Je saurai vivre sans cette certitude. Ce ne sera pas facile, mais je saurai le supporter tant qu'il y aura une chance que nous soyons ensemble. C'est tout ce que je demande, vraiment.

Quelque chose brilla dans les yeux de Claire. Des larmes de pardon ? Il se le demanda. Elle tendit la main et lui caressa la joue. Une douce caresse d'amante. Mieux que ça, la caresse d'une amie.

— Tout est possible, Lincoln, dit-elle doucement.

Et elle lui sourit.

Il quitta l'hôpital en sifflotant. Et pourquoi pas ? Le ciel était bleu, le soleil brillait, et les branches givrées des saules cliquetaient et étincelaient comme des rivières de diamants. D'ici à deux semaines, ce serait la nuit la plus longue de l'année. Et puis les jours commenceraient à rallonger, la Terre amorcerait un nouveau cycle, et la lumière et la chaleur reviendraient. Et avec eux, l'espoir.

Tout est possible.

Lincoln Kelly était un homme patient. Il saurait attendre.

REMERCIEMENTS

Mille mercis à :

Mon mari Jacob, qui demeure mon meilleur ami après toutes ces années.

Meg Ruley, mon ange gardien, faiseuse de miracles. Tu marches sur les eaux.

Jane Berkey et Don Cleary, guides avisés.

Emily Bestler, ma superbe éditrice.

Les dames du « club du petit déjeuner », qui m'apportent chaque semaine ma dose de bon sens.

La mémoire de Perley Sprague, chef de la police de Rockport. Votre gentillesse a été pour moi source d'inspiration.

Enfin à la ville de Camden, dans le Maine, le meilleur endroit sur terre où un écrivain puisse installer ses pénates. En certifiant que ce livre n'a rien à voir avec elle.

Composé par Nord Compo Multimédia
7, rue de Fives, 59650 Villeneuve-d'Ascq

Impression réalisée par

CPI
Brodard & Taupin

51334 – La Flèche (Sarthe), le 13-02-2009
Dépôt légal : novembre 2008
Suite du premier tirage : mars 2009

POCKET – 12, avenue d'Italie - 75627 Paris cedex 13

Imprimé en France